हिन्द पॉकेट बुक्स

आलमपनाह

रफ़िया मंज़ूरूल अमीन उर्दू की जानी-मानी लेखिकाओं में से हैं। उनका पहला उपन्यास था *सारे जहाँ का दर्द*, जो कश्मीर की पृष्ठभूमि पर लिखा गया था और इसे लखनऊ के नसीम अनहोन्वी के प्रकाशन ने छापा था। उनका दूसरा उपन्यास था *ये रास्ते* और इसके बाद आया *आलमपनाह*। उन्होंने दो सौ से ज़्यादा कहानियाँ लिखी हैं। वे विज्ञान की छात्रा थीं और उन्होंने एक विज्ञान-पुस्तक भी लिखी *साइंसी ज़ाविये*। 90 के दशक में रेडियो पर *आलमपनाह* का रूपांतरण जितना लोकप्रिय हुआ था, उतना ही लोकप्रिय हुआ था इसका टी.वी. रूपांतरण।

आलमपनाह

रफ़िया मंज़ूरूल अमीन

हिन्द पॉकेट बुक्स
पेंगुइन रैंडम हाउस इम्प्रिंट

हिन्द पॉकेट बुक्स

यूएसए | कनाडा | यूके | आयरलैंड | ऑस्ट्रेलिया | सिंगापुर
न्यू ज़ीलैंड | भारत | दक्षिण अफ्रीका | चीन

हिन्द पॉकेट बुक्स, पेंगुइन रैंडम हाउस ग्रुप ऑफ़ कम्पनीज़ का हिस्सा है,
जिसका पता global.penguinrandomhouse.com पर मिलेगा

पेंगुइन रैंडम हाउस इंडिया प्रा. लि.,
चौथी मंजिल, कैपिटल टावर -1, एम जी रोड,
गुड़गांव 122 002, हरियाणा, भारत

पेंगुइन
रैंडम हाउस
इंडिया

प्रथम हिन्दी संस्करण हिन्द पॉकेट बुक्स द्वारा 1993 में प्रकाशित
यह हिन्दी संस्करण हिन्द पॉकेट बुक्स में पेंगुइन रैंडम हाउस द्वारा 2021 में प्रकाशित

10 9 8 7 6 5 4 3 2

इस पुस्तक में व्यक्त विचार लेखक के अपने हैं, जिनका यथासंभव तथ्यात्मक
सत्यापन किया गया है, और इस संबंध में प्रकाशक एवं सहयोगी
प्रकाशक किसी भी रूप में उत्तरदायी नहीं हैं।

ISBN 9789353490874

मुद्रकः रेप्रो इंडिया लिमिटेड

www.penguin.co.in

FSC www.fsc.org MIX Paper from responsible sources FSC® C047271

This is a legitimate digitally printed version of the book and therefore might not
have certain extra finishing on the cover.

कर रही थीं। उसने कल्पना ही में जौहर में पद्मिनी के, दिलों को जीतने वाले हुस्न को बरबाद होते देखा था—केवल वह ही नहीं, उसके साथ की दूसरी लड़कियों के चेहरों पर भी वही रंग था—निराशा का रंग—क्योंकि उन्होंने भी औरत ही का जन्म लिया था इसलिये वे औरत की बेबसी को अच्छी तरह समझ सकती थीं। ऐसे वक़्त ऐमन के दिल में सामन्ती व्यवस्था के ख़िलाफ़ एक दुश्मनी सी जागी थी जैसे राजाओं और राजकुमारों ने ही औरत की ये दुर्गत बनाई हो। वह भूल गई थी कि औरत सिर्फ़ अमीर की ही नहीं ग़रीब की भी तक़दीर है, जिसे हर कोई अपनी मुट्ठी में रखना चाहता है। गीली मिट्टी की तरह—अपनी पसन्द से, जैसा चाहा वैसा खिलौना बना लिया। पसन्द न आया तो पटक कर टुकड़े-टुकड़े कर दिये। हर मर्द की फूटी तक़दीर का इलज़ाम भी औरत ही बन जाती है। लेकिन, इस समय वह औरत का मुक़दमा लेकर ख़ुदा के हुज़ूर में नहीं जा रही थी। उसे तो नौकरी की ज़रूरत थी।

वह अपने इकलौते सैंडल को संभालती, उखड़ी हुई बजरी पर पांव धरती आगे बढ़ी। हवेली का अब भी पता नहीं था। कुन्डलीदार सड़क के एक मोड़ पर एक साइकिल सवार उसके पास से निकल गया।

शायद कोई नौकर था। टोपी माथे पर आगे को खिसकाये वह किसी फिल्मी धुन पर सीटी बजाता साइकिल पर चला आ रहा था। साइकिल बजरी पर थरथरा रही थी। और यही थरथराहट उसकी सीटी में भी थी। वह अपने दोनों घुटने बाहर को फैलाये हुए था, क्योंकि साइकिल के हैन्डल से लटकी बड़ी टोकरी हिचकोले ले रही थी। एक अन्जानी लड़की को वहां देखकर वह कुछ ऐसे बौखला गया कि उसके होंठ तो सीटी बजाते रहे लेकिन आवाज़ ने साथ छोड़ दिया। पहले तो ऐमन ने रूक कर उससे पूछना चाहा कि हवेली और कितनी दूर थी; लेकिन, फिर ख़्याल बदल दिया क्योंकि वहां रास्ता एक ही था जो ज़ाहिर है कि कोठी तक ही जाता होगा।—नौकर एक पाँव ज़मीन पर टिकाये दूर तक उसे जाता देखता रहा। फिर, अचानक उसे अपना काम और फिल्मी गाने की धुन याद आ गई, जिसे उसने अधूरा छोड़ दिया था। वह उछल कर साइकिल पर बैठ गया और अपने सफ़र पर चल पड़ा।

नौ बजे रहे थे, फिर भी फ़रवरी की हल्की धूप ठंडी-सी थी। ऐमन जल्दी-जल्दी आगे बढ़ी। उसे ठीक नौ बजे हवेली पहुँचना था। पीछे बजने वाले कार के हार्न ने उसे बुरी तरह चौंका दिया। वह उछल कर एक तरफ़ हो गई। एक लम्बी काले रंग की कार, जिसे वर्दी पहने हुआ शौफ़र चला रहा था, तेजी से धूल उड़ाती हुई उससे आगे बढ़ गई। ऐमन ने धूल से बचने के लिये अपना रुमाल नाक और आँखों पर रख लिया लेकिन ऐसा करने से पहले ही उसने आँखों पर बड़ा-सा काला चश्मा लगाये हुए एक हसीन लड़की को देख लिया था जो कार की पिछली सीट पर बीचोंबीच बैठी थी। नीले रंग के लिबास में उसका चेहरा समुद्र में डोलते अछूते मोती की तरह दमक रहा था। काले

बालों की घटायें उसके चेहरे को अपने घेरे में लिये हुए थीं। कार तो बढ़ गई, लेकिन ऐमन संभलने की कोशिश करने पर भी लड़खड़ा गई और उसकी हथेलियाँ गुलाब की काँटेदार झाड़ी से लहूलुहान हो गईं। लेकिन यह हथेलियों से कांटे चुनने का समय नहीं था। नौ बजने वाले ही थे और हवेली सामने थी।

अचानक उस बुलन्द हवेली को देखकर वह ठिठक गई। हवेली के आस-पास बाग की हालत उतनी ख़राब नहीं थी। क्यारियाँ फ़रियादी और पौधे निढाल नहीं थे। लकड़ी के बड़े गमलों में लगे पाम के स्वस्थ चिकने पत्ते इस बात की गवाही दे रहे थे कि हमारी देखभाल होती है। हाईबिसकस के ख़ुश-रंग गुलाबी झुमके स्तम्भों से लिपटते ऊपर चढ़ रहे थे। ऊँचे ऊँचे स्तम्भों वाले पोर्टिको में वही काले रंग की कार खड़ी थी और वही ड्राइवर उस चमकती हुई कार को और भी चमका रहा था। अनगिनत सीढ़ियों के ऊपर लम्बे-चौड़े दालान और खिड़कियों पर जालीदार पर्दे बीते हुए दिनों की याद दिला रहे थे।

सीढ़ियों के पास खड़ी ऐमन नरवस-सी होने लगी। उधर ऊपर से एक नौकर सामने आया और उसे कुछ अजीब नज़रों से घूरने लगा मानों जानना चाहता हो कि वह क्यों आई थी? अधेड़ उम्र का वह घाघ नौकर उस हवेली के कई मौसम देख चुका था। वह सीढ़ियों पर चढ़ते ऐमन के हर कदम को देख रहा था जैसे नज़रों ही नज़रों में कह रहा हो: मैं भलीभाँति जानता हूँ तुम्हारी तरह की छोकरियों को। अब तुम्हारे बेग से काग़ज़ निकल आयेगा कि इमतिहान की फ़ीस देने के लिये मदद कीजिये या फिर तुम्हारा बाप बीमार होगा जिसकी दवा के लिये पैसों की ज़रूरत होगी। मांगने वाले भी अब कितना बदल गये हैं। अल्लाह बख़्शे, बड़े नवाब साहब जब जिन्दा थे तो लोग मुज़रा कराने के लिए मदद मांगते थे। हाथी की झूल सिलवाकर इनाम के लिये गिडगिड़ाते थे। न अब वैसे मदद मांगने वाले, दुआ देने वाले रहे, न वैसे लोग बचे जो एक हाथ से किसी को कुछ देते तो दूसरे हाथ को ख़बर तक न होती। अब तो लोग दो रुपये देने की सूचना भी अख़बारों में छपवाते हैं।'

इतनी देर में ऐमन संगमरमर की सीढ़ियाँ चढ़कर बरामदे में पहुँच गई थी लेकिन वहीं उसके पाँव मानों ज़मीन ने पकड़ लिये थे। हैट-पेग के बराबर लगे बड़े आईने में उसने अपने आप को देखा। उस आदम-क़द आईने में हरे रंग की शलवार कमीज़ में छरहरे बदन की एक लड़की उसकी आँखों में आँखें डाले खड़ी थी, जिसका रंग खिलता हुआ चम्पई था। सीधी नाक के नीचे तराशे हुए ख़ूबसूरत होंठ ठोड़ी को तिकोन और ख़ूबसूरत गोलाई दे रहे थे। लेकिन इन सबसे अधिक अद्भुत उसकी आँखें थीं, जिनसे टकराकर हर नज़र टुकड़े-टुकड़े हो जाती थी। इन आँखों में एक कशिश थी, एक जादू था। एक ऐसा जादू जो यात्रियों को रास्ता भुला दे। उन आँखों का रंग अनोखा था। वे सुनहरी आँखें उस वक़्त उसके हरे लिबास के कारण हरी ही नज़र आ रही थीं। वैसे ऐमन को कुल मिलाकर हसीन तो नहीं कहा जा सकता था, लेकिन कुछ बात ही ऐसी

ज़रूर थी कि देखने वाला उसे दोबारा देखने पर मजबूर हो जाता था। इस समय वह अपने आप को शीशे में देख कर भौंचक्का रह गई। उसका दिल बैठ गया। ' अब मिल चुकी मुझे यह नौकरी'—उसने निराश होकर सोचा। उसके बालों की लटें रिबन से आज़ाद होकर उसके चेहरे पर झूल आई थीं। मुंह पर धूल की तहें जमी थीं। दुपट्टा कांटेदार झाड़ी में उलझ कर दो जगह से फट गया था और मुंह पर पसीने की बूँदें उभर आई थीं। उसने कांपते हाथों से बैग से रूमाल निकाल कर चेहरे को साफ़ किया। रिबन खोलकर जल्दी से बाल बांधे और फटे दुपट्टे को तहों में छुपाने लगी, तब कहीं उसे अपनी हथेलियों में जलन का पता चला। उसने दोनों हाथ खोलकर देखें। उनमें जगह जगह ख़राशें उभर आई थीं जिनसे ख़ून-सा निकल रहा था। उसमे गुस्से से पोर्टिको में खड़ी चमकती कार को देखा, उसे वह कार मुस्कराती नज़र आई।

"किससे मिलना है आपको ?" बूढ़े नौकर ने पूछा।

"मुझे इन्टरव्यू के लिए बुलाया गया है।" ऐमन ने कहा।

"क्या बोले आप ?" बूढ़े ने बात न समझते हुए कहा।

"मुझे मिलने के लिए बुलाया गया है।" ऐमन ने बात बदल कर कहा।

"हाज़री देने को आये आप—ऐसा बोलो न।" बूढ़ा अब समझा, " बड़े सरकार से मिलना है क्या आपको ?" उसने ऐमन को उस हालत में देखते हुए जानना चाहा, "आप ऐसा करो बीबी याँ बैठ जाओ।" उसने एक आराम कुर्सी की तरफ़ इशारा करके कहा, "मैं अन्दर ख़बर करतौं।"

ऐमन ने अपने-आप पर भरोसा करने की ज़बरदस्त ज़रूरत महसूस की। वह इतनी जल्दी नरवस होने वाली तो नहीं थी। शायद उसे नौकरी की बहुत ज़रूरत थी। वह चिन्ता में पड़ गई—लेकिन इससे पहले भी तो वह कई बार नौकरी कर चुकी थी और इस वक़्त भी बेरोज़गार नहीं थी। असल में इस नौकरी की अहमियत कुछ और थी। अब वह बाहर की दुनिया और उसके साथ लगे हुए डर से तंग आ चुकी थी। वह हवेली की चारदीवारी में शान्ति ढूंढना चाहती थी। उसने बड़ी कोशिश से अपना ध्यान दूसरी ओर बँटाया और अपने-आप को बिल्कुल भूलकर आसपास के माहौल को देखने लगी।

हवेली की ताम-झाम के बावजूद ऐसा लगता था जैसे कोई अनजाना हाथ, जो उसे सम्भाले खड़ा था, अब थक रहा था। खिड़की के जालीदार सफ़ेद कंगूरे कहीं-कहीं टूट गये थे। ऊँचे दरवाज़ों में लगे बड़े-बड़े साफ़ फ्रेमों में कहीं-कहीं शीशा नहीं था। दरवाज़ो के हैन्डल और पीतल के बड़े-बड़े गमले पालिश से चमक रहे थे। दो-एक नौकर भी इधर-उधर घूम फिर रहे थे, लेकिन हवेली की चारदीवारी को देखते हुए ऐमन को आश्चर्य हुआ कि इस हवेली की शान को बनाये रखने के लिये कितने ही नौकरों की जरुरतें होती होंगी।

"बड़े सरकार आपको याद फ़रमा रैं।" बूढ़े नौकर ने ऐमन की कल्पना के ताने-बाने को तोड़ा।

ऐमन ने मानसिक तौर पर अब अपने आप को समेट लिया था। उसने अपना बैग उठाया और नौकर के साथ चल पड़ी। बाहर जो कुछ होगा सो होगा लेकिन अन्दर हवेली की शान अब भी वही थी। बड़े हॉल में, जो किसी ज़माने में बॉल रूम की तरह इस्तेमाल किया जाता होगा, झाड़फ़ानूस की टिंगलिंग-टिंगलिंग ने उसका स्वागत किया। पच्चीकारी की हुई छत से एक लाइन में तीन बड़े-बड़े झाड़फ़ानूस झूल रहे थे। दीवारों पर बड़े-बड़े आईने सुनहरे फ्रेमों में जड़े थे। पाँव तले लकड़ी का फ़र्श पॉलिश को तरस रहा था। उस का दिल हर क़दम पर हौले-हौले धड़क जाता था। दो शानदार घूमती हुई सीढ़ियां ऊपर गैलरी में पहुँचती थीं। यह हॉल केवल अंग्रेज़ी डान्स पार्टियों के लिए ही नहीं था, बल्कि जब यहाँ मुशायरे और कव्वालियों की महफ़िलें होती होंगी तो उसकी सज-धज देखने लायक होती होगी। हॉल के लम्बे चौड़े फ़र्श को सफ़ेद चाँदनियों से ढक दिया जाता होगा जिन पर क़ीमती क़ालीन और गावतकिये लगा दिये जाते होंगे। यहाँ तक कि जो भी ख़ुशबूएँ हॉल के लिए इस्तेमाल की जातीं, वे हर मौक़े को देखकर अलग होती होंगी। ऊपर की गैलरियों में औरतों के बैठने का इन्तज़ाम होता। तब चिलमनों से वे-वे रंग झलकते होंगे कि ख़ुदा की पनाह। हॉल के गोल सिरे पर घूम कर ऊपर जाते हुए दो तरफ़ मख़मली कालीन अब उतने गद्देदार नहीं रहे थे लेकिन रंगों की आनबान अभी वैसी ही थी। सीढ़ियां इतनी चौड़ी थीं कि सात-आठ आदमी एक साथ ऊपर चढ़ सकते थें।

सीढ़ियां पार करके बाई ओर को घूमते हुए दूसरे दरवाज़े पर नौकर रूक गया। और उसके साथ ही ऐमन भी रुक गई। उसका दिल बुरी तरह धड़कने लगा। वह एक साधारण इन्टरव्यू के लिए तैयार होकर आई थी, लेकिन यह तो वैसे कोई बैड रूम-सा लगता था जो किसी इन्टरव्यू के लिये तो प्रयोग में नहीं लाया जाता होगा। 'बड़े सरकार' अगर ख़ुदा न खास्ता बीमार थे तो इन्टरव्यू कुछ दिन बाद लिया जा सकता था।

ऐमन के दिल में सन्देह जागने लगे। उसे आने से पहले अच्छी तरह सोच लेना चाहिए था। अख़बार में एक खाते-पीते घराने के लिए जनरल असिस्टैन्ट की ज़रूरत का इश्तहार पढ़कर शायद उसने बिना सोचे-समझे ही अर्ज़ी भेज दी थी। उसने अख़बारों में ही पढ़कर और भी कई अर्ज़ियाँ भेजी थीं, लेकिन उसे या तो बुलाया ही नहीं गया था या बुलाकर वैसे ही टरका दिया गया था, क्योंकि उस स्थान पर पहले ही किसी और को चुन लिया गया था। विज्ञापन देखकर अर्ज़ियाँ भिजवाना तो मानो उसकी आदत बन गई थी। यहाँ तक कि अर्ज़ी भिजवाकर वो भूल ही जाती थी कि उसने अर्ज़ी भिजवाई भी है। उसे सिर्फ वे इन्टरव्यू याद रह गये थे जहाँ उसकी योग्यता से हटकर उसकी कमर की लचक और उसके चेहरे के तीखे-पन को ज़्यादा गौर से देखा गया था और वह

बौखलाकर बाहर निकल आई थी। ऐसे में हवेली 'फ़रमान' के विज्ञापन ने उसे सोचने पर मजबूर कर दिया था कि काश उसे यह जगह मिल जाये, लेकिन अब वह किसी और सोच में पड़ गई थी।

जब उसने विज्ञापन देखा था, तो उसमें औरत या मर्द होने की कोई शर्त नहीं थी, इसीलिए उसने अर्ज़ी भिजवा दी थी। विज्ञापन कुछ ऐसा था कि उसमें सेवाओं के बारे में कोई भी बात सोचना कठिन था। अब जबकि वह वहां पहुँच गई थी, तो उसके दिल में रह-रह कर भ्रम जाग रहे थे। यूँ भी नवाबों और उनके चाल-चलन के बारे में पहले से ही उसे डर थे। वह उन्हें समाज का नासूर समझती थी। इस हवेली में भी वह दिल में एक घृणा लिये पहुँची थी। उसने नवाबों के बारे में केवल सुना ही था या उनकी हवेलियाँ फ़िल्मों में देखी थीं। 'फ़रमान' हवेली के फाटक ही से उसके दिल में तूफान-सा उठने लगा था और उसे महसूस हो रहा था कि यहां सिर्फ़ घृणा से ही काम नहीं चलेगा, फूँक-फूँक कर पाँव रखने की ज़रूरत भी थी। और अब, जब नवाब साहब ने अपने बैड रूम में उसे बुलवाया तो उसकी समझ में न आया कि क्या करे। उलटे पैरों भाग जाए या जिस तरह साहस से वह आई थी, डटी रहे! अगर उसे चुन भी लिया जाय तो नौकरी मंजूर करना या ना करना उसके बस में था।

और अब तो उसे भूख भी लगने लगी थी। वह सबेरे केवल एक कप चाय पीकर चली थी। वह चाह रही थी कि जल्दी से यह मामला तय हो और वह किसी नतीजे पर पहुँच जाये। स्टेशन पर वो कुछ खा-पी लेती तो अच्छा होता लेकिन वहाँ तो उसकी भूख मर सी गई थी। यह पहला अवसर था कि वह रोज़गार के लिये बैंग्लोर से बाहर निकली थी। अब भूख से उसके हाथ-पाँव में दम भी नहीं रहा और दिमाग़ बोझल होने लगा था।

नौकर ने दरवाज़े पर पड़ा भारी पर्दा उठाया और वह अन्दर आ गई। वह एक बड़ा कमरा था जहाँ एक चाँदी जैसा सबेरा हो रहा था। पुराने ढंग का फ़र्नीचर सारे का सारा सफ़ेद था। ऐमन के पाँव भी एक सफ़ेद बनफ़शी कालीन में धंसे जा रहे थे। खिड़कियों से लटकते हुए पर्दे भी बनफ़शी थे। दीवार से लगी हुई सिंगार मेज़ पर सफ़ेद पोरसैलीन के गुलदान में बनफ़शी फूल खिले हुए थे। उस कमरे का सुन्दर वातावरण बताता था कि वह कमरा निःसन्देह किसी पुरुष का नहीं हो सकता था। फिर 'बड़े सरकार' कहाँ थे? उसकी नज़र गुलदान से हटकर सीधी मसहरी पर गई और वहीं रुक गई। दो ख़ामोश ख़ूबसूरत आंखें ऐमन को देख रही थीं। वह एक साठ पैंसठ वर्ष की नारी थी। ऐमन ने इतनी ख़ूबसूरत पतझड़ कभी नहीं देखी थी। उनका मुँह तंग-सा था, नाक बिल्कुल सीधी थी और वह बहुत गोरी चिट्ठी थीं। ऐमन उनकी भौं के नीचे प्यारी आँखों की गहराई में डूबने लगी। जामदानी का तंग मोरी का पैजामा, बारीक जाली का खड़ा दुपट्टा और कारगे की कुर्ती-चोली-सफ़ेद दूधिया से कपड़ों में उनका गुलाबी रंग फूटा पड़ता था।

"ख़ादिम हुसैन तुम जा सकते हो," बेगम ने अपने हाथ की किताब बन्द करते हुए नौकर से कहा जो पर्दे के पीछे ही खड़ा रह गया था।

"शमशाद को भेजो।"

"जो हुकम बड़े सरकार," ख़ादिम हुसैन ने आदर से कहा और चला गया।

ऐमन ने गहरी सांस ली—'तो ये थीं बड़ी सरकार'—वह हैदराबाद में नई थी। भाषा के इस दिलचस्प पहलू को वह नहीं जानती थी।

"तसलीम।" ऐमन ने हाथ उठाकर सलाम किया।

"तुम दस मिनट देर से आई हो।" बड़ी सरकार ने इशारे से सलाम लेते हुए कहा।

अब ऐमन क्या कहती कि रास्ते में काँटों ने दामन थाम लिया था।

"मैं वक़्त से कुछ पहले ही पहुँच जाती, मगर···।"

"जो इन्सान वक़्त की क़ीमत नहीं पहचानता वह दुनिया की किसी और चीज़ की भी क़ीमत नहीं पहचान सकता।"

ऐमन पहले ही भूख से दुखी हो रही थी। बड़ी सरकार के शब्दों ने उसकी आँखें झिलमिला दीं। हथेलियों की जलन और काँटों की चुभन उसे और भी बेकल कर रही थी। मख़मली माहौल में रहने वाले भला जनता के देर-सबेर के कारण कैसे समझ सकते हैं। शायद उसने बड़ी सरकार को समझने में जल्दी की थी।

"बैठ जाओ।" उन्होंने उसे ग़ौर से देखकर कहा। "कुछ खा-पी कर चली थीं?"

ऐमन ने कुछ रूक कर सिर हिला दिया, "वक़्त नहीं मिला। ट्रेन लेट थी।"

"कुछ नाश्ता मंगवाओं शमशाद।" बड़ी सरकार ने उस औरत को हुक्म दिया जो चुपचाप आकर उनकी पाँयती में खड़ी हो गई थी।

गहरे साँवले रंग की भरे-भरे शरीर की शमशाद लगभग बड़ी सरकार की उम्र ही की थी। सफ़ेद बोसकी का कुर्ता, गुलाबी साफ़-सुथरी मलमल की साड़ी, कान भर सोने के मोती जैसे तिनके, गले में चाँदी का छड़ा और मोती चूर के चाँदी के ठस्से वाले कड़े। छोटी-सी दुमची चोटी जिसमें बाँट कर मुबाफ़ बांधी हुई थी। वह ऐमन को ध्यानपूर्वक देख रही थी। बड़ी सरकार का हुक्म पाकर वह चली गई तो बड़ी सरकार फिर ऐमन से कहने लगीं, "तुम बैंग्लोर से आई हो?"

"जी।"

"इतनी दूर हैदराबाद आकर नौकरी करने की तुम्हें ज़रूरत क्यों आ पड़ी? तुम्हारी उम्र तो ज़्यादा नहीं लगती, तुम्हारे घरवालों ने किस तरह तुम्हें इतनी आज़ादी दे दी?"

"जी,मेरी उम्र केवल तेईस साल है।" कोई गरम सी चीज़ जैसे ऐमन की आँखों तक पहुँचने लगी थी।

"ये मेरे सवाल का पूरा जवाब नहीं है।" बड़ी सरकार बड़ी साफ़-सुथरी ज़बान बोलती थीं।

"मेरे माँ-बाप नहीं हैं।" ऐमन ने अपनी घायल हथेली को देखते हुए कहा।

"तो तुमने होम साइंस से बी. ए. किया है?" बड़ी सरकार ने बात की धारा मोड़ी।

ऐमन ने केवल सर हिला दिया, फिर रुक कर कहा, "कुछ और भी काम जानती हूँ, लेकिन मेरे पास उनकी कोई डिग्री नहीं है।"

"जैसे ? "

"जैसे टाइपिंग और ड्राफ़्टिंग का काम भी मैने सीखा है।"

"अपने बारे में कुछ और बताओ" बड़ी सरकार ने उसकी इस बात को मानों रद्द करते हुए कहा। उन्हें ऐमन की टेक्निकल क्वालिफ़िकेशन में कोई दिलचस्पी नहीं थी। "क्या करते थे तुम्हारे वालिद ?"

"अम्मा बचपन में ही चल बसी थीं।" उसे अब भी अपनी माँ की धुंघली-सी छवि याद थी। या फिर यह उसके वालिद की कल्पना और शब्दों का करिश्मा था कि माँ की एक-एक अदा उसे याद थी। ये कहा करते थे, ऐमन बिल्कुल अपनी माँ ही की शक्ल की थी। बाबा अम्माँ को बहुत प्यार करते थे लेकिन उन्होंने खुलकर कभी इस बात को उनके सामने माना नहीं था। लोग तो यही कहते थे वरना क्यों वह अपनी जवानी के अकेले-पन को सहते। कभी की दूसरी शादी कर ली होती उन्होंने! ऐमन को उनकी बीमारी के आखिरी दिन याद आये। उनकी आंखें बंद थीं और वे चुपचाप बिस्तर पर पड़े थे। ऐमन ने उनके माथे पर हाथ रख दिया था और धीरे-धीरे उनके बालों में कंघी करने लगी थी।

"बहुत अच्छा लग रहा है," उन्होंने धीरे से कहा था और ऐमन के हाथ तेजी से चलने लगे थे। फिर उसके वालिद चुप हो गये थे और फिर कुछ दिनों बाद उनकी मृत्यु हो गई।

"तुम्हारी जिन्दगी का दूसरा हादसा कब हुआ ?" बड़ी सरकार ने पूछा।

"दो साल पहले बाबा जाते रहे।" ऐमन बोली।

"तब से अब तक तुम अकेली ही रह रही हो ?" बड़ी सरकार ने शमशाद को इशारा करते हुए कहा, जो नाश्ते की ट्रॉली ले आई थी।

"जी नहीं, हम एक बहुत ही मेहरबान क्रिश्चियन लेडी के घर रहते थे। मिसेज आईज़ैक उनका नाम है। वे बाबा को अपने बेटे की तरह चाहती थीं। बचपन में उन्होंने ही मेरी देखभाल की थी।"

"की थी ?—तो क्या अब वो ··· ?" बड़ी सरकार ने कहा।

"एक तरह से अब भी वही मेरा सहारा हैं।" ऐमन ने जल्दी से कहा। "बाबा के

गुज़र जाने के बाद उन्होंने मुझे अपने पास रख लिया था, क्योंकि उन्हें घर के वे कमरे किराये पर उठाने थे।"

"और अब वह तुम्हें रखने के लिए तैयार नहीं है?"

"ये बात नहीं है।" ऐमन बेचैन होकर बोली, "वह अब भी मुझे उतना ही प्यार करती हैं।"

"फिर क्या हुआ, जो तुमने उन्हें छोड़ने का इरादा किया?" बड़ी सरकार ने पूछा।

"बाबा के मरने के बाद जो थोड़ा बहुत पैसा था उससे मेरा काम चलता रहा। फिर मुझे ऑन्टी पर बोझ बने रहना अच्छा नहीं लगा। मैंने एक दुकान में सेल्स गर्ल की नौकरी कर ली।"

"ये मेरी बात का जवाब नहीं है—मैंने पूछा था क्या मिसेज़ आईज़ैक तुम्हें रखने के लिए तैयार नहीं हैं। क्यों अब तुम उन्हें छोड़कर मेरे पास आना चाहती हो?"

"आपके पास काम करना सेल्स गर्ल होने से अच्छा है।" ऐमन बोली।

"असली बात बताओ," बड़ी सरकार ने कुछ बेचैन होकर पूछा।

"ऑन्टी के नये किरायेदार दो लड़के हैं। वे उन्हें अच्छा किराया देते हैं। मैं नहीं चाहती कि ऑन्टी उन्हें मेरी वजह से निकाल दें और उनका नक़सान हो।"

"तुम क्यों समझती हो कि तुम्हारे होते हुए वे नहीं रहेंगे?"

"वे रहेंगे लेकिन उनके होते हुए मैं वहाँ नहीं रह सकूंगी," उसका सिर झुक गया।

बातचीत के बीच पल भर को भी बड़ी सरकार की नज़र ऐमन पर से नहीं हटी थी। वे भी अपनी बातो और यादों में गुम महसूस न कर पाई कि उसने बातें करते करते नाश्ते के साथ पूरा इन्साफ़ कर दिया था। उसे शर्म-सी आने लगी लेकिन अब कुछ नहीं हो सकता था।

पर्दा उठाकर वही क़यामत लड़की अन्दर आई, जिसकी कार ने ऐमन को काँटों में खदेड़ दिया था। उसने वही लिबास पहना हुआ था। नीला ब्लाउज़ जो बड़ी ढिटाई से आगे और पीछे बहुत दूर-दूर तक खुला हुआ था। गले में उसी रंग के मोतियों के लच्छे पड़े थे। वो हाथ में एक उर्दू अख़बार थामे हुई थी 'रहबरे दकन'। उसने एक छिछलती-सी नज़र ऐमन पर डाली और झुककर बड़ी सरकार का माथा चूम लिया—"अल्लाह! सरकार कैसी है तबीयत आपकी?" शाहाना साहेबज़ादी ने इठलाकर पूछा।

"शुक्र है—कहाँ से आ रही हो?" बड़ी सरकार ने उस लड़की को थपथपाया।

"मुझे सांस लेने तक का वक़्त नहीं मिल रहा है सरकार। फैन्सी फेयर का ढेरों काम मेरे ही कन्धों पर डाल दिया है क्लब के सैक्रेटरी ने। "लड़की ने कन्धे सिकोड़कर

कहा।

"सुबह की गई, अभी लौटी हूँ,थोड़ी देर हुई।"

"नाश्ता कर लिया है ? " बड़ी सरकार ने ट्राली की तरफ इशारा करके पूछा।

"जी हाँ, आते ही कर लिया था। ये देखिये, हमारे फ़ैन्सी फ़ेयर की ख़बर अख़बार में आ गई है।" उसने 'रहबरे दकन' आगे बढ़ा दिया।

बड़ी सरकार ने अख़बार एक तरफ़ को हटाते हुए पूछा, "कल रात तुम बहुत देर से लौटी थी ?"

"किसने बताया आप को ? " शाहाना ने जलती हुई नज़रों से शमशाद को देखा जो अचानक बड़ी सरकार के लिये पान बनाने में लग गई थी।

"कौन छोड़ गया था तुम्हें ?" बड़ी सरकार ने दूसरा सवाल किया।

"मुख़्तार नवाब मुझे छोड़ गये थे।" शाहाना ने कुछ हिचकिचाकर जवाब दिया।

"मुझे पहले ही शक था।" बड़ी सरकार ने नाराज़गी से कहा।

"बशारत नवाब के साथ क्यों वापिस नहीं आई थीं ?"

"भाई जान, बिलियर्ड खेलकर जल्दी ही लौट आये थे और मेरा काम अभी पूरा नहीं हुआ था।"

"तुम्हें कब अक्ल आयेगी शाहाना ?" बड़ी सरकार ने कुछ सोचते हुए कहा।

ऐमन ने अपने आप को इस माहौल से बहुत दूर पाया। उसने सोचा कि अगर उसे वहाँ नौकरी मिल भी जाती है तो क्या वह अपने आप को पूरी तरह इस माहौल में समा पाएगी ? लेकिन वह वहाँ उस माहौल का हिस्सा बनने के लिये नहीं आई थी। उसे तो बिजली के तारों में दौड़ने वाला वह करन्ट बनना था, जो कभी दिखाई नहीं देता। फिर उसे क्या डर ? उसे शाहाना का बर्ताव भी नारमल लगा। भला एक धूल में अटी कँटों में धंसी अपनी उलझन में फंसी लड़की की ओर वो क्यों ध्यान देती और ख़ासकर जब कि वह लड़की रोज़गार के लिये भटककर उस हवेली के दरवाज़े पर आयी थी।

"सरकार," शाहाना ने सरकार के दुपट्टे की चुन्नट से खेलते हुए कहा, " वह मेरे टेलर का बिल ?"

"अभी तो आधा महीना भी नहीं हुआ और तुम्हारा जेब ख़र्च ख़त्म हो गया।" बड़ी सरकार ने कुछ गुस्से से कहा।

शाहाना साहेबज़ादी अपने रंगे हुए नाख़ूनों को देखती रहीं।

"इस बार तुमने बड़े गलत ख़र्चे किये हैं। फिर भी में मुन्शी साहब से टेलर के बिल के बारे में कह दूँगी।"

"तो फिर मैं जाऊँ ? " शाहाना साहेबज़ादी ने सन्तुष्ट होकर आज्ञा मांगी।

"अब तुम यहाँ क्यूं ठहरोगी," बड़ी सरकार ने कहा और दोबारा ऐमन की ओर पलट गई। ऐमन ने बड़ी मुश्किल से अपनी ठंडी सांस को रोका। उसे ऐसा लगा जैसे

बड़ी सरकार जान-बूझ कर बात को आगे बढ़ा रही हैं। मानों उन्हें चिन्ता थी कि यदि ऐमन चली जाये तो वे अकेली रह जायेंगी।

"जब तुम यहां आई थीं तो क्या यह समझ कर आई थीं कि नौकरी तुम्हें मिल ही जायेगी?" बड़ी सरकार ने पूछा।

"जी, मैं किसी भी चीज़ के बारे में अपनी राय पहले ही से नहीं बना लेती। जब मैंने आपका दिया हुआ इश्तेहार पढ़ा तो सोचा कि अपनी क़िस्मत आज़माकर देखूं।"

"काम के बारे में क्या तुम जानती हो कि तुम्हें क्या करना होगा?"

"मैं हर वह काम करने को तैयार हूँ जिसे मेरी ख़ुद्दारी बर्दाश्त करे।" अब ऐमन ने भी ढाल सम्भाल ली थी।

बड़ी सरकार कुछ देर तक उसे गौर से देखती रही फिर कहा, "ख़ुद्दारी की बात मैं भी समझती हूँ। तुम्हें यहां शिकायत नहीं होगी।"

ऐमन का दिल ज़ोर से धड़का और वह खड़ी हो गई।

"तो क्या··· तो क्या मैं समझूं?" उसने अंगुली पर दुपट्टा लपेटते हुए पूछा।

"हाँ-हाँ क्यों नहीं," बड़ी सरकार ने मुस्कुराकर कहा, "ग्यारह लोगों में से मैंने तुम्हें चुन लिया है। शमशाद जाओ और मुन्शी साहब से कहो कि अब और किसी को न बुलवायें।"

बड़ी सरकार को वह चम्पई रंगत वाली लड़की पसन्द आ गई थी जो गम्भीर बने रहने की कोशिश करने पर भी अपनी ख़ुशी छुपा नहीं पा रही थी। इससे पहले कुछ मर्द और औरतें उनके पास आ चुकी थीं। मर्दों ने यह नौकरी पसन्द नहीं की क्योंकि यह घर के अन्दर की नौकरी थी जो किसी भी वक़्त ख़त्म की जा सकती थी। औरतों में दो अधेड़ उम्र की थीं जिनसे फुर्ती की आशा नहीं की जा सकती थीं और तीसरी लड़की कुछ अधिक ही तेज़ थी। बड़ी सरकार की नज़रों ने भाँप लिया कि काम से अधिक उसकी नज़र हवेली के ताम-झाम पर थी।

"तुम चाहो तो शोफ़र तुम्हें स्टेशन वापिस ले जायेगा। अपना सामान लेकर वापिस आ जाओ। मैं नहीं समझती कि तुम्हारा लम्बा-चौड़ा सामान होगा।"

"अभी तो सिर्फ़ कपड़े अपने साथ लाई हूँ। मेरा सूटकेस स्टेशन के क्लोक रुम में रखा है।" वह अच्छी तरह जानती थी कि बस उतने ही कपड़े उसके पास थे जो साथ लाई थी। दूसरा सामान भी ऐसा कुछ ज़्यादा नहीं था। पेंन्टिंग का कुछ सामान था और एक छोटा-सा सन्दूक़ जिसमें वह अपने माँ-बाप की यादगार, कुछ चीज़ें रखा करती थी।

"तुम्हें किसी और चीज़ की यहाँ ज़रूरत भी नहीं होगी। सब कुछ तुम्हें यहाँ मिल जायेगा।"

ऐमन ने बड़ी सरकार का शुक्रिया अदा किया और बाहर निकल आई। सहारा कितना ही कच्चा क्यों न हो फिर भी सहारा ही होता है। ऐमन ने अपने

दिल पर से एक बोझ-सा उठता हुआ पाया, लेकिन डूबते इन्सान को जहाँ किनारे पर पहुँचने की चिन्ता होती है—किसी भी किनारे पर—। किनारे को छूते ही कई और डर भी उसे घेर लेते हैं। कहीं वह जगह आदमख़ोरों की न हो? कहीं वहाँ भूखों न मरना पड़े? कहीं वहाँ उसे अकेलापन तो नहीं डसेगा? यही हाल ऐमन का था। उसकी समझ में नहीं आ रहा था कि उसे किस तरह का काम करना होगा। क्या कर्तव्य-कर्म निभाना होगा—"जनरल असिस्टैन्ट"—एक ऐसी पोस्ट थी कि जिसके लिये कोई भी डयूटी हो सकती थी—इस हवेली और हवेली के वासियों से वह बिल्कुल अपरिचित थी। वहां कौन-कौन रहता था? जो लोग वहां थे उनकी पोज़ीशन क्या थी? बड़ी सरकार ने उससे सब कुछ उसके बारे में तो पूछ लिया था लेकिन वह स्वयं तो इन सबके बारे में कुछ नहीं जानती थी। उसे इतना तो पता चल गया था कि उस सारी हवेली का केन्द्र बड़ी सरकार थीं। इससे आगे वह कुछ नहीं जान पाई थी। उसने अपने-आप को अभी इस उलझन में डालना ठीक भी नहीं समझा। 'समय आने पर सारे पर्दे अपने-आप उठ जायेंगे,' उसने सोचा।

वो दिन ही कुछ ऐसे थे। पुराने हैदराबाद की कोख से नया हैदराबाद अगड़ाई ले रहा था। हैदराबाद की स्काई-लाईन के साथ यहां के दिमाग़ भी करवट बदल रहे थे। लोग अपने पुराने रीति-रिवाज़ को सीने से लगाये हुए नये ज़माने को भी समेट रहे थे। ऐसा करते हुए अभी उनके हाथ कांपते थे, पाँव लड़खड़ाते थे। किसी जगह की सभ्यता, वहां के रीति-रिवाज़, वहां की भाषा कोई तमाशा नहीं होता कि स्वांग रचा लिया। कल्चर को जन्म लेने के लिये बड़ा समय लगता है। किसी भी सभ्यता को दुनिया में पनपने के लिये समय की भट्‌टी से गुज़रना पड़ता है। बाहर के कई आक्रमणों का सामना करना पड़ता है और साथ ही अपने दरवाज़े, खिड़कियाँ खुली रखनी पड़ती हैं, ताकि बाहर की ताज़ा हवा अन्दर आ सके। दुनिया की जिस सभ्यता ने अपने-आप को सीलबन्द करके रखा, वह अपनी मौत आप मर गयी। दक्षिण ने खुली बाँहों से बाहर के कल्चर की कई अच्छी बातों को अपनाया। साथ हीं अपने कल्चर की अच्छी बातों को क़ायम रखा, तो नतीजे में वहाँ एक ऐसे कल्चर ने जन्म लिया जो अपना जवाब आप ही था। लेकिन आज़ादी के बाद जिस तेज़ी से हैदराबाद और हैदराबादियों को अपने तौर-तरीके बदलने पड़े, उसे एक हादसा ही कहा जा सकता है। ऐसा करते हुए नि:सन्देह पाँव लड़खड़ा रहे थे, बाहर का सहारा बेकार था। उन्हें अपना सहारा अपने आप बनना था। जो ऐसा नहीं कर सके, उनके पाँव ज़मीन से उखड गये। जिन्होंने समय के साथ समझौता कर लिया, उन्हें समय ने भी कुछ दिया। सोचने का नया ढंग, हैदराबाद से बाहर की दुनिया से तालमेल, मेहनत का फल इत्यादि।

कुली कुतुबशाह की साँवलियाँ अब पिशवाजों की बन्दिशों से आजाद, पर्दे वाली

मोटरों, शिकरमों, झटकों की जगह बसों में फिरने लगी थीं। दफ़्तरों में काम करती थीं। मेंहदी की जगह उनकी हथेलियों से मेहनत की लाली झलकने लगी थी, लेकिन बहुत कम लोग ऐसे थे जिन्होंने बिना किसी धचके के इस परिवर्तन से समझौता कर लिया हो। पुराने रीति-रिवाज़ का ख़ून बड़ा गहरा होता है। जिन्होंने इन धचके को ज़्यादा महसूस किया वे बौखला गये, अपनी पुरानी चाल खो बैठे। उनकी मंज़िल कोई नहीं थी और उनके रास्ते थे टेढ़े-मेढ़े। समाज की टूट-फूट को सम्भालने का काम समय ने अपने हाथ में ले लिया। मानसिक परिवर्तन दो दिन में तो नहीं हो जाता। उसके लिये ठोकरें खा-खाकर सम्भलना पड़ता है। और, हैदराबादी बड़ी समझदारी से समय की ये ठोकरें सह रहे थे।

ऐमन भी समय के इन रोले हुए मोतियों में से एक थी। उसके वालिद शहाब अहमद का सम्बन्ध भी हैदराबाद के एक ऊँचे घराने से था। लेकिन, उन्हें इस अपराध की सज़ा दी गई कि उन्होंने अपनी पसन्द की लड़की से शादी की थी। यह लड़की जिसका नाम इफ़फ़त था, एक शरीफ़ घराने की लड़की थी। उसका परिवार सहारनपुर का था। शहाब अहमद ने भरपूर कोशिश की कि उनके अपने परिकर में इफ़फ़त का पूरी तरह आदर हो लेकिन जब वे इसमें कामयाब नहीं हुए तो उन्होंने इफ़फ़त के साथ हैदराबाद ही छोड़ दिया और बैंगलोर जा बसे। उन्होंने अपने ऊँचे परिवार में जन्म लेने का ढोंग नहीं रचाया और टाउन प्लानिंग के दफ़्तर में ड्राफ़्ट्समैन बन गये। उन्होंने ज़माने से और समाज से टक्कर ली थी। उनमें एक ज़िन्दा इन्सान की हिम्मत और साहस जाग पड़ा था। उनकी सोच में ठहराव था। वे हालत से लड़ना जानते थे। उन्होंने अपनी ये सारी अच्छाइयाँ ऐमन को सौंप दी थीं। इफ़फ़त के मरने के बाद उन्होंने अपने दिल और जिगर के घाव के लिये दुनिया से मरहम नहीं मांगा। उनका ख़्याल था कि जब इन्सान ख़ुशियों का बोझ सह सकता है तो दुःख को भी पानी कर सकता है।

ऐमन उस समय जवानी के दौर में क़दम रखने को ही थी तब उसके वालिद को घर में किसी औरत की कमी बुरी तरह महसूस हुई। और ऐसे में ही उनकी मालिक मकान मिसेज़ आईज़ैक उनके लिये देवी का रूप धारण कर सामने आई। वह एक बड़ी अच्छी नारी थीं जो दसरों की सहायता को हमेशा तैयार रहती थीं। लेकिन यह दौर ऐमन के लिये एक कठिन दौर था। अब वह ज़िन्दगी के बारे में बहुत गम्भीरता से सोचने लगी थी। और, यही कारण था कि उल्टे-पुल्टे हालात में भी ऐमन मज़बूती से सही रास्ते पर चलती रही।

उसने बड़े सोच-विचार के बाद अपने आप को हवेली के दिन-रात के हवाले कर दिया। जो कमरा ऐमन को दिया गया था वह बड़ी सरकार के बैड रूम के सामने था। इसकी दीवारों पर हलका-सा हरा रंग था जो बड़ा सुन्दर लगता था। एक सिंगल बैड पर हरे रंग का ही कैंडल-विक, बैड कवर और उसके एक ओर साइड टेबिल थी, जिस पर

अधिक आकर्षण रखने वाला एक टेबिल लैम्प रखा था। उसके सामने दीवार से लगा एक बहुत ही सुन्दर राइटिंग चेस्ट था। वह कितना पुराना था, यह कहना तो मुश्किल था, लेकिन काले गन-वुड के इस चेस्ट और उस पर बेल-बूटों की एचिंग ने ऐमन की नज़र को अपना बन्दी बना लिया। वो बेल-बूटों को अपनी अंगुलियों से महसूस करते हुए इसका अनुमान लगाने लगी कि वो कितना पुराना होगा।

पश्चिमी दीवार से जुड़ी एक छोटी-सी ड्रेसिंग टेबिल और उसके बराबर अन्दर बना हुआ एक बड़ा-सा वार्डरोब था। उससे जुड़ा हुआ दरवाज़ा बाथ-रूम का था। दरवाज़ों और खिड़कियों पर ख़ुश-रंग, फूलदार पर्दे थे जो कमरे के रंग से बहुत अच्छा तालमेल रखते थे। फ़र्श पर बिछा हुआ क़ालीन पुराना था लेकिन काफ़ी क़ीमती लगता था। वह कमरा शायद उस वक़्त सजाया गया था, जब ऐमन ड्राइवर के साथ स्टेशन से अपना सूटकेस लेने गई थी, क्योंकि पुराने और नये फ़र्नीचर का टकराव बताता था कि कोई वज़नदार फ़र्नीचर वहाँ से हटाकर उसकी जगह टेबिल और ड्रेसिंग टेबिल रखी गई थी। लेकिन जिस ढंग से कमरे को संवारा गया था, उसमें औरतपन की झलक थी। नौकर ऐमन का सूटकेस रख कर जा चुका था। जब तक वह कमरे की सजावट देखती रही, शमशाद भी गाल पर हाथ रखे उसे दिलचस्पी से देखती रही।

"अब तुम चली जाओ शमशाद, मुझे किसी चीज़ की ज़रूरत नहीं," ऐमन ने मुस्कुराकर शमशाद से कहा। वह अपनी पहली ही मुलाक़ात में जान गई थी कि शमशाद पर बड़ी सरकार की ख़ास नज़र है।

उसका अनुमान बिल्कुल ठीक था। बड़ी सरकार की वालिदा ने काल के ज़माने में पाँच सेर अनाज और पाँच कौड़ियों के बदले शमशाद को ख़रीदा था। हैदराबाद के उस सुनहरी दौर में भी जब एक गन्डे में चार पैसे और एक पैसा सिक्का हाली में चार धेले और हर धेले में चार कौड़ियां हुआ करती थीं, इन्सान अनाज के बदले तुल जाया करता था। काल के दौर में जब भूख का अजगर फुंकारता तो गरीब माँ-बाप अपने कलेजे के टुकड़ों को लेकर हवेली-हवेली हॉक लगाते फिरते और मुट्ठी भर अनाज में जन्म-जन्मान्तर का सौदा हो जाता। सनोवर, बख्तावर और शमशाद इसी काल के ज़माने की यादगारें थीं। नाम तो उनके माँ-बाप ने अवश्य उन्हें कुछ दिये होंगे जो हवेलियों में बेचते समय वह अपने साथ लेकर चले गये क्योंकि उस हालत में बस उन नामों पर ही उनका अधिकार रह जाता था। काल में विशेषकर लड़कियां हाथों हाथ बिक जाती थीं जो हवेली में एक बार आने के बाद जी-जान से वहीं की हो रहतीं। अभी उनकी आंखों में नशा और उनकी बांहों में जवानी की ख़ुशबू भी भर न पाती कि कई छोटे मंझले नवाब या चुन्नू पाशा के बिछौने की सिलवट बन जातीं। फिर उनके बिन बाप की कलियाँ खिलतीं लो धूम से उनकी चिल्ला छटियाँ होतीं। शमशाद भी उन्हीं में से एक थी जो बड़ी सरकार के ब्याह के समय उनके दहेज में दी गई थी। गुलामी में इन्सान आत्मसम्मान

खो देता है, उसकी जगह त्याग ले लेता है। शमशाद का भी यही हाल था। बड़ी सरकार और उनसे सम्बन्ध रखने वाली हर वस्तु उसके लिये पवित्र थी। आदर-सत्कार के दायरे में रहते हुए भी उसकी नज़र तेज़ थी। उसे मुस्कुराने वाली वह लड़की, जिसके दोनों फूल-से गालों में गड्ढे पड़ते थे, पसन्द आई थी।

"बड़े सरकार बोलें आप आज आराम कर ल्यो, कल से काम देखना, " शमशाद जाते-जाते बोली। "अब खाने का वक़्त होईच रहा है। आप खाना खाकौ आज आराम करल्यौ।" वह दरवाज़े पर ठिठक गई—ऐमन को यूँ लगा जैसे वो कुछ कहना चाहती थी।

"क्या बात है शमशाद?" वह उसके पास जाकर बोली।

"कुछ नई।" और शमशाद जाने के लिये मुड़ी।

ऐमन ने उसके कन्धे पर हाथ रख दिया, " सुनो शमशाद तुम जानती हो मैं इस हवेली में बिल्कुल नई हूं। यहाँ के तौर तरीक़ों को जानती नहीं। मुझे तुम्हारी मदद की ज़रूरत होगी।"

"अययौ बीबी, आप इत्ते पढ़े-लिखे; मैं आपको क्या सिखाऊंगी," शमशाद ने ज़रा-सा झुक कर कहा। उसे ऐमन की सादगी पसन्द आई।

"अभी तुम कुछ कहते-कहते रुक गई थीं। बताओ क्या कहना चाहती थीं।"

शमशाद ने कुछ सोचने के बाद कहा, "ये शाहाना साबज़ादी और उनकी अम्मा छोटे पाशा के चालाँ तुम नक्को सीखों बीबी, बस इत्ताईच बोलना था मेरे को" और वह दरवाज़े से निकल कर चली गई।

'बस इतनी सी बात,' ऐमन को हँसी आ गई। अगले वक़्तों की शमशाद शायद माडर्न शाहाना के तौर-तरीक़ों को समझ नहीं पा रही थी।

उसने सूट केस खोलकर कपड़े निकाले और अलमारी में उन्हें हैंगरों में लगाने लगी। अलमारी में दर्जनों हैंगर थे। ऐमन के होंठो पर एक मुस्कराहट फैल गई। इतने हैंगर तो सात जन्म में भी उसके कपड़ों से नहीं भर सकते थे। लेकिन अब कुछ कपड़े तो उसे सिलवाने ही होंगे। उस महल जैसी हवेली का एक भाग होते हुए, उसे अपनी कुछ हैसियत तो बनानी ही होगी। उसके जो भी कपड़े थे, सस्ते थे, लेकिन उनसे भी उसका अच्छा टेस्ट झलकता था।

उसने खिड़की से पर्दे हटाये तो वहाँ से बाग़ नज़र आया। बोगन-वेलिया की बेलें दूर-दूर तक फैली हुई थीं। रंगों का एक तूफान, धरती से आकाश की ओर उठ रहा था। बोगन-वेलिया से परे बाग़ के सिरे पर एक छोटा सा सुन्दर काटेज था जिसके अहाते में खिले ख़ुश-रंग फूल और भी चंचल दिखाई दे रहे थे, लेकिन, फिर भी अलग-थलग वो कॉटेज नया होने पर भी कुछ रहस्यमय था। 'वह शायद हवेली का गेस्ट हाउस होगा' ऐमन ने सोचा ओर ज़रूरी सामान लिये नहाने चली गई।

वह नहाकर निकली तो शमशाद खाना टेबिल पर रख रही थी। ऐमन ने सोचा कि हवेली का वह बड़ा डाइनिंग हॉल जहाँ से होकर वह ऊपर आई थी किस काम का था, जबकि हवेली में खाना कमरों में पहुँचाया जाता था। लेकिन उसने यह सब शमशाद से पूछना ठीक नहीं समझा क्योंकि हो सकता है हवेली में उसकी पोज़िशन को देखते हुए हवेली के मालिकों के साथ उसका खाना ठीक न समझा जाता हो।

"खासा (खाना) खाल्यौ बीबी ठंडा हो जायेंगा।"

"बेगम साहिबा ने खा लिया?" ऐमन ने पूछा।

"कौन, बड़े सरकार?"

"हाँ, बड़ी सरकारा?"

"बड़ी सरकार, नई बीबी-तोबा-तोबा, बड़े सरकार।"

"लेकिन बड़ी सरकार कहना तो सही है शमशाद— वह औरत हैं," ऐमन ने शमशाद की उर्द जब़ान ठीक करने की कोशिश की।

"अईयौ नई बीब— बड़ी सरकार बोले तो बेअदबी होती है। बड़े सरकार बोले तो अदब की बात," शमशाद ने ऐमन को अदब का फ़र्क समझाने की कोशिश की और ऐमन चुप हो रही। "हो मैं उनको खिला कौईच आपको लायूँ", शमशाद ने कहा, "बड़े सरकार बोले कल से आपका खाना उनके साथीच होइंगा।"

"क्यूँ क्या हुआ"? ऐमन ने शमशाद को घुटना दबाते देखकर पूछा, "माठी मिला अब्दुल करीम! मैं कित्ता बोली अरे बाबा सीढ़ियों के ऊपर तक खाना पहुँचा दे, आज मेरे घुटने टूट रैं; मगर सुना तो बोलो, मुन्डीकाटा।" शमशाद ने अब्दुल करीम को कोसा। "अल्लाह आपको अच्छा रखो बीबी। कित्ता ख़्याल करेना मेरा," शमशाद उसे दुआएं देती चली गई।

ऐमन ने तौलिये से अपने घटाओं जैसे बालों का पानी सुखाया। खाने की ख़ुशबू उसे बैचेन कर रही थी, हालाँकि सबेरे ही उसने पेट भर कर खाना खाया था॥ उसके दिमाग़ में इस वक़्त इतना तनाव था कि अब सोचने पर भी उसे याद नहीं आया कि उसने क्या खाया था! माँ के मरने के बाद अच्छे खानों का मज़ा तो जैसे वह भूल ही गई थी। भूख ही शायद एक ऐसा अहसास होता है जो कभी नहीं मरता उस समय तक जब तक कि इन्सान मौत का निवाला नहीं बन जाता। ऐमन ने इस तरह खाना खाया जैसे वह ख़ुदा से लौ लगाये हुए हो।

खाने के बाद उसने मिसेज़ आईज़ैक को ख़त लिखा। वह चाहती थी कि अपने शुक्रिये के साथ अपना दिल उलट कर रख दे और इसी कोशिश में दो तीन अधूरे पत्र उसने रद्दी की टोकरी के हवाले कर दिये। लेकिन, जब वह अपने लिखे पत्र से सन्तुष्ट हो गई तो लिफाफा बन्द करने से पहले उसे ध्यान आया कि क्यों न मिसेज आईज़ैक को लिख दे कि उसकी पेंन्टिग की सारी सामग्री वह पार्सल से भिजवा दें। फिर उसने

सोचा कि पता नहीं आगे चलकर उसे इतना अवकाश भी कभी मिलेगा या नहीं कि कुछ क्षण वह जैसे चाहे बिता सके। लेकिन, फिर भी उसने उस पत्र में मिसेज़ आईज़ैक को यह बात लिख ही दी।

पता नहीं ऐमन कितनी देर तक सोती रही। जब उसकी आंख खुली तो उसने देखा कि सूरज अपनी काफ़ी मंज़िल तय कर चुका था। वह हड़बड़ा कर उठ बैठी और जब ड्रैसिंग टेबिल के सामने खड़ी बाल बना रही थी तो देखा कि दोपहर के आराम ने उसे ताज़गी दे दी थी। हल्के गुलाबी शलवार कमीज़ में उसका खिलता हुआ रंग और निखर आया था। आज का दिन उसके अवकाश का दिन था। अगले दिन से वह जानती थी कि उसका समय उसका अपना नहीं होगा।

आकाश पर बादल छाने लगे थे। माहौल में एक गुनगुनाती सी ख़मोशी थी। वह कमरे से बाहर निकल आई और कुछ देर बिल्कुल गुमसुम सी खड़ी हो गई। कई दरवाज़े—कुछ खुले, कुछ बन्द—सीढ़ियों के नीचे बड़े हॉल में पूरी ख़ामोशी, केवल झाड़फ़ानूसों की 'टिंगलिंग'—उसे ऐसा लगा जैसे वह ख़ामोशियों के इस शोर में कहीं गुम हो जायेगी। वह जहां थी, वह हवेली का बीच का भाग था। बड़े-बड़े क्रीम कलर के दरवाज़े,जिनके फ्रेमों पर सुनहरी बेल-बूटे बने थे, उनके बीच खड़े-खड़े उसे ऐसा लगा जैसे वह अंग्रेज़ी परीकथा 'दि ऐलिस-इन-वंडरलैन्ड' में खड़ी है। उसने चुपचाप गैलरी से हवेली के पिछवाड़े का रास्ता लिया। गैलरी के अन्त में बहुत बड़ा शीशे का दरवाज़ा खुला था, जहां बरामदे से होते हुए हवा के हल्के-हल्के झोंके अन्दर आ रहे थे। बरामदा बहुत बड़ा था। उसके दोनों ओर से सीढ़ियाँ हवेली के पिछले हिस्से में उतरती थीं। ऐमन सीढ़ियां उतर कर दायें घूम गईं। उस ओर हवेली का पाया बहुत ऊंचा था, जिसका लाभ उठाकर बेसमेन्ट रूम बनाये गये थे। ऐमन का जी चाहा कि वो देखे कि उन बन्द दरवाज़ों के पीछे क्या रहस्य था? फिर उसने सोचा कि यदि किसी ने उसे ऐसा करते देख लिया तो बड़ी बुरी बात होगी और वह अपनी इच्छा को दबाती हुई आगे बढ़ गई। उसी समय दरवाज़ा खुला और कोई तूफ़ान-सा उससे टकरा गया।—वह तूफान नहीं था बल्कि कोई व्यक्ति था। इससे पहले कि वह नीचे गिर पड़ती, दो मज़बूत हाथों ने उसे थाम लिया और दो तीन चकफैरियां देकर उसे सीधा खड़ा कर दिया। ऐमन इस हिचकौले के लिये बिल्कुल तैयार नहीं थी। वह तो एक भूचाल-सा था। उसने सम्भलने की कोशिश करते हुए अपनी फड़कती हुई कनपटियों को हाथों से दबाकर आँखें खोलीं तो अपने पांव में एक टेनिस रैकिट पड़ा पाया और उसके पास ही सफ़ेद टेनिस शूज और सफ़ेद जुराबों से उभरती दो फड़कती हुई टांगें। उसकी दोनों बांहे अब भी उस व्यक्ति के हाथ थामे हुए थीं। उसने नज़रें उठकर देखा, बीच का कद, भरा-भरा लेकिन वर्ज़िश किया हुआ शरीर, गोरा रंग और काले घुंघराले बाल। होठों से अधिक मुस्कुराती काली गहरी आंखें जो उसे एकटक देखे जा रही थीं, जैसे वह पूछ रही हो कि

'आपका परिचय'

"माफ कीजिये," ऐमन ने अपने आपको सभालते हुए उन हाथों के बन्धन से स्वयं को आज़ाद करते हुए कहा, हालांकि ग़लती उसकी नहीं थी।

"माफ़ तो उसी वक़्त कर दिया था जब आपकी शकल देखी थी।" उस युवक ने कहा, "आपकी जगह अब्दुल करीम होता तो इसी रैकिट से उसकी मरम्मत कर देता, लेकिन···," उसने सर से पांव तक ऐमन को देखते हुए कहा, "आप में तो कहीं भी अब्दुल करीमियत नज़र नहीं आती।"

ऐमन ना चाहते हुए भी हंस पड़ी। वह युवक उम्र में भी लगभग उसके बराबर होगा। लेकिन जिस बात ने ऐमन को सम्भाला दिया वह उस युवक के व्यवहार का सीधा-सादा ढंग था, जिसमें कहीं कोई गहराई या अर्थ नहीं था।

"मुझे भी अफ़सोस नहीं है, कि मैं अब्दुल करीम नहीं हूँ।"

"एक बार आपको छूकर देख सकता हूं?"

"नहीं, हादसे बार-बार नहीं हुआ करते," ऐमन ने हंस कर कहा।

"न सही," युवक ने अपने कंधे उचकाकर हाथ फैला दिये। "मैं तो सिर्फ़ ये देखना चाहता था कि आप सचमुच कोई ज़िन्दा चीज़ हैं या···", और उसने हाथ गिरा दिये।

"मेरा नाम ऐमन है" ऐमन ने कहा। "और आप शायद बशारत नवाब हैं?" उसने बशारत नवाब का नाम बड़ी सरकार से सुन रखा था।

"नवाब किसी ज़माने में हुआ करते होंगे अब तो ताश का बावन भी नहीं तरेपनवां पत्ता हो गये हैं।" बशारत नवाब ने बावन पर ज़ोर देकर कहा, "समझ में आया कुछ?"

कहां तो ऐमन ने सोचा था कि उस हँसमुख युवक से माफ़ी मांग कर आगे बढ़ जायेगी और अब उसे यूँ लग रहा था जैसे वह किसी पुराने मित्र से एक ज़माने बाद मिल रही हो।

"मेरी बात का सही जवाब दे दिया तो आधी जागीर आपके नाम लिखा दूगा," बशारत कमर पर हाथ रखे ड्रामाई ढंग से बोले।

"सोचने दीजिए।" ऐमन ने दिमाग़ पर ज़ोर दिया। "बावन तो हो गया नवाब का उलटा और ताश का तरेपनवां पत्ता 'जोकर'।"

"वह मारा। लाओ मिलाओ हाथ।"

लेकिन ऐमन ने हंसकर दोनों हाथ कमर के पीछे बांध लिये।

"और मेरी आधी जागीर?" उसने पूछा।

"चलो अभी तो गोलकुन्डा का क़िला बैआने में ले लो तुम।"

'ये अब 'आप' से 'तुम' पर आ गये'। ऐमन ने मुस्कुरा कर सोचा।

"बशारत नवाब आपको देर हो रही है," उसने याद दिलाया और बशारत नवाब ने झुक कर रैकिट उठा लिया।

"जाने को जी तो नहीं चाहता लेकिन अपने फ़र्ज भी तो पूरे करने हैं। क्लब में सब मेरी राह देख रहे होंगे।" वे जाते-जाते पलटे, "फिर कब मिलना होगा?

"मैंने कहा ना, हादसे बार-बार नहीं होते," ऐमन हंसकर बोली।"

"लेकिन इत्तेफ़ाक़ तो किसी वक़्त भी हो सकता है।"

और इससे पहले कि ऐमन कोई जवाब सोचती वह हवा हो गये। कुछ देर बाद मोटर साइकिल की फट-फट ने ऐलान किया कि बशारत नवाब अपने कर्त्तव्य को पूरा करने के लिये चले गये हैं।

'क्या बशारत नवाब क्लब जाने के अलावा और भी कुछ काम करते हैं, जिन्हें वह उसी लगन से पूरा करते होंगे?' ऐमन ने दूर उड़ती हुई धूल को देखकर सोचा। लेकिन, बशारत नवाब स्वयं ही इस प्रश्म का उत्तर थे। कुछ लोग जन्म से ही इतने भाग्यशाली होते हैं कि उन्हें हर सुबह को शाम करने के लिये तनाव का सामना नहीं करना पड़ता।

'बशारत नवाब क्या बड़ी सरकार के साहेबज़ादे हैं और अगर यह सच है तो क्या इस प्रकार उसका उनके साथ बेलाग हँसी-ठट्ठा करना ठीक था?' लेकिन बशारत नवाब ने ही तो उसे बातों में उलझा लिया था। उसका दोष केवल इतना था कि वह उन्हें देखकर छुई-मुई नहीं बन गई थी। वह छुई-मुई बन भी नहीं सकती थी, क्योंकि बनावट और दिखावा उसे आता नहीं था। जिस संघर्ष का जीवन बिताते- बिताते हवेली में आई थी, वहां इसका प्रश्न ही नहीं उठता था क्योंकि किस्मत ने उसे मर्दों की इस दुनिया में ला कर खड़ा कर दिया था, जहां उसे जिन्दा रहने के लिये हाथ-पांव मारने थे? अपनी इज़्ज़त को आप बचाना था।

आश्चर्थ की बात तो यह थी कि इतना सब होने पर भी उसका औरत-पन नहीं मर सका था। अपना जीवन तो वह यों बिता ही रही थी। परन्तु अब वह उन लालची नज़रों का मुक़ाबला करते-करते थक गई थी जो उसके अकेलेपन का लाभ उठाना चाहती थीं और यही कारण था कि वह हवेली की चारदीवारी के अन्दर आने के लिये उत्सुक थी। वरना उसे इस शानदार हवेली से क्या लेना-देना था। किसी ज़माने में बाग़ ओर हवेली की शान कुछ और होगी। अब बीच के भाग को छोड़कर उस शानदार हवेली का चेहरा बरबाद हो रहा था। उस पर व्हाईटवाश नहीं हुआ था। बजरी उखड़ रही थी। सारे माहौल को एक मसीहा की आवश्यकता थी। बाग़ के पीछे मेंहदी की ऊंची-ऊंची बाढ़ थी और उसके पीछे अस्तबल और नौकरों के क्वार्टर थे।

"ज़माना कितना आगे बढ़ गया,' ऐमन ने एक कसैली मुस्कुराहट से सोचा— 'पहले नौकर अस्तबल के पड़ोस में रहते थे, अब अस्तबलों में रहते हैं। नौकरों के

क्वार्टरों में कुछ चहल-पहल थी। उनके सामने आंगन में कुछ कम उम्र लड़कियाँ ज़मीन पर लकीरें खींच "चीरकी बिल्ला" खेलते हुए एक टांग पर उछल रही थीं। लाइन से बने चार पाँच अस्तबलों में से सिर्फ़ एक में घोड़ा था। ऐमन उसे देखती रह गई। बड़ा जियाला जानवर था। उसकी चॉकलेटी मख़मली खाल उसके पुट्ठों की तड़प से चमक-चमक जाती थी। ऐसा लगता था कि उसकी बड़े चाव से देखभाल होती होगी। उस समय भी साईस घोड़ें के शरीर की मालिश कर रहा था।

'बशारत नवाब का घोड़ा होगा ये।' उसने सोचा, "अगर साईस उसकी खाल चमकती न रखे तो वह स्वयं उसकी खाल उधेड़ देंगे। जिस चीज़ ने तुरन्त ही ऐमन का ध्यान आकर्षित किया वह बराबर के अस्तबल में एक लैन्डो फ़िटन थी जो एक पुराने कपड़े से ढकी छुपी थी। उसने आगे बढ़कर कपड़ा खिसकाया और धूल का एक बबूला सा उठा, लेकिन उसके नीचे लैन्डो कारीगरी सामने आई। उस पर जड़े पीतल के नक्श अब अपनी चमक खो चुके थे। उन्हें ज़रा से परिश्रम से चमकाया जा सकता था। वहां लटके बड़े-बड़े जालों के रेशमी पर्दे बताते थे कि बग्घी कई वर्षों से काम में नहीं लाई जा रही थी। अस्तबल के पिछवाड़े आम के पेड़ों का एक झुण्ड था जिन पर बौर आने लगा था। खेलते हुए बच्चों ने रूककर उसे घूरना शुरू कर दिया था। हर अजनबी की क़िस्मत में ऐसी नज़रें लिखी होती हैं।

"आगे तालाब है," लड़कियों में से एक लड़की ने उसे बताया।

"अच्छा! तुम भी चलोगी मेरे साथ?" ऐमन ने मुस्कुराकर कहा।

"नई नई हम नई जाते वाँ।अम्मा मारते गये तो।" लड़की ने उत्तर दिया।

"ठीक है, मैं अपने आप चली जाऊंगी," ऐमन ने आगे बढ़ते हुए कहा। "तुम अपना खेल खेलो।" लड़कियां उसे एक टुक देखती रहीं।

एक और पगडंडी-सी बन गई थी। ऐमन उसी पर चल पड़ी। आगे कदम और गूलर के बड़े बड़े पेड़ थे। फिर कुछ मैदान-सा था। उसके आगे जामुन के पेड़ों के परे एक तालाब था। अलग-थलग एक समर-हाउस था जिसकी सीढ़ियाँ तालाब के अन्दर पहुँच जाती थीं। इस तालाब में सैंकड़ों छोटे-छोटे कमल खिले हुए थे। कहीं- कहीं तालाब की कटघर टूटकर गिरने लगी थी। दूसरे किनारे पर ऊंचे-ऊंचे नारियल के पेड़ों की छाया ख़ामोश पानी में दम साधे पड़ी थी। यह जगह इतनी हसीन थी कि उसने ऐमन के दामन को छोड़ा ही नहीं। वह वहीं दूब पर बैठ गई। वह यह बात सहन नहीं कर सकती थी कि ऐसी जगह समय के हाथों नष्ट हो जाये। अपने वालिद की मदद करते हुए उसने ऐसी कई जगहों को काग़ज़ पर संवारा और सुधारा गया देखा था। उसकी कल्पना में भी उस झील का एक सुंदर नक्शा उभर उठा।

अचानक उसे होश आया तो उसने देखा कि झुटपुटा हो रहा था। वापिस जाने के ख़्याल ही से उसे ऐसा लगा कि वह थक गई है क्योंकि अपनी धुन में खोई हुई वह दूर

तक निकल आई थी। जल्दी पाँव बढ़ाती वह हवेली की ओर लौटी। रास्ते में जब वह काटेज के पास से आ रही थी तो उसने देखा वहां भी रोशनी हो गई थी जो खिड़की के चमकते शीशों से छन-छन कर बाहर आ रही थी। वह आगे बढ़ गई। हवेली सामने ही थी। वह जिस रास्ते से बाहर निकली थी, उसी से होकर अपने कमरे में चली गई। शाम गहरी हो चली थी। दूर सुर्ख़ अंगारा हुआ सूरज ख़ुदा हाफ़िज़ कह रहा था। खिड़की का पर्दा उठाये वह उसे देर तक देखती रही। यहां तक कि अंधेरे ने सूरज को पनाह दे दी और हर ओर अन्धेरा छा गया।

आहिस्ता-आहिस्ता ऐमन हवेली में अपने कामों के उद्देश्य को समझती गई। यह बात उस पर साफ़ हो गई थी कि वह हवेली में अधिकतर बड़ी सरकार के अकेलेपन को दूर करने के लिये आई थी। बड़ी सरकार सबेरे की सैर के पश्चात नाश्ता कभी बाग़ के एक ख़ास कोने में और कभी संगमरमर के स्तम्भों वाले बरामदों में किया करती थीं। नाश्ते के बाद ऐमन उन्हें अख़बार पढ़ कर सुनाती। राजनीति में उसकी रुचि बस यूँ ही सी थी परन्तु जब उसे इस बात का अनुमान हुआ कि उससे क्या आशा रखी जाती है तो उसने अवकाश का समय समाचार पत्रों ओर पत्रिकाओं में रुचि लेने के लिए रख दिया। बड़ी सरकार बहुत सारी बातें जानती थीं। उन्हें पढ़ने का बहुत शौक़ था। हवेली की क़ीमती लाइब्रेरी में जाकर वह अपने लिये किताबें चुन लेतीं, जिन्हें ऐमन उनके कमरे तक पहुंचाती। उन किताबों में फ़ारसी, जर्मन और फ्रेन्च भाषाओं की किताबें भी होतीं जिनके कुछ उर्दू और अग्रेंज़ी अनुवाद ऐमन ने पढ़े थे। बड़ी सरकार के ज्ञान को देखते हुए ऐमन के दिल में उनका आदर और बढ़ गया था। उसने नवाबों की बेगमों के खोखले-पन की दास्तानें सुन रखी थीं, लेकिन बड़ी सरकार उसके बिल्कुल उलट थीं। उनके रौबदार व्यक्तित्व के पीछे एक बहुत कोमल और सुलझा हुआ दिल-दिमाग़ था। ज़माने के साथ उन्होंने अपनी विचारधारा को भी नया मोड़ दिया था, लेकिन अपने रीति-रिवाज नहीं छोड़े थे। उनका लिबास अब भी वही था। वह हमेशा महीन मलमल का सफ़ेद चुना हुआ दुपट्टा,कारगे या फ्रेन्च जाली पर कसीदा की हुई चोली, घुटने से नीचे पहुंचती हुई कुर्ती और अतलस के पैजामे पहना करती थीं; और उसके नीचे आपाशाही जूती। यही हैदराबाद के अमीरों का लिबास था। नाक में वह बहुत महीन हीरे की लौंग पहनती थीं जिसकी चमक के आगे बड़े बड़े हीरे भी मान्द थे। उनका बूटा सा क़द, सुर्ख़ सफ़ेद रंगत और इस उम्र में भी ख़ूबसूरत आंखें बताती थीं कि वह जवानी में कितनी हसीन रही होंगी। उन्हें यह सुनहरी आंखों वाली नमकीन लड़की पसन्द आ गई थी जो गम्भीर थी, ख़ामोश थी लेकिन कभी-कभी दिलचस्प बात पर उसकी हसीन आखें शरारत से नाच उठती थीं। वह एक मासूम बच्चे की तरह

बड़ी सरकार की आंखों में आखें डाले हंस पड़ती थी। उम्र के इतने बडे अन्तर पर भी एक ख़ामोश-सा रिश्ता उन दोनों के बीच जनम ले रहा था।

"हवेली के वासियों में एक बिखराव था, जिनसे एक-एक करके ऐमन परिचय पा रही थी। बशारत नवाब से वह इत्तफ़ाक़ से मिली थी। शाहाना साहेबज़ादी से वह मिल चुकी थी। उनकी वालेदा तसनीम पाशा के बारे में वह शमशाद से सुन चुकी थी और जिस प्रकार से तसनीम पाशा की बात उसने की थी, उससे इतना तो उसे पता चल ही गया था कि वह न तो शाहाना साहेबज़ादी को पसन्द करती थीं और न तसनीम पाशा को। लेकिन, ये दोनों माँ-बेटी कौन थीं? और बशारत नवाब क्या सचमुच बड़ी सरकार के साहेबज़ादे या दुसरे शब्दों में उसके भी बौस थे? उसका दिमाग़ ये गुत्थियां नहीं सुलझा पा रहा था और वह नहीं चाहती थी कि इन बातों के बारे में किसी से पूछे।

एक शाम वह समर हाउस की झील से लौट रही थी। उस जगह को वह बहुत पसन्द करने लगी थी। झुटपुटे में जब सफ़ेद कमल शाम के धुंधलके में डूबने लगे तो वह वापिस जाने के लिये उठ खड़ी हुई और जल्दी-जल्दी पांव उठाती चली आ रही थी। रास्ते में वह ख़ूबसूरत-सा काटेज पड़ता था। उसे यूँ ही लगा कि उस काटेज में कोई किराये-दार रहते होंगे जिनका सम्बन्ध उस दुनिया से होगा जिसे वह छोड़ आई थी क्योंकि हवेली के साये में कुछ दूर बने उस काटेज में कोई किरायेदार ही रह सकता था। हालाँकि वह उस दुनिया में वापिस जाना नहीं चाहती थी जिसे वह छोड़ आई थी, मगर सामाजिक बन्धन टूटते अवश्य हैं, मरते नहीं। ऐमन के पांव आज काटेज की तरफ उठ ही गये। यहां तक कि वह छोटा सा सफ़ेद गेट खोलकर अन्दर प्रवेश कर गई।

वहां कोई नहीं था। छोटे से लॉन से होती हुई वह बरामदे तक पहुंच गई। किसी ने उसे टोका नहीं क्योंकि वहां के पहरेदार केवल बेज़बान ख़ुशरंग फूल थे। वहां पूरी ख़ामोशी छाई थी। धीरे-धीरे वह नरवस होने लगी। शाम की हल्की हवा में अहाते में खड़े नारियल के सुन्दर पत्ते सरसरा रहे थे और रात के अंधेरे के साथ-साथ सन्नाटा भी बढ़ता जा रहा था। उसका दिल ज़ोर-ज़ोर से धड़कने लगा। उसने सोचा शायद उसने वहा आने में भूल की थी और अब उसके लिये अच्छा होगा कि जल्द से जल्द वहां से चली जाये। वह जाने के लिये पलटी और उसके मुंह से चीख़ निकलते-निकलते रह गई। किसी ने उसके कंधे पर हाथ रख दिया था। उसे ऐसा लगा जैसे वह पत्थर की मूर्ति बन गई हो। कंधे पर हाथ का दवाब जब कुछ हलका हुआ तो उसने डरते-डरते कनखियों से पहले उसी हाथ को देखा जो उसके कंधे पर रखा था। लम्बी-लम्बी गन्दुम के रंग की उन उंगलियों वाले हाथ में झुर्रियां उभर आई थीं। उस हाथ के दबाव में बिल्कुल सख्ती नहीं थी। साहस जुटाकर ऐमन ने उस हाथ के मालिक के चेहरे की तरफ देखा तो वहां भी कोई नाराजगी नहीं थी। कोई इशारा तक नहीं था कि एक अजनबी बिना आज्ञा के वहां क्यों आई थी? कोई शिकाय़त नहीं थी। वह चेहरा बहुत

आकर्षक था, जो उसे एकटक देखे जा रहा था। सबसे अधिक शान्त काली आँखों से झलकती नरमी थी जिसने ऐमन के तेज़ धड़कते दिल को थपथपा दिया। वह ऊंचे कद का आदमी था। उसके चौड़े कंधे, जो कभी बहुत मज़बूत रहे होंगे, अब कुछ झुक गये थे। घुटने तक पहुंचते हुए सफ़ेद ओवरऑल पर रंग के अनगिनत धब्बे थे। रंगों के इस तूफान ने मानों ऐमन को उस व्यक्ति के बहुत पास ला दिया क्योंकि वह स्वयं भी रंगों की भाषा जानती थी। 71–72 साल की आयु में इतनी चमकदार और गरम जोश आँखें ऐमन ने कभी नहीं देखी थीं।

"मैं ऐमन हूं," उसने आहिस्ता से कहा।

"हम जानते हैं।" उस व्यक्ति ने भी उतना ही आहिस्ता कहा, "तुम्हें हमने कई बार देखा है। अब तुम हमें याद हो गई हो।"

"मैं देखना चाहती थी कि यहां कौन रहता है," ऐमन ने साफ़-साफ़ अपना अपराध मान लिया।

"सिर्फ़ देखना चाहती थीं या जानना भी?" उस आदमी ने मुस्कराकर पूछा। "सिर्फ़ देखना चाहती थीं तो देखा लिया, अब जा सकती हो। जानना चाहती हो तो अन्दर आ जाओ मेरे साथ।"

"देखना चाहती थी," ऐमन ने उस व्यक्ति के धब्बे लगे ओवरऑल को देखकर कहा, "और अब जानना भी चाहती हूं।" ऐमन पल भर को ठिठकी, लेकिन मुड़ कर जाते हुए उस इन्सान में कोई बात ऐसी थी कि वह ऐमन को अजनबी बिल्कुल नहीं लगा। उसके पीछे-पीछे वह अन्दर आ गई।

वह एक छोटा-सा, सादा लेकिन बहुत ही साफ़-सुथरा ड्राइंग रूम था। बीच के टेबिल पर रंगों की प्लेट रखी थी, जिस पर कुछ रंगों के ढेर बता रहे थे कि उन्हें इस्तेमाल करते-करते ही वह बाहर आ गया था।

"आप पेन्टर है?" ऐमन ने पूछा।

"तुम भी तो हो," और उसने मुस्कुराकर सिर हिला दिया।

"मैं? ये··· आपने कैसे जाना?" ऐमन ने पूछा।

"अभी-अभी तुम्हारी अंगुलियों ने बल्कि तुम्हारी आंखों ने जिस भक्तिभाव से रंगों की प्लेट को छुआ था।"

अल्लाह! अल्लाह! ऐमन ने सोचा, जो आदमी इतना भावुक है वह कितना ऊंचा पेन्टर होगा? ऐमन ने एक बार फिर उसके चमकते हुए माथे और लम्बी अंगुलियों को देखा। उसकी बातचीत का अन्दाज़ ऐसा था जैसे रेशम पर अ़गुलियां सरसरा रही हों।

"मेरा नाम विक़ार है, लेकिन लोग मुझे विक़ार जंग कहते हैं।"

ऐमन उछल पड़ी। तो यही विक़ार जंग थे। यह नाम उसके लिये नया नहीं था। उसने उनकी पेंन्टिग की नुमाइश देखी थी। उनकी तस्वीरों को बहुत ऊंचे दामों बिकते

देखा था और आरजू की थी कि काश उसका अपना आर्ट भी उस ऊंचाई को छू पाये। लेकिन, कला तो मेहनत मांगती है। समय का नज़राना मांगती है। और, रोज़गार के कारोबार ऐमन को ये सब कुछ करने नहीं देते थे। विक़ार जंग की तस्वीरों की नुमाइश उनके एजेन्ट ही ऑर्गनाईज़ करते थे। वह कभी स्वयं वहां नहीं होते थे। पत्रों और पत्रिकाओं को उन्होंने कभी इन्टरव्यू नहीं दिये। यही कारण था कि बहुत कम लोग उन्हें व्यक्तिगत रूप से जानते थे। उसने एक आदर के साथ विक़ार जंग की ओर देखा और फिर बातचीत का सिलसिला चल पड़ा। माडर्न तथा एब्सट्रैक्ट आर्ट पर जब बात चल निकली तो ऐमन को पता ही न चला कि वह कितनी देर से वहां बैठी थी। अचानक वह खड़ी हो गई।

"माफ़ कीजिए मैंने आपका बहुत वक़्त ले लिया।" उसने कहा।

"तुम इसे ऐसे भी देख सकती हो कि कितना वक़्त हमने एक-दूसरे के साथ पाया है, खोया नहीं। आइन्सटाइन एक छोटी सी लड़की के साथ सैर कर रहा था। उस बच्ची ने उससे उसकी थ्योरी आफ़ रिलेटिविटी (Theory of Relativity) के बारे में पूछा। आइन्सटाइन ने जवाब दिया:

"देखो मैंने तुम्हारे साथ आधा घन्टा गुज़ारा है लेकिन मुझे ऐसा लग रहा है जैसे पाँच ही मिनट से तो मैं तुम्हारे साथ हुँ। यही है मेरा मसला।"

वह उन्हें आदाब करके बाहर निकली तो उन्होंने उसे रोक दिया और कहा, "आज मैंने तुम्हारा आना माफ़ कर दिया लेकिन आगे तुम्हारा ना आना माफ़ नहीं करुंगा।" उन्होंने ऐमन का कन्धा थपथपा कर कहा। जो आदमी समाचार पत्रों के पत्रकारों से कतराता था, जो व्यक्ति पब्लिक मीटिंगों से दूर भागता था, आज वह ऐमन से दोबारा आने को कह रहा था। ऐमन ने इसे अपना सौभाग्य समझा।

उसने बाहर निकल कर छोटा-सा गेट बन्द कर दिया और जल्दी-जल्दी हवेली की तरफ़ चली। उसने देखा बशारत नवाब सीढ़ियाँ चढ़ते-चढ़ते उसे घूर रहे थे। जब वह पास पहुंची तो उन्होंने आश्चर्य से पूछा "यानी तुम भूत बंगले की तरफ़ से आ रही हो?"

"बुज़ुर्गों ने कहा है, पहले सलाम, फिर कलाम।" ऐमन ने हंस कर कहा।

"कहो तो अभी तुम्हें झुक कर सलाम करू, लेकिन मुझे पहले हर तरफ़ से देख लेने दो कि तुम सही सलामत हो भी या नहीं?" बशारत नवाब ने उसका चक्कर लगाते हुए कहा।

"क्यों क्या बात है?" ऐमन ने उनकी बात को शरारत से अधिक न समझा।

"यानी तुम सचमुच विक़ार जंग से मुलाकात करके आ रही हो और पूछ रही हो कि क्या बात है। इसे कहते है शाने लापरवाही।"

"मैं फिर भी नहीं समझी," ऐमन ने बशारत नवाब के हंसमुख चेहरे की ओर

देखा। वह बनकर नहीं कह रहे थे।

"तो फिर तुमसे ख़ुदा समझे।" वह बोले, "अरे बाबा वहां तो इसराइल अलैहिस्सलाम भी कॉल बेल बजाते डरेंगे। तुम जानती हो, वहां परिन्दा भी पर नहीं मार सकता।"

"देखिये मेरे साथ तो ऐसा नहीं हुआ। वह मुझ से बहुत प्यार से बोलते रहे।"

"कर दिया ना जादू उन पर भी। अब वह भी वादिये ऐमन में भटकते रहेंगे।"

"और कौन फिर रहा है मेरे लिये आवारा?" ऐमन ने हंसकर पूछा।

"है कोई बेचारा—दिल का मारा—गुगु तारा," बशारत नवाब रैकिट हवा में उछालते हुए बोले। शायद क्लब से वापिस आ रहे थे।

"शरारत बन्द कीजिए और बताइए कि वह कौन हैं?" ऐमन विक़ार जंग को एक पेन्टर की तरह जान गई थी लेकिन उनका हवेली से क्या सम्बन्ध था, यह वह नहीं जानती थी।

"हुस्नवालों में ये अपने परस्तारों के नाम जानने का चलन कब से पैदा हो गया?" वह उसी तरह रैकिट को हथेली पर जमाते हुए बोले।

"नाम तो मैं जानती हूँ। अता-पता बताइए।"

"अता-पता पूछ रही हो? यह तो और भी बुरा हुआ।" बशारत नवाब बोले। और, ऐमन थक हार कर जाने लगी। लेकिन, रास्ते में उन्होंने अपना रैकिट रख दिया।

"तो सुनो", वह बोले, "नवाब विक़ार जंग बड़ी सरकार के देवर हैं। मरहूम निसारुद्दौला के सौतेले भाई।"

"लेकिन उन्हें मैंने हवेली में आते कभी नहीं देखा?" ऐमन बोली।

"तो मैं क्या करूँ? हाथ-पैर बांध कर ले आऊँ?"

"आपने तो जैसे शरारत न छोड़ने की क़सम खा रखी है? मैं जा रही हूँ।" और वह दौड़कर सीढ़ियाँ चढ गई।

बाद में उसे ध्यान आया कि उसे कुरेदना नहीं चाहिए था। यह तो कोई ख़ास बात नहीं थी कि विक़ार जंग हवेली के अहाते में रहते थे, हवेली में नहीं। नवाबी ख़ानदानों के जायदाद जागीर के झगड़े इतने गम्भीर होते थे कि उनकी खूनी दास्तानें बन जाती थीं। हो सकता है विक़ार जंग का भी अपने परिवार से संघर्ष रहा हो। लेकिन, एक बात और थी। बशारत नवाब ने कहा कि विक़ार जंग बड़ी सरकार के देवर थे। यह नहीं कहा कि वह उनके चाचा थे। तो, क्या बशारत नवाब बड़ी सरकार के साहेबज़ादे नहीं हैं?

दूसरे दिन ऐमन को बडी सरकार ने लाइब्रेरी में बुलवाया। जब वह वहां पहुंची तो देखा बड़ी टेबिल पर कुछ फ़ाइलें पड़ी थीं और मुन्शी साहब नाक की फुनगीपर चश्मा टिकाये एक फ़ाइल पढ़ रहे थे। बड़ी सरकार की डांटती हुई नज़रें मुंशी साहब पर जमी हुई थीं। मुंशी साहब कुछ चिंतित थे। उनके बूढ़े चेहरे पर शर्मिन्दगी थी, जो बताती थी

कि अवश्य कोई बात सरकार को नापसन्द हुई।

"मुंशी साहब आप तो जानते हैं।" बड़ी सरकार कह रही थीं, "छोटे सरकार इस बात को बिल्कुल पसन्द नहीं करेंगे। आपने डांडेली की फ़ैक्टरी के बारे में मुझे बिल्कुल ख़बर नहीं दी और हम समझते रहे कि काम-काज ठीक चल रहा है।

"वह…बड़े सरकार…", मुंशी साहब हकलाये।

"अब रहने दीजिए ये बातें। हम अपने आप वहां जाकर देखेंगे कि हालात क्या हैं।"

फिर वे ऐमन से कहने लगीं, "तुमने अपनी अर्ज़ी मे लिखा कि तुम टाइप और शॉर्टहैन्ड भी जानती हो।" यह कोई सवाल नहीं था, बल्कि बड़ी सरकार केवल उसे याद दिला रही थीं।

"जी," ऐमन कुछ नरवस होती हुई बोली क्योंकि टाइप और शार्टहैन्ड वह जानती अवश्य थी, परन्तु बहुत दिनों से उसकी प्रेक्टिस नहीं रही थी। कठिनाई यह थी कि मुंशी साहब केवल उर्दू टाइपिंग जानते थे। पत्र-व्यवहार के लिये बाहर ही से टाइपिस्टों को बुलाया जाता था टैम्परेरी तौर पर। लेकिन, अब कुछ आवश्यक पत्र व्यवहार अंग्रेज़ी में होने लगा था। मुशी साहब के माथे पर पसीने की बूंदें देखकर ऐमन को उनपर रहम आ गया।

मुंशी साहब फ़रिश्ते जैसे थे हालाँकि शक्ल और सूरत से वह फ़रिश्ते नहीं लगते थे। कम से कम ऐमन की कल्पना में फ़रिश्तों की जो शक्ल उभरती थी, वह उससे बहुत अलग थे। दोहरे पाजामे पर लम्बी शेरवानी जिसकी सीधी जेब में तीन-चार क़लम और पेसिलें और नवाब साहब मरहूम का तोहफ़ा—एक फ़ाउनटेन पैन था जिसे वह बहुत सम्भाल कर रखते थे। बाई जेब में तोड़े वाली जेबी घड़ी जो बरसों से बन्द थी। उनकी गरदन पर रखा हुआ हंसमुख चेहरा जिसकी ठोढ़ी पर तितली की तरह जमी हुई दाढ़ी, मुंह में चौका और आंखों में बरसों वफ़ादारी की गरमजोशी जो केवल उस परिवार के लिये थी जिसका नमक उनके बाप-दादा ने भी खाया था। सर पर तुर्की टोपी, जिसका फुन्ना वह हमेशा सामने रखा करते थे। उनके चेहरे पर सदा ही एक न मिटने वाली मुस्कुराहट रहती थी। हो सकता है, इसका कारण उनका चौका रहा हो। वह बड़ी सरकार से कभी नज़रें मिलाकर बात करने की बेअदबी नहीं करते थे। गरदन झुकाये रखते थे जिसके कारण उनकी टोपी का फुन्ना झूलता रहता था। जब से हैदराबाद की सरकारी ज़बान उर्दू की जगह अंग्रेज़ी में काम करना पड़ रहा था, वह बहुत सटपटाये हुए थे। बाहर से आने वाले टाइपिस्ट उनको एक आंख नहीं भाते थे क्योंकि वे लौन्डे मुंशी साहब की अंग्रेज़ी का मज़ाक उड़ाया करते थे और उनके व्यक्तित्व पर भी हंसते थे। ऐसे में ऐमन उनकी बड़ी सहायक बन कर सामने आई। वह उनका बहुत-सा काम निपटा दिया करती थी। पहले-पहले तो उसके बारे में उनके दिल में बहुत से शक उभरते

रहे। हैदराबाद की आम लड़कियों के मुक़ाबले में वह उन्हें आज़ाद लगी थी, लेकिन कुछ दिनों बाद उसकी यही अच्छाई उन्हें पसन्द आने लगी थी क्योंकि ऐमन जिस तरह इस लम्बी-चौड़ी दुनिया में अकेली थी, उस तरह उसका निडर और आज़ाद होना ज़रूरी था। उसका तौर-तरीक़ा सबके साथ मेल-मिलाप का था, दोस्ताना था। यहां तक कि उसने मुंशी साहब को भी सहज कर लिया था। वह कभी-कभी उसे अपनी शायरी तक सुना दिया करते थे:

रूदे मूसा में आई तुग़यानी
हैदराबाद की हुई विरानी

मुंशी साहब के इस तरह के शेर होते। उनकी शायरी में गुज़रे हुए ज़माने की याद की तड़प और आने वाले दौर की भयंकर तस्वीर होती।

बड़ी सरकार ने फ़ाइल देखते-देखते अपनी ऐनक उतारी और कुछ नरमी से मुंशी साहब से कहा, "कोई बात नहीं; अभी देर नहीं हुई है। आप हमारे डांडेली जाने की तैयारी कीजिए।"

"हौ सरकार—अभीच करतौं," मुंशी साहब की जान में जान आई।

"मुंशी साहब," बड़ी सरकार कुछ बेबस होकर बोलीं। "बात तो पूरी सुन लीजिए। हम अभी नहीं जाएंगे। कल तमकीन यार जंग की साहेबज़ादी की शादीं है। हमारा वहां जाना बहुत ज़रूरी है क्योंकि हम दूसरी किसी रस्म में जा नहीं पाये हैं। हम परसों सवेरे की गाड़ी से डांडेली जाएंगे।"

"जो हुकुम।"

"अब आप जा सकते हैं।"

मुंशी साहब जल्दी फ़ाईलें समेट कर चलते बने?

"ऐमन बीबी कल तुम्हें भी हमारे साथ चलना है शादी में।" बड़ी सरकार कुर्सी से उठते हुए बोलीं।

ऐमन बड़ी सरकार के साथ नाश्ते के लिये बाग़ में पहुँची तो देखा कि वहाँ बशारत नवाब और शाहाना साहेबज़ादी के अलावा एक बेगम और बैठी थीं। इसमें शक नहीं कि उन बेगम का हुस्न जवानी की मंज़िलों से गुज़र चुका था; फिर भी उनकी बादामी आँखों में बड़ी कशिश थी। सुर्ख़ो सफ़ेद रंग और कटे हुए बालों में वह शाहाना साहेबज़ादी की ही तस्वीर लग रही थीं। कासनी रंग की शिफ़ॉन की साड़ी से झाँकते हुए ऊंची एड़ी के काले सैन्डल में उनके ख़ूबसूरत पांव कबूतरों जैसे लग रहे थे। हाथ में शिकंजी का लम्बा गिलास वह एक अदा से थामे हुए थीं। बैठने के अन्दाज़ से लगता था कि वे ऊंचे घराने की थीं।

यह ज़रूर तसनीम पाशा होंगी। ऐमन का अंदाजा बिल्कुल सही निकला। उसे हवेली में आये दस-बारह दिन हो गये थे लेकिन आज पहली बार उसका सामना

तसनीम पाशा से हुआ था। हवेली में एक खास बात उसने यह देखी थी कि हर कोई अपने काम से काम रखता था। ख़ासतौर पर ऐमन के सामने हवेली में रहने वाले बात नहीं करते थे। अगर नौकर-चाकर आपस में कुछ मालिकों के बारे में बात करते होते तो ऐमन को आता देखकर एकदम चुप हो जाते। कुछ उसूल हवेली में सदियों से चले आ रहे थे जैसे नमक-ख़्वारों को अपनी ज़बान पर नियन्त्रण रखना चाहिए। उसे यह भी बहुत दिनों के बाद पता चला था कि बशारत नवाब बड़ी सरकार के नहीं बल्कि तसनीम पाशा के साहेबज़ादे थे और शाहाना साहेबज़ादी के बड़े भाई। ज़ाहिर है ऐमन उन सबके लिये बाहर से आई हुई लड़की थी। अब वह हवेली के स्टाफ़ की एक मेम्बर थी और आहिस्ता-आहिस्ता उनका ऐमन पर भरोसा बनता जा रहा था। वह बड़ी सरकार के पीछे आगे बढ़ी। शाहाना साहेबज़ादी और बशारत नवाब पता नहीं किस बात पर उलझ रहे थे और छोटे पाशा की बादामी आँखें ऐमन को तोल रही थीं।

पास आकर ऐमन ने तसनीम पाशा को सलाम किया जिसका जवाब उन्होंने भौं के इशारे से दिया। उन्होंने उठकर बड़ी सरकार को सलाम किया और उनके गाल पर बोसा दिया।

"कब आई?" बड़ी सरकार ने मोंढ़े पर बैठते हुए -पूछा।

"जी, रात ही को आई हूं।" तसनीम पाशा अपनी जगह सम्भलती हुए बोलीं।

"फ़ारूक़ नवाब, तमीज़ दुल्हन और बच्चे ख़ैरियत से हैं?" बड़ी सरकार ने अपने छोटे सौतेले भाई की जो तसनीम पाशा के सगे भाई थे और उनकी फैमिली की ख़ैरियत पूछी।

"जी हाँ, सब ठीक है। दोनों बच्चों के मीज़ल्स निकले थे, अब ठीक हैं।" तसनीम पाशा सवालों के छोटे-छोटे जवाब दे रही थीं।

"तुम तो विक़ाराबाद महीने भर के लिए गई थीं, जल्दी ही लौट आई!" बड़ी सरकार ने मुस्कुराकर कहा।

"मेरे लिये तो वहां दस दिन भी दूभर हो गये।" तसनीम पाशा बेचैन होकर बोलीं। बड़ी सरकार ने अक़्लमन्दी से बात की धारा को मोड़ा, "ऐमन बीबी, ये मेरी छोटी बहन हैं तसनीम पाशा।"

"जी, मैंने देखते ही पहचान लिया था", ऐमन मुस्कुराकर बोली।

"किस तरह पहचान लिया था?" तसनीम पाशा ने कुछ बेज़ारी से कहा, "क्या मेरी शकल पर लिखा है?" उनकी सख़्त बात ने ऐमन को बौखला दिया।

"जी, वह आप शाहाना से बहुत मिलती-जुलती है," उसने कहा।

"हां, शाहाना साहेबज़ादी मेरी लड़की हैं और बशारत नवाब उनके भाई।" तसनीम पाशा ने साहेबज़ादी और नवाब पर ज़ोर देकर कहा जैसे उन्होंने ऐमन की बेतकल्लुफी को पसन्द न किया हो। ऐमन के गाल लाल हो गये।

"सरकार आज ये नान बहुत अच्छे बने हैं", बशारत नवाब ने बेचैन होकर बात बदली।

"हमेशा झूठ बोलते हो", शाहाना ने कहा— "अभी तुमने नान खाये ही नहीं।"

"तुम तो ख़ुदा को भी चखकर देखोगी, तब कहोगी हाँ सचमुच यह ख़ुदा है।" बशारत नवाब ने शाहाना को घसीटा।

"तुम लोग अमीरों और शरीफ़ों की ज़बान भूलते जा रहे हो।" तसनीम पाशा ने उन्हें टोका—"तुम्हारी सात पीढ़ियों में भी किसी ने इस तरह बात नहीं की होगी।"

"अब तुम विक़ाराबाद से लौट आई हो। इनकी बागडोर सम्भाले रखो।" बड़ी सरकार ने मुस्कुराकर कहा।

"हाँ, मेरा दिल वहां नहीं लगता था आपा बेगम—एक तो छोटी सी जगह, क्लब तक की सहूलियत नहीं; दूसरे भाई जान सियासत के मैदान में क्या कूद पड़े हैं कि बस हर वक़्त घटिया लोगों में घिरे रहते हैं।"

"यह जनता की तारीफ़ हो रही है।" बशारत नवाब कुछ बेचैन होकर बोले। वह ऐमन की तरफ देखकर खिसिया गये थे। वह चाह रहे थे कि उनकी वालिदा ऐसे खोखलेपन से ऐमन के सामने अपना सुपीरियोटी कॉमप्लेक्स न दिखायें। लेकिन तसनीम पाशा और आगे बढीं—

"बेशक हाथी गिरे भी तो, घोड़े से ऊंचा रहता है। हमें अपने तौर तरीके कभी नहीं बदलने चाहिए और जब से भाई जान ने पोल्ट्री फ़ार्म का चक्कर चलाया है, रही-सही कसर भी पूरी हो गई। और तो और, भाभी जान भी अन्डे गिनती फिरती हैं।"

"तो इसमें बुराई क्या है", बड़ी सरकार ने बड़ी कोमलता से कहा। "बदलता जमाना चाहता यही है कि हम अपनी जागीर-जायदाद को ऐसे कामों में लगायें जिनसे फ़ायदे हों—अब रेग्यूलर आमदनी भी तो कम हो गई है।"

"आपको तो इसकी फ़िकर नहीं होनी चाहिए। आप को ख़ुदा ने इतना दिया है कि आप दस को खिला सकती हैं।" तसनीम पाशा बोलीं।

"अगर तुमने भी रेस और ताश, पागलपन की हद तक ना खेला होता, तो मरहूम सलावत नवाब ने बहुत कुछ छोड़ा था।"

"ऊँह। आपा बेगम, आप तो मेरे शौक़ को ही ले बैठीं।" केवल तसनीम पाशा ही बड़ी सरकार से इतनी लिबर्टी ले सकती थीं और किसी की हिम्मत नहीं थी जो उनसे इस ढंग से बोलता। "क्लब में सभी मुझे ब्रिज क्वीन कहते हैं। मैं पहुंचती हूँ तो सबके चेहरे चमक उठते हैं।" उन्होंने कहा।

"बस बस तसनीम पाशा", बड़ी सरकार बोलीं। "इसी भ्रम में तो तुमने बच्चों का सत्यानाश कर दिया। बशारत नवाब अब तक बी. ए. नहीं कर पाये और शाहाना साहेबज़ादी तो स्कूल से आगे ही नहीं बढ़ पाई।"

"तो बताइये इसमें मेरा क्या दोष है? इनके वालिद नवाब साहिब मरहूम जब तक जिन्दा रहे; सभी कुछ तो वही करते रहे। स्कूल में कोई भी नवाबज़ादा बशारत नवाब की टक्कर का नहीं था।"

"पढ़ाई में?" बड़ी सरकार मे दुखती रग पकड़ी।

"और शाहाना साहेबज़ादी—" तसनीम पाशा ने उनकी बात अनसुनी करके अपनी बात जारी रखी। "वह अपनी गवर्नेस और आया के साथ पाबन्दी से स्कूल जाती रहीं लेकिन बुरा हो ज़माने का उनकी पढ़ाई छूट गई।"

"इसलिए न कि शुरू ही से बशारत नवाब ने पढ़ाई में दिलचस्पी नहीं ली और तुम शाहाना की गवर्नेस के ख़र्च उठाने के लिये तैयार नहीं थीं।"

"आप तो जानती है आपा बेगम, मैं वह ख़र्च उठाने के क़ाबिल नहीं रही थी।"

"क्या गवर्नेस के बग़ैर शाहाना साहेबज़ादी की पढ़ाई जारी नहीं रह सकती थी?" बड़ी सरकार ने आज शायद ठान ली थी कि तसनीम पाशा से निपट कर रहेंगी।

"ऑब्वियसली" तसनीम पाशा ने अपनी बेज़ारी बताते हुए कन्धे उचकाकर हाथ फैला दिये—" अब आप यह तो ना कहिऐ कि मेरी लड़की गवर्नेस और आया के बगैर ही किसी आम-से स्कूल में सब छोकरियों के बराबर बैठकर सिर में जुएं भर लातीं। उनका स्कूल छूटा तो क्या हुआ। शहर भर में कोई शाहाना साहेबज़ादी के बराबर अंग्रेज़ी बोल कर तो बता दे।" उन्होंने पैंतरा बदला।

बशारत नवाब और शाहाना साहेबज़ादी ने जब इस तरह की बातचीत सुनी तो वहां से चम्पत हो जाने में ही अपनी भलाई देखी। लेकिन, बड़ी सरकार ने उन्हें इशारे से बैठे रहने के लिये कहा।

वैसे तसनीम पाशा ने जो कुछ कहा वह इतना गलत भी नहीं था। सलावत नवाब की बेवक़्त मौत ने उनसे ज़िन्दगी के बहुत से आराम छीन लिये थे। वैसे उनकी ज़िन्दगी में ही विरोधी हवाएं चलनी आरम्भ हो गई थीं। देश की आज़ादी ने जनता को भी निडर बनाना आरम्भ कर दिया था। जहां ज़मीनों पर बन्धुवा मज़दूर काम करते थे, वहां वे लोग पैसे मांगने लगे थे। छोटे-छोटे विद्रोह सिर उठाने लगे थे। उनके अपने नौकर आस्तीन के साँप बनते जा रहे थे। बेचारे सलावत नवाब सँभलना चाहते थे। आगे बढ़ते हुए वक़्त की उंगली थामना चाहते थे, लेकिन मौत ने उन्हें समय ही नहीं दिया।

कहते हैं, मरा हाथी भी सवा लाख का होता है, सलावत नवाब के मरने के बाद भी इतना बचा था कि यदि तसनीम पाशा चाहती तो वह और उसके दोनों बच्चे उस पैसे का ठीक से उपयोग करके अपने लिये दुनिया ही में एक स्वर्ग बना सकते थे। परन्तु तसनीम पाशा ने ऐसा नहीं किया। वह बस पैसा लुटाती रहीं।

सलावत नवाब के मरने पर एकदम उन्हें ऐसा लगा कि मातम के कपड़े तो उनके पास थे ही नहीं क्योंकि सलाबत नवाव को काला रंग पसंद नहीं था और सफ़ेद कपड़े वे

स्वयं पसंद नहीं करती थीं। इसलिये उन्होंने दुर्भाग्य को बताने के लिये अपना मातमी वार्डरोब (Wardrobe) भी तैयार किया जिसमें हर वस्तु काली थी। ये सब जानते थे कि चार महीने तक तसनीम पाशा ने काले रंग के सिवाय किसी और रंग को हाथ नहीं लगाया। फ्रेन्च शिफ़ान वह बहुत पसन्द करती थीं। बात और है कि काले रंग के पल्ले से जब वह अपना सिर ढ़कतीं तो उनका हुस्न दोबाला हो जाता था। तभी उन्हें ब्यूटी इन ब्लैक का टाइटल मिला था। क्लबों और पार्टियों में अपना दुख बटाने के लिये उनका जाना आवश्यक था जहां उनके मित्र और चाहने वाले उन्हें घेरे रहते थे। क्लब में वह ऊंचे दॉव पर ताश खोलती थीं इसलिए उन्हें ब्रिज क्वीन भी कहा जाता था। पॉट-लक पार्टियों के अलावा घुड़सवारी और टेनिस भी बराबर चलते रहे। उनके मित्र उनकी हर प्रकार से सहायता करते थे। विशेषकर मुख़तार नवाब तो कुछ अधिक ध्यान देते थे। बड़ी सरकार ने दबी जबान से एक-दो बार तसनीम पाशा की आलोचना भी की, फिर चुप हो रहीं। तसनीम पाशा कोई बच्चा तो थी नहीं कि उन्हें डाँट-डपट की आवश्यकता हो। इसके अतिरिक्त बड़ी सरकार अपनी सौतेली माँ का पहले से ही आदर-सत्कार करती आई थीं। फिर माँ ने मरते समय बड़ी सरकार से वायदा लिया था कि वह तसनीम पाशा और फ़ारूक़ नवाब का हर तरह ख़्याल रखेंगी। फ़ारूक नवाब समझदार थे। वह बड़ी सरकार का बहुत आदर करते थे, लेकिन तसनीम पाशा ने अपने भाई फ़ारूक नवाब से लड़-झगड़ कर जायदाद में अपना हिस्सा ले लिया। उनके पति सलावत नवाब भी कोई ऊंचे नवाब नहीं थे जबकि बड़ी सरकार के पति निसारुद्दौला अमीरे पाएगाह थे, जो हैदराबाद में बहुत बड़ा ख़िताब हुआ करता था।

तसनीम पाशा ने जब अपनी सारी दौलत फूँक-फाँक दी तो बड़ी आसानी से उन्होंने अपना रास्ता 'फ़रमान' में बना लिया जहां बड़ी सरकार और उनके साहेबज़ादे आज़र नवाब रहते थे। बड़ी सरकार की और भी हवेलियां थीं जो पुराने हैदराबाद में थीं, परन्तु उन्हें तथा आज़र नवाब को 'फ़रमान' का खुला वातावरण पसन्द था।

तसनीम पाशा की आमदनी नाम मात्र की रह गई थी। उन्हें रुपया-पैसा पानी की तरह बहाने की आदत थी। स्पष्ट है कि इस तरह जीवन बिताने के लिये ऐसी आमदनी काफी नहीं थी। इससे पहले कि वह अपना सब कुछ खो बैठतीं, बड़ी सरकार ने उन्हें राय दी कि वह अपने दोनों बच्चों को लेकर उनके पास ही रहने के लिये आ जायें। लेकिन, बड़ी सरकार ने शर्त यह रखी कि उनकी बची-खुची जायदाद के मुख़तार बड़ी सरकार के साहेबज़ादे आज़र नवाब होंगे। तसनीम पाशा भी यही चाहती थीं। उनके दोनों बच्चे अब बड़े हो गये थे। बशारत नवाब 24 वर्ष के और शाहाना साहेबज़ादी 22 वर्ष की और वह यह भी जानती थीं कि उनके अपने सगे भाई फ़ारूक़ नवाब के पास वह अपना जीवन नहीं बिता सकती थीं। वह समझती थीं कि फ़ारूक़ नवाब ने वह काम किया था जो नवाबों की शान के अनुसार नहीं था। वह कभी कभी भाई के पास रहतीं भी तो

घबरा कर हैदराबाद भाग आतीं। पहले तो बड़ी सरकार ने भी उन्हें ढीली डोरी से बांध रखा था, फिर तसनीम पाशा के बेमतलब ख़र्चों से तंग आकर उन्होंने बटवे की डोरी तंग करनी शुरू कर दी। पहले तसनीम पाशा के बिल केवल मुंशी साहब तक पहुंचते थे और वह उनका भुगतान कर दिया करते थे। अब आज़र नवाब के आदेश से वह हर बिल के बारे में पूछताछ करते थे। लेकिन, यह सिलसिला तब आरम्भ हुआ जब आज़र ने जायदाद के कामों में रूचि लेनी आरम्भ की। तसनीम पाशा मुंशी साहब की कुरेद से दुःखी रहती और उनकी शिकायत बड़ी सरकार से करती रहती थीं। अब कुछ दिनों से आज़र नवाब विदेश गये थे तो उनके न होने का लाभ उठाकर तसनीम पाशा बहुत कुछ बड़ी सरकार से मनवा लिया करती थीं। उनका यह तौर-तरीक़ा मुंशी साहब को बिल्कुल पसंद नहीं था।

कुछ दिन से हवेली में मुख़्तार नवाब बहुत आने-जानें लगे थे और यह बात बड़ी सरकार की उलझन का कारण बनती जा रही थी। मुख़्तार की उम्र 50 साल होने को आई थी लेकिन उन्होंने अभी तक विवाह नहीं किया था। वह अपनी आज़ादी यूँ ही बनाये रखना चाहते थे और धड़ल्ले से चकाचौंध ज़िन्दगी गुज़ारते थे। उनकी यही आज़ादी सबके लिये चिन्ता का कारण बनी हुई थी। सारा समाज चकित था। किसी को पता नहीं था कि मुख़्तार नवाब के ख़र्च का पैसा कहाँ से आता है जबकि बदलते हुए हालात ने सबकी पीठ दीवारों से लगा दी थी। बड़ी सरकार को तसनीम पाशा का मुख़्तार नवाब से मेल-जोल बिल्कुल नापसन्द था। अब शाहाना का उनके साथ आज़ादी से घूमते रहना उन्हें और भी चिन्तित कर रहा था। आज़र नवाब के न होने का वे लोग पूरी तरह लाभ उठा रहे थे परन्तु तसनीम पाशा सन्तुष्ट थीं। उन्हें अपनी बेटी के हुस्न पर पूरा भरोसा था कि एक दिन शाहाना साहबज़ादी आज़र नवाब ही की दुल्हन बनेंगी और वह अपनी पोज़िशन मज़बूत देखने लगी थीं।

"सरकार आप इजाज़त दें तो हम, शाहाना और ऐमन आज गोलकुण्डे की सैर कर आयें", बशारत नवाब ने बोझिल वातावरण से उकता कर कहा। इससे पहले कि बड़ी सरकार कुछ कहतीं, शाहाना ने कहा, "मैं खण्डहरों में भटकी आत्माओं की तरह नहीं भटकूंगी।"

"मुझे पता था तुम नहीं चलोगी", बशारत नवाब बोले।

"इसी लिए तुमने शाहान को ऑफर किया होगा।" तसनीम पाशा फुंकारीं। उन्हें अपनी बहन की नई सेक्रेटरी और उसके रख-रखाव पर क्रोध था और एक नवाब-ज़ादे से मेल-जोल की उसकी हिम्मत क्षमा के योग्य नहीं थी।

"तुम्हें भी जाने की ज़रूरत नहीं है बशारत, शाहाना को आज हेयर ड्रैसर के पास ले जाना है और मुझे मुख़्तार नवाब के पास लंच पर जाना है। हमें तुम छोड़ आओ।"

"शोफ़र आपको ले जा सकता है मम्मी," बशारत नवाब ने गरदन खुजाते हुए

धीरे से कहा ताकि बड़ी सरकार सुन न लें। उस समय बड़ी सरकार शमशाद से कुछ कह रही थीं।

"शोफ़र दो दिन की छुट्टी पर गया है। उसका बच्चा बीमार है," बड़ी सरकार ने कहा। उन्होंने शायद मुख़्तार नवाब का नाम भी सुन लिया था, "ठीक है, बशारत तुम और ऐमन ही चले जाओ। बेचारी लड़की जब से आई है, हवेली ही में बन्द है।"

"लेकिन आपा बेगम, मुझे मुख़्तार नवाब······" तसनीम पाशा ने आवाज उठाई।

"कोई बात नहीं, तुम मुख़्तार नवाब को फ़ोन कर देना कि तुम लंच पर नहीं आओगी।"

बड़ी सरकार के कहने में ऐसी मज़बूती थी कि तसनीम पाशा कसमसा कर चुप हो रहीं। सब कुछ होते हुए भी वह बड़ी सरकार से डरती थीं।

ऐमन ने किचन में जाकर जल्दी-जल्दी सैन्डविच तैयार किये। काफ़ी से थर्मस भर लिया। उसने बड़ी आसानी से किचन में अपना रास्ता बना लिया था। पहलें जिस किचन में 15–20 लोग काम करते थे, अब वहाँ कम लोग रह गये थे। शमशाद जो सिद्धान्त रूप से केवल बड़ी सरकार की मुग़लानी थी, अब अब्दुल करीम का हाथ बंटाया करती थी। हवेली के हर सदस्य के लिये अलग-अलग प्रकार का खाना पकता था। बड़ी सरकार परहेज़ी खाना खाती थीं। शाहाना साहबज़ादी डाइटिंग करती थीं। तसनीम पाशा कॉनटिनेन्टल खाना पसन्द करती थीं। बशारत नवाब चिकनी-चुपड़ी खाते थे। केवल ऐमन ही ऐसी थी जिसे कोई भी खाना खाने में कठिनाई नहीं होती थी। वह स्वयं समय निकाल कर किचन में पहुंच जाती थी। वहां उसका आना ताज़ा हवा के झोंके का काम करता था। अब्दुल करीम की काम करने की लगन बढ़ जाती और उसकी समझ में नहीं आता कि ऐमन बीबी के केवल सब्जी काटकर देने-भर से उसका काम इतना सरल कैसे हो गया। होम साइंस की ट्रेनिंग लेते हुए जो गुर ऐमन ने सीखे थे, उन्हें इस पुराने ढंग पर चलते हुए किचन में एक-एक करके शुरु करती जा रही थी। किचन बहुत बड़ा और हवादार था। वहां का सामान भी क़ीमती और ठीक ढंग का था। लेकिन, जहां सब कुछ नौकरों पर छोड़ दिया जाता है, वहां कई प्रकार की कमियां होने लगती हैं। जो खिड़कियां किचन में सदा के लिये बन्द कर दी गई थीं, ऐमन ने उन्हे खुलवा दिया। और, जब उसने ख़ुद सफ़ाई का बीड़ा उठाया तो अब्दुल करीम को शर्म आ गई। दो नौकर लड़कियों को साथ लेकर उसने किचन और वहां के शेल्फ़ ऐसे चमका दिये कि सब आश्चर्य में पड़ गये। दवाई छिड़कने पर झींगरों का ढेर-सा लग गया। बोन-चाइना और चांदी के बर्तनों में जब खाना मालिकों के सामने रखा जाता तो उन्हें पता भी नहीं चलता था कि जहां से वह खाना पक कर आता था वह जगह कितनी गन्दी थी। अब वहा हर चीज़ क़ायदे-क़रीने से रखी थी। बीच का बड़ा टेबिल घिस कर धोने पर किसी और ही रंग का निकल आया था। फ्रिज जो पहले खाली पड़ा रहता था, अब ताज़ी चीज़ों से

आलमपनाह

हवेली के बड़े फाटक से अन्दर आने से पहले ऐमन हिचकिचाई। उसको शक हुआ कि कहीं वह गलत पते पर तो नहीं पहुंच गई। उसने अपने बैग से इन्टरव्यू कॉल लेटर निकाला और ध्यान से पढ़ा—

फ़रमान—गोलकुन्डा, रोड नम्बर 4, हैदराबाद।

पता बिल्कुल ठीक था और वह बड़ी मुश्किल से यहां पहुँच पाई थी। स्टेशन से यहां तक आने के लिए टैक्सी वाले ने उससे बीस रूपये लिये थे। उसने पलट कर देखा, टैक्सी वाला अब भी टैक्सी के दरवाज़े पर हाथ रखे उसे घूर रहा था। पल-भर को ऐमन के पांव कांपे, उसे घबराहट-सी हुई, वह बेतहाशा पलटी कि टैक्सी वाले को इशारा करके रोक ले और उसी दम वापिस हो जाये। शहर की गहमागहमी से दूर जैसे ही टैक्सी सुनसान सड़क पर आई, उसके दिल में डर-सा पैदा हो गया था। जब वह बैंगलोर से हैदराबाद पहुँची थी तो उसने सोचा था कि फ़रमान किसी और हवेली की तरह शहर की कोई रौनक़ वाली जगह पर होगी जहाँ कम से कम दो बड़ी-बड़ी मूंछों वाले दरबान पहरा दे रहे होंगे, जो मुश्किल से उसे अन्दर आने की आज्ञा देंगे। अब शहर की गहमागहमी से दूर, उस जगह पहुँच कर उसने सोचा कि काश उसने पहले सोच लिया होता, लेकिन अब वह उस बड़े फाटक के सामने खड़ी थी। उसने अपने आप को संयत किया। वह इतनी दूर अकेली यूँ ही नहीं आ गई थी। उसने यह क़दम सोच समझकर ही उठाया था। टैक्सी वाले ने उसकी मानसिक हालत भाँप ली थी और वह प्रतीक्षा कर रहा था कि शायद यह ख़ूबसूरत अकेली लड़की उसे रुकने के लिये कहे और

उसे शहर ख़ाली वापिस ना जाना पड़े, लेकिन जब उसने ऐमन को एक सोचे-समझे अन्दाज़ में पलटते देखा, तो मजबूर होकर उसने अपने ब्रेक छोड़ दिये और टैक्सी ढलान पर फिसलने लगी।

ऐमन ने कनखियों से टैक्सी को वापिस जाते देखा और आसपास की ख़ामोशी ने मानो उसे जकड़ लिया, 'क्या हो, अगर उसे वह नौकरी न मिले? वह वहाँ से शहर वापिस कैसे जायेगी?' दूर-दूर तक कहीं बस स्टैण्ड का पता भी नहीं था। टैक्सी के लिये बहुत क़ीमती 20 रुपये उसने यह जानकर ही ख़र्च किये थे कि उस जगह तक कोई बस नहीं जाती। हवेली का गेट भी बड़ी सड़क से कुछ दूर था और वहां तक पहुँचती हुई बजरी वाली सड़क, ऐसा लगता था, जैसे हवेली के मालिक ने ही अपनी सुविधा के लिये बनवाई थी। आस-पास करोंदों की झाड़ियां ख़ुश-रंग करोदों से भरी थीं, जिनके बीच कहीं-कहीं गहरी सुरमई धुली-धुली-सी चट्टानें ऐसी लगती थीं जैसे हाथियों के पैर के पैर खड़े हों। बरगद के बड़े पेड़ से जटाएं ज़मीन तक पहुँच रही थीं, जहाँ चरवाहों के बच्चे अपनी मैली-कुचैली झोलियों में ज़मीन पर गिरे फल बटोर रहे थे। टैक्सी को देखकर तो वे अपनी-अपनी जगह खड़े हो गये थे और जब टैक्सी जाने लगी तो वे सब "हो-हो" चिल्लाते दूर तक उसके पीछे भागते चले गये। यहाँ तक कि टैक्सी उनकी नज़रों से ओझल हो गई। अब वे वापिस आकर फिर अपने काम में जुट गये थे। ऐमन ने माहौल के इस मज़बूत हाथ को अपने कांधे से झटका और धड़कते दिल को अपने बस में लाने के लिये दो-तीन गहरी सांसें लीं। लोहे के उस गम्भीर फाटक पर कोई दरबान नहीं था, फिर भी, उसे भय-सा लग रहा था। अपनी कमज़ोरी पर अपने आप को टोकते हुए वह आगे बढ़ी। कुछ भी हो, वह नौकरी की तलाश में ही तो आई थी। कोई डाका डालने या चोरी करने के इरादे से तो आई नहीं थी। फिर ये तनाव कैसा? उसने अपने बेमतलब डर को बाहर छोड़ा और गेट से होती हुई अन्दर आ गई।

ऐसा लगता था कि हवेली एक बहुत बड़े अहाते पर बनी थी। अन्दर काफ़ी आगे आने पर भी दूर-दूर तक हवेली का पता नहीं था। सीधी ओर एक बहुत बड़े बाग के खंडहर थे, जिसने ज़रूर कभी शाहजहानी दिन देखे होंगे लेकिन अब आँजहानी होकर रह गया था। लॉन की ताज़गी कहीं नहीं थी — क्यारियाँ वीरान पड़ी थीं। पौधे सिसक रहे थे और बेलें सर लटकाये मातम कर रही थीं। हवेली की तरफ़ जाती उखड़ी हुई बजरी वाली सड़क की बाई ओर बड़ा-सा तालाब, सूखा-सा पड़ा था। पता नहीं सुनहरी मछलियों के कितने सुनहरे बदन इस तालाब के तले गहना गये होंगे। ऐमन को चित्तौड़गढ़ का जौहर याद आ गया, जहाँ वह कालिज के कुछ साथियों के साथ गई थी। चित्तौड़गढ़ के किले में वह जौहर के पास सांस रोके खड़ी हो गई थी। उसके एहसास की कुठाली में सैकड़ों घायल और झुलसे हुए बदन तिलमिलाने लगे थे। अलाउद्दीन खिलजी और उसकी फ़ौज के घोड़ों की टापें कमज़ोर पर ज़बरदस्त के जुल्म का ऐलान

भरा था। अब अब्दुल करीम को हर चीज़ के लिये साइकिल उठाकर शहर भागने की आवश्यकता नहीं थी। काम ठीक से होने के कारण अब उसे अवकाश भी मिलता था जिसे वह जासूसी नावल पढ़ कर गुज़ारता था।

किचन से निकल ऐमन जब जल्दी-जल्दी नीचे पहुंची तो बशारत नवाब अपनी मोटर साइकिल लिये तैयार खड़े थे।

"चलिए चन्द्रगुप्त का रथ हाज़िर है आपके लिए।" वह आदर से झुक कर बोले।

ऐमन ने सोचा ही नहीं था कि गोलकुण्डा बशारत नवाब के साथ मोटर साइकिल पर जाना पड़ेगा।

"मोटर साइकिल पर?" उसने कुछ झिझककर कहा।

"क्यूँ मेरे साथ मोटर साइकिल पर चलने में कोई ऐतराज़ है क्या?" बशारत नवाब बुरा मानकर बोले।

"यह मैंने कब कहा?" ऐमन ने बात को साफ़ करते हुए कहा और उनके पास पहुँच गई। ऐसी हालत में वह किसी मुंहबंद शर्मीली कली की तरह नहीं रह सकती थी। इसके अतिरिक्त बशारत नवाब के स्थान पर कोई और होता तो शायद वह डर गई होती बल्कि जाने ही के लिये ना कर देती। लेकिन इस बीच वह बशारत नवाब और उनके खिलन्दड़ेपन को भली-भांति समझने लगी थी। वह उसके ही उम्र के थे और उनका अन्दाज़ खुला-खुला था। उनके बीच जल्दी ही मेल-मिलाप का सम्बन्ध मज़बूत हो गया था। उसे हँसाना बशारत नवाब के बायें हाथ का खेल था। वे दोनों देर तक छोटी-छोटी बातों पर हंसते रहते थे।

"शाहाना साथ नहीं चल रही हैं", बशारत नवाब ने बात को स्पष्ट करते हुए कहा। "मैंने सोचा बेकार ही कार क्यूँ ले चलें?"

ऐमन मे उनकी इस बात को पसन्द किया। वह जानती थी कि हवेली में दो कारें थीं। फिर भी आज़र नवाब किसी भी बेकार से काम के लिये कारें इस्तेमाल नहीं करते थे।

"तो हम बस से चले जाते", वह बोली, "आपकी नवाबी शान में फ़र्क आ जाता क्या?"

"इधर सुबह-शाम एक ही बस आती है। वह भी कभी की जा चुकी होगी।" बशारत नवाब ने कहा "यू नो ऐमन" उन्होंने एक कहानी आरम्भ की। "मैं बस से जा रहा था। बड़ी भीड़ थी। एक साहब आये और मेरे दोनों पैरों पर खड़े हो गये।"

"जानबूझ कर?" ऐमन की रुचि बढ़ी।

"जानबूझ कर खड़े होते तो मैं उन्हें उठाकर पटक न देता। वहाँ धक्कमपेल ही ऐसी थी।"

"अच्छा, अच्छा, समझ गई। फिर क्या हुआ?"

"बडी देर तक वह यूँ ही खड़े रहे और मैं सहन करता ख़ामोश रहा। कुछ देर बाद

भीड़ छटी, लेकिन वह साहब फिर भी नहीं हटे, तब मैंने हाथ जोड़कर उनसे कहा ⋯⋯” बशारत नवाब रुक गये।

“क्या कहा?” ऐमन ने पूछा।

“मैंने उनसे पूछा, जनाब आप अपने पैरों पर खड़े होना कब सीखेंगे?” ऐमन की हंसी का फ़व्वारा सा छूट पड़ा। “झूठ, बिल्कुल झूठ! आपने आज तक बस के पायदान पर भी पाँव नहीं रखा होगा।” वह बोली।

“वो तो ठीक है, लेकिन जनाब आपसे अर्ज़ है कि इस वक़्त आप भी मेरा एक पैर कुचल रही हैं।”

ऐमन उछल पड़ी। बशारत नवाब की बातों में गुम वह पीछे बैठते-बैठते रूक गई थी। उनका एक पाँव स्टारटर पर और दूसरा ज़मीन पर रखा था जो ऐमन के पैर तले दब गया था। ऐमन की नज़र ऊपर खिड़की पर गई, जहां शाहाना साहबज़ादी खड़ी थीं। ऐमन ने समझ लिया था कि उसकी और शाहाना साहबज़ादी की दुनिया एक-दूसरे से बिल्कुल अलग थी इसी लिए अब वे दोनों जब भी मिलती तो उनके व्यवहार में तनाव नहीं होता था। इसलिए, इस समय भी शाहाना साहबज़ादी ने खिड़की पर खड़े-खड़े उन्हें जाते देखकर हाथ हिला दिया।

ऐमन पिकनिक की बास्केट सम्भाले पिछली सीट पर बैठ गई और बशारत नवाब ने मोबाईक स्टार्ट कर दी।

“यह बास्केट बीच में ना होती तो अच्छा था” बशारत नवाब ने पलट कर ऐमन को देखते हुए कहा। उसने हंस कर एक हाथ से उनके बाल पकड़ कर उनका सर आगे घुमा दिया।

“आगे देखिये नहीं तो खाई में गिरायेंगे आप।”

“तुम्हारे साथ खाई में गिरने में भी मज़ा है।” वह चिल्लाकर बोले।

“माफ़ कीजिए, अभी मैंने अपनी पहली तनख़्वाह भी नहीं ली है। अभी मेरा मरने का कोई प्रोग्राम नहीं है।”

“चलो बाद में सही। इस वक़्त मैं भी अपना अच्छा सूट पहने हुए नहीं हूँ।”

मोबाईक गेट से निकल कर सड़क पर आ गई थी। सड़क पर अभी ट्रैफिक का रश नहीं था लेकिन जिस तेज़ी से बशारत नवाब मोबाईक चला रहे थे उससे ऐमन का कलेजा मुँह को आ रहा था। वे थोड़ी देर में गोलकुण्डे के पायदान पर खड़े थे और सामने ऊंचाई पर बाला हिसार था जिसने मुग़ल बादशाहों के दाँत खट्टे कर दिये थे। लेकिन, हर क़िला गिरने के लिये ही बनता है। ज़िन्दगी की वह गहमागहमी अब कहां थी, जो किसी ज़माने में गोलकुण्डे के किले की रही होगी। यहां किसी ज़माने में हीरे ज़मीन का कलेजा फाड़ कर बाहर निकलने को उत्सुक रहते थे। क़लमकार और तन्ज़ेब जैसे कपड़े बुनने वालों ने हसीनों के शरीर के लिये यह कपड़े तैयार किये होंगे। एक सौ दो कैरट

का सबसे बड़ा हीरा "कोहिनूर" गोलकुण्डे ही की मिट्टी से निकला और इंग्लैन्ड के ताज तक जा पहुंचा—कई हाथों से होते हुए। हीरे भी वेश्याओं की तरह होते हैं। उन्हें कई हाथों से गुज़रना ही पड़ता है। गोलकुण्डे का इतिहास भूलभुलैयों में गुम हो गया था। जो कुछ दिखाई दे रहा था, सब खंडहर था ज़माने की गर्दिश का आईना।

"चलो मुक़ाबला हो जाये किले पर चढ़ने का।" बशारत नवाब ने ऐमन को चैलेन्ज किया।

"हो जाये," ऐमन भी कमर कसते हुए बोली, लेकिन वह बढ़ती हुई धूप से भयभीत थी। बशारत नवाब की बात और थी। उनका वरजिशी शरीर दौड़-धूप सहन कर सकता था जिसके आगे ऐमन बरगद के मज़बूत पेड़ पर अटकी चमेली की पंखड़ी जैसी थी। लेकिन उसने ख़म ठोक ही लिया तो पीछे हटना कैसा।

"चलो तुम्हारे साथ इतना कंसेशन करते हैं कि यह पिकनिक का बास्केट हम लिये चलते हैं।" बशारत नवाब बोले और उनका सफ़र शुरू हो गया।

कुछ दूर तक दोनों साथ-साथ सीढ़ियों पर चढ़ते रहे। चौड़ी-चौड़ी सीढ़ियां जिन्हें ऐमन दो-तीन पग में तय कर रहीं थी, बशारत नवाब उन्हें एक-एक लम्बे डग में पार कर रहे थे देखते ही देखते उनके सैन्डल पहने हुए बड़े-बड़े पैर ऐमन से दूर होते गये। सफ़ेद पतलून और नीली जरसी में उनके पांव बड़ी आसानी से उठ रहे थे जैसे वह बर्फ़ पर स्केटिंग कर रहे हों। पच्चीस-तीस सीढ़ियों के बाद वह अचानक ही रुक गये। उन्हें रुकते देखकर ऐमन भी रुक गई।

"मामले की बातं तो तय हुई नहीं," वो अपनी ऊंचाई से बोले।

"कैसा मामला?" ऐमन ने आश्चर्य से पूछा।

"हार-जीत के फ़ैसले पर इनाम तो तय नहीं हुआ?"

"बशारत नवाब, ये इनाम-इकराम तो आप रईसों को मुबारक। मैं बेचारी आपको क्या दे पाऊंगी?" ऐमन अपने खुले बाल गूंथती हुई बोली।

"तुम्हें भी तो ख़ुदा ने मालामाल किया है।" बशारत नवाब ने धूप में उसके तमतमाये चेहरे पर नज़रें जमा कर कहा।

"आप भी अच्छा मज़ाक़ करते हैं।" ऐमन खिसियाकर बोली।

बशारत नवाब ने कहां, "भूल रही हो कि अभी कुछ दिन पहले ही मैंने तुम्हारे नाम गोलकुन्डे का क़िला लिखा है।" और वे दोनों ज़ोर से हँस पड़े।

"तो चलो, यूँ करते हैं कि जीतने वाले को हक़ दिया जाये मांगने का।" बशारत नवाब बोले, "लेकिन ऐसी चीज़ मांगनी होगी जो देने वाले के बस में हो।"

"मन्ज़ूर, लेकिन ठहरिये," ऐमन ने कुछ सोच कर कहा। उसे बशारत नवाब की शरारत से डर था, "कोई ऐसी वैसी···"

"नहीं भई, नहीं—तोबा-तोबा तुम लड़कियों का दिमाग़ इसी तरह की बातें ही

सोचा करता है। मैं एक शरीफ़ लड़का हूँ—वैसे तुम कहो तो मैं वही माँग लूं जो तुम सोच रही हो।" बशारत नवाब बोले।

ऐमन खिलखिलाकर हंस पड़ी, लेकिन वह जानती थी कि बशारत नवाब गरजने वालों में से हैं, बरसते नहीं।

"आप तो ऐसे समझ रहे हैं जैसे ज़रूर आप ही जीत जायेंगे।"

"वह तो होगा ही।" बशारत नवाब कंधे चढ़ाकर बोले।

"कछुवे और ख़रगोश की कहानी भूल गये क्या?"

"मैं तो किसी भी क़ीमत पर वह निकम्मा कछुवा बनने को तैयार नहीं हूँ। बड़ा गहरा था वह साला।"

"नवाब साहब सम्भालिये, ज़बान बिगड़ी जाती है।" ऐमन ने दरबारी अन्दाज में कहा और बशारत नवाब के अपनी धुन में मगन होने का लाभ उठाते हुए दौड़कर सीढ़ियां चढ़ने लगी।

बशारत नवाब कुछ दूर तक उस उड़ती हुई तितली को देखते रहे। फिर सन्तुष्ट होकर सीटी बजाते चल पड़े। बादल घिर-घिर कर आ रहे थे जिन्होंने जागते सूरज की पलके मूंद दी थीं। लेकिन इस पर भी कुछ ही देर बाद ऐमन हाँफने लगी। 'मैंने भूल की। मुझे शुरू ही से दौड़ नहीं लगानी चाहिए थी।' उसने सोचा और पलट कर देखा—बशारत नवाब बहुत पास पहुँच गये थे। उनके चेहरे पर कोई थकन नहीं थी, जिसकी गवाही उनकी सीटी दे रही थी। यह देखकर ऐमन ने अपने क़दम और तेज़ कर दिये लेकिन फिर भी बशारत नवाब उसके पास से होते हुए आगे निकल गये।

"हार मान लो।" जाते-जाते उन्होंने कहा।

ऐमन ने हाँफते हुए ना कर दी। बशारत नवाब ने कंधे उचकाये और आगे बढ़ गये मानो कह रहे हों—'तुम्हारी मर्ज़ी।'

ऐमन ने भी निश्चय कर लिया था कि शर्त को मंज़िल तक पहुंचाना है हालांकि ऐसी शर्तें बचकानी होती हैं। लेकिन हर बड़े इन्सान के अन्दर भी एक बच्चा हुआ करता है। बशारत नवाब गठे हुए शरीर के मालिक थे तो ऐमन भी तेज़ भाग सकती थी। स्कूल में हमेशा वही दौड़ में अव्वल आती थी। सपोर्ट में उसके नाम का सिक्का जमा हुआ था। केवल तैराकी से वह हमेशा डरती रहती थी। वालिद के लाख कोशिश करने पर भी वह तैरना नहीं सीख सकी थी। उसने पुरानी सब यादों को अपनी सहायता के लिये बुलाया और दौड़ पड़ी। वह अब बशारत नवाब के बहुत पास आ चुकी थी। उसने ज़ोर लगाकर और भी तेज़ भागना शुरू किया ताकि उनसे आगे निकल जाये। आगे दूर तक टूटे पत्थरों की सीढ़ियाँ ही सीढ़ियाँ थीं। जब वह बशारत नवाब के पास से निकल रही थी तो एक छोटे से पत्थर पर उसका पाँव फिसल गया। वह संभल कर आगे बढ़ी, लेकिन इस टक्कर से बशारत नवाब के हाथ से पिकनिक बास्केट गिर गई। बशारत नवाब ने सीटी

बजानी बन्द कर दी और उसे भन्नाकर देखा—"अब तो इनाम की शर्तें और कड़ी हो गई यह बेईमानी है"। उन्होंने सैन्डविच का डिब्बा और सेब जल्दी बास्केट में भरे और पैरों में बिजली भरती ऐमन इस अवसर से लाभ उठाकर बहुत आगे बढ़ चुकी थी। लेकिन अब उसकी साँस फूलने लगी थी।

उसने सोचा कि चट्टान से टेक लगाकर दो मिनट सुस्ता ले लेकिन मोड़ के उधर बशारत नवाब के पाँव की चाप और पास आती जा रही थी। उसने नज़र उठाकर देखा, एक मोड़ पर पहुँच कर सीढ़ियों का अन्त हो रहा था और उसके पीछे ही क़िले की लम्बी-चौड़ी गोद नज़र आ रही थी। उसने हिम्मत का दामन थामा ओर लड़खड़ाकर आगे बढ़ी। उसका दिल ख़ुशी के मारे और भी तेज़ धड़कने लगा। ऊपर बहुत कम सीढ़ियाँ रह गई थीं और अभी तक बशारत नवाब उसकी धूल तक नहीं पा सके थे। उसने आँखें बन्द करके उड़ान भरी और क़िले की ज़मीन पर पहुँच गई लेकिन वही ज़मीन जैसे उसके पैरों तले से खिसक गई जब उसके लड़खड़ाते शरीर को दो मज़बूत बांहों ने सम्भाल लिया। उसने आँखें खोलीं तो बशारत नवाब की हँसती हुई आँखें उसे देख रही थीं। ऐमन का वही हाल हुआ जैसे हवा भरे गुब्बारे में किसी ने सुई चुभो दी हो। उसने दोनों हाथों से अपना चेहरा ढाँप लिया और वहीं घुटनों के बल ढेर हो गई। बड़ी देर तक उसकी समझ में नहीं आया कि वह अपनी हार से निराश होकर रो रही थी या वह हद से बढ़ने के बेबस आंसू थे या थकन के!

"यू आर ए पूअर लूज़र ऐमन।" बशारत नवाब की आवाज आई। "मुझे पता नहीं था कि तुम अपनी हार सह नहीं पाओगी।"

ऐमन को ऐसा लगा जैसे बशारत नवाब पहली बार गम्भीरता से बात कर रहे हीं। और उसने अपने चेहरे से हाथ हटा लिये।

"ये बात नहीं है।" उसने अपने आप पर नियन्त्रण करते हुए कहा, "यह सब कुछ बड़ा अचानक हुआ। मैं जानती थी कि मैं जीत जाऊंगी—और आप जीत गये—मैं चकरा गई थी।"

"तुम रो रही थीं।" बशारत नवाब ने शिकायत से कहा।

"नहीं" वह मुस्कुराकर बोली और वास्तव में उसे अपने बचपने पर हंसी आ गई। "लीजिए मैं अपनी हार मानती हूँ और शर्त पूरी करने को तैयार हूँ।"

बशारत नवाब कुछ देर ऐमन के फूले हुए सांस और दहकते हुए चेहरे को देखते रहे, फिर बेपरवाही से बोले, "तुमने सारा मजा किरकिरा कर दिया—अब ऐसे में क्या कोई अपना हक़ मांगे—फिर कभी सही।"

"मन्ज़ूर—अगर मैं आपकी जगह होती तो क्या माँगती—जानते हैं आप?"

"क्या?" बशारत नवाब किसी अनजाने टारगेट पर कंकड़ियाँ फेंकते हुए बोले।

"सेन्डविचों में तीन चौथाई हिस्सा और दो कप कॉफी।"

"ये तो बड़ी शाकाहारी इच्छा हुई।"

"तो मैं ख़ुदा-ना-ख़ास्ता कोई आदमखोर थोड़े ही हूँ। लेकिन, एक बात बताइये—आप मुझसे पहले पहुँचे कैसे?"

"जिस आख़िरी मोड़ पर तुम सीढ़ियाँ तय कर रही थीं, वहीं चट्टानों के पीछे से एक आड़ा रास्ता भी ऊपर आता है।"

"यह तो बेईमानी हुई। आपको भी वही सीढ़ियाँ तय करनी चाहिए थीं।" ऐमन ने कहा।

"जनाब ऐमन शहाब साहेबा आपको मालूम हो कि शर्त क़िले पर चढ़ने की थी। सीढ़ियों की कहीं बात नहीं थी।"

ऐमन को चुप होना पड़ा।

"अब क्या इरादा है। मैं ही सब कुछ साफ़ कर दूँ या तुम भी कुछ खाओगी?" बशारत नवाब एक चट्टान से टेक लगा कर बैठ गये। ऐमन ने मग में कॉफ़ी उँडेली। सामने ऊँचाई पर 'बाला हिसार' दिखाई दे रहा था और बहुत दूर सामने कुछ और खंडहर थे जिनकी बुर्जियाँ और झरोखे अब भी ठीक-ठाक थे।

"वह रंग महल है।" बशारत नवाब ने उंगली उठाई। "बादशाह यहां 'बाला हिसार' पर तशरीफ़ रखते थे और उनकी मंजूरे-नज़र वहां नाचती थी। रंग महल और बाला हिसार के बीच कई फ़लाँग का फ़ासला था लेकिन उस ज़माने में एकूसटिक्स इतना आगे बढ़ चुका था कि इतनी दूर से भी कलाकार के घुंघरूओं की आवाज़ बाला हिसार तक पहुँच जाती थी।

सैन्डविच का टुकड़ा ऐमन के मुंह में ज्यों का त्यों दबा रह गया। उसे ऐसा लगा जैसे फ़िज़ा में सचमुच घुंघरू बज रहे हों।

"या अल्लाह, क्या जमाना होगा वो, जब लोग तबले की थाप और घुंघरुओं की झंकार पर देश और राज्य के भाग्य तोला करते थे। या फिर हो सकता है, उस समय का इन्सान और उसकी राजनीति इतनी पेचीदा नहीं होगी। उसकी नफ़रत और मोहब्बत इतनी गहरी नहीं होगी जितनी अब है। लेकिन नफ़रत और मोहब्बत तो इन्सान की बुनियादी अहसास हैं, ये केसे बदल सकते हैं?"

"क्या सोच रहे हो हकीम जालीनूस?" बशारत नवाब ने उसे खोया हुआ देखकर पूछा।

ऐमन चौंकी, "कुछ नहीं। मैं तो खो गई थी।"

"तुम कभी नहीं खो सकती। तुम तो बढ़े समुद्र में खड़ा लाइट हाउस हो जो भटके हुए जहाज़ों को रास्ते पर लगाता है।" बशारत नवाब बोले।

ऐमन ने उनकी ओर आश्चर्य से देखा। यह आज बशारत नवाब कैसे बहके थे कि ढंग की बातें कर रहे थे। उसके दिल में हमदर्दी जागी। उसे लगा कि बशारत नवाब के

खिलन्दड़ेपन और शरारत के पर्दे के पीछे एक बशारत नवाब और भी छुपा है जो अधिक गम्भीर है और समय आने पर अधिक ज़िम्मेदार हो सकता है। अपने खिलन्दड़ेपन के ज़िम्मेदार वह स्वयं कितने थे, यह प्रश्न भी महत्त्व रखता था। केवल बशारत नवाब ही नहीं शायद सभी नवाबज़ादों का उत्थान उस विशेष समाज के लिये हुआ होगा जो एक प्रकार से सील-बन्द था। अब इतिहास की करवट के साथ इन्हें देश के दूसरे समाज के साथ घुलने-मिलने की आवश्यकता आन पड़ी थी। इसके लिये किसी ज़बरदस्त कैटेलिस्ट की आवश्यकता थी।

बशारत नवाब को सचमुच किसी लाइट हाउस की आवश्यकता थी, जिसके प्रकाश में वह अन्धेरों से वापस आ सकें। शोर मचाती आगे बढ़ती दुनिया में अपना स्थान पहचान सकें, परन्तु बशारत नवाब का लाइट हाउस कौन बने? इसमें एक तरह का अनजाना भय था।

"तो फिर चलो लाइट हाउस," बशारत नवाब पतलून झाड़ते हुए उठ खड़े हुए और कहा—

"रास्ता दिखाओ"

"मुझे नहीं बनना है आपका लाइट हाउस," ऐमन ने मुस्कराकर कहा—"आपका जहाज़ बहुत डोलता है।"

बशारत नवाब कुछ देर उसे चुपचाप देखते रहे। फिर बोले, "डोलते जहाज़ों को ही लाइट हाउस की ज़रुरत होती है।"

उनके बोलने का अन्दाज कुछ ऐसा था कि उनसे नज़रें चुराकर ऐमन को दूसरी ओर देखना पड़ा। गम्भीर होते हुए भी बशारत नवाब उसे कुछ तनाव में डाल देते थे।

"चलिए चलें, देर हो रही है," उसने झुक कर बॉस्केट में सामान भरते हुए कहा।

"अरे अभी तुमने अस्लाह खाना (शस्रागार) तो देख ही नहीं।"

"नहीं, मैं नहीं देखूँगी, हथियारों को देखकर मैं निराश हो जाती हूँ।"

"लेकिन यह तो शायद हव्वा की बेटियाँ साथ ही लिये फिरती हैं।"

"क्या मतलब?" ऐमन पलटी।

"सुना देता हूँ वो शे'र:

शौक़ ने चाहा था असरारे क़बा तक पहुँचे,
वहीं ख़न्जर की तरह अबरूए जानाँ उट्ठा।"

शे'र अच्छा था परन्तु चंचलता से भरपूर और बशारत नवाब ने भी शे'र मासूम बनकर नहीं सुनाया था लेकिन ऐमन को बुरा नहीं लगा। वह उनकी शरारत को समझती थी क्योंकि उनके नेचर में कोई आपत्ति-जनक संजीदगी नहीं थी।

"चलो क्यूँ न वापसी में क़ुतुबशाही गुम्बद देखते चलें। हमारे पुरखों से भी मिलना हो जायेगा।"

"हूँ, आपके पुरखे कहाँ से होने लगे वे?" ऐमन बोली, "आप ख़ास दक्खनी थोड़े ही हैं।"

"क्या किया जाय भई। यह लड़की हिस्ट्री में बहुत कमज़ोर है। अरे बाबा महमूद शाह बहमनी का नाम सुना है कभी? "

"हाँ, इन बादशाह को तो जानती हूँ मैं।"

"तो क्या तुम उस वक़्त दरबार में मौजूद नहीं थीं, जब हमारे बहुत बड़े दादा क़ुली कुतुब शाह को इन बादशाह ने 'साहेबे-सैफ़ो-कलम' का ख़िताब दिया था क्योंकि वे न सिर्फ जीवट वाले सिपाही और तलवार के धनी थे बल्कि बड़े आलिम भी थे।—आया आपकी समझ में? सिर क्या हिला रही हो—आदाब बजा लाओ मेरे हुज़ूर।"

"मुझे दुख हो रहा था," ऐमन बोली, "आज क़ुली कुतुब शाह ज़िन्दा होते तो अपने ख़ानदान का ऐसा कपूत देखकर आठ-आठ आँसू रोते।" ऐमन ने बशारत नवाब के सिर से पाँव तक इशारा किया और इससे पहले कि बशारत नवाब का हाथ उसके सिर पर पड़ता, वह टोकरी सँभालकर भाग निकली।

जब वह लौटे तो शाम हो रही थी। उनके आगे ही हवेली में एक स्पोर्ट्स कार अन्दर आ रही थी।

"मम्मी और पानी अपना रास्ता आप बनाते हैं," बशारत नवाब बोले। "लन्च के बाद शायद मुख़्तार नवाब मम्मी को छोड़ने आये हैं।"

ऐमन चुप रही। वह धीरे-धीरे इस आज़ाद रईस परिवार के रंग-ढंग से परिचित होती जा रही थी जो साथ ही उसके लिये लाल सिगनल भी था। उसने अपने आप को टटोल कर सोचा कि अगर वालिद ज़िन्दा होते तो क्या उसका इस प्रकार से बशारत नवाब के साथ मोबाइक पर जाना पसन्द करते?

"मैने तुम्हें छुई-मुई नहीं बनाना चाहा बेटी" एक दिन उन्होंने अपनी बीमारी में कहा था, "वरना इस दुनिया के कांटे तुम्हें रौंद देंगे। मैं समझता हूँ, तजुर्बा इंसान की दोहराई ग़लतियों का नाम है। मैं तजुर्बे से ज़्यादा अक़्ल को अहमियत देता हूँ। दूसरों से ज़्यादा अपने आप पर भरोसा करो। मैं नहीं चाहता कि मेरे बाद तुम मुझे खोये हुए सहारे की तरह याद करो।" और ऐमन ने लिपट कर बाप के सीने पर सिर रख दिया था।

"लाइट हाउस कर दिया न तुमने आज मेरे टेनिस का सत्यानाश।" बशारत नवाब ने पिछली सीढ़ियों की ओर मोबाइक रोक कर कहा।

"आप ही तो ले गये मुझे अपने पुरखों से मिलाने।" ऐमन उतरते हुए हंसकर बोली।

"वह जिन्दा होते तो कभी मिलाने न ले जाता।"

"क्यूँ क्या मुझे उनसे मिलने के तौर-तरीक़े नहीं आते?"

"यह बात नहीं, उनमें बड़े-बड़े सौन्दर्य के पारखी लोग हैं। और में एक जान, किस-किस से तुम्हारे लिये हाथा-पाई करता?"

ऐमन ने बशारत नवाब का शुक्रिया अदा किया और जल्दी-जल्दी सीढ़ियों पर चढ़ गई। उसे आज बड़ी सरकार के साथ तमकीन यारजंग की बेटी की शादी में भी जाना था। हो सकता है, बड़ी सरकार ने उसे याद भी किया हो।

जब वह अपने कमरे में पहुँची तो देखा टेबिल पर एक बडा-सा पार्सल रखा था। उसने जल्दी से उसे खोला। उसमें उसका पेन्टिंग का सामान था, जो बैंगलोर से आया था। साथ ही मिसेज़ आइज़ैक का ख़त भी था। उन्होंने ऐमन को नौकरी की मुबारकबाद दी थी। साथ ही यह भी लिखा था कि यदि किसी कारण से नवाबों की शानदार हवेली रास न आये तो उनकी कुटिया हमेशा उसके लिये ख़ुली है। फिर उन्होंने नौजवान नवाबों के कैरेक्टर की बात लिखी थी और ऐमन को उनके बारे में सावधान किया था। ऐमन मिसेज़ आइज़ैक की चिन्ता पर मुस्करा उठी और सोचा कि पहली तनख़्वाह मिलने पर ज़रूर वह उनके लिये कोई अच्छा-सा तोहफ़ा ख़रीदकर भिजवायेगी।

बड़ी सरकार के साथ लगातार रहने पर ऐमन को बड़ी सरकार के बारे में बहुत कुछ मालूम होता जा रहा था। पहले-पहले बड़ी सरकार हर नये आने वाले को ठिठका देती थीं। उनकी आँखों से धीरे-धीरे उठती नज़र से ऐसा लगता था कि ज़मीन से पैर उखाड़े दे रही हो। खिंची हुई कमानदार भवें थीं उनकी, लेकिन भवों के नीचे यदि किसी में उनकी आँखों में आँखें डालने का साहस होता तो वो आँखें मुस्कराती-सी लगती थीं। उनका सिर थोड़ा-सा भी हिलता तो उनके कानों में पड़े हीरे एकदम इस प्रकार चमक उठते थे, जैसे उनके चेहरे के दोनों ओर चिनगारियाँ भड़क उठी हों। चौड़े माथे पर बीच की माँग के दोनों ओर पीछे की तरफ़ उगते बाल जब शमशाद ढीली-सी चोटी में गूंथती तो कानपटियों पर ढलक आते। उनके फ्रेन्च जाली के लम्बे दुपट कन्धे पर बिल्कुल सादे सोने की पिन से जमे रहते। या फिर वे शर्बती मलमल के दुपट्टे पहना करतीं जिन्हें शमशाद बड़े जतन से चुन कर रखा करती। आपाशाही जूती में उनके गोरे और कोमल पैर साफ़-सुथरे लिफाफों में पवित्र पत्रों के समान दिखाई देते। ऐमन ने उन्हें कभी ऊंची आवाज़ में बोलते नहीं सुना था। वह फ्रेन्च, जर्मन और फारसी भाषाएँ उसी आसानी के साथ बोलती थीं जितनी उर्दू और अंग्रेज़ी। उन्होंने ऐमन को बताया था कि उर्दू, फ़ारसी और अंग्रेज़ी तो उन्होंने शादी से पहले सीखी थी। जर्मन और फ्रेन्च शादी के बाद। वो बहुत कम बड़े नवाब साहब की बात करतीं और जब भी करती तो खो-सी जाती थीं। ऐमन को लगता कि बड़े नवाब साहब ने उनको कितना टूट कर चाहा होगा। कभी उनकी मसहरी के बराबर कुर्सी पर बैठकर ऐमन उन्हें कोई किताब पढ़कर सुनाती तो वे आँखें बन्द किये सुनती रहतीं। कभी-कभी ऐमन के झुके हुए सिर को आंखों के

किनारे से देख लेतीं। धीरे-धीरे ऐमन की नरम और गरमजोश आवाज़ का जादू उन पर चलता जाता और जब उन्हें बहुत नींद आने लगती तो ऐमन उठकर चली जाती और शमशाद वहीं उनकी मसहरी के पास कालीन पर बिस्तर लगाकर सो जाती—वह बरसों से यही करती आई थी।

"ऐमन बीबी तुम तैयार नहीं हुई?" बड़ी सरकार ने पूछा। ऐमन से कोई जवाब न बन पड़ा। अपनी राय में तो वह बड़ी सरकार के साथ शादी में जाने के लिये बिल्कुल तैयार होकर आई थी। उसने बहुत सोच-विचार के बाद अपना वह इकलौता ग़रारा सूट पहन लिया था जो अब चार साल पुराना हो रहा था। उसके पास हर महीने इतना पैसा बचता ही नहीं था कि वह अपने लिये क़ीमती कपड़े बनवा सकती। दूसरे, उसे कौन-सी दावतों में जाना पड़ता कि वह उस ओर ध्यान देती। फिर भी, लिबास के बारे में उसकी पसन्द बड़ी अछूती थी। रोज़ के जो भी कपड़े उसके पास थे, वह उसके अच्छे टेस्ट का पता देते थे।

इसमें सन्देह नहीं कि तैयार होने से पहले वह सोच में पड़ गई थी कि वह क्या पहने? बड़ी सरकार के साथ जाते हुए उसे इस बात पर भी ध्यान देना था कि वह बड़ी सरकार हैं। एक बड़े नवाब की बीवी। एक बड़ी हवेली की मालिक। लेकिन, जब उसके पास क़ीमती कपड़े थे ही नहीं तो वह कहाँ से लाती? तनख्वाह मिलने पर हर महीने वह अपना वार्डरोब ठीक करेगी। उसने सोचा और फ़ालसई रंग का वह गरारा सूट पहन लिया। वह चाहे कुछ ही पहन ले, ऐमन ही रहेगी। एक पढ़ी-लिखी शरीफ़ मध्यम श्रेणी की लड़की होना कोई बुराई नहीं थी। वह जानती थी कि उसकी हैसियत उस हवेली में एक इज़्ज़तदार नौकर ही की थी जो निःसन्देह बड़ी सरकार की प्रिय होती जा रही थी। फिर वह उन रईसों से कैसे टक्कर ले सकती थी? बड़ी सरकार का व्यवहार उसके साथ नौकरों जैसा नहीं था और इसी कारण हवेली के दूसरे नौकर भी उसका आदर करते थे। फिर भी ऐमन ऐमन ही रही। उसको अपने-आप पर कोई भ्रम नहीं हो पाया। यदि वह चाहती तो इससे अच्छी दूसरी नौकरी ढूंढ सकती थी परन्तु अब वह उस हवेली ही की छत्रछाया में रहना चाहती थी। इसके अतिरिक्त ये लोग जिनमें अब वह रह-बस रही थी, उन सबसे अलग थे जिनका अब तक उसे अनुभव था। ये लोग एक खुली किताब थे, चाहो जहाँ से पढ़ लो। उन्हें देखने-समझने की कोशिश में उसका दिल लग रहा था। उसकी घबराहट और नयेपन का एहसास अब समाप्त हो चुका था। उसका स्थान मेल-जोल ने ले लिया था। वह हवेली के वातावरण में घुल-मिल-सी गई थी। वहां सन्तुष्ट भी थी और प्रसन्न भी।

"तुम अभी तैयार नहीं हुई ऐमन बीबी?" बड़ी सरकार ने अपना सवाल दोहराया।

"जी—जी सरकार—मैं तो तैयार हूँ।"

बड़ी सरकार उसे कुछ देर देखती रहीं। गले में चमकदार मोतियों की दो लड़ियों ने बताया कि वह तैयार थीं।

"ये कपड़े तुम पर बहुत सज रहे हैं।" ऐमन के चेहरे का उतार-चढ़ाव देखकर उन्होंने कहा—"शाहाना साहबज़ादी को बुला लाओ। फिर कुछ रुक कर कहा, "कोई बात नहीं, तुम ही आओ।"

ऐमन आगे बढ़ी। बड़ी सरकार ने अपना चाँदी का भारी गुच्छा निकाल कर कहा, "मेरे साथ आओ—ये अलमारी खोलो।"

बड़ी सरकार के ड्रेसिंग रूम के अन्दर आने का ऐमन को पहली बार अवसर मिला था। उसके पैर मोटे क़ालीन में धंसते जा रहे थे। चौड़ी दीवारों में मज़बूत स्टील की अल्मारियाँ और वार्डरोब लगे थे। एक ओर काँच की सारी अल्मारी चूड़ी के जोड़ों से भरी पड़ी थी जिसके शीशों पर रोशनी पड़ते ही चूड़ियों के मोती और नगीने अंगारों जैसे दहक़ उठते थे। वे ज्यूँ के त्यूँ रखे थे क्योंकि बड़ी सरकार अब उनका उपयोग नहीं करती थीं। यही हाल जूतों का था। अनगिनत क़ीमती सलीमशाही जूतियाँ रैकों में सजी थीं। ऐमन को चाबियां देकर बड़ी सरकार दीवान पर टिक गई।

"खोलो" सरकार ने तीसरी अल्मारी की ओर संकेत किया।

खुली हुई अल्मारी लाल मदरे में लिपटे हुए अनगिनत लिबासों से भरी हुई थी। बड़ी सरकार के कहने पर ऐमन ने एक ज़रतार जोड़ा निकाला, गहरे हरे रंग का। यह जोड़ा बहुत क़ीमती और वज़न-दार था। मुशज्जर का तंग कली का पाजामा और उस पर तार बाने का कुर्ता और एकलई सात गज़ का दुपट्टा जिस पर बहुत चौड़ा लचका और गोटा लगा था। दुपट्टों के दोनों पल्ले सवा-सवा गज़ लम्बे और गोटा किनारी से वज़नी हो रहे थे जिन पर सच्चे मोतियों की झालर टँकी थी। ऐमन ने अपनी सीधी-सादी ज़िन्दगी में ऐसा ज़रतार हंगामा कभी नहीं देखा था। उसने लिबास का वज़न महसूस करते हुए सोचा, उस लिबास को झेलने के लिये कितने मज़बूत कंधों की ज़रूरत होगी? क्या शाहाना साहबज़ादी सचमुच इस तरह के कपड़ों को संभाल लेती होंगी? लेकिन उसे शाहाना की यह बात ठीक नहीं लगी कि जब उन्हें पता था कि उन्हें बड़ी सरकार के साथ जाना है तो उन्हें अब तक पहुँच जाना चाहिए था, न कि कपड़ों की प्रतीक्षा करती बैंठी रहतीं। मगर बड़ी सरकार के माथे पर बल तक नहीं था। वह शाहाना को बहुत छूट देती थीं।

"अब यह अलमारी खोलो।" बड़ी सरकार ने ऐमन के अलमारी बन्द करने के बाद कहा कि इस अलमारी में ताले का दोहरा प्रबन्ध था। जब ऐमन ने अलमारी खोली तो देखा कि अलमारी कई साईज के मखमली डब्बों से भरी पड़ी थी। अब बड़ी सरकार स्वयं उठीं और उन्होंने छाँट कर दो डिब्बे निकाले और अलमारी बन्द कर दी। ऐमन को पसीना आ गया कि बड़ी सरकार ने एक अनजान लड़की को किस तरह इस सुलेमानी

ख़ज़ाने के पास फटकने दिया।

"बुला लाऊं शाहाना को ?" ऐमन जल्दी से जल्दी वहाँ से चली जाना चाहती थी।

"नहीं, तसनीमपाशा के साथ वह जा चुकी होंगी। यह तुम पहनोगी।" और वह ड्रैसिंग रूम से बाहर निकल गई।

ऐमन दोनों हाथों में सर थामे वहीं दीवान पर बैठ गई। उसकी जो हैसियत थी, वह उसमें ही ख़ुश थी। उसे कुछ भी—अपने पास कुछ भी—न होने का एहसास नहीं था। वो मांगे के पर लगाकर उड़ना नहीं चाहती थी। उसने कपड़ों का वह जोड़ा और गहने उठाये और यह सोच कर कि वह माफी माँगकर उन्हें बड़ी सरकार को लौटा देगी, दरवाजे की ओर बढ़ी। लेकिन, दरवाजे के पास पहुँचते-पहुँचते उसे ऐसा लगा जैसे हर पग पर वह अपना कुछ साहस पीछे छोड़ती जा रही थी। उसमें बड़ी सरकार से यह बात कहने की हिम्मत नहीं थी। वह उल्टे पैरों लौटी और जल्दी-जल्दी अपना सूट उतारा और बड़ी सरकार के दिये कपड़े पहन लिये।

ज़मर्रुद के क़ीमती झुमके और गले में उसी के साथ की जुगनी पहनते हुए थोड़ी देर को उसके हाथ काँपे लेकिन अब दीवार में फ़र्श से छत तक पहुँचते हुए लम्बे-चौडे आईने में उसने अपने-आप को देखा तो एक गरम-सी लहर उसके सिर से पैर तक दौड़ गई। गहरे हरे तारबाने ने अपना कुछ रंग उसकी सुनहरी आंखों को दे दिया था। उसके गाल दमक गये थे। हल्के रंगे हुए अंधखुले होंठों और उसकी आँखों की हैरानी ने उसे और सुन्दरता दे दी थी। उसे अपने हसीन होने के बारे में पता था। यही कारण था कि उसके पैर ज़मीन में गड़ गये थे, परन्तु बाहर दूसरे कमरे में बड़ी सरकार उसकी प्रतीक्षा कर रही थीं। उसे वहाँ जाना ही था। उसने हिम्मत करके पांव आगे बढ़ाये और ड्रैसिंग रूम की बत्ती बन्द करके बाहर निकल आई।

बड़ी सरकार ने ऐमन को सर से पैर तक देखा लेकिन कुछ कहा नहीं। केवल उनकी नज़र ने बताया कि वह अब सन्तुष्ट हैं। फिर भी, ऐमन का दिल धड़के जा रहा था। उसने महलों की कुछ दास्तानें सुन रखी थीं, जहां गरीब लड़कियों पर मेहरबानियों की बौछार भी की जाती थी और क्रोध आने पर चुपचाप ज़िन्दा गाड़ भी दिया जाता था।

बड़ी सरकार जाने को तैयार हुई तो ऐमन भी क़ीमती और बोझिल कपड़ों में सहज सहज पैर रखती, उनके पीछे चल दी। सीढ़ियों से उतरते हुए बड़ी सरकार हमेशा उसका हाथ थाम लिया करती थीं। आज भी यही हुआ। पोर्टिको में शोफ़र कार का दरवाज़ा खोले अदब से खड़ा था। ऐमन बड़ी सरकार के साथ पीछे बैठ गई। आगे शोफ़र के साथ शमशाद बैठी थी। उसने बड़ी सरकार की कश्मीरी शाहतूश शाल और चाँदी का भारी पानदान और तौलिया थामा हुआ था।

ऐमन ने पुराने शहर हैदराबाद का ये भाग कभी नहीं देखा था। फेशनेबिल बाज़ार आबिद रोड से होती हुई उनकी कार पत्थर गट्टी पहुँच गई थी। गुलज़ार हौज़ और फिर

चारमीनार पहुँचते ही बशारत नवाब की बात याद करके ऐमन को हँसी आ गई। बशारत नवाब ने उसे बताया था कि एक ज़माना था जब शहर की जान चारमीनार शोहदों के दम से थी। किसी की पगड़ी उछालनी हो तो इन शोहदों की सेवाएं ली जातीं लेकिन ये शौहदे उस समय के बादशाह मीर महबूब अली खाँ पर जान छिड़कते थे। बादशाह भी उनके साथ बहुत अच्छा व्यवहार करते थे। जब बादशाह की सवारी निकलती तो वह पीछे से हाथी की दुम पकड़कर ऊपर चढ़ आते और कहते, 'दाता दें' और उन्हें मालामाल कर दिया जाता। बशारत नवाब ने उसे यह भी बताया था कि उस समय हाथियों की दुम मज़बूत हुआ करती थी और जो कुछ बशारत नवाब उसे नहीं बता सके, वह लाइब्रेरी में रखी इतिहास की पुस्तकों ने उसे बता दिया था—कि बादशाह कुली कुतुब शाह ने जो स्वयं एक अच्छे पेन्टर थे, जब हैदराबाद को जन्नत बनाने के बारे में सोचा तो उसे नगर के लिये एक सुन्दर केन्द्र की आवश्यकता पड़ी, जिसके चारों ओर नगर बसाया जा सके। तब चारमीनार बना जिसमें मज़बूती के लिये करोड़ों अण्डों की सफ़ेदी गारे चूने में मिलाई गई। सबसे पहले चारमीनार मकतब के लिये इस्तेमाल हुआ। इसके बाद जनता तक सन्देशे भेजने का केन्द्र बना दिया गया और फिर फ्रेन्च कमान्डर बुसी ने उसे अपना हैड क्वार्टर बना लिया। लेकिन, इस समय ऐमन इतिहास की याद ताज़ा करने के मूड में नहीं थी, इसलिए कि ख़ुशबू का एक झोंका उसकी ओर आया था।

ख़ुशबू भी दिल को छू सकती है। ऐमन को भी ऐसा लगा जैसे वह किसी ऐसी घाटी में आ गई हो जहां हर ओर सुगन्ध फैली हुई हो। उनकी कार चारमीनार का चक्कर काट कर दाई तरफ़ मुड़ कर लाड़ बाज़ार में आ गई थी। यह सुहागनों का, अलबेलियों का बाज़ार है जिसके दोनों ओर जनानी और सुहाग की दुकानें हैं। चूड़ियाँ, सुहाग पुड़े, मेंहदी, चिकसा, शादी-ब्याह की और चीज़ें, ज़रीन शेरवानियाँ, दूल्हों के लिए दस्तारें और औरतों के सिंगार का सामान मिलता है। हर औरत का औरतपन उसे लाड़ बाज़ार खींच लाता है। इस समय भी कुछ दुकानों में छोटी दीवार की कारचोबी टोपियाँ दिखाई दे रही थीं जिन्हें लड़कियों को उस समय तक पहनाया जाता था जब तक उन्हें दुपट्टा पहनाने की ज़रूरत नहीं होती। शर्म और हया के मयार बदलते रहते हैं इसलिये इन टोपियों का रिवाज भी कम से कम होता जा रहा था। ऐमन ने किसी लड़की को ऐसी टोपी पहनते नहीं देखा था।

बाज़ार अगरबत्तियों और इत्र की ख़ुशबू से महक़ रहा था जिसे हैदराबादी औरतें अपने बालों और सांसों में बसा लेती हैं। ख़ुदा ने औरतों को रंग, रूप और ख़ुशबुओं से महकती दुनिया वरदान में दी है। फिर भी, वे क्यूँ मरदों की दुनिया में घुसे रहने के लिये बेताब रहती हैं?' ऐमन से सोचा, आज उस पर ज़बरदस्त औरतपन छा रहा था। पता नहीं ये ख़ुशबुओं के तूफ़ान का करिश्मा था जो उसे बहाये ले जा रहा था, या उस ज़रतार लिबास का, जो उसके औरत होने के एहसास को तेज़ कर रहा था। यदि उसके हालात

ने उसे मजबूर न किया होता तो आज वह भी किसी के दिल की रानी बनी किसी चार दीवारी में राज कर रही होती। लेकिन ज़माना बदल रहा था। दिल और घर की रानियां अब रोज़गार की खोज में जगह-जगह घूमती फिर रही थीं। शाम हो जाने के कारण सारा बाज़ार रोशनी से जगमग हो गया था। रोशनियों के तूफान में नगों वाली चूड़ी के जोड़ों और गोटे किनारी की दमक से सारा बाज़ार शीश महल बन गया था।

पुराने चौक का चक्कर काट कर जब वे आगे बढ़े तो ड्राइवर को कार की स्पीड कम करनी पड़ी क्योंकि आगे एक लम्बा जुलूस था जो बैन्ड बाजों और शहनाइयों की गूंज में बहा चला जा रहा था। जहां तक नज़र जाती, मोटरें ही मोटरें थीं। बग्घियों, तांगों, झटकों और शिकरमों की लाइन अलग थी। लंगोटी लगाये भोइयों के सिरों पर गैस लाईटें ज़रबफ़्त कारचोबी तौरापोशों से ढ़के अनगिनत ट्रैज़ थे। रौशन चौकी पर जरतार शेरवानियों और साफ़े पहने शहनाई वाले अपनी कला का कमाल दिखा रहे थे। बारात में थोड़ी-थोड़ी दूर पर तख़्तेरवाँ भी थे जिन पर नाचनेवालियां नृत्य कर रही थीं। उनकी चक्कर दार अदाओं पर हर नज़र उठ रही थी। वे जिन तख़्तों पर नाच रही थीं उन्हें दस-दस मज़बूत भोई अपने कंधों पर उठाये हुए थे। जहाँ तक नज़र जाती थी, बाराती ही बाराती थे। ऐमन ने अपनी ज़िन्दगी में इतनी धूम की बारात नहीं देखी थी। उसकी रुचि बढ़ती जा रही थी; साथ ही, अन्दर से उसे एक थकन-सी भी लग रही थी। ये सब कुछ कितना अलग था उस दुनिया से जिसे वह पीछे छोड़कर आई थी। यथार्थ क्या था और कल्पना क्या, इसे वह ठीक से सोच नहीं पा रही थी।

तमकीन यारजंग की हवेली पास आ रही थी। दूर ही से प्रकाश का एक हाला दिखाई देने लगा था। नौबत और शहनाइयों की गूंज बढ़ रही थी।

"हमें बारात में रहना नहीं चाहिए।" बड़ी सरकार बोली: "मंझली बेगम को शिकायत होगी कि हम बाराती बन कर आये हैं, आज़म अली (ड्राइवर) कोशिश करो कि हम बारात के पहुँचने से पहले ही पहुँच जायें।"

आज़म अली ने केवल सिर को झटका दिया परन्तु इस जन-समुद्र से निकलना सरल नहीं था। फिर भी पता नहीं उस मँजे हुए ड्राइवर ने क्या किया कि वे लोग एक पतली सी गली में निकल आये जिसमें कई मोड़ थे। वह लम्बी-चौड़ी कार उन तंग गलियों में सँपोले की तरह रेंगने लगी। बारात का शोर दूर हो रहा था लेकिन बस थोड़ी देर के लिये ही। दोबारा उठते शोर और रोशनी ने बताया कि वो हवेली के पास पहुंच गये थे। नौबत और शहनाइयों की आवाज़ से सारा वातावरण गूँज रहा था और वे स्वयं बल्बों के उजाले में आकाश से टूटा हुआ तारा लग रही थीं। इस शानदार हवेली की देखरेख कोई खेल नहीं था। सिर्फ उसकी मरम्मत और उसकी सफ़ेदी पर तमकीन यारजंग के 15 हज़ार रुपये उठ गये थे। महीने-भर पहले से सैंकड़ों मज़दूर काम पर लगाये गये थे। बाग की क्यारियाँ ठीक करवाई गई थीं। हवेली के तीनों हिस्सों को

मिलाकर यह इतने बड़े एरिया पर बनी थी कि कोई अनजान व्यक्ति इसमें खो सकता था।

बड़े-बड़े हॉलों की ऊँची-ऊँची छतों से कृस्टल झाड़-फ़ानूस लटक रहे थे जो हवा के हर झोंके से खिलखिला पड़ते थे। आम तौर पर ज़नाने और मरदाने के दोनों बाज़ू बीच के बड़े हॉल से मिले रहते थे जिनका एक ही बरामदा था लेकिन शादी में आने वालों की भारी संख्या को देखते हुए आज इसमें कुछ परिवर्तन कर दिया गया था। परदा करने वाली औरतों की बडी संख्या वहां थी। बड़े हॉलों का फ़र्श पूरी तरह दरियों और उस पर दूधिया सफ़ेद चांदनियों से छुपा दिया गया था और जगह-जगह क़ीमती कारचोबी मसनदें लगी थी। चाँद्री के जाली-दार बड़े-बड़े पानदान मसनदों के पास रखे थे। गुलाब पाश से सारी हवेली को महका दिया गया था। सफ़ेद कपड़े पहने हुए नौकर, रंगीन नई साड़ियों में कामाटनें (नौकरानियाँ) और मामायें अपने-अपने काम में व्यस्त थीं। बेगमों के साथ आने वाली मुग़लानियों के लिये बड़े दालान में प्रबन्ध था, जहां से वे अपनी मालिकनों के संकेत पर ही उनकी इच्छाओं को पूरा कर रही थीं। ज़नाने में अन्दर आने का रास्ता पीछे से था। वहां मुन्शी रामचन्द्र राव ढेर-सी रेज़गारी लिये खड़े थे। जो किराये की सवारियां आ रही थीं, उनका किराया दे रहे थे। वहां हर तरह की सवारियां थीं। कारें, टैक्सियां, तांगे झटके, शिकरमें और नये रिवाज के रिक्शें भी। लेकिन इस तमाम शान के होते हुए भी दु:ख की बात यह थी कि यह हवेली एक साहूकार के पास रहन थी क्योंकि तमकीन यारजंग को अपनी साहेबज़ादी की शादी अपनी ख़ानदानी आन-बान से करनी थी और पुरखों की जायदाद में से उनके पास अब यही हवेली बची थी या फिर भौनगिर का वह छोटा-सा घर जो उनके खेत में बना था।

यह वह हैदराबाद था जो आहिस्ता-आहिस्ता परदे से बाहर निकल रहा था। अब कई कारें परदों से आज़ाद थीं। फिर भी, रीति-रिवाज के अनुसार घरों में ज़नाना और मरदाना भाग अलग-अलग थे। लोगों का पहनावा भी मिला-जुला था। मरदाने में सफ़ेद पतलून कट पाजामे और जामेवार कमख़्वाब वेस्टींग की शेरवानियों के साथ जॉन बर्टन के बहुत अच्छे सिले हुए सूट भी थे। जिन्होंने शेरवानियाँ पहन रखीं थी, उनके सिरों पर दस्तारें या तुर्की टोपियां थीं। कुछ नौजवानों ने आज़ाद होकर सिरों को खुला छोड़ दिया था। उनकी तरफ़ उनके बुज़ुर्गों की तेज़ नज़रें उठ रही थीं।

मेहमानों में हिन्दू और मुसलमान तौर-तरीक़े और पहनावे ऐसे घुले-मिले थे कि उन पर हिन्दू या मुसलमान का लेबल लगाना मुमकिन नहीं था। राजा ललित प्रसाद तमकीन यारजंग के लंगोटिया यार थे। वे काली सर्ज की शेरवानी और दस्तार पहने हुए थे। उनकी गहरी नज़र हर तरफ़ जा रही थी। जहां इन्तजाम में कोई कमी आई कि उन्होंने उस पर नाराज़गी ज़ाहिर की और उसे ठीक करवाया। बाहर नौबत और शहनाई वाले अपना तन-मन का ज़ोर लगा रहे थे और अन्दर मीरासनों की बन आई थी। एक से

बढ़ कर एक शायरी सामने आ रही थी और बेगमें अपनी शान के अनुसार उन मीरासनों को नवाज़ रही थीं। बड़ी सरकार जब आई तो उनको हाथों-हाथ लिया गया था। ऐमन इस चकाचौंध वाली महफ़िल में बिल्कुल नई थी लेकिन अपने हुस्न और लिबास में उन हसीन लड़कियों से कम नहीं थीं जो उस महफ़िल की जान बनी हुई थीं। मीरासनें गा रही थीं:

वो जो मेहमान बने बैठे हैं, मेरा अरमान बने बैठे हैं।
उनकी तारीफ़ पूछते क्या हो, हुस्न की जान बने बैठे हैं।

वह रईसों के तौर-तरीक़े जानती थी। हुज़ूर निज़ाम के छोटे साहेबज़ादे और बड़े ऊंचे शायर प्रिन्स मौअज़्ज़म जाह शजी का कलाम दिल का दामन खींच रहा था:

कल इसी घर के मकीं हम थे शजी, आज मेहमान बने बैठे हैं।

बारात के पहुंचते ही चिलमनों और झरोकों में औरतों के जमघट लग गये और वह धूम मची कि तोबा ही भली। ऐमन फटी-फटी आंखों से देखती बड़ी सरकार के साथ बैठी रही। और भी बहुत सी बेगमें थीं जो अपनी जगह से नहीं उठी। उन्हें धक्कमपेल पसन्द नहीं थी। बुजुर्ग औरतें यूँ भी गम्भीरता से अपनी मसनदों पर बैठी रहीं। अधिकतर लड़कियां थीं जो झरोकों में जमघट लगा रही थीं।

"जाओ ऐमन बीबी तुम भी जाना चाहो तो जाओ देखो," बड़ी सरकार ने मुस्कराकर ऐमन से कहा।

ऐमन इस हंगामे में घुसना नहीं चाह रही थी। अब बड़ी सरकार की आज्ञा मिलने पर मानो बिल्ली के भागों छींका टूटा। वह बड़ी देर से चाह रही थी कि कुछ साँसें खुली हवा में ले। वज़नी दुपट्टे से उसका बायाँ कन्धा दुख रहा था और कनपटियां पीड़ा के मारे फटी जा रही थीं। बहाना मिलते ही वह उठी और दुपट्टा सम्भालते हुए, ताज़ा हवा के लिये हॉल से बाहर निकली। जहां वह निकल आई वह एक बन्द सा बरामदा था जिसके दो-तीन दरवाज़े दूसरे कमरों में खुलते थे। उनमें से केवल एक दरवाज़ा बड़े हॉल में खुला था लेकिन वहां की भी सभी खिड़कियां बन्द कर दी गई थीं क्योंकि वहाँ एक दिन पहले आये मेवे और मिठाइयां रखी थीं। ऐमन वहाँ निकल आई और आगे बढ़ गई। उसे डर लगा कि कहीं ताज़ा हवा की खोज में भटक न जाये परन्तु ऐसा सम्भव नहीं था क्योंकि कारिडोर के सिरे पर पहुँच कर उसका उद्देश्य पूरा न होता तो वह वापिस लौट सकती। कारिडोर की लम्बाई में लकड़ी के चिकों वाली खिड़कियां लगी थीं—उनसे अन्दर आई हुई हवा दूसरी ओर बाग़ का पता देती थी। वह आगे बढ़ी लेकिन दूसरे किनारे का दरवाज़ा किसी बाग़ में नहीं, बल्कि एक बहुत ही चौड़े बरामदे में खुलता था, जहां लकड़ी के बड़े-बड़े गमलों में बरसों से सींचे हुए चीनीपाम लगे थे। वहां का सारा वातावरण रात की रानी से महक रहा था। यहां पूरी तरह अँधेरा था लेकिन बरामदे और उसके स्तम्भों का संगमरमर एक मध्यम-सी सफ़ेदी का एहसास दिलाता

था। बरामदा ऊंचाई पर था और उससे नीचे की ओर जाती सीढ़ियां बाग़ में ही उतरती थीं। बरामदे को घेरती कठघर भी चौड़ी थी। हर स्तम्भ के आगे कई प्रकार के क्रोटनों के गमलों का जमघट-सा था जिनके चिकने स्वस्थ पत्ते अपने विभिन्न रंग अँधेरे को सौंपे ख़ामोश थे।

बाहर बाजे का शोर रुक गया था। शायद निकाह पढ़ाया जा रहा था। ऐमन ने हाथ बढ़ाकर एक स्तम्भ को छुआ। उसकी पसीना भरी गरम हथेली के मुकाबले स्तम्भ ठण्डा था। उसने वहां की हल्की हवा के सुगंधित झोंकों को सांस से पी लेना चाहा और वहीं स्तम्भ से टेक लगाकर कठघर पर बैठ गई।

ठंण्डी हवा के झोंकों ने उसे शान्ति दे दी थी लेकिन अचानक वह अपने-आपको बहुत अकेला महसूस करने लगी। यह अकेलापन भी उस शोर के तूफान से बेहतर था जिससे वह निकल आई थी। अकेलेपन का यह एहसास उसके लिये नई बात नहीं थी। कभी-कभी अचानक वह इस जाल में घिर जाती थी। उसने अपना सिर स्तम्भ से टिका दिया और आँखें बन्द कर लीं।

पता नहीं और कितनी देर ऐमन यूँ ही बैठी रहती कि अचानक उसे लगा जैसे वह वहां अकेली नहीं है। उसके पास, बहुत ही पास, कोई और भी आ खड़ा हुआ था। एक हाथ स्तम्भ पर रखे, दूसरे हाथ की उंगलियों में सिगरेट थामे वह थोड़ा झुका हुआ उसे एकटक देखे जा रहा था। ऐमन घबराकर उठ खड़ी हुई लेकिन वह टस से मस न हुआ बल्कि ऐमन के उठ खड़े होने पर वह और भी उसके पास आ गया था। अंधेरे में ही ऐमन की आँखों ने देखा कि वह आदमी, जो अपनी अथाह गहरी आँखों से उसे घूर रहा था, बहुत ख़ूबसूरत था। लेकिन, उसे केवल ख़ूबसूरत कहना काफ़ी नहीं था क्योंकि उन घनी पलकों और सियाह आँखों के बीच सीधी नाक के नीचे होंठ और ठोड़ी की मज़बूती बताती थी कि वह स्वयं अपने–आपको पसन्द करता था। आधी आस्तीन की सफ़ारी शर्ट से निकल कर स्तम्भ को छूता हुआ हाथ और मज़बूत चौड़े कन्धे ऐमन के रास्ते में ऐसी दीवार बने खड़े थे, जिसे पार करना उसके बस में नहीं था। उसने पलकें झपका कर देखा। कमर के नीचे पतलून की क्रीज़ दूर तक चली गई थी। जब ऐमन ने आँखें उठाई तो उसकी तरफ देखने के लिये उसे अपना सिर भी पीछे झुकाना पड़ा क्योंकि वह मुश्किल से उसके कन्धे पर पहुँच पाती थी।

धीरे-धीरे ऐमन ने अपने-आप को इकट्ठा किया। उस व्यक्ति की सियाह आँखों में देखते हुए ऐमन की सुनहरी आँखों में गुस्से की चिनगारियां भड़कने लगीं। हो सकता है कि वह भी कोई, उसी की तरह, शोर का सताया हुआ हो जो शादी के हुल्लड़ से घबराकर बाहर निकल आया—लेकिन उसे इस तरह ऐमन को बन्दी बना लेने का कोई अधिकार नहीं था और वह भी इस ज़बरदस्ती से।

ऐमन की ज्वालामुखी आँखों का उलटा ही असर हुआ। उन होंठों के किनारे

मुस्कराहट से झुक आये जिसकी लहर उसकी सियाह आँखों तक पहुँच गई। उसने हाथ से जलता हुआ सिगरेट फेंक दिया।

"ख़्वाब", उसकी आवाज़ मध्यम लेकिन गम्भीर थी। "मैं अपने ख़्वाब की ताबीर यूँ ढूंढा करता हूँ।" उसने कहा और ऐमन को बांहों में भर लिया। ऐमन के नरवस कँपकँपाते होंठों को दो अजनबी होंठों ने अपने बस में कर लिया था। ऐमन उसके पंजे से निकलने की नाकाम कोशिश करती रही लेकिन वह पन्जा काहे को था, फ़ौलादी शिकन्जा था जो उसे और अधिक, और अधिक, कसे जा रहा था। यहाँ तक कि उसकी आँखों से गुस्से और हार के आँसू निकल आये। किसी बिगड़ैल नवाबज़ांदे को कोई हक़ नहीं पहुँचता था कि औरतपन की कमज़ोरी से लाभ उठाये। वह कोई कच्ची आवारा छोकरी नहीं थी जो किसी बलात्कारी रईसज़ादे की वक़्ती दिलचस्पी की सामग्री बन जाती। वह ऐसे सड़क छाप दस रोमियों से निपट सकती थी लेकिन जो कुछ अब हुआ था, उसके लिये वह मानसिक तौर पर बिल्कुल तैयार नहीं थी।

उस अजनबी की पकड़ ढीली हुई और वह तड़पकर उन फ़ौलादी बांहों से निकल गई। उस व्यक्ति की आँखों में विजय थी। उसके होंठ अब मुस्करा रहे थे। जवाब में ऐमन का हाथ उठा और एक भरपूर थप्पड़ उस युवक के मुँह पर पड़ा। इस आक्रमण का उस अजनबी पर क्या प्रभाव पड़ा, यह देखे बिना वह वहां से भाग खड़ी हुई और गलियारे में आते ही उसने अन्दर से दरवाज़ा बन्द कर लिया। तब उसे उखड़ी सांसों के बीच अपनी इस स्थिति के बारे में सोचने का अवसर मिला। वह बेल के समान काँप रही थी। उसे ऐसा लगा जैसे उसके पाँवों की शक्ति समाप्त हो गई हो। वह वहीं हाथों से अपना मुंह ढांपे बैठ गई। इससे पहले सैकड़ों वासना भरी नज़रें उसे छूती रही थीं लेकिन किसी व्यक्ति को यह साहस नहीं हुआ था कि इस प्रकार की गिरी हुई हरकत करे।

अचानक उसने अपने आप को बड़ा बेसहारा पाया। उस पर यह हक़ीक़त खुली कि यह दुनिया एक भोली और अकेली औरत के लिये कितनी अजनबी और कितनी असुरक्षित है। उसे एक मज़बूत अजनबी हाथ अब भी अपनी गरदन पर और उसकी उंगलियाँ बालों में सरसराती-सी लग रही थीं। दूसरे हाथ का दबाव अब भी उसके हाथों पर था जो उसकी पीठ के पीछे जकड़ दिये गये थे और वह गरम होंठ अब भी उसके काँपते होंठों पर मचलते हुए महसूस हो रहे थे जिन्होंने उसे ज़िन्दगी में पहली बार अजनबी होंठों से परिचित करवाया था। वह ज़्यादा देर तक वहाँ बैठी नहीं रह सकती थी। बड़ी सरकार कहीं उसकी राह न देख रही हों? उसने बड़ी हिम्मत से अपने आप पर नियन्त्रण किया। रूमाल से अपने माथे का पसीना पोंछा। आंसू तो पहले ही सूख गये थे क्योंकि वे क्रोध के आंसू थे, हार के आंसू थे, दुख के आंसू नहीं थे, दुख के आंसू तो दुख बाँट लिया करते हैं लेकिन इन आंसुओं ने तो उसे भौंचक्का कर दिया। जाते-जाते

भी उसे ऐसा लगा जैसे उसकी खिल्ली उड़ाते मुस्कराते हुए होंठ और वे गहरी आँखें अब भी उसका पीछा कर रही हों, उसकी हँसी उड़ा रही हों। उसको अपने किये पर पश्चात्ताप बिल्कुल नहीं था।

कौन था वह जिसने उसके अकेले होने का लाभ इस प्रकार से उठाया था?

उसने सोचा, वह बड़ी सरकार से इस वारदात की शिकायत ज़रूर करेगी लेकिन कई बार कोशिश करने पर भी उसकी ज़बान ने उसका साथ नहीं दिया। दूसरे, बड़ी सरकार ने तो उससे यह नहीं कहा था कि अन्धेरी गलियारियों में भटकती फिरे। भूल उस की ही थी। उसी ने अँधेरों को टटोला था।

बड़ी सरकार ने बेगम तमकीन यार जंग से गले मिल कर शादी की मुबारकबाद दी। उनकी रिश्तेदारी तो थी ही नहीं लेकिन तमकीन यार जंग बड़े नवाब साहब के गिने-चुने प्रिय मित्रों में से थे इसलिये बड़ी सरकार ने चाँदी का बहुत ही सुन्दर टी सैट सलामी में दिया जो वह साथ लाई थीं। रात ज़्यादा हो रही थी। बेगम से इजाज़त लेकर वे लोग अपने घर वापिस हो गये। सुबह सवेरे उन्हें ट्रेन से कर्नाटक जाना था लेकिन रात के अन्धेरे ने ऐमन को सोने नहीं दिया। ऐमन की राय यह थी कि बड़ी सरकार सर्किट हाउस में सुस्ता लें और फिर धारवाड़ से डांडेली की 30 मील की यात्रा कार में तय की जाय लेकिन बड़ी सरकार इसके लिये तैयार नहीं हुई।

धारवाड़ कर्नाटक में एक छोटा-सा सुन्दर नगर है जिसे ग़रीब आदमी का महाबलेश्वर कहा जाता है। छोटा-सा रेलवे स्टेशन। हरे-भरे पेड़। ऊंचे-नीचे, टेढ़े-मेढ़े रास्ते। छोटा-सा बाजार जहाँ आवश्यकता की हर वस्तु मिल जाती है। भौगोलिक दृष्टि से नगर छोटा होने पर भी, यहां के लोग ज्ञान के प्रकाश से मालामाल हैं।

स्टेशन के बाहर एक जीप और स्टेशन वैगन खड़ी थी जो बड़ी सरकार की फ़ैक्टरी की ही थी। मुंशी साहब एक दिन पहले ही वहां आ चुके थे। उन्होंने जीप में सामान रखवा दिया। वह अगले वक़्तों के आदमी थे। मालिक की तबियत को भली भांति समझते थे। बड़ी सरकार इस उम्र में भी बहुत चुस्त थीं और उन्हें अपने साथियों से भी इसी चुस्ती की आशा थी। धारवाड़ से डांडेली तक सड़क सपाट थी। वातावरण में ताजगी देने वाली ठंडक थी। ऐमन ने बड़ी सरकार के कंधों पर शाल उढ़ा दी जिसे उन्होंने मुस्कराकर स्वीकार कर लिया और अपनी मखमली सीट पर आराम से बैठ गई।

डांडेली, धारवाड़ से कुछ दूर बाँस और सागवान के जंगलों से घिरा एक मुक़ाम है। बाँस और सागवान ही उसका सब कुछ हैं। न केवल ये बल्कि मैंगनीज फ़ील्ड की खोज के बाद से डांडेली के महत्त्व में और भी बढ़ोतरी हो गई है। वेस्ट कोस्ट पेपर मिल्स और दूसरे उद्योगों के कारण यहाँ की आबादी मिली-जुली है। हिन्दुस्तान के हर स्थान के लोग यहां दिखाई देते हैं। डांडेली पहुँचते-पहुँचते वेस्ट कोस्ट पेपर मिल के बड़े गेट के पास ही रास्ता एकदम ढलान हो गया था जिसके कारण वहाँ एक घाटीं सी बन

गई थी। बाईं तरफ मुड़ कर स्टेशन वैगन एक बड़े से गेट में अन्दर आ गई और लाल रंग की बजरी से होती हुई एक शानदार बंगले के पोर्टिको में ठहर गई।

माहौल की ख़ामोशी को झाड़ियों में झिंगुरों की 'चरब-चरब' तोड़ रही थी। वैसे वहां गहरा सन्नाटा था। बड़े-बड़े हरे-भरे लॉन के किनारों पर गुलाब की क्यारियों में कई रंग के गुलाब सोये हुए थे। बड़े-बड़े तनों पर पौचैस की बेलें और पाम के पंखे जैसे पत्ते अपना चँवर फैलाये हुए थे। वातावरण में एक महक़ थी। वहीं से बांस और सागवान के जंगल शुरू हो जाते थे। इसी बांस और सागवान के कारण टिम्बर फैक्ट्री और पेपर मिल वहां लगाये गये थे, जिनमें हजारों लोग काम करते हैं। हर साल यहां बांस और सागवान के जंगलों का नीलाम होता है और बड़े-बड़े ठेकेदार प्रकृति की यह सामग्री समेट ले जाते हैं।

बड़े नवाब साहब निसारुद्दौला ने भी डांडेली में अपनी फ़ैक्टरी बना ली थी परन्तु उसको बढ़ाने की ओर ध्यान नहीं दिया। ये उनके वफादार नौकर ही थे जो जैसे-तैसे उसे चालू रख रहे थे। वह टिम्बर फ़ैक्टरी काहे की थी, बस, एक आरा मिल थी। ज़्यादा आमदनी तो बस जंगल की नीलामी से ही आती और नवाब साहब ही उसके मालिक थे। वे ज़िन्दगी में दो-एक बार ही डांडेली गये होंगे। वह तो शहर की कल्चर, वहां की गहमागहमी और अच्छे बड़े महलों की ज़िन्दगी को ही जानते थे। हाँ, कविता और साहित्य में उनकी बड़ी रुचि थी। यहां डांडेली में कारख़ानों की मशीनों में जंग लग रहा था लेकिन कौन था जो उनसे इस बारे में कुछ कहने का साहस करता। गुस्सा उनकी नाक पर धरा रहता था। अब कुछ दिनों से उनकी मशीनों ने अंगड़ाई ली थी तो साथ ही कुछ समस्याएं भी उत्पन्न हो गई थीं। बड़े नवाब साहब के साहबज़ादे आज़र नवाब ने ही मशीनों को गुदगुदाया था और वह फ़ैक्टरी के बन्दोबस्त में पूरी दिलचस्पी ले रहे थे। इसी सिलसिले में वह विदेश गये थे। तभी फ़ैक्टरी में एक हंगामा खड़ा हो गया। इसी समस्या को सुलझाने के लिये बड़ी सरकार को डांडेली आना पड़ा।

इस लम्बी यात्रा की थकान ने बडी सरकार को निढाल-सा कर दिया था। वह धीरे-धीरे सीढ़ियां पार करके ऐमन के साथ बंगले के अन्दर आई। बंगला अभी हाल ही में बना था जो वास्तव में एक गेस्ट हाउस था। बहुत आरामदेह और नये ढंग की उससे जुड़ी हुई गैलरी दोनों ओर रहने-बसने वाले कमरों के साथ फैली चली गई थी। बरामदे से अन्दर आते ही बड़ा-सा लाउन्ज था जिससे लगा हुआ एक चौड़ा ड्राइंग रूम था। लाउन्ज के दोनों ओर चार बेड रूम बने थे। लाउन्ज की सजावट सादा मगर आराम देने वाली थी। दीवारों पर एक बड़े-से म्यूरल के अतिरिक्त एक-दो पेन्टिंगें लगी थीं। बड़े दरवाज़े के बिल्कुल ऊपर बड़े नवाब साहब का एक कलात्मक चित्र था। बड़ी सरकार के बाथ रूम में शमशाद ने गीजर चालू कर दिया था।

"ऐमन बीबी तुम भी अपने कमरे में जाओ, आधे घन्टे बाद मैं डाइनिंग हाल में आ

जाऊंगी।" बड़ी सरकार ने कहा। इस आधे घन्टे में ऐमन को भी नहाकर खाने के लिए तैयार होना था। उसने दिल ही दिल में सरकार के कस-बल की सराहना की और सामने वाले कमरे में चली गई जहां पहले ही से उसका सामान रख दिया गया था। फारेस्ट गेस्ट हाउस के कमरे बहुत ही सादा लेकिन साफ-सुथरे थे। उनमें सभी आवश्यक वस्तुएँ थीं। ऐमन ने अपना सामान ठिकाने से रखा। पेन्टिंग की जो सामग्री वह अपने साथ लाई थी, उसने उसे बड़ी अलमारी के वार्डरोब में रखा और जल्दी-जल्दी नहाकर तैयार हो गई। खाना अच्छा बना हुआ था और ऐसा लगता था कि अनुभवी हाथों ने बनाया था। बड़ी सरकार जब सोने के लिये लेट गई तो ऐमन भी शमशाद को वहीं छोड़कर धीरे से दरवाज़ा बन्द करके चली आई। अपने कमरे में जाते हुए वह एक मिनट को बड़े नवाब साहब की उस बहुत बड़ी रंगीन तस्वीर के नीचे रुक गई जो सुनहरे फ्रेम जड़ी बड़े दरवाज़े पर लगी थी। ऐमन सोच भी नहीं सकती थी कि वह इतनी बुरी शक्ल के होंगे। बड़ी सरकार का और उनका कोई जोड़ नहीं था लेकिन उस ज़माने में शक्लें देखकर जोड़ थोड़े ही मिलाये जाते थे। नाम और जागीर आदि देखी जाती थी। बड़े नवाब साहब में कुछ अच्छाई ऐसी अवश्य होगी कि बड़ी सरकार ने हंसते-खेलते उनके साथ जीवन बिता दिया। ऐमन की आँखें नींद से बोझिल हो रही थीं इसलिए वह अपने कमरे में चली गई।

सुबह हरी-भरी और सुनहरी थी। नई जगह यों भी आंख जल्दी से खुल जाती है और ऐमन को तो सबेरे जल्दी उठने की आदत थी। ख़ानसामा ने सुबह 6 बजे उसे बेड टी दे दी थी। बाहर कर्नाटक की सुबह बहुत सलोनी थी। वह अपना हाउस कोट पहने बाहर ही कुर्सी पर चाय की प्याली हाथ में लेकर बैठ गई। वातावरण में एक जादू-सा छा रहा था। जो कुछ वह रात को देख नहीं पाई थी, अब सबेरे वह सब मानो उसकी हथेली में था। क्यारियों में खिले गुलाबों ने अन्धेरी रात से अपने रंग वापस ले लिये थे। उनकी मख़मली पंखुड़ियों पर ओस की बूंदें दमक रही थीं। सनकेसर और यूकेलिप्टस के ऊंचे-ऊंचे पेड़ों तक पहुंच कर लॉन समाप्त हो जाता था। लॉन के अहाते में एक रंग-बिरंगा झूला और उस पर लगी हुई रंग-बिरंगी नक़ली छत सी वहाँ उगे ख़ुश-रंग फूलों ही का एक भाग लगती थी।

ऐमन ने जल्दी चाय खत्म की और सीढ़ियों से उतरने लगी। बरामदे की सीढ़ियां उतरने के पश्चात् लाल रंग की बजरी वाली पगडंडी दायें हाथ को मुड़ जाती थीं जिसके दूसरी ओर क्रोटन और कैक्टस की मिली-जुली रॉकरी थी जो लॉन से जा मिलती थी। लॉन में दायीं ओर लकड़ी का एक छोटा-सा गेट था। जिस बात ने ऐमन के मन को अति प्रसन्न कर दिया वह थी बहुत ही चुपचाप और शाही ठाट से बहती हुई नदी। गेट और लॉन के बार्डर ही से जहाँ सनकेसर और यूकेलिप्टस के पेड़ थे, पथरीला ढलान आरम्भ हो गया था जिसके नीचे काली नदी का चौड़ा पाट था। कोमलता से बहती हुई यह नदी

प्रकृति का डांडेली को उपहार है। इसके द्वारा भी जंगलों से काटी हुई लकड़ी दूर तक पहुँचा दी जाती है। इस समय भी सागवान के कुछ तने बेपरवाही से उसमें बहे चले जा रहे थे।

नदी के दूसरे किनारे पर भी घने सागवान फे पेड़ों के बीच कहीं-कहीं छोटे-छोटे घरों की लाल छतें दिखाई दे रही थीं। जहां चट्टानें पानी में कुछ दूर तक चली गई थीं, वहां नदी में एक राफ़्ट दिखाई दे रहा था जो नदी में आवागमन के काम में लाया जाता था। उसके पास ही रंग-बिरंगी दो छोटी किश्तियाँ जेटी से बंधी थीं। गेस्ट हाउस के पास नदी ने झील का रूप धारण कर लिया था जिसमें हरे पेड़ और लाल छतें प्रतिबिम्बित थीं। सवेरे के सूर्य का हल्का-सा सुनहरापन भी उसमें झिलमिलाने लगा था। यह एक न भूलने वाला दृश्य था। जीवन में कभी-कभी ऐसे अवसर भी आते हैं जब मुट्ठी में आयी धन-दौलत का एहसास नहीं होता फिर भी दिल मालामाल हो जाता है। यही स्थिति ऐमन की हुई। वह प्रकृति के इस आकर्षक सौन्दर्य को कोई भेंट अर्पण करना चाहती थी। इन सब रंगों को अपने कैनवस में बन्दी बना लेना चाहती थी परन्तु अब समय नहीं था। उसके अपने समय पर किसी और का अधिकार था। दोपहर को जब बड़ी सरकार विश्राम कर रही होंगी तब वह अपना कैनवस और रंग लेकर निकल आयेगी। उसने अपने जीवन के तेईस साल अपने बाप के साथ और फिर अकेली ही एक पुरुष ही के समान संघर्ष में बिता दिये थे। जीवन का हर उजियाला दिन उसके लिये एक चैलेन्ज बन कर सामने आता था जो उसे आने वाले कल के बारे में सोचने का अवकाश नहीं देता था। अब मिले हुए अवकाश के इन क्षणों में प्रकृति का वह अद्भूत सौन्दर्य और शानदार बंगला, जिसकी खिड़की के शीशे चढ़ते सूर्य के प्रकाश में गुलाबी हो रहे थे, एक बड़ा भारी प्रश्न चिह्न बनकर उसके सामने आ खड़े हुए थे।

आज यह सब कुछ प्राप्त है, आने वाले कल को क्या होगा? यह अनदेखा कल मानव के जीवन की सबसे बड़ी समस्या है। यह जीवन की चादर की एक ऐसी सिलवट है जिसे सीधा करते-करते इन्सान चादर से ही गुज़र जाता है। यह कभी न पूरी होने वाली वह दीवार है जिसे चाटते-चाटते इन्सान की ज़बान पर कांटे आ जाते हैं और वह घायल हो जाती है, लेकिन दीवार अपनी जगह फिर भी खड़ी रहती है।

हवेली में आये हुए उसे काफी समय बीत चुका था लेकिन वहां कभी उसके दिल में अपनेपन की वह भावना नहीं जागी थी जो यहां डांडेली के शानदार बंगले और उसके जादू भरे वातावरण ने जगा दी थी। क्या उसका भी कोई घर होगा? कोई जीवन साथी होगा? जिसे अपना सब कुछ सौंप कर ऐसा लगे जैसे उसने सब कुछ पा लिया हो? क्या उसकी ओर उठती हुई प्रशंसा-भरी नज़रों में कोई नज़र ऐसी भी होगी जो उसके लिये, और केवल उसके लिये, होगी? यदि होगी तो उसका मालिक कैसा होगा? अचानक उसकी कल्पना में दो गहरी सियाह आंखें, मज़बूत कंधे और विद्रोही हाथ जागे

जिन्होंने उसे विवश कर दिया था। घने बालों वाला हसीन सिर और तनी हुई गरदन जो उसकी ओर झुकती ही जा रही थी तथा वह घमण्डी मुस्कराते होंठ। उसे झुरझुरी-सी आ गई। यह क्या ख़ुराफ़ात सोचने लगी थी वह? निःसन्देह उन होंठों ने उसे जीवन का पहला आकर्षक अनुभव दिया था लेकिन उसके अन्दर एक कड़वी हक़ीक़त भी थी जिससे ऐमन के आत्मसम्मान को ठेस लगी थी। पता नहीं कौन था वह? कहां से आया था परन्तु उसके रंग-ढंग बताते थे कि वह उस हवेली के लिये नया नहीं था। वह संगमरमर का बरामदा उसके पैरों के लिये जाना-पहचाना था। क्या वह तमकीन यार जंग के साहबज़ादे ही थे? बिगड़े हुए नवाबज़ादों के बिगड़े चरित्र के बारे में वह बहुत कुछ सुन चुकी थी परन्तु उस दिन स्वयं ही उसका शिकार हो गई थी। उसे भ्रम था कि दुनिया का कोई प्राणी उससे उसकी मर्ज़ी के विरुद्ध लाभ नहीं उठा सकता था। उसके ईगो की इस पहली हार ने उसके पांव डगमगा दिये थे। अब उसे अधिक चौकन्ना रहना होगा। अब वह किसी ऐसे अमीरज़ादे की वासना की सामग्री बनने के लिये तैयार नहीं है, चाहे वो कितना ही सुन्दर क्यों न हो।

वह जल्दी-जल्दी सीढ़ियों से उतरकर बरामदे में पहुंच गई। सामने ही हैट पोग के शीशे में उसकी नज़र अपने-आप से मिली। अपने गालों में उतर आने वाली लाली को देखकर वह आश्चर्य में पड़ गई।

नाश्ते के बाद बड़ी सरकार ने फ़ैक्टरी के मैनेजर भुसनूरमठ को बुला भेजा। वह एक छोटे से क़द के काले-से व्यक्ति थे। कम बोलते थे परन्तु सुलझा हुआ दिमाग़ रखते थे। इस बार उन्हें फ़ैक्टरी की गुत्थी ने बौखला दिया था। फ़ैक्टरी के मज़दूरों को काम चाहिए था लेकिन फ़ैक्टरी में टिम्बर की सप्लाई का काम रुका होने के कारण मशीनें बन्द थीं। टीक-प्लाई के बाहर भिजवाने वाले क्रेट्स तैयार थे परन्तु उनकी निकासी नहीं हो रही थी। परिणाम यह निकला कि मैनेजर ने मज़दूरों की छँटनी कर दी थी। कोई दो सौ मज़दूर तथा उनके बाल-बच्चों के पेट का सवाल था। अब वह क्रोधित हो रहे थे।

"यह बुरा हुआ", बड़ी सरकार ने कहा, "क्या इसके सिवा और कोई रास्ता नहीं था?"

"छोटे सरकार को मैंने इस बारे में चिट्ठियाँ डालीं।" भुसनूरमठ या तो कन्नड़ी भाषा बोल सकते थे या अंग्रेज़ी। उन्होंने अंग्रेज़ी में कहा।

"हो सकता है आप के ख़त उन्हें मिले ही न हों क्योंकि कुछ दिन पहले आज़र नवाब ने इंग्लैंड से मुझे लिखा था कि बिज़नेस के लिये उनका जर्मनी जाना ज़रूरी हो गया है और शायद वह महीने बाद ही लौट सकेंगे।"

'बिज़नेस के सिलसिले में या रंगरलियों के लिये?' ऐमन ने एक कटीली मुस्कराहट से सोचा। तमकीन यार जंग की हवेली के हादसे के बाद उसकी राय नवाबज़ादों के बारे में और भी ख़राब हो गई थी।

अचानक बाहर कुछ शोर हुआ। नारे लग रहे थे। मैनेजर को कोसा जा रहा था।

"ये वही मज़दूर हैं जिनको निकाल दिया गया है।" भुसनूरमठ ने कुछ 'नरवस' होकर कहा, "आपसे मिलना चाहते हैं।"

बड़ी सरकार कुछ देर सोचती रहीं। फिर, उठ खड़ी हुई।

"चलो", उन्होंने अपनी आपाशाही जूतियों में पांव डालते हुए दुपट्टा सँभाला। भुसनूरमठ कुछ झिझके। "हड़ताली हंगामा भी कर सकते हैं। मैं छोटे सरकार को क्यां मुँह दिखाऊंगा?" उन्होंने दबी ज़बान से कहा।

"आप हमारी फ़िक्र मत कीजिए मैनेजर साहब, उन्हें हंगामा करने ही क्यों दिया जाए?"

भुसनूरमठ बड़ी सरकार का मतलब समझकर अन्दर जाने लगे। "मैं पुलिस को फोन कर दूँ?"

"इसकी ज़रूरत नहीं।" बड़ी सरकार बोलीं, "आपने मेरा मतलब ग़लत समझा।"

उस वक़्त तक हड़ताली सीढ़ियों के आस-पास आ गये थे।

"नानगे केलसा बेकू" "नानगे केलसा बेकू" उन्होंने कन्नड़ी भाषा में नारे लगाये।

"ये कह रहे हैं 'हमें काम चाहिए'" भुसनूरमठ ने अनुवाद किया।

काली झंड़ियाँ लाउन्ज से भी दिखाई देने लगी थीं परन्तु जैसे ही बड़ी सरकार बरामदे में आई वह सब चुप हो गये। वह धीरे-धीरे चलकर सीढ़ियों तक पहुंच गईं। मज़दूर कुछ तनाव और कुछ क्रोध से उन्हें देख रहे थे। वे युवक, वे श्रमिक जिनको कल की चिन्ता थी, वे खुरदरे हाथ जिन्होंने मख़मल को छुआ भी नहीं था, वे उंगलियां जिन्होंने अच्छे खानों की शक्ल भी नहीं देखी थी, उन सब बेचारों को तो दो मुट्ठी अनाज की खोज थी।

बड़ी सरकार नरमी से मुस्कुराती हुई उनकी ओर देखती रहीं। वे इस पवित्र मुस्कुराहट के लिये बिल्कुल तैयार नहीं थे। कुछ पैरों ने पैंतरे बदले। कुछ आँखों ने प्रश्न किया कि इस ममता भरी, मुस्कुराहट का क्या अर्थ है?

"मैं नहीं जानती थी कि मेरे बच्चे मुझसे इस तरह मिलने आयेंगे!" बड़ी सरकार बोलीं, "मैं तो तुमसे मिलने आई थी। तुम्हारी नाराज़गी का सबब जानने के लिये आई थी?"

भुसनूरमठ ने इन शब्दों का कन्नड़ में अनुवाद कर दिया।

"हमें काम से अलग कर दिया है", हड़तालियों का लीडर आगे बढ़कर बोला।

"केलसा, केलसा (काम, काम)" मज़दूर चिल्लाये।

ऐमन ने वातावरण के तनाव को महसूस करके सांस रोक ली थी।

"तुम्हें काम की ज़रूरत नहीं, बल्कि काम को तुम्हारी ज़रूरत है।" बड़ी सरकार बोलीं।

"मैनेजर ने जो कुछ किया उसके अलावा वह कुछ और कर भी नहीं सकते थे। भुसनूरमठ साहब तुम्हारी सिफ़ारिश मुझसे कर रहे थे।" बड़ी सरकार ने साफ़ भुसनूरमठ को बचाते हुए कहा, "लेकिन आज़र साहब के न होने से वह और कुछ नहीं कर सकते थे।"

"आज़र नवाब कब आयेंगे? हम उस समय तक भूखे नहीं रह सकते।

"आज़र नवाब को बिज़नेस के ज़रूरी काम के सिलसिले में जर्मनी जाना पड़ा है। वह अभी नहीं आयेंगे, लेकिन इसका मतलब यह नहीं है कि तुम भूखे रहोगे। तुम सब अभी काम पर चले आओ।"

भुसनूरमठ बेचैन हो गये। उन्होंने मध्यम सुरों में बड़ी सरकार से कुछ कहने की कोशिश की लेकिन उनसे बहुत ऊंची आवाज़ मज़दूरों की थी "फ़ैक्टरी में हमारे लिये काम नहीं है।"

"आज़र नवाब नई मशीनें ख़रीदने गये हैं। ख़ुदा ने मुझे इतना दिया है कि अपने बच्चों को कुछ दिन बिठाकर भी खिला सकती हूँ। नई मशीनें आने से फ़ैक्टरी में पहले से भी ज़्यादा काम बढ़ जायेगा।"

हड़ताली बिल्कुल चुप हो गये थे। उनमें से एक व्यक्ति आगे बढ़ा। उसने सफ़ेद गुलाब का एक फूल तोड़ा और लाकर उसे बड़ी सरकार के पांवों में रखकर बोला—"हाऊँ दू नीऊ नन्ना अव्वा" (हाँ, हाँ, तुम हमारी माँ हो)!" इसके बाद हड़ताल करने वाले वहां से चले गये।

"मैडम, बड़ी सरकार," भुसनूरमठ ने हड़तालियों के जाने के बाद कहा, "मज़दूरों की तनख़्वाह बहुत ज़्यादा हो जायेगी। छोटे सरकार पसन्द नहीं करेंगे।"

बड़ी सरकार ने मुंह से कुछ न कहा। उन्हें देखकर केवल चुप हो गई।

"जंगल का नीलाम कब है?" उन्होंने कुछ देर बाद पूछा।

"परसों सवेरे।" भुसनूरमठ बोले।

"हम समझेंगे इस बार नीलामी में हमें कोई फ़ायदा नहीं हुआ। ऐमन बीबी" उन्होंने भुसनूरमठ के जाने के बाद कहा, "तुम चाहो तो बाहर घूम आना। आज हम बहुत थक गये हैं। आराम करेंगे—हाँ, हमारे लिये बाज़ार से लख़लख़ा लेती आना। हमसे यहाँ की टिम्बर की बू सही नहीं जाती।"

वास्तव में वातावरण में एक विशेष प्रकार की बू रची हुई थी।

गयारह बज रहे थे। धारवाड़ से ताज़ा अख़बार और डाक आई हुई थी। डाक में बस एक ही लिफ़ाफ़ा था, जिसमें टेलिग्राम बन्द था। वह बड़ी सरकार

की बर्थ डे पर मुबारकवाद का कार्ड था जो जर्मनी से आज़र नवाब ने भिजवाया था। वह उसी रोज़ सबेरे हैदराबाद पहुँचा था जिस रोज़ तड़के ही सरकार ने ट्रेन पकड़ी थी। दफ़्तर वालों ने तुरन्त ही उसे डांडेली भिजवा दिया था।

बड़ी सरकार के होंठों पर तार देखकर मुस्कराहट फैल गई। कुछ देर ऐमन उन्हें अख़बार पढ़कर सुनाती रही। फिर बड़ी सरकार ने तसनीम पाशा को ख़त लिखवाया। मुंशी साहब को कुछ आदेश दिये। लंच के बाद वह आराम करने लेट गई और ऐमन अपने कमरे में चली गई।

नवाब निसाररूदौला सिर्फ़ बदशक्ल ही नहीं थे, बल्कि लोगों पर बड़ा क्रोध भी किया करते थे। उनकी निगाह का उतार-चढ़ाव भी उनके नीचे काम करने वालों के लिये आदेश हुआ करता था। वह शेरो-शायरी बहुत पसन्द करते थे। ज़िन्दगी में उन्होंने कभी शराब को हाथ नहीं लगाया था लेकिन मुजरों के शौक़ीन थे। नाच-गाने की इतनी ज़बरदस्त महफ़िलें हवेली 'फ़रमान' में होती थीं कि आज भी घुंघरुओं की छनक बड़े हाल के फ़र्श के सीने में तड़पती होगी। नवाब निसाररूदौला युवा अवस्था से ही कोई ज़िम्मेदारी नहीं उठाते थे। मामलों को समझने की कोशिश भी नहीं करते थे। खोखले ख़ुशामदी तथा अवसर से लाभ उठाने वाले लोग उन्हें घेरे रहते थे। उनको ठीक तौर पर सोचने और निश्चय लेने का अवसर ही नहीं देते थे। पता नहीं, ख़ुदा ने यह अत्याचार कैसे किया कि बड़ी सरकार से उनकी शादी हो गई। दोनों में धरती और आकाश का अन्तर था। बड़ी सरकार के वालिद ने बेटी की शिक्षा में कोई कसर नहीं छोड़ी थी। हवेली की अमूल्य लाइब्रेरी उन के वालिद ही की यादगार थी जो उनकी मृत्यु के बाद बड़ी सरकार अपने यहाँ ले आई थीं। नवाब निसाररूदौला बड़ी सरकार का आदर न कर सके। उन्हें बड़ी सरकार का ज्ञान एक आंख नहीं भाता था। शायद यह उनकी अपनी हीन भावना थी कि वह बड़ी सरकार का दिल दुखाने के नये-नये तरीक़े खोजते रहते थे। परन्तु, किसी ने बड़ी सरकार से उनकी कोई शिकायत नहीं सुनी। वह हंसते-हंसते सब कुछ झेलती रहीं।

नवाब साहब के व्यस्त होने के कारण, आज़र नवाब उनके इकलौते साहबज़ादे होने पर भी कभी अपने वालिद के पास ना आ सके और जैसे जैसे समय बीतता गया, उनके बीच की यह खाई बढ़ती गई।

बड़ी सरकार अपने ख़ामोश और सुलझे हुए ढंग से अपने साहबज़ादे पर जान छिड़कती थीं। उन्होने स्वयं हर कष्ट उठाया और समय की प्रतीक्षा करती रहीं। जब आज़र नवाब युवा अवस्था पर पहुँच गये तब अकस्मात् ही बड़ी सरकार की सारी शक्तियां उभर आईं। आज़र नवाब को उन्होंने बड़े नवाब साहब के पग-चिह्नों पर कभी न चलने दिया। आज़र नवाब जब बड़े हुए, तब भी एक मेहरबान बाप और बेटे में जो प्यार दुलार होता है, उससे वह वंचित रहे।

अभी वह पूरी तरह युवा हुए भी नहीं थे कि बड़े नवाब साहब चल बसे। तब सारा भार बड़ी सरकार के कन्धों पर आ पड़ा। बड़े नवाब साहब के सौतेले भाई विक़ार जंग तो पहले ही जायदाद-जागीर के बखेड़ों से स्वतन्त्र हो चुके थे, इस शर्त पर कि उनके जीवन-भर उनके खर्च के ज़िम्मेदार उनके बड़े भाई और फिर उनके वारिस रहेंगे। वह अपनी दुनिया में मगन थे। उन्होंने भाई की मौत पर भी रुपये पैसे के बखेड़ों में हस्तक्षेप नहीं किया। उस समय आज़र नवाब कम उम्र के थे ओर बड़ी सरकार ने भी उन्हें जायदाद के झमेलों में फँसाना नहीं चाहा। वह चाहती थीं कि आज़र नवाब बड़े हो जायें और उच्च शिक्षा प्राप्त करें। यदि उस समय बड़ी सरकार ने साहस न दिखाया होता तो जागीर के टुकड़े-टुकड़े हो गये होते। उन्होंने साहबज़ादे को उच्च शिक्षा के लिये ऑक्सफ़ोंड भेज दिया और स्वयं जागीर का काम सम्भालती रहीं। ऐसे में पुराने नमक-ख़्वारों ने उनका साथ दिया। मुंशी साहब का इसीलिये वह बहुत आदर किया करती थीं।

आज़र नवाब जब अपनी शिक्षा पूरी करके लौटे तो इस योग्य हो गये थे कि परिवार का बोझ सम्भाल सकें। वह आदतों में अपने वालिद से बिल्कुल अलग थे। वह न तो शे'र-शायरी में कोई विशेष रुचि रखते थे और न ही उन रंगीन महफ़िलों के रसिया थे जो नवाबों की घुट्टी में पड़ी थीं। उन्होंने अपने लिये किताबों के अतिरिक्त शिकार और घुड़सवारी का मैदान चुना था। वह पोलो के बहुत अच्छे खिलाड़ी थे। लेकिन, बोलते बहुत कम थे और यही चीज़ किसी हद तक उनकी बदनामी का कारण बनने लगी थी। उनके साथी उन्हें घमण्डी समझने लगे थे। आज़ादी के बाद जब उन्होंने बिज़नेस की ओर ध्यान दिया तो पीठ पीछे उनकी बुराइयां की जाने लगीं। परन्तु साथ ही लोग उनकी दूरदृष्टि की प्रशंसा भी करते थे।

हक़ीक़त यह थी कि हैदराबाद के बदलते हुए सामाजिक ढाँचे में एक बौखलाहट सी आ चली थी। जिसका मुंह जिधर उठता चला जा रहा था। इस भगदड़ में कैसे कैसे ऐसे वैसे और ऐसे वैसे कैसे कैसे हो गये। जागीरों और जायदादों का सूर्य अस्त हो रहा था। बुर्जवाई श्रेणी का तोड़ करने के लिये सरकार नई नई योजनाएं बना रही थी। ऐसे में सदियों की पारिवारिक परम्परा को नये सांचे में ढालना कोई साधारण बात नहीं थी।

हैदराबाद के रईस परिवारों के और भी बहुत से लड़के उच्च शिक्षा प्राप्त करने के लिए इंग्लैग्ड जा रहे थे। लेकिन आज़र नवाब ने विदेश जाकर उन बुर्जवाई युवकों की तरह अपना समय नष्ट नहीं किया। वह वहाँ से बहुत कुछ सीख कर आये थे और कुछ अधूरा छोड़कर आये थे, उसे प्राप्त करने के लिये कभी-कभार उन्हें विदेश जाना पड़ता था। साईंस और टैक्नोलोजी का ज्ञान प्राप्त करने के लिये एक जागृत और चुस्त दिमाग़ की ज़रूरत होती है जो आज़र नवाब के पास था।

आज़र नवाब अपनी आदतों में अपने वालिद से इतने अलग थे कि ऐमन सोचा करती कि क्या वह देखने में भी उनसे अलग होंगे। आते-जाते बड़े नवाब साहब की

तस्वीर बड़े हाल में ऐमन को घूरा करती थी।

"क्या आज़र नवाब भी ऐसे ही हैं?" एक बार उसने बशारत नवाब से पूछा था।

"उनके गलमूंछें नहीं हैं लेकिन उसकी कसर उन्होंने विक्टोरियन ज़माने का फ़ैशन अपनाकर पूरी कर दी है।" बशारत नवाब ने कहा, "बाल गरदन तक रखते हैं लेकिन गुस्से में माशाअल्लाह जनाबेआली से दो गज़ आगे ही हैं।"

यह सुनकर ऐमन सोच में पड़ गई थी। उस रोज़ डांडेली में भी जब वह बाहर निकली तो बड़े नवाब साहब की तस्वीर देखकर दिल ही दिल उसने दुआ की कि काश आज़र नवाब इसी तरह अपनी वापसी की घड़ी को आगे बढ़ाते जायें। बशारत नवाब की तरह वह भी उनसे कुछ डरी-डरी सी थी।

आकाश पर सूरज बादलों से छीनाझपटी कर रहा था परन्तु धूप में गरमी बिल्कुल नहीं थी। रात को वर्षा हुई थी जिसने हर चीज़ को निखार दिया था। सीढ़ियों से उतर कर पोर्टिको की बाई ओर वह बजरी पर चल पड़ी। बंगले का पिछला भाग उसने देखा नहीं था। यही भाग असल में बाहर निकलने वाले गेट के सामने पड़ता था। लम्बूतरे बरामदे में खुलने वाले दो दरवाज़े थे जिन पर और दरवाज़ों की तरह मच्छरों से बचाव के लिये जालियां लगी थीं। यह बंगला तिकोना-सा था जिसके तीनों भाग आपस में मिलते-जुलते से थे। कुछ दूर बाग़ के एक़ सिरे पर नौकरों के घर बने थे। उनसे जुड़े हुए अस्तबल में बहुत ही बाँका काला मुश्की घोड़ा बंधा था। साईस उसकी मालिश कर रहा था जिसके कारण ख़ुश होकर उस घोड़े की दुम बार-बार हवा में लहरा रही थी। बहुत ही जानदार घोड़ा था वह। आज़र नवाब घोड़ों के शौक़ीन मालूम होते थे। यह घोड़ा उनके सिवाय और किसका हो सकता था?

गेट से निकल कर ऐमन बाई ओर मुड़ गई क्योंकि सीधी कच्ची सड़क फ़ोरेस्ट आफ़िसर के बंग्ले और मैंगनीज़ फ़ील्ड की ओर जाती थी जो वहां से कुछ ही मील की दूरी पर थे। उधर एक चिड़ियाघर भी बनाया जा रहा था। बाई तरफ़ जाती हुई सड़क पर छोटा-सा बाज़ार, एक चर्च और कुछ छोटे-छोटे होटल थे। यह सड़क लगातार ऊपर को चढ़ती चली जा रही थी। इसके बहुत आगे जंगल और पहाड़ों का सिलसिला दिखाई दे रहा था। वहाँ पहाड़ की ऊंचाई पर गवर्नमेन्ट गेस्ट हाउस था। गेस्ट हाउस और उसके सामने खड़ी जीप उस ऊंचाई पर खिलौने के जैसी दिखाई दे रही थी।

छोटे-से साफ़-सुथरे चर्च पर लगा हुआ क्रास उस कभी न मिटने वाले बलिदान की याद दिला रहा था जो सैकड़ों वर्ष पहले एक इन्सान ने अपने इन्सानी कुटुम्ब के लिये दिया था। तब से यह सिलसिला जारी है। तब से अब तक न जाने कितने मसीहा सूली चढ़ गये लेकिन इन्सानियत पर लगा दाग़ हटता ही नहीं—आदम का घाव भरता ही नहीं।

केमिस्ट के पास से लख़लख़ा लेकर ऐमन दुकान से निकल आई और आगे बढ़ी।

जब वह घर से निकली थी तो सूरज और बादलों की आंख-मिचौनी हो रही थी। अब काले बादलों से अँधेरा-सा घिरने लगा था। डांडेली में यूँ भी वर्षा अचानक आ जाती है। ऐमन को पुल पार करने का निश्चय बदलना पड़ा जो काली नदी के चौडे पाट पर बना था। पुल के दूसरे किनारे एक बड़े काले बोर्ड पर लिखा था 'डांडेली सेंचुरी' और उसके आगे घना जंगल था। ऐमन ने यह नाम पहले नहीं सुना था। हालांकि वह बचपन ही से कर्नाटक में रहती आ रही थी। उसके वालिद कभी-कभी अपनी जवानी के उन दिनों की दास्तानें सुनाते थे। तब उन्हें शिकार का शौक़ जुनून ही हद तक था और वह अपने साथियों में अच्छे निशानेबाज़ माने जाते थे। इसी बीच वह उसे जानवरों की आदतों और उनकी ज़िन्दगी बसर करने के ढंग के बारे में भी बताते थे।

इसी लिए अब सेंचुरी को कुछ ही दूर देखकर ऐमन का दिल मचल गया कि वह उसके अन्दर जाये और उन जानवरों को पास से देखे जो चिड़ियाघर के कारागार से स्वतन्त्र प्राकृतिक वातावरण में अपना जीवन व्यतीत कर रहे थे। वह बड़ी सरकार से अर्ज़ करेगी कि किसी को कह दें कि उसे साथ ले जाकर सेंचुरी दिखला लाये। बादल बस फट पड़ने को थे। वह जल्दी-जल्दी पांव उठाती बंगले की ओर चल दी। उधर ढलान भी था इसलिये उसे कोई कठिनाई नहीं हुई लेकिन अभी आधे रास्ते में ही थी कि मोटी-मोटी बूंदों ने उसे घेर लिया और फाटक के अन्दर आते-आते वह पूरी तरह भीग़ चुकी थी।

दूसरे दिन सबेरे ऐमन और दिनों से पहले ही जाग गई। ख़ानसामा ने उसके कहने के अनुसार उसे सबेरे पाँच बज़े ही चाय दे दी। चाय पीकर उसने जल्दी-जल्दी हाथ-मुंह धोया। वर्षा के कारण मौसम ठंडा हो गया था। उसने शलवार कमीज़ पर अपना बन्द गले का इकलौता पीला स्वेटर पहना और एक कन्धें पर पेन्टिंग की सामग्री वाला बेग और दूसरे पर ईज़ल लिये बाहर निकल पड़ी। डांडेली की उसकी अपनी पहली सुबह वैसे ही उसके दिल में उतर चुकी थी जिसने रंगों की चमकीली दुनिया उसके आंचल में उंडेल दी थी। वह उभरते सूरज की कोमल किरणें अपने रंगों में बन्द कर लेना चाहती थी जो नदी की दूसरी ओर पहाड़ों के दामन में खड़े ऊंचे-ऊंचे पेड़ों को छूते ही कई प्रकार के हरे रंगों को उजागर कर देती थीं। फिर धीरे-धीरे उनकी रोशनी पिघलते हुए सोने के समान धरती पर बह आती। उन पेड़ों का प्रतिबिम्ब काली नदी के पानी में एक आकर्षक तस्वीर बना देता।

वह लॉन से होती हुई लकड़ी के छोटे-से गेट से बाहर निकल आई। चट्टानों पर सम्भल कर उतरते हुए वह जेटी के पास से निकल गई। नदी में उस जगह हल्की-सी हलचल थी। पानी के हल्के थपेड़े राफ़्ट से अठखेलियाँ कर रहे थे। वह उनके पास से भी होकर आगे बढ़ गई। कुछ आगे जहाँ चट्टानी हिस्से से मिली ज़मीन थी, उस पर उसने अपना ईज़ल स्टैंड खड़ा किया। उस पर कैनवस लगाया और रंग मिलाने लगी।

इतनी देर में सूरज की पहली किरणें झाँकने लगी थीं। इनकी खोज़ में ही वह वहां पहुंची थी। बहुत जल्द वह रंगों में खो गई।

"यह प्राइवेट प्रॉपर्टी है।" एक मर्दाना आवाज़ ने धीमे लेकिन आदेशपूर्ण ढंग से कहा; जैसे वहाँ ऐमन का होना उसे पसन्द ना आया हो। ऐमन उछल पड़ी। उसके रंगों की कोमल दुनिया को किसी ने बरबाद कर दिया था। इतनी कल्चर्ड और रोबदार आवाज़ चौकीदार की तो नहीं हो सकती थी। ब्रश हाथ में लिये वह पलटी कि देखे उसके वहाँ आने पर आपत्ति उठाने वाला कौन है—उसके हाथ से रंगों की प्लेट गिरते-गिरते बची। उस आवाज़ के मालिक को, उसके चेहरे के नक़्श को देखते ही वह पहचान गई। वह भी ऐमन की सुनहरी आँखों को एकटक देखता रहा जो पीले स्वेटर के कारण और भी कुन्दन बन गई थीं। धीरे-धीरे उसकी आँखों का अनजानापन जाता रहा और उसकी जगह एक पहचान ने ले ली। उसके होंठों के किनारे मुस्कराहट में बदल गये। एक ऐसी मुस्कराहट जो कह रही थी कि 'हम पहचान गये तुम वही हो उस रात वाली हसीना!'

"कौन? ख़्वाब?"—उसने पतलून की जेबों में हाथ डालते हुए कहा, "अजीब इत्तफाक है।"

ऐमन का चेहरा किसी वारदात की याद से गुलनार हो गया। वह उसे जितना ऊंचे क़द का समझ रही थी, वह उससे कुछ लम्बा ही था और शायद अधिक हैन्डसम भी। लेकिन इससे ज़्यादा साफ़ उसका शान्तिमय और निडर अन्दाज़ था। उसकी आँखों की खुली आलोचना ऐसी थी जो ऐमन को भी हत्थे से उखेड़ने लगी। वह उसके मानसिक तनाव और चेहरे पर रंगों की होली को बड़ी दिलचस्पी से देखे जा रहा था।

"अभी प्रैक्टिस की और ज़रूरत है," अब उसने ऐमन की अधूरी पेन्टिंग पर नज़रें जमाई।

"आप पेन्टिंग के बारे में क्या जानें।" ऐमन ने अपने क्रोध पर नियन्त्रण करते हुए कहा—"अन्धेरों में भटकने वाले रंगों की भाषा कैसे समझ सकते हैं?"

उसके भौं पर गिरह उभर आई जैसे वह कुछ याद करने की कोशिश कर रहा हो।

"तुम शायद उस रात की बात कर रही हो जब हम और तुम पहली बार मिले थे।"

ऐमन ने भन्नाकर दूसरी ओर देखा। वह अपने चेहरे की इस उतरती-चढ़ती लहर को लिये उससे आँख नहीं मिला सकती थी। वह स्वयं अपनी तैयार की हुई ज़मीन पर फिसली थी और वह उसकी इस हालत पर पूरी तरह ख़ुश हो रहा था।

"दोष तुम्हारा ही था। शादी के भरे-पूरे घर में जब कोई हसीन लड़की सजी-धजी हवेली के मरदाना हिस्से में अन्धेरे में—" उसने एक-एक शब्द पर ज़ोर देकर कहा "जाती है तो यह समझकर ही जाती है कि उसके साथ ज़रूर कोई रोमांटिक वारदात होगी।"

ऐमन सन्नाटे में आ गई। तो क्या वह सचमुच हवेली के मरदाने हिस्से में चली गई थी? लेकिन उसके लिये उसे अपने बचाव में कुछ कहना भी आवश्यक था।

"जब मैं वहाँ पहुँची थी तो कोई नहीं था।" ऐमन ने उसे क्रोध से देखा। वह हंसा। एक बेपरवाह हंसी।

"झूठ, तुमने मुझे देख लिया था। मैं बरामदे में पाम के गमलों के पास ही दीवान पर लेटा हुआ था।"

ऐमन अब बहस में उलझना नहीं चाहती थी। वह जानती थी कि वह बिल्कुल झूठ कह रहा था। वह जब बरामदे में पहुंची थी तो वहाँ कोई नहीं था।

"ख़्वाब, कुछ भी हो; हमारी पिछली मुलाक़ात थी बड़ी दिलचस्प", वह बोला।

ऐमन ने कुछ नहीं कहा। अब वह वहाँ पल-भर भी ठहरना नहीं चाहती थी। वह अपना सामान समेटने लगी लेकिन उसके हाथ काँप रहे थे और दिल बुरी तरह धड़क रहा था। पेंटिंग का सारा मूड ख़त्म हो चुका था। वह सामान उठाये उसके पास से निकली। एक तरफ़ चट्टान थी और दूसरी ओर तड़वड़ की झाड़ियाँ। रास्ता तंग था लेकिन उसे आता देखकर वह एक इंच भी अपनी जगह से नहीं हटा। अब ऐमन के क्रोध का पारा अपनी ऊंचाई पर पहुंच गया था। वह उसके बिल्कुल पास पहुंच कर रूक गई और अपनी आँखों में चिनगारियां भरे उसकी आँखों में देखते हुए बोली "और शायद तुम भी हमारी पिछली मुलाक़ात नहीं भूले होगे। तुम्हारा यह घमण्डी जबड़ा पत्थर का भी होता तो टूट गया होता।"

"दूसरी बार तजुर्बा करके देखना चाहोगी?" उसने बहुत धीरे से कहा लेकिन ऐमन ने उसकी आवाज़ के पीछे उबलते लावे को महसूस कर लिया था।

"मैं फ्री स्टाइल तमाचे बाँटती नहीं फिरती", उसके चेहरे से मुस्कराहट मिटाकर दिल ही दिल में ख़ुश होकर बोली, "वह तुम्हारी बदतमीज़ी का जवाब था।" ऐमन ने लापरवाही से आगे बढ़ना चाहा लेकिन उसने ऐमन का कंधा मज़बूती से पकड़कर उसे पलटा दिया। ऐमन ने अपने-आपको तो गिरने से बचा लिया लेकिन उसके हाथ से ईज़ल गिर गया।

"फ़िर तजुर्बा करना चाहोगी?" उसने ऐमन की कलाई को अपने फ़ौलादी पंजे में लेते हुए कहा। "मैं फिर वही कुछ करने को तैयार हूँ लेकिन याद रखो, इस बार यह तजुर्बा महँगा पड़ेगा।"

ऐमन को पीछे हटना पड़ा। वह उससे शब्दों की लड़ाई तो कर सकती थी लेकिन उसकी पुरुष-शक्ति से जूझ नहीं सकती थी और इस हक़ीक़त का एहसास उसकी कलाई में धीरे-धीरे बढ़ती पीड़ा से और भी अधिक हो रहा था।

"मैं नहीं जानती तुम कौन हो," उसने कलाई छुड़ाने की कोशिश करते हुए कहा—

"पिछली बार तुमने बेहूदापन किया। मैंने बड़ी सरकार से कुछ नहीं कहा लेकिन इस बार मैं तुम्हारी शिकायत ज़रूर करूंगी।"

"पिछली बार क्यों शिकायत नहीं की थी तुमने?" उसने ऐमन की कलाई को हल्का-सा झटका देकर पूछा।

"जहाँ तक हो सके मैं अपने मामले ख़ुद ही निपटाया करती हूँ।"

"बेमतलब तमाचे मार कर?" उसने दूसरे हाथ से ऐमन की चूड़ी ऊंची करते हुए कहा जिसे ऐमन ने एक झटके से छुड़ा लिया।

"जो कुछ मैंने किया मुझे अच्छा लगा।" अब उसने अपने आप को उस की नाचती आँखों में देखकर कहा।

"और जो कुछ मैंने किया वह मुझे भी अच्छा लगा।" वह अपनी हंसी रोक रहा था लेकिन उसने ऐमन की कलाई नहीं छोड़ी।

"मैंने नवाबज़ादों की आवारगी के क़िस्से सुने थे—"

"लेकिन ख़ुद तजुर्बा करके देखना चाहती थीं।" उसने ऐमन की बात काटकर कहा। ऐमन ने भन्नाकर उसे देखा। वह साफ़ शरारत कर रहा था। अब उसने ऐमन की कलाई छोड़ दी और दोनों हाथ कमर पर रखें उसे घूर रहा था।

"कौन हो तुम?" उसने ऐमन को कलाई मसलते देखकर पूछा।

"मैं जो कोई भी हूँ।" ऐमन ने पीड़ा से उबलते आँसुओं को पीकर कहा, "इससे तुम्हारा कोई ताल्लुक़ नहीं है।"

"फिर किससे हैं?"

ऐमन का दिल चाहा, उसके मुस्कराते चेहरे पर ईज़ल उठाकर दे मारे। लेकिन अब वह दोबारा एक और बचकाना हरकत नहीं करना चाहती थी।

"बड़ी सरकार से या फिर उनके साहबज़ादे आज़र नवाब से।" ऐमन जल्दी से जल्दी वहाँ से चली जाना चाहती थी। वह अपना गिरा हुआ सामान उठाने को झुकी लेकिन उस व्यक्ति के गुस्ताख़ जुमले ने उसे तीर की तरह खड़ा कर दिया।

"आज़र नवाब से तुम्हारा ताल्लुक़ है! कब से?" उसने बनावटी गम्भीरता से कहा।

ऐमन के शरीर में जैसे आग-सी लग गई, "ताल्लुक़ है—लेकिन वह ताल्लुक़ नहीं है जो तुम्हारा गन्दा दिमाग़ सोचता है। वो तुम जैसे लचर और बेहूदा नहीं हैं।"

"तुम उन्हें बहुत दिनों से जानती होगी?"

"और नहीं तो क्या।" ऐमन ने देखा कि आज़र नवाब के नाम ने उसे कुछ नीचा दिखा दिया। उसने शह पाकर कहा, "मैं उनसे तुम्हारी शिकायत कर दूँ तो वह तुम्हारी ये तनी हुई गरदन मरोड़ कर फेंक सकते हैं।"

ऐमन का यह हथियार काम आया। वह कुछ देर चुपचाप उसे देखता रहा। फिर

उसने झुक कर ईज़ल उठाया और ऐमन को थमा दिया। ऐसा करते हुए उसकी नज़र ऐमन की कलाई पर गई जहाँ उसके मज़बूत पंजे ने उंगलियों के निशान छोड़े थे। उसने हौले से उस निशान को छुआ और बोला—'सौरी'। उसकी धीमी आवाज़ में अफ़सोस की झलक थी। वह ज़रूर आज़र नवाब से डरता होगा। ऐमन बिना कुछ कहे आगे बढ़ गई। वह जल्दी से जल्दी उसकी नज़रों से दूर हो जाना चाहती थी।

यह कौन था जो हर बार उसे उसके औरत होने की कमज़ोरी का एहसास दिला जाता था? उसे डरा देता था? यदि वह वहीं कहीं रहता हो तो ऐमन को उससे बच के रहना चाहिए। वह हर बार तो उसे आज़र नवाब का नाम लेकर डरा नहीं सकेगी। उसे एक प्रकार की राजनीति से काम लेकर अपने क्रोध पर नियन्त्रण रखना होगा। उस व्यक्ति से पहली बार मिलने का बोझ ही अभी उसके दिलो-दिमाग़ से नहीं हटा था कि वह दूसरी बार उसका रास्ता काट गया।

'काश अब उससे फिर कभी मुठभेड़ ना हो' ऐमन ने जल्दी-जल्दी चट्टानें फलाँगते हुए सोचा। लेकिन डांडेली छोटी जगह थी। क्या पता वह वहाँ कितने दिनों के लिये आया था और हैदराबाद से डांडेली तक चला आने का उसका क्या उद्देश्य था? लगता है, बड़ी सरकार उसे नहीं जानती थीं वरना वह उन्हीं का मेहमान होकर आता।

बंगले के अहाते में आकर उसने पलटकर देखा वह बोट (नाव) में बैठा था और बोट बीच नदी में पहुंच चुकी थी। उसके मज़बूत बाज़ू बोट को दूसरे किनारे खे रहे थे और उसका चेहरा इस दूरी पर धुंधला गया था।

इस बार ऐमन ने सोचा, ज़रूर बड़ी सरकार से उसकी शिकायत कर देगी; लेकिन दोबारा सोचने पर ऐमन ने स्वयं ही ना कर दी।

ऐमन ने अपने बोझिल दिमाग़ को नहा कर हल्का किया। बड़ी सरकार के हुज़ुर में पहुँची।

बड़ी सरकार हमेशा खाने के टेबिल के छोटे किनारे पर अकेली बैठा करती थीं और ऐमन उनके बाईं ओर बैठती थी। अभी ऐमन बड़ी सरकार के लिये दलिए में दूध मिला ही रही थी कि बड़ी सरकार की नज़र सामने वाले दरवाज़े पर टिकी। उनकी नज़रों के पीछे ऐमन ने भी अपनी नज़रें उठायीं और देखती रह गई।

दरवाज़े के बीच में अगर वह सेंचुरी से भागे हुए चीते को भी खड़ा देखती तो उसकी वह हालत न होती जो उस समय उस अजनबी को वहाँ देखकर हुई जिसने उसकी शान्ति को भंग कर दिया था।

"आज़र नवाब।" बड़ी सरकार की हर्षोल्लास से भरी आवाज़ आई और ऐमन के हाथ से दूध छलक गया और वह धम से कुर्सी पर बैठ गई। जहां तक हो सके, अपने असमंजस को छुपाते हुए उसने उस ऊँचे पूरे व्यक्ति को देखा जिसके व्यक्तित्व ने अब कोई और ही चोला पहन लिया था। उसका आकर्षण वही था परन्तु न उसकी आँखों में

वह गहराई थी, जो उसे पहेली बनाती, न होंठों के झुकाव में खिल्ली उड़ाने का पहलू। एक गर्मजोश मुस्कराहट थी, जो उसकी आँखों से भी झलक रही थी।

उन्होंने ऐमन को बस यूँ ही देखा लेकिन उनकी आँखों में पहचान का कोई चिन्ह नहीं उभरा। वह उसे मानसिक दृष्टि से खदेड़कर मुस्कराते हुए आगे बढ़े। बड़ी सरकार के पास पहुँच कर झुके और उनके गाल पर बोसा देकर बोले, "बन्दगी अर्ज़ करता हूँ सरकार।"

बड़ी सरकार ने दोनों हाथों में आज़र नवाब का सर थामकर माथा चूम लिया।

"जीते रहो मेरे बच्चे। मगर तुम यहाँ कैसे? कल ही तो तुम्हारा जर्मनी से भेजा तार ऐमन ने पढ़कर सुनाया था।"

"ऐमन?" उन्होंने ऐमन की तरफ़ देखा और ऐमन नीचे देखते हुए अपने दलिए में चमचा चलाने लगी।

"जब तुम इंग्लैण्ड चले गये तो हमें बड़ा अकेलापन लगने लगा। हमने अख़बार में एक जनरल असिस्टेन्ट के लिए इश्तिहार निकलवाया।"

"जनरल असिस्टेन्ट" आज़र नवाब माथे पर बल डालकर समझने की चेष्टा करने लगे। बड़ी सरकार की आँखें बेटे को देखकर चमकने लगी थीं।

ऐमन ने भलमनसाहत इसी में समझी कि वह चुपचाप अपना दलिया खाती रहे हालाँकि उस समय उसका कण-कण कान बन गया था।

"लेकिन तुमने हमें बताया नहीं कि तार के साथ ही तुम कैसे पहुँच गये?" बड़ी सरकार ने फिर पूछा।

"वह तार आपको बर्थ डे पर हमने जर्मनी से भिजवाया था लेकिन मीटिंग नहीं हुई इसलिए मैं चला आया।"

"लेकिन दो-चार दिन पहले तो हम हैदराबाद में थे—तुम तो उस वक़्त वहाँ नहीं पहुँचे थे।

"जी, मैं हैदराबाद पहुँच चुका था। जब मैं शाम के प्लेन से पहुंचा तो काफ़ी देर हो चुकी थी। तमकीन चचा ने बहुत ज़ोर देकर शादी में आने की दावत दी थी। उनका दावत-नामा मुझे लन्दन में मिला था। इसलिये जब मैं हैदराबाद पहुंच ही गया, तो सोचा, क्यों न शादी में शरीक हो जाऊँ। मुझे तो कपड़े बदलने का भी वक़्त नहीं मिला। सीधे ऐयरपोर्ट से शादी में चला आया।" खानसामा ने आज़र नवाब के आगे प्लेट लगा दी। वह तो सन्तुष्ट होकर अपने आमलेट में छुरी घोंपते रहे परन्तु ऐमन के गले में हर निवाला पत्थर बन कर अटकता रहा जिसे वह चाय के घूँट लेकर नीचे उतारती रही।

"तो इसका मतलब ये हुआ कि तुम शादी में शरीक थे और हमें पता ही नहीं।—कमाल है"—बड़ी सरकार बोलीं। ख़ुशी के मारे उनकी आमतौर पर नरम और धीमी आवाज़ कुछ ऊंची हो गई थी।

"ख़बर कैसे होती, मैं इतना थक गया था कि तमकीन चचा को बस अपने आने की इत्तला दी और बरामदे में पड़े दीवान पर जा कर लेट गया।" उन्होंने बस एक यूँ ही उड़ती-सी नज़र ऐमन के चेहरे पर डाली। ऐमन ने घबराकर उनकी ओर देखा। कुछ देर उनकी नज़रें मिली रहीं। फिर ऐमन ही को नीचे देखना पड़ा।

"हो सकता है, कुछ लोग जानते हों।" आज़र नवाब ने धीरे से कहा, "और ख़बर कैसे होती सरकार आपने भी तो पारा तबीयत पाई है। जब मैं शादी से लौटा तो आप सो चुकी थीं और जब जागा तो आप जा चुकी थीं।"

बड़ी सरकार हँस पड़ीं।

"हाँ, दूसरे दिन सबेरे ही हम पाँच बजे की गाड़ी से ऐमन बीबी को लेकर निकल गये थे। हमें फ़ैक्टरी के मज़दूरों की हड़ताल और नीलाम की फ़िक्र थी।"

"आपकी इसी बात पर तो हम नाज़ करते हैं।" आज़र नवाब बोले, "अब आप हल्कान न हों। मैं आ गया हूँ।"

"यहाँ तुम कब पहुँचे, आज़र नवाब?" बड़ी सरकार ने पूछा।

"मैं कल रात बस से पहुँचा हूँ। मैंने धारवाड़ से बस पकड़ ली थी।"

"बस से आये हो तुम?" बड़ी सरकार ने जैसे कलेजा थाम कर कहा। उनकी बात में आश्चर्य और निराशा दोनों ही थे।

आज़र नवाब ने हँसकर कंधे उचकाये, "तो क्या हुआ? बस ज़रा अन्जर-पन्जर ढ़ीले हो गये थे जिन्हें गरम पानी से नहाने के बाद ठीक किया। रात को आराम से कसकर सो लिया। रात गये आपको डिस्टर्ब करना ठीक न समझा। सोचा सवेरे बन्दगी कर लूँगा।"

उसके सामने हल्के-फुल्के सूट में बैठ कर टोस्ट पर मक्खन लगाते अपनी वाल्दा से मुस्कराते हुए सभ्यता से बात करते इस व्यक्ति में और उस अजनबी में जिसे ऐमन ने थप्पड़ मारा था और दूसरी बार मारने की धमकी दी थी, धरती-आकाश का अन्तर था। उसके व्यक्तित्व के ये दो अलग-अलग पहलू थे और वही व्यक्ति दुर्भाग्यवश उसकी मालकिन का चहेता बेटा भी था यानी स्वयं उसका मालिक! 'अब तुम्हारे दिन यहाँ गिने-चुने हैं ऐमन बीबी'—ऐमन ने इस नई स्थिति के बारे में ध्यानपूर्वक सोचा। इस हक़ीक़त से अधिक मानसिक कष्ट देने वाली एक हक़ीक़त और भी थी। शायद उसकी मालकिन का बेटा किसी भी औरत को—हर औरत को अपनी पहुंच में समझता था। उसके दिमाग़ में वे अनगिनत कहानियाँ उभरी जिनमें पैसे वालों की वासना ने ग़रीब-मासूम लड़कियों के जीवन को बर्बाद कर दिया था लेकिन अब वे मुँहबन्द कलियाँ नहीं थीं। अब उन्हें छूने वालों की अंगुलियाँ घायल भी हो सकती थीं। लड़कियों में अपने बचाव का एहसास जाग गया था और उसी के साथ जीवन के हर स्थान पर वे काम करती दिखाई देती थीं।

हैदराबाद के वे लोग, जो नारियों को नौकरी करने देना तो अलग रहा, मिली-जुली शिक्षा को भी बुरा समझते थे, अब धड़ल्ले से अपनी बहू-बेटियों से नौकरियाँ करवा रहे थे। ये लोग 'चलो तुम उधर को हवा हो जिधर की' वाली बात पर अमल कर रहे थे। पुलिस एक्शन के बाद हैदराबाद में एक ऐसा अंतरिम दोर आया था, जब पुराना समाज मर चुका था और नये समाज ने अभी जन्म लिया था। हैदराबाद के कुछ परिवार ऐसे थे जिन्होंने समय की धारा को पहचान लिया था। उन्हें विशाल हिन्दुस्तानी समाज का एक भाग बनने में देर नहीं लगी। यह वही जमाना था जब ऐमन बैंगलोर से हैदराबाद आई थी। हालात ने कम उम्र ही में उसे समझा दिया था कि उसे दुनिया का मुक़ाबला अकेले करना है।

उसने आज़र नवाब का मुक़ाबला बशारत नवाब के हँसमुख खिलन्दड़े अन्दाज़ से किया। वह बशारत नवाब के साथ कभी नरवस नहीं होती थी। न कभी उसने उनसे दूर भागने की चेष्टा की। उसकी बशारत नवाब से अच्छी छनती थी। जब से डांडेली आई थी वह कई बार उसे याद आये थे। हवेली के बूढ़े माहौल में बशारत नवाब ताज़ा हवा के झोके की तरह थे। वह हवेली के शान्तिमय वातावरण का एक अंश बन रही थी और अब अकस्मात ही आज़र नवाब के आ जाने से उसे ऐसा लगा जैसे कोई उसे अविश्वास की खाई में गिराये दे रहा हो।

'क्यों न वह हवेली छोड़ दे और चली जाय?'—उसने सोचा—लेकिन कहाँ? हवेली से बाहर दुनिया बहुत बड़ी थी। उसमें खो जाने का भय था। बाहर की दुनिया और भी बड़े भेड़ियों से भरी थी। उसने मिसेज़ आईज़ैक के बारे में सोचा लेकिन इसका कोई लाभ नहीं था क्योंकि जीवन बिताने के लिये उसे काम तो करना ही था और अब वह दर-दर के हिचकोले खाते-खाते तंग आ गई थी। आज तक कोई नौकरी भी वह जम कर नहीं कर सकी थी। हवेली उसे रास आ रही थी। उस जगह शान्ति थी। सबसे अधिक हवेली का ऊँची सभ्यता वाला वातावरण था जिसका वह अपने आपको एक अंश बना सकती थी। वह इन सब अच्छाईयों को केवल एक आदमी के डर से कैसे छोड़ सकती थी। वह कभी हवेली नहीं छोड़ेगी जब तक कि मजबूर न कर दी जाय। उसने निश्चय कर लिया कि वह आज़र नवाब और उनके घमण्ड का मुक़ाबला करेगी।

उसका दिमाग़ जब इन कष्ट देने वाले जालों से पाक हो गया तो उसने अपने आपको अपने बिस्तर में पाया। वह शायद दिन-भर इसी उधेड़-बुन में रही थी। उसने चौंककर किताब बन्द की तो देखा कि घन्टों से उसकी नज़र बस उसी एक पन्ने पर टिकी हुई थी। उसने किताब तिपाई पर रखी और सो गई।

"ऐमन बीबी आपको छोटे सरकार 'दफ़्तर में आओ' बोले"—दूसरे दिन शमशाद ने आकर कहा।

ऐमन के हाथ पत्रिका के पन्ने पलटते-पलटते वहीं रुक गये। वह वास्तव में

इटालियन पीटज़ा की तरकीब उस पत्रिका में देख रही थी। वह जब से डांडेली आई थी, उसे कुछ ज़्यादा समय मिल रहा था। वह कभी-कभी किचन में चली जाती और नये-नये पकवान बनाकर देखती। उसकी बनाई हुई कुछ चीज़ें बड़ी सरकार को भी पसन्द आती थीं। घाघ बावरचियों और अनुभवी ख़ानसामों के हाथ के बने पकवान खाते रहने के बाद ऐमन के हाथ के बने हुए खाने उनके मुँह का मज़ा बदलते थे। या फिर हो सकता है, वह ऐमन का दिल रखने के लिये अपनी पसन्द इस प्रकार से बताती हों।

शमशाद की बात सुनकर उसने तुरन्त ही बड़ी सरकार की ओर देखा जैसे सरकार उसे रोक लेंगी। लेकिन सरकार उस समय बहुत व्यस्त थीं। वह अपनी नोट बुक में कुछ लिख रही थीं। न उन्होंने अपना क़लम रोका न सर उठाया। ऐमन ने पत्रिका, दूसरी पत्रिकाओं के साथ जमा कर रखी और जाने के लिये उठी। बरामदे तक पहुँचते हुए भी उसका जी चाह रहा था कि काश, बड़ी सरकार किसी काम से उसे वापिस बुला लें और बात टल जाये। परन्तु कब तक? उसे जाना ही था।

बजरी की छोटी पगडंडी से होते हुए वह बंगले के बाहरी भाग में पहुँची जो गेट के बिल्कुल सामने पड़ता था। फिर बरामदे की सीढ़ियों पर चढ़ गई लेकिन हर सीढ़ी पर ख़तरे और शक ने उसका साथ न छोड़ा। फिर उसने झल्लाकर अपने-आपको टोका कि वह किसी शेर के पिंजरे में तो नहीं जा रही थी जहाँ कोई भूखा शेर उसे फाड़ खायेगा। उसने दो लम्बी-लम्बी साँसें लेकर अपने होश-हवास संजोए और आगे बढ़ी। कुछ ठिठककर आस-पास देखा।

बरामदे की सीमा पर सफ़ेद कोमल पिंजरों में ख़ुश रंग चिड़ियां फुदक रही थीं। उनमें से कुछ तो इतनी छोटी थीं कि उसकी मुट्ठी में बन्द हो सकती थीं। ऐमन सब कुछ भूलकर चिड़ियों में गुम हो गई। उसे देखकर कुछ तो बिल्कुल चुप हो गई लेकिन कुछ ने और भी अधिक चिल्लाना आरम्भ कर दिया। वह अपनी चमकदार मोतियों जैसी आँखों से उसे टुकुर-टुकुर देखे जा रही थीं।

उसे उस नन्हीं चिड़िया का नाम याद नहीं आ रहा था जिसका रंग गहरा हरा था। मुँह दायें-बायें सफ़ेद और आँख के पीछे एक काली धारी थी। उसने काफ़ी के बागों में ये चिड़ियां बहुत देखी थीं। आँखें चुंधियाए वह दिमाग़ पर ज़ोर देकर इस चिड़िया का नाम याद करने लगी।

"हरी बारबेट" एक गम्भीर आवाज़ ने उसे चौंका दिया। "इसे हम 'बसन्ता चिड़िया' कहते हैं।"

ऐमन ने पलट कर देखा पीछे ही दरवाज़े में हाथ बांधे कन्धा दरवाज़े से टिकाये आज़र नवाब खड़े थे। ऐमन नहीं जानती थी कि वही उनके आफ़िस का दरवाज़ा था—

"वह—मैं—" घण्टों में प्राप्त की गई गम्भीरता मिनटों में समाप्त होती देखकर वह एकदम चुप हो गई।

आज़र नवाब सन्तुष्ट, आगे बढ़कर उसके बराबर खड़े हो गये। वह उस समय बहुत बढ़िया सिली हुई सफ़ेद पतलून पहने हुए थे और कमीज़ भी उनकी सफ़ेद ही थी जिसकी आस्तीनें उन्होंने कोहनियों तक उलट रखी थीं। कॉलर के एक खुले बटन से उनकी गरदन की मज़बूती झलक रही थी।

"और यह बबोना है जिसे हिन्दुस्तान में 'करछिया' कहते हैं।" आज़र नवाब ने बड़ी रुचि से एक नन्हीं-सी चिड़िया की ओर संकेत किया जो उन्हें अपनी ओर आकर्षित देखकर फुदककर दूसरे किनारे जा बैठी थी। उसकी सफ़ेद गोलाई में बैठी चमकदार आंखों से बेभरोसगी झलक रही थी।

ग्रेंज मिनिवेट सचमुच बहुत ही सुन्दर चिड़िया थी। उसका रंग नीला काला था। शरीर का पिछला, निकला भाग चमकीला और लाली लिये हुए था और पंख काले पीले थे।

थोड़ी देर में ऐमन भूल ही गई कि आज़र नवाब ने उसे किसी काम से बुलवाया था। वह बड़े आराम से चिड़ियों की आदतों के बारे में बता रहे थे जैसे उन्होंने उसे उसी काम के लिए बुलाया था। ऐसा लगता था जैसे उन्हे अपने छोटे से चिड़िया घर में बहुत रूचि थी।

"लेकिन मिस साहिबा!" उन्होंने जैसे अपना कर्तव्य पूरा करने के पश्चात कहा—

"मैंने आपको चिड़िया दिखाने के लिये नहीं बुलाया है।" और ऐमन यथार्थ की दुनिया में लौट आई।

वैसे भी उसे आज़र नवाब के व्यवहार सें परिवर्तन देखकर अचम्भा हो रहा था। यह परिवर्तन शायद हवेली में यह जानने के बाद आया था कि ऐमन किस स्थान पर खड़ी थी। उन्होंने पहले की तरह उसे 'तुम' कहकर नहीं बुलाया बल्कि बुलाने के परम्परागत अन्दाज़ पर उतर आये थे और यही ऐमन को स्वीकार्य भी था।

"ये···बड़ी सरकार ने कुछ फ़ाइलें दी थीं," ऐमन ने हवा के झोंके से उड़ते हुए काग़ज़ों को दबोच कर कहा।

बड़ी सरकार ने कुछ फ़ाइलें आज़र नवाब के पास आफ़िस में भिजवाने को दी थीं। स्पष्ट है कि आज़र नवाब के आ जाने पर उन्हें वे जिम्मेदारियाँ सम्भालने की आवश्यकता नहीं रह गई थी जो आज़र नवाब के न होने पर उन पर आ पड़ी थीं।

आज़र नवाब ने ऊपर से नीचे तक उस पर एक नज़र डाली और कमरे में चले गये, मानो यह ऐमन को भी अन्दर चले आने का संकेत था। यह कमरा काफ़ी चौड़ा था। पिछली खिड़कियों के पर्दे हवा में झूल रहे थे। वहीं कुछ आगे को हट कर बड़ी-सी शीशा लगी टेबिल थी जिसके एक ओर रखे हुए पोर्सलीन के गुलदान में जरबेरा के ख़ुशरंग फूल अपनी कोमल पतली गरदनें उठाये खड़े थे। दायीं ओर दीवार पर कुछ बड़े

नक़्शे लगे थे जिनमें बांस और सागवान के जंगलों की सीमा दिखाई गई थी। आज़र नवाब का यह दफ़्तर शहर के साधारण दफ़्तरों के मुक़ाबले में सीधा-सादा परन्तु गम्भीर था। कमरे के फ़र्श पर चॉकलेटी रंग का कालीन बिछा हुआ था। इस कमरे के बराबर एक कमरा और था। ऐमन ने उड़ते हुए पर्दे से वहाँ स्टील की अल्मारी और एक स्टैन्ड पर फ़ाइलें देखीं ओर एक टेबिल भी, जिस पर टाइपराइटर रखा था।

आज़र नवाब घूमने वाली चमड़े की आराम देने वाली कुर्सी पर बैठ गये। ऐमन को सामने रखी कुर्सी पर बैठने का संकेत किया और स्वयं एक पत्र पढ़ने में लग गये। ऐमन जल्दी-से-जल्दी अपने वहां बुलाये जाने का कारण जानना चाहती थी। आज़र नवाब ने कुर्सी में उसकी बैचेनी और मानसिक तनाव को महसूस कर लिया और पत्र पढ़ते-पढ़ते रुक कर एक भौं चढ़ाकर उसे देखा। उस एक नज़र में कई प्रश्न थे जिसमें क्रोध भी था जैसे वह ऐमन की बैचेनी का कारण जानना चाहते हों?

"वह....शमशाद ने कहा था...." वह रुक गई।

"क्या कहा था शमशाद ने? और शमशाद ने जो कुछ कहा था उससे मुझे क्या लेना-देना?" उन्होंने पूछा।

ऐमन ने गला साफ़ किया और जमकर बोली, "शमशाद ने कहा था कि अपने मुझे बुलाया है।"

"कोई ऐतराज़ है आपको? क्या हवेली के जनरल असिस्टेंट को किसी काम के लिये बुलाना मेरी अॅथोरिटी में नहीं?"

"नहीं, मेरा यह मतलब नहीं था", ऐमन ने गला सांफ़ करते हुए अपनी सफ़ाई दी।

"फिर क्या मतलब था आपका?" आज़र नवाब ने पत्र रख कर टेबिल पर दोनों हाथ जमाते हुए कहा, "आप समझ रही थीं कि अच्छी खासी तनख़्वाह पर आपका एपॉइन्टमेन्ट इसलिये किया गया है कि ज़िन्दगी आपके लिये एक लम्बी-चौड़ी पिकनिक होकर रह जाय जहाँ आप आराम-करते हुए इतमीनान से अपनी पेन्टिंग का शौक़ पूरा कर सकें या फिर नन्ही-नन्हीं ख़ुश-रंग चिड़ियों के पर गिन सकें?"

ऐमन सन्नाटे में आ गई। आज़र नवाब की कड़वी बातों ने यदि उससे कोई उत्तर माँगा भी होगा तो उसने चुप रहना ही उचित समझा और चुपचाप अपनी जगह बैठी रही। आज़र नवाब कुछ देर तक फ़ाइलें देखते रहे। ये वे काग़ज़ थे जो मुंशी साहब ने उस समय तैयार किये थे, जब आज़र नवाब बाहर गये हुए थे।

"ओह!" आज़र नवाब ने बोर होकर कहा और कई पन्ने एक साथ उलट लिये।

"मुंशी साहब अगले वक़्तों के लोग हैं। अब इस ज़बान को समझने वाले कहाँ रहे जो मुंशी साहब ने लिखी है 'जलाने वाली लकड़ी' की जगह 'हैज़ुमे सोख़्तनी'। भला कौन समझेगा।"

ऐमन दम साधे सुनती रही। उसको भी इन शब्दों का अर्थ पता नहीं था।

"मेरा ख़्याल है, इन सब काग़ज़ों को अंग्रेज़ी में तैयार करना होगा" उन्होंने ऐमन से कहा।

"कुछ फ़ाइलें अंग्रेज़ी में भी तो हैं", ऐमन बोली।

"कुछ फ़ाइलें हैं, सभी नहीं। आप पहले डिक्टेशन लीजिए; बाद में इन फ़ाइलों को देखा जायेगा।"

ऐमन तुरन्त अपना पैड और पेन्सिल संभाल कर बैठ गई। वह भी इधर-उधर की बातों से बचना चाहती थी। उसे इस कड़वे मिज़ाज के नवाबज़ादे से डर-सा होने लगा था। दोनों लन्च के समय तक काम करते रहे। पहले-पहले तो ऐमन को प्रेक्टिस न होने के कारण कठिनाई हुई। आज़र नवाब बहुत तेज़ी से अपनी ऑक्सोनियन अंग्रेज़ी में डिक्टेशन देते थे। उसे दो-तीन बार रुक कर पूछना पड़ा, जिस पर झल्लाकर वह बोले, "किस बदनसीब दफ़तर में काम करती थीं आप पहले?"

"पहले किसी दफ़तर में काम नहीं किया है।" ऐमन ने भी अपने क्रोध की लहर को दबाते हुए उनकी आँखों में आँखें डालकर कहा। उसकी समझ में नहीं आया कि वे आँखें गम्भीर थीं या जानबूझ कर उसके पैर उखेड़ना चाहती थीं।

"कितनी सादा सी बात है और शायद आपकी ज़िम्मेदारियों में बशारत नवाब की मोबाईक पर गोलकुन्डे की सैर, पेंन्टिंग, चिड़ियों से बातचीत और बनसंवर कर शादियों में जाना भी शामिल है।" ऐमन ने अपना तमतमाया चेहरा दूसरी ओर फेंक लिया। यह दूसरा अवसर था, जब आज़र नवाब उसके व्यक्तित्व पर कीचड़ फेक रहे थे।

"बड़ी सरकार ऐसा नहीं सोचतीं। उन्होंने मुझे नौकरी दी थी। वह बहुत नेक-दिल हैं। दिन और रात के चौबीस घन्टों में चन्द घन्टों पर मेरा भी कुछ हक़ वह मानती हैं।"

"ठीक है ख़्वाब।" आज़र नवाब ने दोनों हाथ फैलाकर कहा, "सरकार का दिया हुआ हक़ कौन छीन सकता है लेकिन आज से आपकी ज़िम्मेदारियों में कुछ तबदीली की इजाज़त चाहता हूँ।" वह कुर्सी से उठते हुए बोले।

"मैं यहां काम करने आई हूँ और मुझे काम करना है।" वह भी कुर्सी से उठती हुई बोली, "और मेरा नाम ख़्वाब नहीं है।"

"सरकार से अर्ज़ कर दीजिएगा कि आज़ लंच पर मुझे वेस्ट कोस्ट पेपर मिल्स के डायरेक्टर के वहाँ जाना है, मेरा इन्तेज़ार न करें।" आज़र नवाब ने ऐमन की बात को अनसुनी करके कहा और कमरे से बाहर निकलने के लिए तैयार हुए!

ऐमन चुपचाप पेन्सिल और पैड थामे उन्हें जाते हुए देखती रही। उनकी चाल बड़ी निराली और मज़बूत थी जो बताती थी कि उनका सम्बन्ध एक ऊंचे परिवार से है। चौड़े कंधों पर मज़बूत गरदन और ख़ूबसूरत सिर उनकी चाल को और भी घमण्ड से भर

देते थे। घने लहरियेदार बाल कानों के पीछे से उनकी गरदन पर होते हुए कमीज़ के कॉलर तक पहुंच रहे थे। उस दिन काफ़ी देर तक उनके साथ काम करने के बाद उसे आज़र नवाब के बारे में अपनी बनाई हुई राय को बदलने की आवश्यकता लग रही थी।

वह उसके लिये अब भी एक पहेली से थे। उन्हें उसने जितना खोखला समझा था, वह शायद वैसे नहीं थे। वह घमण्डी अवश्य लगते थे। शायद वह अपने आप से प्यार भी करते थे और शायद औरत को केवल एक खिलौना भी समझते थे। वह बड़ी सरकार के लाड़ले होते हुए भी उनका बहुत आदर करते थे।··· लेकिन तमकीन यार जंग के यहाँ शादी की उस रात में उन्होंने ऐमन के साथ ऐसा ग़ैरज़िम्मेदारी का व्यवहार क्यों किया था? जाते-जाते आज़र नवाब अचानक गरदन पर हाथ रखकर पलटे जैसे उन्होंने वहाँ ऐमन की सरसराती नज़रें महसूस की हों। उनकी नज़रें मिलीं और ऐमन के हाथ से डिक्टेशन बुक गिर पड़ी।

"सम्भलो ख़्वाब।" उन्होंने ऐमन से कहा। "बिखरे हुए काग़ज़ इकट्ठे कर लो।" और कमरे से निकल गये।

ऐमन को इन बिखरे हुए काग़ज़ों के समान अपने बिखरे हुए विचारों को भी एकत्रित करना होगा। उसे ऐसा लगा, जैसे उसके जीवन का चैलेन्ज तो वास्तव में अब आरम्भ हो रहा था। उसने जल्दी-जल्दी बिखरे हुए पन्ने समेटे और उन्हें टाइप करने के लिए बराबर के कमरे में चली गई। एक बजने में अभी कुछ समय था। कुछ काम तो लंच से पहले निपटाया जा सकता था। लंच के पश्चात अल्मारी के काग़ज़ों की जाँच हो सकती थी। यह लम्बा-चौड़ा काम नहीं था। नीलाम के बारे में मुंशी साहब की सहायता से सूचना प्राप्त करना आवश्यक था। उसने जल्दी-जल्दी पत्र टाइप किये, अति आवश्यक काग़ज़ आज़र नवाब की टेबिल पर रखे और वापस हो गई। दूसरे दिन सवेरे नीलाम था। आज़र नवाब स्वयं वहां थे ओर उनके साथ भुसनूरमठ और मुंशी साहब भी बिराजमान थे।

आज़र नवाब ने नीलाम के बाद कुछ लोगों को रात के खाने पर बुलाया था जिनमें फ़ॉरेस्ट विभाग और पुलिस के कुछ अफ़सर और मैंगनीज़ की ख़दान से सम्बन्ध रखने वाले कुछ लोग थे। उन दिनों मैंगनीज़ फ़ील्ड के कुछ विदेशी एक्सपर्ट भी डांडेली आये थे। कुल मिलाकर 50 के आस-पास अतिथि होंगे जिनमें कुछ महिलाएं भी थीं।

आज़र नवाब को गये काफ़ी देर हो गई थी। ऐमन बड़ी सरकार के साथ बरामदे में बैठी उन साड़ियों और कम्बलों का हिसाब लिख रही थी जो हर वर्ष नीलाम के दूसरे दिन बड़ी सरकार ग़रीब कारिन्दों में बाँटा करती थीं। इतने में शामशाद कुछ उलझी हुई सी अन्दर आई। बड़ी सरकार की आँखों में प्रश्न-चिन्ह था।

"तक़सीर माठी मिला बावरची सुबह से ग़ैब हैं और देखे तो क्या रखा ये अल्लाह रखे इत्ते मेहमाना आरैं पकिंगा क्या?"

शमशाद की चिन्ता ठीक थी। बड़ी सरकार भी चुप हो गई। कोई और स्थानीय ख़ानसामा मिलना कठिन था। डांडेली छोटी-सी जगह थी। वहाँ के बावरची पकवान की बारीकियों को क्या जानें।

"वजह मालूम हुई, क्यों नहीं आया वह?" बड़ी सरकार ने पूछा।

"उसकी बीबी की ज़चगी हुई है सरकार।" फिर शमशाद ने आवाज़ दबाकर कहा। उसे वहाँ अनब्याही ऐमन के होने का एहसास था। "बच्चा मरको पैदा हुआ, हालत ख़राब हो गई थी। धारवाड़ के बड़े अस्पताल में ले जाना पड़ा।"

"तुमने हमें पहले क्यो नहीं बताया? हो सकता है, उसे किसी मदद की ज़रूरत हो?" बड़ी सरकार ने पानदान खोलकर सौ रुपये का एक नोट निकाला। "किसी को अभी बारह बजे की बस से भिजवाओ। ये पैसे लो, कहो कि यह ख़ानसामा को दे दे और हाँ, उससे कहना कोई फ़िक्र ना करे; अस्पताल का जो भी ख़र्च होगा, वह हमारे ज़िम्मे होगा। आज़र नवाब के आने पर हम वहाँ के बड़े डॉक्टर को फ़ोन करवा देंगे।"

"वह डॉक्टर ख़ुद धारवाड़ से आज रात को डिनर पर आ रहे हैं।" ऐमन ने मेहमानों की लिस्ट देखकर कहा।

"इस वक़्त अब्दुल करीम यहाँ होता तो अच्छा था।" बड़ी सरकार की फ़िक्र अब भी वैसी ही थी।

"शमशाद और मैं मिलकर निपटा लेंगे सरकार, आप क्यों फ़िक्र करती हैं।" ऐमन बोली।

"अरे हम तो भूल ही गये थे।" बड़ी सरकार एकदम ख़ुश होकर बोलीं, "तुमने होम साईस का कोर्स किया हुआ है।" वह मुस्कराई, "लेकिन आजकल कालिजों में जो कुछ पढ़ाया जाता है, क्या वह आज की ज़िन्दगी में भी काम आता है।"

"अब यह तो शाम ही को देखियेगा" ऐमन ने कह तो दिया लेकिन उसका दिल अन्दर ही अन्दर बैठा जा रहा था। बड़ी सरकार ने जो सन्देह प्रकट किया था, वह बड़ी हद तक सच था। उसे क्लास में आमलेट बनाना चार घन्टे में सिखाया गया था।

"शाम की दावत का सारा सामान आ गया या नहीं?" बड़ी सरकार ने पूछा।

"वह तो मुंशी साहब छोटे सरकार के साथ जाने से पैलीच मेरे हवाले कर गये थे।"

"ऐमन बीबी तुम अभी जाकर सब देख-दिखा लो तो ठीक होगा ताकि किसी चीज़ की कमी हो तो जल्दी से मगंवा ली जाये।"

ऐमन मुस्कुराकर तुरन्त ही उठ खड़ी हुई। बड़ी सरकार ने अपने जीवन में कभी किचन में पाँव तक नहीं रखा था। उनकी चिन्ता ठीक ही थी।

कुछ अतिथि शाकाहारी भी थे। उनके लिये अलग मीनू बनाना था। मुर्ग़, गोश्त और अण्डों के अतिरिक्त उसने मछली की एक ऐसी डिश चुनी जो उसके वालिद को बहुत पसन्द थी। अकस्मात ही उसे उनकी बहुत याद आई। वह आज अगर जीवित होते

तो इसकी सम्भावना थी कि उसका जीवन कुछ और ही होता। किसी और की छत उसका आसरा ना होती। उनके साथ बिताये हुए दिन वह कभी नहीं भूल सकती थी। उनका ख़ूबसूरत चेहरा। आँखों की ग़रमजोशी। मिज़ाज की नरमी। एक अच्छे-खासे खाते-पीते परिवार के सदस्य होने पर भी उन्होंने अपने सिद्धान्तों के लिये एक साधारण से ड्राफ़्ट्स मैन की नौकरी कर ली थी। बहुत से लोग जानते थे कि बड़े-बड़े नक़्शे बनाने में उन्हीं का हाथ रहता था लेकिन नाम उनके अधिकारियों का होता था। उन्होंने स्वयं एक अच्छे वातावरण में आँख खोली थी, इसीलिए उनका टेस्ट भी उच्च श्रेणी का था। जब वह अपने नक़्शों पर काम करते होते तो ऐमन उन्हें चुपचाप देखा करती थी। वह उसके हाथ में भी काग़ज़-पेन्सिल थमा देते ताकि उन्हें डिस्टर्ब न करे। वह अपने बाप की कापी करते हुए टेढ़ी-मेढ़ी लकीरों से अपना काग़ज़ रंग दिया करती लेकिन उन्होंने कभी उसे हंसी में नहीं टाला। उसके बनाये हुए नक़्शों पर उसी गम्भीरता से बहस करते, जैसे किसी बड़े आर्किटेक्ट के प्लान को देख रहे हों क्योंकि धीरे-धीरे वह सचमुच अपने बाप के पेशे में रुचि लेने लगी थी।

उसे उनके साथ हर रोज़ की वह सैर याद आई जब वे दोनों दूर तक खुली और ताज़ा हवा में निकल जाते थे। यही समय था, जब उन्होंने बातों-बातों में बेटी को दुनिया में जीने के ढंग सिखाये थे। उसके कैरेक्टर को मज़बूत बनाया था। उसके विचारों में सख़्ती पैदा करने की बजाय उसे ज़िन्दगी के बारे में एक सुलझा हुआ दृष्टिकोण दिया था। समाज के सिद्वान्तों का बन्दी न बनते हुए भी उसे समाज का आदर करना सिखाया था।

वह इन यादों से उस समय जागी, जब शमशाद ने अपने पल्लू से उसके आँसू पोंछे और ठंडे पानी का गिलास उसके होंठों से लगाया।

"कायको रोरै बीबी?" शमशाद ने हमदर्दी से पूछा।

"कुछ नहीं शमशाद।" उसने मुस्कराने की कोशिश करते हुए कहा, " कुछ ऐसे लोगों की याद आ गई थी, जिन्हें तुम नहीं जानतीं।"

"वह कौन हैं बीबी तुम्हारे को रुलाने वाले—क्या बिगाड़े तुम उनका? "

"तुम्हें अपने माँ-बाप कभी याद नहीं आते?" ऐमन ने पूछा।

"उई झाड़ू फिरो उनपौ—बेच को खाये सौ मेंरे को।" शमशाद सख़्ती से बोली। साठ-बासठ साल में भी उस ज़हर को कड़ुवाहट कम नहीं हुई थी।

'शमशाद का यह अरमान तो कभी का पूरा हो गया होगा।' ऐमन ने सोचा, 'शमशाद को बेचकर जो अनाज ले गये, उसने कब तक साथ दिया होगा उनका?'

"मगर तुम भूल रही हो शमशाद।" उसने कहा—"हो सकता है उन्होंने अपने पेट के लिये नहीं, तुम्हारी ज़िन्दगी बचाने के लिये तुम्हें बेचा हो?"

"तुम इसे ज़िन्दगी बोलतैं बीबी? उजाड़ हो जाऔ। ये तो दोज़ख़ की फुकनी है।

जित्ता फूँको उत्तीच भुक्की—बन्दीच नई होती।"

यह सब जानते-बूझते शमशाद ने अपने-आप को हवेली को सौंप दिया था। हवेली और उसके मालिक ही उसके लिये सब कुछ थे। कहाँ होती हैं ऐसी मिसालें जहाँ रिहा होने पर भी क़ैदियों ने क़ैदखाना छोड़ने से इन्कार कर दिया था?

गैस्ट हाउस का किचिन चौड़ा और हवादार था परन्तु हवेली के समान माडर्न नहीं था और डाइनिंग हॉल भी इतना बड़ा नहीं था, कि उसमें एक साथ पचास लोग समा सकें।

जब शाम को ऐमन अपना काम पूरा करके निकली तो माली ने बाग़ को निखार दिया था। वहां एक तिनका भी नहीं था। लॉन पर खाने की बड़ी टेबिल लगा दी गई थी जिस पर बिल्कुल सफ़ेद कपड़ा पड़ा था। घाटी में नीचे गुनगुनाती काली नदी और आस-पास रंगों का तूफ़ान था। टेबिल को और फूलों से सजाना बेकार था इसीलिए ऐमन ने उसकी सजावट ड्रिफ़्ट वुड और फलों से की। थोड़ी-थोड़ी दूर पर ड्रिफ़्ट वुड के अनोखे रूप लिये लकड़ी के टुकड़े जो वह काली नदी के किनारे से चुन कर लाई थी और उनसे मिलते-जुलते ख़ुश-रंग फल। झूले पर भी तकियों के ताज़ा धुले कवर बदल दिये गये थे। ये सब कुछ करते-करते सात बज गये और वह थक कर चूर हो गई। उसने निश्चय किया कि वह डिनर में नहीं जायेगी। उसने शमशाद और दूसरे नौकरों को आदेश दे दिये और नहाने चल दी। उसने नहाने में काफ़ी समय लगाया और जब टैलकम पाउडर के हाले में अपनी हल्की-फुल्की सफ़ेद साड़ी पहने वह वापस किचिन में आई तो उसकी आधी थकान दूर हो चुकी थी और उसका स्थान एक उल्लास ने ले लिया था।

कारों के आकर रुकने और बातचीत की आवाजों से पता चला कि अतिथि आ चुके थे और ड्रिंक्स का सिलसिला चल रहा था। ऐमन दबे पाँव बरामदे में चली आई। हाईबिसक्स के पीछे से उसने झाँक कर देखा। लोग हाथों में गिलास थामे बातचीत में व्यस्त थे। औरतों में कुछ तो बिल्कुल सीधी-सादी थीं जिन्होंने अपना अलग ग्रुप बना लिया था और कुछ विदेशी नारियाँ थीं जो इस वातावरण का मज़ा ले रही थीं। ऐमन की आँखें आज़र नवाब को ढूँढ़ रही थीं। जब ऐमन ने उन्हें देखा तो उसकी नज़रें वहीं जम कर रह गई। वह दिन-भर व्यस्त रहने पर भी थके हुए नहीं लग रहे थे। उन्होंने ताज़ा दम होकर अपना लिबास बदल लिया था। गहरे रंग के सूट में उनका पुरुष सौन्दर्य और भी निखर आया था। झूले की एक रॉड पकड़े हाथ में गिलास लिये वह एक लड़की से बातें कर रहे थे जो झूले पर रखे तकियों की सहायता लिये बेपरवाही से बैठी थी। लाल साड़ी में वह एक दहकता शोला थी। बार-बार उसके लाल होंठ मुस्करा पड़ते और उसके मोती जैसे दाँतों की बिजली कौंध जाती। उसके हाथ में भी गिलास था जिसे कभी-कभार अपने होंठों से भी छू लेती थी। उसके सारे आकर्षण का केन्द्र आज़र नवाब थे।

ऐमन को आज़र नवाब का इस प्रकार सब अतिथियों को छोड़कर बस उस लड़की का हो रहना अच्छा नहीं लगा, परन्तु वह जानती थी कि हसीन औरत ही आज़र नवाब, की कमज़ोरी थी। अचानक उन्होंने झुक कर उस लड़की से कुछ कहा और उसने अपना गिलास उन्हें दे दिया। वह उसे लेकर ड्रिंक्स की ट्राली की ओर जाने लगे। रास्ते में रुक कर उन्होंने बड़ी आत्मीयता से एक अधेड़ उम्र के जोड़े से कुछ कहा और वह औरत उनके कन्धे पर हल्के से हाथ मार कर हंस पड़ी। ऐमन ने देखा, झूले पर बैठी उस लड़की की नज़रें हर तरफ़ आज़र नवाब का पीछा कर रही थीं। उसने ऊबकर अपना मुंह फेर लिया।

देर हो रही थी और बड़ी सरकार अब तक बाहर नहीं निकली थीं। आज़र नवाब की नज़रें दो-तीन बार बरामदे की तरफ़ उठ चुकी थीं। झाँकती हुई पकड़ी जाने के डर से ऐमन दबे पाँव किचिन में लौट आई। उसने टेबिल पर रखी सारी चीज़ों की ओर एक आलोचनात्मक दृष्टि डाली और सन्तुष्ट हो गई कि गरम खाने वाली डिशें ठंडी न हो गई हों। टेबिल पर खाना गरम रखने के लिये डिश वारमर तैयार थे। बस, खाना चुनने की देर थी।

उसी क्षण एक कार की आवाज़ आई। शायद इसी अतिथि की राह सब लोग देख रहे थे। अवश्य कोई विशेष अतिथि होगा। ऐमन को उसे देखने की जिज्ञासा हुई और वह दबे पाँव बाहर निकल आई। लॉन पर सभी अतिथि चुप हो गये थे। आज़र नवाब ने अपना गिलास टेबिल पर टिका लिया और आगे बढ़े। इससे पहले कि शोफ़र उतर कर दरवाज़ा खोलता, उन्होंने स्वयं बढ़कर स्टेशन वैगन का दरवाज़ा खोला और सहायता के लिये हाथ बढ़ाकर किसी को उतारा—यह बड़ी सरकार थीं।

ऐमन उन्हें देखकर आश्चर्य में पड़ गई। किचिन में पकाते-करते उसे पता ही नहीं चला था कि बड़ी सरकार बाहर गई हुई थीं।

बड़ी सरकार ने एक आकर्षक मुस्कराहट के साथ अपने विदेशी अतिथियों की ध्यान में रखते हुए अपने देर से आने की अंग्रेज़ी में क्षमा-याचना की। आज़र नवाब ने अपने बाज़ू के घेरे में ले जाकर उन्हें एक आराम कुर्सी पर बिठा दिया। जो अतिथि वहाँ बैठे थे, उन्होंने भी उठ कर बड़ी सरकार का आदर-सत्कार किया। लेकिन लाल साड़ी वाली वह लड़की उसी बेपरवाही से बैठी रही। उसने बैठे-बैठे ही बड़ी सरकार को सलाम किया। इस बात ने ऐमन को क्रोधित कर दिया। उसे आज़र नवाब पर और भी ज़्यादा क्रोध आया, जो उस बेहूदा लड़की पर रीझे जा रहे थे।

बड़ी सरकार के चेहरे पर थकन-सी आ गई थी लेकिन फिर भी वह अतिथियों से ख़ुशी-ख़ुशी मिल रही थीं। आज़र नवाब ने अतिथियों की नज़र बचा कर झुक कर बड़ी सरकार के कान में कुछ कहा ओर उन्होंने उस लड़की पर ध्यान दिया। बड़ी सरकार की आँखों की बदलती हुई हालत मुस्कराहट में गुम हो गई। इतने में एक विदेशी युवक बड़ी

सरकार की ओर बढ़ा और वह उससे बातचीत में लग गई।

ऐमन पार्टी का यह दृश्य देखने में इतनी मगन थी कि उसे अपने पीछे आहट सुनाई नहीं दी।

"यह चोरी छिपे क्या देखा जा रहा है? बाहर क्यों नहीं आई?" पीछे से आज़र नवाब की आवाज आई और वह उछल पड़ी।

"मुझे ये पीने-पिलाने की महफ़िलें अच्छी नहीं लगतीं।" उसने जल कर सफ़ाई पेश की हालाँकि अभी तक तो पूरी दिलचस्पी से बाहर देख रही थी।

"पीना कोई ज़रूरी तो नहीं।" आज़र नवाब ने भी तीखेपन से कहा।

"आप तो पी रहे हैं।" ऐमन के मुंह से निकल गया हालाँकि आज़र नवाब को पीता देखकर वह क्रोधित हुई थी। उसे अमीर ज़ादों की एक आदत समझ कर उसने बात को वहीं समाप्त कर दिया था लेकिन बात समाप्त हुई कहां थी।

"माई डियर जनरल असिस्टेंट" आज़र नवाब ने अपना गिलास वहीं टेबिल पर टिका दिया और आगे बढ़े। "क्या मैं आपसे यह पूछ सकता हूं कि मेरे पीने या न पीने से आपका क्या ताल्लुक़ है?"

ऐमन से कोई उत्तर न बन पड़ा। सच, उसे क्या, उसकी तरफ से समुद्र पी जायें वह।

"अब चलिये, सरकार आपको बुलाती हैं।" वह बिल्कुल झूठ बोल रहे थे। जब से बड़ी सरकार आई थीं, पल भर को भी उसकी नज़रों से ओझल नहीं हुई थीं।

"मै नहीं चलूंगी, मेरे कपड़े ठीक नहीं हैं।" उसने गम्भीरता से सिर उठाये हुए कहा। परन्तु तुरन्त ही उसकी नज़रें झुक गई ओर चेहरे पर गुलाबी लहर दौड़ आई। उसके होंठ मुस्कराहट से सिकुड़ गये—घनी पलकों वाली वे आँखें मानो उसका पोस्टमार्टम कर रही थीं—सिर से पाँव तक और पाँव से सिर तक।

"तुम इस वक़्त बाथरूम में भी होतीं तो मैं तुम्हें इसी तरह घसीट कर ले जाता।" और उन्होंने सचमुच हाथ बढ़ाकर उसकी कलाई थाम ली। और वह बगुले के पर की तरह उनके साथ उड़ने लगी।

"छोड़ दीजिए मेरा हाथ।" आधे रास्ते तक जाकर उसने दबी आवाज़ में कहा—"मैं ख़ुद चली चलूँगी।" और आज़र नवाब ने तुरन्त ही उसका हाथ छोड़ दिया।

"यह तुम्हारे, अपने आप को कम समझने की सज़ा थी।" उन्होंने मुस्कुराकर कहा और आदर से उसे आगे बढ़ने का संकेत दिया। उसकी ओर पुरुषों की जादू-भरी और नारियों की सवालिया नज़रें उठ रही थीं, "मिस ऐमन साहिबा—हमारी जनरल असिस्टेन्ट।" आज़र नवाब ने उसे आगे बढ़ाते हुए परिचय करवाया। उनके बात करने के ढंग में जो व्यंग्य था, उसे केवल ऐमन ही महसूस कर पाई। सफ़ेद आरगंडी की साड़ी

में यों भी वह मोम की गुड़िया लग रही थी। अब उसका चेहरा और भी तमतमा गया। सब उससे बहुत अच्छी तरह मिले जैसे यह परिचय बिल्कुल नॉर्मल था। अपने होंठों पर एक झूठी-सी मुस्कुराहट चिपकाये उसने आगे बढ़ जाना चाहा। परन्तु उसके बाज़ू को आज़र नवाब पकड़े हुए थे और उसे झूले की ओर ले जा रहे थे। झूले पर बैठा वह शोला उन्हें एकटक देखे जा रहा था। ऐमन वहाँ जाना और उससे मिलना कभी नहीं चाह रही थी; पर ऐसे ही में दूर से बड़ी सरकार से उसकी नज़रें मिलीं। वह अपने किसी ग़लत व्यवहार से उन्हें चौंकाना नहीं चाहती थी इसलिये अन्दर उबलता लावा और बाहर शबनमी मुस्कराहट बनी वह झूले तक पहुंच गई। आज़र नवाब शायद इसीलिये उसे लाये होंगे कि उस लड़की की हमउम्र वहां कोई न थी वरना उन्हें क्यों वहां उसकी कमी महसूस होती।

"मिस रेहाना रियाज़, यह ऐमन साहिबा हैं।" ऐमन सोचती रही कि आज़र नवाब यहाँ भी अवश्य कहेंगे 'हमारी जनरल असिस्टेंट' लेकिन उन्होंने कुछ नहीं कहा।

ऐमन कील-कांटे से लैस उस हसीन लड़की के साथ, 'जिसकी पलकें तक नक़ली थीं, अपने आपको बहुत अधूरा महसूस कर रही थी। सादी-सफ़ेद कंधों से लिपटी साड़ी से उसका हुस्न परियों सा लग रहा था। किचिन में काम करते-करते यूँ भी उसका चेहरा दहक़ गया था। और आज़र नवाब के शाही व्यवहार ने उसके ख़ून के दबाव को और भी तेज़ कर दिया था। ढीले गुंथे हुए बालों से निकली एक आज़ाद लट उसके गाल पर झूम आई थी जिससे उसका आधा चेहरा छुप गया था। आँख़ों के सुनहरेपन में बिजली करवटें ले रही थीं। आज़र नवाब कुछ देर अध-खुली आँखों से यह दृश्य देखते रहे। हालाँकि ऐमन उनकी ओर देख नहीं रही थी लेकिन वह अच्छी तरह समझ रही थी कि वह उसके तनाव से पूरा मज़ा उठा रहे थे। उसने अब उनकी तरफ़ ध्यान न देकर ना ध्यान मैंगनीज़ फ़ील्ड के मैनेजिंग डायरेक्टर रियाज़ अहमद की बेटी की ओर कर लिया।

"आप शायद यहाँ नहीं रहतीं।" ऐमन ने पूछा।

"ये सवाल तो मुझे आपसे करना चाहिए?" रेहाना बोली, "पिछले साल जब मैं यहाँ आई थी तो आपका निशान भी नहीं था।" रेहाना ने जिस तरह यह बात कही, उससे उसने सचमुच ऐमन को अपने अजनबी होने का एहसास दिलाया।

"दरअसल यहाँ मेरा दिल नहीं लगता।"

"डांडेली में? इतनी सुन्दर जगह आपको पसन्द नहीं?" ऐमन ने बातचीत को आगे बढ़ाने की दूसरी कोशिश की।

"यहाँ पसन्द आने वाली क्या बात है? ये ख़ामोश पहाड़ देखते-देखते मैं तंग आ गई हूं।"

"ये वादियाँ सचमुच गहरी होती हैं, किसी से नहीं बोलतीं। यहाँ जब कभी आज़र

नवाब होते हैं तो ज़िन्दगी में कुछ हलचल आ जाती है।"

"ज़रूर आती होगी।" ऐमन ने दिल में सोचा।

"लेकिन आपके पास विदेशी भी काफ़ी आते रहते हैं न, अकेलापन तो महसूस नहीं होता होगा।"

"हाँ, कभी-कभी आते हैं लेकिन ज़्यादातर बूढ़े जिनके पास मेरे लिये समय नहीं होता।"

"लेकिन इस बार तो शायद एक्सपर्ट्स में कुछ कम उम्र लोग भी आये हैं?"

"हाँ, वह रॉबर्ट है।" मिस रियाज़ ने एक विदेशी युवक की तरफ़ संकेत करते हुए कहा, "लेकिन वह जब भी मिलता है तो इंग्लैण्ड में अपनी मंगेतर की ही बात करता है। मेरे तो कान पक जाते हैं सुनते-सुनते।"

"क्यों न हम मिलते हैं?" ऐमन ने दोस्ती सी जताई। "फुरसत में हम दोनों इन पहाड़ों में ट्रैकिंग के लिये चल सकते हैं।"

मिस रियाज़ की आँखों में क्रोध जागा—"मुझे पहाड़ों में भाग-दौड़ बेमतलब लगती है।"

ऐमन की समझ में नहीं आ रहा था कि उनसे अब और क्या बात करे। रेहाना की नज़रें बराबर आज़र नवाब का पीछा कर रही थीं जो एक ग्रुप में खड़े शायद किसी गम्भीर समस्या पर बात कर रहे थे। ऐमन क्षमा मांग कर उठ खड़ी हुई। खाना चुनने का समय आ गया था। मिस रियाज़ दूर तक उसकी झूलती हुई लम्बी चोटी देखती रहीं जो सफ़ेद साड़ी में उसकी कमर पर काले नाग की तरह और भी उजागर हो गई थी।

किचिन में जाते-जाते उसने बरामदे में टेबिल पर रखे रंगीन गिलास को उठा लिया जो आज़र नवाब वहाँ छोड़ गये थे। वह कुछ देर उसे देखती रही। फिर अनजाने ही वह गिलास उसकी नाक तक पहुँच गया। उसने ज़िन्दगी में कभी शराब नहीं देखी थी। सूंघने की बात कैसी परन्तु उसकी जिज्ञासा उस समय मिट्टी में मिल गई जब गिलास में से उसको स्क्वैश की ख़ुशबू आई। उसने गिलास को नज़रों से दूर ले जा कर देखा। क्या वह क़ीमती गिलास आज़र नवाब ही का था जो देखने वालों की नज़र को बाहर ही रोक देता था? वह भी क्या बेकार बातें सोचने लगी। भला आज़र नवाब के शराबी होने या न होने से उसे क्या लेना-देना? उसने चौंक कर इधर-उधर देखा कि कहीं किसी ने उसे देख तो नहीं लिया लेकिन वहाँ कोई नहीं था। उसने बचा हुआ स्क्वैश फेंक दिया और किचिन में चली गई।

उसने सोच लिया था कि वह सब के साथ खाना नहीं खायेगी। उसे यह चिन्ता खाये जा रही थी कि पता नहीं खाना कैसा बना हो? परन्तु शमशाद की सहायता से बनाई गई सभी चीज़ें ठीक ही बनी होंगी। तभी तो सब लोग मज़े ले-ले कर खा रहे थे। जीवन में यह पहला अवसर था, जब उसने इतनी बड़ी ज़िम्मेदारी अपने सिर ली थी।

फलों की जब बारी आई तो अतिथियों में आश्चर्य की एक लहर दौड़ गई क्योंकि जो फल उसने ड्रिफ़्ट वुड के साथ टेबिल पर सजाये थे, वे असली फल नहीं थे बल्कि बादाम की मिठाइयाँ थीं। खुश-रंग अनन्नास, सेब, सन्तरे और अंगूर जिन्हें बड़ी होशियारी से बनाकर खाने वाले रंगों से इस तरह रंगा गया था कि वे बिल्कुल असली मालूम हो रहे थे। ऐमन को ऐसा लगा, जैसे उसकी सारी मेहनत का फल मिल गया हो। इन्हीं फलों की तैयारी पर उसने बड़ी मेहनत की थी। हायबिस्कस के पीछे से वह अपनी सफलता का दृश्य देख रही थी।

खाना समाप्त हुआ। कुछ लोगों ने कॉफ़ी ली। कुछ ने नहीं। सब अतिथि बड़ी सरकार और आज़र नवाब को धन्यवाद देते घर जा रहे थे। जाते हुए अतिथियों को देखते हुए ऐमन चौंक पड़ी मानो उसको किसी ने झिंझोड़ कर नींद से जगा दिया। सब अतिथि जाने के लिए खड़े थे और कई एक जा भी चुके थे परन्तु मिस रेहाना रियाज़ उसी तरह बैठी रहीं। भारी भरकम शरीर वाले उसके पिता उनकी तरफ़ बढ़े लेकिन उनसे पहले रॉबर्ट वहाँ पहुँच गये।

"मे आई···" उसने कहा और बड़ी आसानी से मिस रियाज़ को अपनी बाँहों में उठा लिया और कार की तरफ़ ले चला।

रेहाना की दोनों टाँगें पोलियो ने बेकार कर दी थीं।

ऐमन को ऐसा लगा, जैसे किसी ने उसे उठाकर खाई में फेंक दिया हो। शमशाद के ज़ोर देने पर भी उसने कुछ नहीं खाया। उसका दम-सा घुटने लगा था। उसे ऐसा लगा जैसे ताज़ा हवा चाहिए। अतिथि सब जा चुके थे। नौकरों ने सामान उठाना आरम्भ कर दिया था। वह देर तक हवा में डोलते उस झूले को देखती रही जिस पर से रेहाना उठ कर गई थी।

"ऐमन बीबी, मैं तुम्हारे सदक़े। ज़रा बड़े सरकार को आप दूध दे दैयौ।" शमशाद ने कहा वह बहुत व्यस्त थी।

जब ऐमन दूध का गिलास लिये बड़ी सरकार के कमरे पर पहुँची तो ठिठक गई क्योंकि अन्दर आज़र नवाब भी थे।

"सरकार आपने तो मुझे चौंका दिया।" आज़र नवाब की आवाज़ आई। "कहाँ तशरीफ़ ले गई थीं आप अकेली?"

"धारवाड़ अस्पताल चले गये थे हम।" बड़ी सरकार बोली—"बेचारे खानसामा की बीवी के मरा हुआ बच्चा पैदा हुआ था।"

"लेकिन आप अकेली क्यों तशरीफ़ ले गईं" आज़र नवाब बोले, "वह—क्या नाम है—जो आपकी जनरल असिस्टेन्ट हैं—"

ऐमन अपना होंठ चबाकर रह गई। जब वह नहीं होती, तब भी आज़र नवाब उसका ठट्ठा करते थे। और 'जनरल असिस्टेन्ट' उसकी चिढ़ हो गई थी।

"आज़र नवाब।" बड़ी सरकार ने हल्की-सी नाराज़गी दिखाई। "तुम अच्छी तरह जानते हो उस लड़की का नाम ऐमन है। वह बड़ी समझदार लड़की है। उसका मज़ाक मत उड़ाया करो।"

"मैं देख रहा हूँ, वह सरकार को धीरे-धीरे जीत रही है।"

ऐमन को यूँ छिपकर बातें सुनना अच्छा नहीं लगा। वह आज्ञा लेकर कमरे के अन्दर आ गई। बड़ी सरकार दीवान पर बैठी थीं और आज़र नवाब अपनी पतलून की जेबों में हाथ डाले टहल रहे थे। वह शायद ऐमन को उन्हीं लोगों में से एक समझ रहे थे जो किसी बहाने नवाबों, अमीरों के घरानों में अपना रास्ता बनाते हैं और फिर सारा जीवन वहीं बिता देते हैं।

"सरकार मेरे ख़्याल में ख़ानसामा को इनाम देना चाहिए।" आज़र नवाब ने ऐमन को देखकर बात बदली—"अपनी परेशानी होने पर भी उसने खाना बहुत अच्छा बनाया था। मेरा ख़्याल था कि हमारा डांडेली का ख़ानसामा सिर्फ मुग़लई पकवान अच्छा बना सकता था।"

बड़ी सरकार ऐमन को देखकर मुस्कराने लगीं। "हमने एक नया ख़ानसामा रखा है"—वह बोलीं।

"सच?" आज़र नवाब ने उनका मज़ाक न समझते हुए आश्चर्य से कहा, "यहाँ—इस जंगल में आपको कॉनटिनेन्टल पकवान बनाने वाला ख़ानसामा कैसे मिल गया?"

"यह रहा हमारा ख़ानसामा। आज ऐमन बीबी ने खाना बनाया था"—बड़ी सरकार बेटे से बोलीं।

आज़र नवाब टहलते-टहलते रुक कर बोले, "ओ, यू मीन योर जनरल असिस्टेंट।"

"सरकार आप बहुत थक गई हैं आज।" ऐमन ने उनकी बात को अनसुनी करके बड़े आदर से दूध का गिलास बड़ी सरकार को पेश कर दिया।

"तुम भी बहुत थकी होगी आज।" बड़ी सरकार ने उसके हाथ से दूध का गिलास ले लिया—"कल तुम आराम करना। हम शमशाद से कह देंगे कि कोई तुम्हें डिस्टर्ब न करे।"

"वह कुछ—दफ़्तर में—" ऐमन ने कहा।

"सरकार ने अगर आपको छुट्टी दे दी है, तो हमारी क्या मजाल कि आपको काम से बाँधे रखें?" आज़र नवाब ने हथियार डालते हुए कहा, "अच्छा सरकार, शब बख़ैर।" आज़र नवाब ने झुक कर बड़ी सरकार का माथा चूमा और बाहर निकल गये।

ऐमन ने बड़ी सरकार के बिस्तर से बेड कवर उठाया। तकिये ठीक किये और बाहर निकल आई।

चाय का प्याला हाथ में लिये ऐमन अपने बिस्तर में बैठी सोचती रही कि आज अवकाश का दिन कैसे बिताया जाय? सबसे अधिक उसे यही चिन्ता थी कि जब यह बाहर जाये तो आज़र नवाब से टकराव न हो, क्योंकि वह उसकी शान्ति भंग करने में एक्सपर्ट थे। इसीलिये उसने निश्चय कर लिया था कि जहाँ तक हो सके, उनकी छाया से भी दूर रहेगी। जो समय दफ़्तर में उनके साथ बीतता था, उसे वह दफ़्तरी कामकाज का ही पाबन्द रखेगी क्योंकि उसे पता चल गया था कि उसे देखते ही उनका आत्म-पीड़न बढ़ जाता था। परिणामस्वरूप वह हर बार उसे कोई घाव देने में सफल हो जाते थे। इतने कम समय में वह उनकी भवों के तनाव और होंठों के व्यंग्य को भी भली भांति पहचानने लगी थी। चौड़े माथे पर घने बालों का सुन्दर झुकाव। वह उन बालों के टेढ़े-मेढ़े रास्तों में, उनकी भूल-भुलइयों में, भटकना नहीं चाहती थी। उनकी आँखों की अथाह गहराई में डूबना नहीं चाहती थी। उसे उनसे इन सब बातों का डर था। विशेषकर उनका व्यवहार रेहाना के साथ देखकर उसका दिल काँप गया था। वह कितने पत्थर दिल और दिलफेंक थे, यह इसी से ज़ाहिर था कि वह रेहाना के अपंग होने पर भी उससे खुला खिलवाड़ कर रहे थे। उसकी भावनाओं से खेल रहे थे। ऐमन के दिल में आज़र नवाब के लिये भय, घृणा, क्रोध की मिली-जुली भावनाएं जागीं, परन्तु उसे क्या? वह क्यों उनके बारे में इतना सोचने लगी थी? रेहाना कोई बच्चा तो नहीं थी जो आज़र नवाब के खेल को नहीं समक्ष सकती। हाँ, उसे क्या?

उसने जल्दी-जल्दी चाय पी और नहाकर नीली पतलून और जैकेट चढ़ाई। पिछली रात की बची हुई कुछ चीज़े फ्रिज में रखीं। उनसे सैन्डविच बनाये और कॉफ़ी से थर्मस भर लिया। फिर कुछ सेब अपने बैग में डाले और बाहर निकल आई। वह सब के उठने से पहले ही निकल जाना चाहती थी।

गेट से निकल कर वह बाई ओर उस सड़क पर मुड़ गई जो बाज़ार को जाती थी। वह बेमतलब बड़ी जा रही थी। उसने अचानक सोचा कि उधर ही नदी पर पुल के दूसरी ओर उसने सेंचुरी का बोर्ड लगा देखा था। अपनी मंज़िल निश्चित करके आगे बढ़ी। वह जानती थी कि फ़ॉरेस्ट विभाग की गाड़ियाँ उधर जाती रहती थीं। उन गाड़ियों के ड्राइवर कभी सेंचुरी देखने जाने वाले लोगों को भी जगह दे देते थे।

बाज़ार में इक्का-दुक्का दुकानें और होटल खुल गये थे। ऐमन आगे बढ़ती गई। फ़ॉरेस्ट विभाग की एक स्टेशन वैगन उसके पास से तेज़ी से निकल गई। जब तक ऐमन उसे रोकती, वह बहुत आगे निकल गई थी। ऐमन काली नदी का पुल पार कर रही थी कि एक जीप और उसके पास से निकल गई। उसे निराशा होने लगी। एक तो उसके साथ सेंचुरी में अन्दर जाने का पास नहीं था, दूसरे वह चोरी-छिपे चली भी जाती, तो वहाँ अकेले जाने में डर था। उसने सोचा कि वापस चली जाये क्योंकि उसके लिये एक ही रास्ता था सेंचुरी के अन्दर जाने का कि फ़ॉरेस्ट विभाग की कोई गाड़ी उसे

साथ ले जाये और उनकी दो गाड़ियाँ जा चुकी थीं जिन्होंने या तो उसे देखा नहीं या उसकी आवाज़ सुनी भी हो तो परवाह नहीं की। वह पलट गई क्योंकि तीसरी जीप भी उसके सिगनल पर रुके बग़ैर चली गई। वह वापस जाने ही वाली थी कि रुक गई क्योंकि कुछ दूर जाकर वह जीप भी रुक गई थी और अब पीछे को आ रही थी। ऐमन को कुछ आशा बँधी और वह रुक कर उस जीप के पहुँचने की प्रतीक्षा करने लगी।

ड्राइवर ने जीप उसके पास लाकर रोक दी और स्टेयरिंग पर हाथ रखे उसे घूरने लगा। वह उस ड्राइवर को देखकर सन्नाटे में आ गई क्योंकि यह तो वही व्यक्ति था जिसकी छाया से भी वह दूर भागना चाहती थीं। आज़र नवाब ने राइडिंग वाला ड्रैस पहना हुआ था। वह जहाँ थी, वहीं मूर्ति की तरह खड़ी हो गई। आज़र नवाब की भी शायद हठ थी कि वही पहले बोले। उन्हें उसे देखकर आश्चर्य हुआ भी होगा तो उसका कोई प्रमाण उनके चेहरे पर नहीं था।

जब देर तक वह कुछ नहीं बोली तो उन्होंने पूछा, "क्या बात है? क्यूँ रोका था मुझे?"

"नहीं, कुछ नहीं— शायद आपको धोखा हुआ है," ऐमन ने बौखलाकर कहा।

"कोई बात नहीं।" आज़र नवाब बोले, "सुनते हैं जंगल की तरफ जाओ तो चुड़ैलें रास्ता रोकती हैं" और जीप स्टार्ट करने लगे लेकिन आगे बढ़ने से पहले उन्होंने एक नटखट नज़र ऐमन पर डाली। ऐमन का जी चाहा कि हैवरसैक फेंक कर उन पर दे मारे।

"सुनिये।" ऐमन चिल्लाई। वह सेंचुरी देखने का इकलौता सुनहरा अवसर हाथ से जाने भी नहीं देना चाहती थी। आज़र नवाब रुक गये लेकिन इंजन बन्द नहीं किया।

"मुझे भी सेंचुरी जाना है," उसने कहा।

"तो शौक़ से जाइये—वह रही सेंचुरी—" आज़र नवाब ने पता बताने में सहायता की और हाथ से संकेत देकर सलाम किया और आगे बढ़ गये।

ऐमन ने सोच लिया कि अब अपना और अपमान नहीं करवायेगी 'भाड़ में गई ऐसी सेंचुरी।' उसका दिल बोझिल हो गया था।

सवेरे ही सबेरे सारा दिन सत्यानाश हो गया था। उसने सोचा कि अवकाश के इस दिन को हर बन्धन से आज़ाद खुले वातावरण में बिता देगी जैसे कभी वह अपने वालिद की ज़िन्दगी में किया करती थी परन्तु अब उसकी सारी योजनाओं पर पानी फिर गया था। वह थके-थके पाँवों वापस लौटी हालाँकि घर से निकलने से पहले उसने शमशाद से कह दिया था कि वह चिन्ता न करे, उसे वापस आने में विलम्ब हो जायेगा। पलटकर अभी वह कुछ ही दूर वापस गई होगी कि वही जीप दोबारा उसके पास आ खड़ी हुई।

"चढ़ आइये मिस साहिबा।" आज़र नवाब बोले।

"नहीं—मुझे नहीं जाना है—"

वह कुछ देर अपने दस्तानों वाले हाथ स्टेयरिंग व्हील पर रखे उसे चुपचाप देखते रहे। जब वह जाने लगी तो बेसबरी से बोले—

"सीधी तरह चढ़ आती हैं आप या मुझे आपको उठाकर जीप में डालना पड़ेगा?" और वह जीप रोक कर सचमुच उतरने लगे।

ऐमन घबरा गई। वह बात को बढ़ाना नहीं चाहती थी। पुल पर काम करने वाले मज़दूर अपना काम रोके अब दिलचस्पी से उन दोनों को देखने लगे थे। वह चुपचाप जीप में बैठ गई। उसे क्रोध आ रहा था। बहुत क्रोध। परन्तु दिल की सौ धड़कनों में से एक धड़क हर्ष उत्लास की भी थी जिससे वह लगातार इन्कार करना चाहती थी और नहीं कर पा रही थी। अब जब वह बैठ ही गई थी तो मुँह फुलाकर बैठना बेकार था।

"मुझे सेंचुरी देखने का बड़ा शौक़ था।" ऐमन ने साहस करके ख़ामोशी को तोड़ा।

"बहुत सों को होता है।" आज़र नवाब ने कटा हुआ सा जवाब दिया। वह जीप में बैठ कर पछताई। "लेकिन हर कोई इस तरह किसी के रास्ते का पत्थर तो नहीं बन जाता।"

ऐमन चौंकी, "तो क्या—तो क्या आप सेंचुरी नहीं जा रहे थे?" उसने अपराधी बनकर पूछा।

"क्या यह ज़रूरी है कि जो भी इधर से जाये सेंचुरी ही जाये?" उन्होंने उसके सवाल का जवाब सवाल ही से दिया। ऐमन भूल ही गई थी कि वही रास्ता मोड़ से टिम्बर फ़ैक्टरी की ओर भी जाता था।

"लेकिन इतने सवेरे टिम्बर फ़ैक्टरी···" उसे अचम्भा हुआ।

"मैंने यह तो नहीं कहा कि मुझे टिम्बर फ़ैक्टरी ही जाना था।"

ऐमन तंग होकर ख़ामोश बैठ गई। वह तो गोखरू के काँटे थे, जिधर डालो उधर सीधे।

"बैग में क्या है?" कुछ देर बाद आज़र नवाब ने उसकी नरवस सी टटोलती हुई उंगलियों को देखकर पूछा।

"कॉफ़ी, सैन्डविच और फल।" ऐमन ने भी संक्षिप्त-सा उत्तर दिया।

"चलो यह भी अच्छा हुआ। मैं अपने साथ आईस बॉक्स में कोक की बोतलें ले आया हूं।" आज़र नवाब बोले।

'जब उन्हें कहीं नहीं जाना था तो जीप में आईस बाक्स क्यों ले आये थे?' ऐमन से सोचा लेकिन उसने चुप रहने में ही भलाई समझी। उसे क्या पता था कि आज़र नवाब जब अपने घोड़े 'कुलजम', पर सबेरे राइडिंग के लिये निकले तो साईस ने उन्हें बताया था कि बड़ी सरकार के साथ शहर से आई मेमसाब अभी-अभी बाहर गई थीं।

आज़र नवाब के माथें पर ब़ल आ गया था। डांडेली लाख छोटी जगह सही, लेकिन इतने सबेरे अकेली लड़की का सुनसान जगह पर पहुँच जाना ख़तरे से ख़ाली नहीं था, जहाँ भाँति-भाँति के लोग काम की खोज में आते रहते थे। उन्होंने रिकाब में पांव रखते-रखते निकाल लिया। घोड़े को वापस अस्तबल भिजवाकर जीप लेकर बाहर निकल आये। ऐमन को उन्हें ढूँढ़ना नहीं पड़ा।

जीप सेंचुरी की सीमा में आ गई थी। जंगल का यह पहला भाग छितरा-सा था। बीच की सड़क के दोनों ओर ब़ाँस के झोंपड़े बने हुए थे जिनके आगे कुछ बच्चे खेल रहे थे।

"कुछ ही दिन पहले यहाँ से भेड़िया एक बच्चे को उठा ले गया था।"

ऐमन के गले में कोई चीज़ अटकी—"फिर ये लोग यहाँ क्यों रहते हैं? यह जगह ख़तरनाक जो है।"

आज़र नवाब व्यंग्य से हँसे, "ऐमन बीबी, हर किसी को इतनी आसानी से जनरल असिस्टेन्ट की पोस्ट नहीं मिल जाती।"

ऐमन ख़ून का घूँट पीकर रह गई, पर उसने कहा कुछ नहीं। जहाँ तक हो सके वह ईमानदारी से अपना कर्त्तव्य निभाने की कोशिश कर ही रही थी। आज़र नवाब उससे और क्या चाहते थे? यदि यह या बड़ी सरकार उसके काम से सन्तुष्ट नहीं थे तो जाने के लिये कह सकते थे। वह अपने दिमाग़ में कोई जवाब सोच ही रही थी कि उसकी नज़र एक भागते हुए ख़रगोश पर पड़ी।

"अभी जंगल के इस बाहरी हिस्से में मासूम जानवर ही मिलेंगे।"

"लेकिन यहाँ का कुदरती हुस्न इन्सान के बनाये हुए बाग़ों से अच्छा है।" ऐमन ने आस-पास देखकर कहा।

"हाँ, क्यूँ नहीं? कभी जब रात में अकेली घने जंगल के अन्दर फँस जाइयेगा तो जंगल आपको इतना सुन्दर नहीं दिखाई देगा।" आज़र नवाब ने रोकी हुई जीप फिर स्टार्ट की। "लेकिन यहाँ के शेर और चीतों के लिए एक हसीन दिलपसन्द डिनर का इन्तज़ाम ज़रूर हो जायेगा।"

ऐमन कुछ डर गई लेकिन वह कोई बच्चा नहीं थी जिसे आज़र नवाब शेर और चीते का नाम लेकर डरायें। उसने जीप से बाहर देखते हुए कहा—"मैं जंगल के शेरों और चीतों से नहीं डरती। मैंने शहरों में बड़े-बड़े चीते देखे हैं।"

"सच?" आज़र नवाब ने बड़े आश्चर्य से कहा, "क्या कहा था उन चीतों ने आप से? हैलो सुनहरी नाज़नीन।" उन्होंने ऐसे कहा जैसे किसी चार वर्ष की बच्ची से बात कर रहे हों।

"आदमख़ोर एकदम हमला करते हैं—वह सलाम-कलाम में यक़ीन नहीं रखते।" ऐमन ने भन्ना कर कहा।

"यह बताता है कि वह प्रेक्टिकल हैं। लेकिन कुछ निवाले की बात भी होती है कि वह किस हद तक उनकी भूख बढ़ाता है? " आज़र नवाब ने उसे खा जाने वाली नज़रों से देखकर कहा।

ऐमन इस प्रकार की दो मानी बातचीत में फँसना नहीं चाह रही थी परन्तु वह रुक नहीं सकी और बोली—"आदमख़ोर इतने छाँटने वाले कहाँ होते हैं। जो उनके रास्ते आये, वही उनका निवाला बन जाता है।"

आज़र नवाब ने जीप रोक ली और बोले, " मिसाल के तौर पर?" उनकी आवाज़ में ऐसी धमकी थी जिसने ऐमन के क्रोध को भी उभार दिया। वह मिस रियाज़ के साथ जो खेल खेल रहे थे, ऐमन उसे क्षमा नहीं कर सकती थी।

"मिसाल के तौर पर—आप ख़ुद।" उसने बड़े गुस्से से कहा।

वह कुछ देर तक उसे चुपचाप देखा किये। फिर अचानक ज़ोर से हँस पड़े और बोले—"पता नहीं तुम मेरे किस शिकार की बात कर रही हो?"

"आपके शिकार का रिकार्ड रखना मेरी ज़िम्मेदारियों में नहीं है।" ऐमन बोली, "मैं तो सिर्फ़ इतना जानती हूँ कि आप एक पत्थर-दिल और बेपरवाह इन्सान हैं—जैसे सब रईस होते हैं।" उसने ठान ली थी कि आज अपने दिल की भड़ास निकाल ही लेगी।

"तो आपके ख़्याल में हर रईस का बदमाश और ज़ालिम होना ज़रूरी है?"

"रईस इसी तरह तो पहचाने जाते हैं।" ऐमन ने बिल्कुल नाक की सीध में देखते हुए अपनी पक्की राय को ज़ाहिर कर ही दिया।

"और क्योंकि में भी एक अमीर आदमी हूँ इसलिये आपके ख़्याल में मैं पत्थर-दिल, बदमाश और बेपरवाह हूँ।"

ऐमन ने उनको झुठलाये बग़ैर अपना सिर मोड़ लिया।

"मेरे बारे में ये बातें बशारत नवाब ने कही होंगी?" आज़र नवाब मुस्कराकर बोले।

"जिस किसी ने भी कही। राय मेरी अपनी है।"

"चलों मान लिया। बशारत नवाब कहते हैं तो फिर झूठ थोड़े ही कहते होंगे लेकिन आपने किस वजह से इस बात पर यक़ीन कर लिया?"

ऐमन की जबान बन्द हो गई। वह कुछ देर अपने-आप से संघर्ष करती रही कि कहे या न कहे। क्योंकि यह आज़र नवाब का निजी मामला था और वह उनके चाल-चलन की ज़िम्मेदारी नहीं हो सकती थी। लेकिन बात इतनी आगे बढ़ गई थी कि अब चुप रहना भी बेक़ार था।

"आपको मिस रियाज़ पर रहम नहीं आता?"

आज़र नवाब ने दोनों हाथ स्टेयरिंग पर रख दिये और सामने घूरते हुए बोले—

"मैं रहम बहुत कम खाया करता हूँ क्योंकि यह वह चीज़ है जो किसी भी ख़ुददारी रखने वाले इन्सान का दिल दुखा जाती है। और मेरे ख़्याल में हर इन्सान में थोड़ी बहुत ख़ुददारी ज़रूर होती है। मैं समझता हूँ, रहम सिर्फ़ जानवरों के लिये है।"

"फिर यह हर साल जो आप ग़रीबों में कपड़े बाँटते हैं, यतीमख़ानों को चन्दे देते हैं?"

"यह उनका हक़ है।" आज़र नवाब ने बेचैन होकर उसकी बात काटी। "मैं उनको उनका हक़ देता हूँ, उन पर कोई एहसान नहीं करता।"

"फिर भी आपके पुरखों ने जो दौलत इकट्ठी की वह भी तो किसी का हक़ मारकर ही की होगी?" ऐमन ने कहा।

"कामरेड, मैं अपने पुरखों की हरकतों का ज़िम्मेदार नहीं हो सकता। न हाथ आई दौलत को लुटाकर भीख का कटोरा लिये सड़कों पर निकल सकता हूं। मैं दौलत के सही इस्तेमाल को भी अपना फ़र्ज़ समझता हूँ जिससे मेरा भी फ़ायदा हो और समाज का भी। अगर आपका ख़्याल है कि मैं निकम्मों और कामचोरों पर अपनी दौलत क्यूँ नहीं लुटा देता तो आपका ख़्याल बिल्कुल ग़लत है। बल्कि जनरल असिस्टेन्ट साहिबा अगर आपने यह साबित न किया होता कि आप अपना काम ज़िम्मेदारी से करती हैं तो आज न आप यहाँ होतीं न मुझे अमीर होने के ताने सुनने पड़ते।"

ऐमन चुप हो गई।

"अब अगर आप चाहें तो मैं इन्कमटैक्स की रिपोर्ट आपके सामने-पेश कर दूँ।"

ऐमन पछता रही थी। उसने आज़र नवाब के बारे में जो राय बनाई थी, उसे अपनी सीमा तक ही रखना चाहिए था। परन्तु अब तो तीर कमान से निकल चुका था। आश्चर्य तो यह था किं आज़र नवाब ने उसकी बात का बुरा नहीं माना था।

"अब अगर हुकम दें, तो आगे बढ़ूँ?" आज़र नवाब ने उसे चुप बैठा देखकर स्टार्टर दबाया। सूरज चढ़ता जा रहा था। साथ ही पेड़ो के साये गुंजान होते जा रहे थे। एक रेशमी सन्नाटा था जिसमें कभी किसी चिड़िया या जानवर की आवाज़ कान को छू जाती थी। अचानक आज़र नवाब ने जीप का इंजन बन्द कर दिया। ऐमन ने चौंक कर उन्हें देखा तो उन्होंने होंठों पर उंगली रखे उसे चुप रहने का संकेत किया और वह दम साधे कच्ची सड़क की बाई ओर देखने लगी, उधर जिधर आज़र नवाब संकेत दे रहे थे—वहाँ जानवरों का एक झुण्ड-सा था जिनके केवल पैर दिखाई दे रहे थे। उनका शेष शरीर झाड़ियों तथा पेड़ों के बड़े-बड़े पत्तों में छुपा था। वह सारे ही पैर सफ़ेद थे जैसे सबने ही सफ़ेद मोजे पहन रखे थे। वह झुण्ड अब आगे बढ़ा।

"बाईसन—यह अरना भैंसों का झुण्ड है।" आज़र नवाब ने कानाफ़ूसी की आवाज़ में कहा—"इन्हें अगर छेड़ा न जाय तो ये बिल्कुल ख़तरनाक नहीं होते। अगर इन्हें ग़ुस्सा दिला दिया जाये, तो इनमें का एक भैंसा ही हमारी जीप को हवा में उछालने

के लिये काफी है।"

ऐमन ने ध्यानपूर्वक उधर देखा। काली चट्टान जैसे बड़े-चौड़े भैंसे अन्न की खोज में झुण्ड बनाकर फिरते रहते हैं। पहले तो ये इन्सान की परवाह नहीं करते और ज़रा सी आवाज़ पर ही बहुत दूर चले जाते हैं। अगर कभी इनका सामना हो भी जाये तो इन पर टॉर्च का प्रकाश डाला जाता है और ये धीरे-धीरे मैदान छोड़ देते हैं। शायद भैंसों ने इनकी आहट पा ली थी। वे सड़क से और दूर होने लगे थे। आज़र नवाब ने जीप स्टार्ट की और आगे बढ़े।

"अभी कुछ दिन हुए, यहाँ विदेशियों की एक टीम आई थी। वे अपने कैमरे साथ लाये थे। किसी अनजाने विदेशी का कैमरा एक बन्दर ले भागा।"

"फिर क्या हुआ?" ऐमन ने बच्चों की तरह रुचि दिखाई।

"फिर क्या होता—उस बन्दर ने अपनी फिल्म कम्पनी खोल ली होगी।" आज़र नवाब ऐमन के जोश पर हंसने लगे। इतनी सादगी से हंसते हुए ऐमन ने उन्हें पहली बार देखा था। हंसते-हंसते उनकी आँखों के किनारों पर लकीरें उभर आई थीं और आकर्षक होंठ कोमल-सी मुस्कराहट में फैल गये थे। ऐमन ने देखा, उनके दाँत चमकते हुए मोतियों जैसे थे। ऐसे में वे बिल्कुल ख़तरनाक और स्वयं अपने को पूजने वाले नहीं लग रहे थे। वह इस वक़्त बिल्कुल बड़ी सरकार के बेटे नज़र आये।

ऐमन आज़र नवाब के व्यक्तित्व में अपनी रुचि देखकर अपने-आप ही चौंक पड़ी। परन्तु यह कोई पहला मौका नहीं था जब उसने उनकी छोटी बातों को इस तरह पढ़ा था। उनके बारे में उसने अकेले में भी कुछ समय तक सोचा था, जब तक उसने झल्लाकर अपने-आप ही को टोक नहीं दिया था। उसने अपने अंदर की आवाज को यह कहकर चुप कर दिया था कि वह केवल उनके बारे में ही नहीं सोचती। उसने आज़र नावाब की मुंशी साहब से तुलना की और उसे हंसी आ गई। विशेषकर मुंशी साहब जब नाराज़ होते तो यदि कोई उनसे उनकी शायरी की बात कर देता तो वह ढेर हो जाते थे। मुंशी साहब तसनीम पाशा पर ख़ासकर नाराज़ हुआ करते थे। उन्हें तसनीम पाशा के तौर-तरीक़े बिल्कुल पसन्द नहीं थे। लेकिन वह हवेली के वफ़ादार नौकर थे। मालिकों से टक्कर नहीं ले सकते थे इसलिये अपने ग़ुस्से का बुख़ार ऐमन के सामने निकाला करते थे।

आज़र नवाब ने एकदम ब्रेक लगाये। वह उछल पड़ी और उसका माथा जाकर शीशे से टकरा गया।

"कहाँ खो गई थीं आप?" आज़र नवाब ने बिना किसी अफ़सोस के पूछा।

"मैं मुंशी साहब के बारे में सोच रही थी।" ऐमन ने माथा मलते हुए सच्ची-सच्ची बात बता दी।

"माथा फुड़वा दिया होता मुंशी साहब ने अभी।" आज़र नवाब स्टेयरिंग पर

कोहनी टिकाये हुए बोले, "कम सोचा करो उनके बारे में।"

"माथा तो आपने घायल कर दिया होता, मुंशी साहब ने नहीं," वह कुछ भन्नाकर बोली।

"देखो?" आज़र नवाब ने अपना हाथ उसके सिर पर रखकर घुमा दिया जैसे कोई ढक्कन खोल रहे हों। ऐमन की आँखें उनसे मिलीं और नज़र जमकर रह गई। आज़र नवाब उसके माथे के स्थान पर उसकी आँखों में देख रहे थे जो चोट की वजह से गीली हो गई थीं। नहीं, वह मुस्करा नहीं रहे थे। यह उसका वहम था। वे आँखें ख़ामोश भी नहीं थीं परन्तु क्या कह रही थीं वे? उनकी अथाह गहराई में उतरना ऐमन के बस की बात नहीं थी।

"मेरे बजाय किसी और के बारे में सोचोगी तो यही होगा।" आज़र नवाब ने बहुत धीरे से कहा। ऐमन समय से जाग पड़ी और उसने एक झटके से अपना सिर अलग कर लिया।

"मुझे और भी बहुतेरे काम हैं। मैं आपके बारे में कमी नहीं सोचती।"

"कभी नहीं?" आज़र नवाब शरारत से झुक कर बोले।

"कभी नहीं।" अपनी आवाज़ की थरथराहट पर उसे एक प्रकार से क्रोध आया और उसने अपना मुंह दूसरी ओर फेर लिया। वह झूठ बोल रही थी इसलिये उनसे आँखें नहीं मिला सकती थी। वह इस बात की चेष्टा कर रही थी कि ऐसा न हो। फिर भी उसके विचारों में आज़र नवाब का ताना-बाना बढ़ता ही चला जा रहा था। क्या होगा, जब कल्पना की यह चादर पूरी हो जायेगी? वह कभी डर कर सोचती—वही चादर कहीं उसका कफ़न न बन जाये और इसी एहसास से वह डरती थी। वह अपने-आप को जलाकर मारना नहीं चाहती थी और आज़र नवाब से प्यार करना एक तरफ़ा रास्ता था जो केवल बरबादी की ओर ले जाता था। उसकी दुनिया उनकी दुनिया से बिल्कुल अलग थी। वह इस हक़ीक़त को बहुत अच्छी तरह समझती थी—फिर भी···

"भूख लगी है।" आज़र नवाब ने घड़ी देखी। ढाई बज रहे थे। उन्होंने ग्यारह बजे कॉफी ली थी। जब जंगल की घनी छाया से निकल कर वे एक मैदान के उस पार जा रहे थे, वहाँ एक छोटा-सा तालाब था जिसमें अनगिनत कमल खिले थे जिनके कारण पूरा वातावरण पवित्र हो रहा था।

"फूलों में सबसे पवित्र कमल ही तो है।" आज़र नवाब ने किनारे पर झुक कर दो कमल के फूल निकाले और ऐमन को दिये "पुराण कहते हैं ब्रह्मा एक ऐसे कमल के फूल से निकले थे जो विष्णु की नाभि से पैदा हुआ था। रुपये-पैसे और ख़ुशहाली की देवी लक्ष्मी कमल के फूल पर खड़ी दिखाई देती है।" आज़र नवाब ने ऐमन को कमल की पवित्रता का महत्त्व बताते हुए कहा—"इस फूल का रोज़ खिलना सूरज से उसके प्यार का राज़ है इसीलिये इसे सूर्य विकासी भी कहते हैं। मोहन-जो-दड़ो के ज़माने में

में कमल के फूलों का हार सूरज देवता के सर के आस-पास लपेटा जाता था—और क्या अब आप अकेले ही सारी काफ़ी पी लेंगी?" उन्होंने अपना शक दिखाया और ऐमन ने हंसकर उनका मग आगे बढ़ा दिया।—हिरनों की एक पाँत तालाब के दूसरी ओर चौकड़ियाँ भरती चली गई।

"दुनिया की सभ्यता और समाज के बन्धनों से दूर जब व्यक्ति इसी प्रकार के वातावरण में रहता होगा तो उसकी समस्यायें क्या होंगी?' ऐमन ने सोचा। 'क्या उस इन्सान में कभी प्यार किया होगा?' अगर हाँ, तो क्या उसने कभी अपने महबूब के लिये जान दी होगी? घृणा की होगी? अगर उसने आँसू बहाये होंगे तो किसके लिये? या फिर केवल शारीरिक पीड़ा के एहसास ने ही उसकी आँखों में आँसू लाये होंगे?

"वैसे तो यहाँ कोई आदमख़ोर नहीं है।" आज़र साहब ने अंगूठे से स्वयं अपनी ओर संकेत किया, "सिवाय मेरे, लेकिन जंगल में इस जगह हमारा उतरकर सुस्ताना ख़तरनाक हो सकता है क्योंकि आस-पास कहीं भी हमारी काले चीते से मुलाक़ात हो सकती है।"

"काले चीते तो अब हमारे देश में बहुत कम रह गये हैं।" ऐमन ने पीछे से हैवरसैक निकालते हुए कहा—"मैंने कभी नहीं देखे।"

"आज हो सकता है दिखाई दे जायें। आज का दिन कामयाब दिन है क्योंकि हमें बहुत से जानवर दिखाई दे चुके हैं। वरना किसी-किसी दिन बहुत बोरियत होती है। एक ख़रगोश तक दिखाई नहीं देता।"

"अरे मैं तो समझती थी कि सेंचुरी में हर वक़्त ही सब जानवर दिखाई देते होंगे।" ऐमन बोली।

"ऐमन बीबी सर्कस के मैदान और कुदरती सेंचुरी में बहुत बड़ा फ़र्क़ है। यहाँ जानवरों की असली मर्ज़ी चलती है। वह कोड़े की आवाज़ पर नहीं नाचते।"

आज़र नवाब ने आईस बाक्स में से कोक निकाले और ऐमन ने थैले से सैन्डविच का डिब्बा।

"सैण्डविच अच्छे हैं लेकिन इनका भराव मेरी समझ में नहीं आ रहा है।" आज़र नवाब सैण्डविच को देखते हुए बोले।

ऐमन हँस पड़ी, "कल की पार्टी की सभी चीजों का मिक्सचर है।" ऐमन सेब निकालती हुई बोली।

"मिलावट—जानती हैं आप मिलावट करना जुर्म है।" आज़र नवाब बोले। "और ये सेब" उन्होंने ऐमन का बढ़ाया हुआ ख़ुशरंग सेब स्वीकार करते हुए कहा, "लाखों हज़ारों साल पहले अम्मा हव्वा ने इसे खिलाकर बाबा आदम को जन्नत से निकलवाया था। आप मुझे कहाँ से कहाँ पहुँचा रही हैं?"

ऐमन हँस पड़ी, "ख़्वाब की दुनिया से हक़ीक़त की दुनिया में।"

आज़र नवाब कुछ देर उसे नज़रों से तौलते रहे और फिर बोले, "ख़्वाब—क्या तुम ख़्वाब और सच्चाई में फ़र्क़ महसूस कर सकती हो?"

"हाँ।"

"लेकिन फिर भी तुम ख़्वाब देखती हो?"

"सिर्फ़ हक़ीक़त की दुनिया में वापिस आने के लिये।" ऐमन सामान समेटते हुए बोली।

"कितनी गैर-रोमानी बात है यह।" आज़र नवाब की मुस्कराहट गहरी हो गई। वह शायद उसे छेड़ रहे थे।

"लेकिन कितनी प्रैक्टिकल।" ऐमन ने उनकी तरफ़ देखे बग़ैर कहा, "जब 'ख़्वाब' ख़्वाब ही रहते हैं तो अपने आपको धोखा देने से क्या फ़ायदा?"

"लेकिन कुछ ख़्वाब हक़ीक़त भी तो बन सकते हैं।" आज़र नवाब बोले।

"जो हक़ीक़त बन जाये वह ख़्वाब नहीं रहता।"

"यह तो ख़्वाब देखने वाले पर होता है—मासूम, लेकिन आज की दुनिया की फ़िलॉस्फ़र ऐमन, मैं अगर चाहूँ तो अपने ख़्वाब को हक़ीक़त बना सकता हूँ।"

"आप जिस जगह हैं नवाब साहब," ऐमन ने तुनक कर कहा, "वहाँ आप यह कह सकते हैं। पता नहीं आये दिन कितने ख़्वाब आपकी तरह के अमीरों के बेड रूम में दम तोड़ते होंगे।" उसने घिसी-पिटी बात कही। परन्तु वह उसके दिल की गहराइयों से निकली थी, इसलिये उसका प्रभाव भी हुआ। आज़र नवाब के होंठों पर आई हुई मुस्कराहट रुक गई। उन्होंने अपने हाथ से सेब गिरा दिया और ऐमन की कलाई को अपनी पकड़ में लाकर कहा—"मुझसे टक्कर लेने की कोशिश मत करो ऐमन बीबी। मैं तुम्हें फिर समझाता हूँ, मुझे कलाई मरोड़ने के अलावा कुछ और भी करना आता है।"

ऐमन मुंह से कुछ न बोल सकी। कलाई की उस पीड़ा ओर उनकी नज़र की उस गर्मी के लिए वह स्वयं ज़िम्मेदार थी। उसने आँखों में पीड़ा से उबलते आँसुओं को पीकर केवल सिर हिला दिया और आज़र नवाब ने उसकी कलाई छोड़ दी।

"चलो अब आगे बढ़ें।" आज़र नवाब ने बचा हुआ कोक एक घूँट में पी लिया और उठ खड़े हुए।

वह कितनी आसानी से ऐमन के साथ 'आप' से 'तुम' की सतह पर आ जाते थे जबकि वह देर तक उनके व्यवहार की भूलभुलैया में भटकती रहती थी।

"हमें कुछ और मुलाक़ातें करनी हैं। फिर तुम्हें एक ऐसी जगह ले जायेंगे जिसके बारे में तुमने सुना भी न होगा।" और फिर वे जीप में आ बैठे। वह दिन सचमुच अच्छा था। उन्हें सेंचुरी में बहुत-से जानवर दिखाई दे गये जो अपने आज़ाद वातावरण में मस्त थे।

घने साये वाले पेड़ों के बीच एक पतले से रास्ते पर उनकी जीप रेंगती रही। नीचे धरती गीली और नरम थी और पेड़ों के साये काले-काले, हरे-हरे, हर ओर पेड़-पौधों की विशेष महक़ थी जिससे कभी-कभी एक झोंका ख़ुशबू का भी आ जाता। कुछ देर से छोटे-मोटे जानवर बिल्कुल भी दिखाई नहीं दिये थे।

"यह इस बात की निशानी है कि इस जगह कोई शेर या चीता ज़रूर होगा।" परन्तु चेष्टा करने पर भी जंगल के इन जानवरों का कहीं कोई चिन्ह नहीं मिला। यहाँ तक कि वे लोग मज़बूत पेड़ों के उस गुंजान हिस्से से बाहर निकल आये। यहाँ जो मैदान था वहाँ सैंकड़ों पेड़ों के कटे हुए तने दिखाई दे रहे थे लेकिन साथ-साथ वहाँ नये पौधे भी लगाये गये थे।

"नीलाम के जितने पेड़ काटे जाते हैं, उतने ही पहले से लगा दिये जाते हैं, वरना यह जंगल तो दो दिन में साफ़ हो जाये।"

"लेकिन ये पौधे अब लगाये गये हैं। इन्हें कितने दिनों में काटा जा सकेगा?" ऐमन ने आश्चर्य से पूछा।

"कितने दिन नहीं, कितने साल कहो। सागवान के पेड़ तीस साल में काटे जा सकते हैं लेकिन कुछ ऐसे लोग जिनको कोई एहसास नहीं होता, बहुत छोटे पेड़ों को भी काट ले जाते हैं।"

"यानी चोर?" ऐमन ने कहा।

"हाँ, सागवान का एक ट्रक हज़ार रुपये में बिकता है, जिसके दाम अब बढ़ते ही जा रहे हैं।"

"तो फ़ॉरेस्ट गार्ड क्या करते हैं। इन चोरों को पकड़ते क्यों नहीं?"

"इन चोरों की तरफ़ से मुँह फेर लेने में इनकी भलाई है। वरना ग़रीबों की नौकरी चौपट हो जाती है क्योंकि अफ़सर यह बर्दाश्त नहीं करते हैं कि कोई उनका पीछा करे कि वह रिश्वत न ले पायें।" आज़र नवाब बोले।

अब जीप कुछ तेज़ी से आगे चढ़ाव चढ़ रही थी। सीधी ओर कुछ दूरी पर हरे-भरे ऊंचे पहाड़ों का सिलसिला आरम्भ हो गया था। यह बड़ा आकर्षक स्थान था। झुटपुटे में इसका आकर्षण और बढ़ गया था। वहाँ लकड़ी के एक बोर्ड के पास आज़र नवाब ने जीप रोक दी। बोर्ड पर लिखा था 'साइक्स पाइन्ट'। "यही वह जगह है, जो मैं तुम्हें दिखाना चाहता था।" आज़र नवाब उतरते हुए बोले। साथ ही ऐमन भी उतर आई। आगे आकर्षक पेड़ों के एक झुण्ड के पास ही छतरी की तरह का लकड़ी का एक समर हाउस बना था और उसके पास ही लकड़ी का बहुत ऊंचा मचान था जिस तक पहुँचने वाली सीढ़ियाँ भी लकड़ी की ही थीं।

"यह यहां की सबसे ऊंची जगह है।" आज़र नवाब सीढ़ियां पार करते हुए बोले, "यहाँ के एक अंग्रेज़ गवर्नर कर्नल साइक्स ने इसे खोज निकाला था जिसके नाम पर

इसे साइक्स पाइंट नाम दिया गया। वह यहाँ शिकार करता हुआ पहुँचा था और यहाँ की सुन्दरता में डूब गया था।" ऐमन स्वयं भी इस जगह की सुन्दरता में खोई आज़र नवाब के पीछे चढ़ आई थी। सामने की पहाड़ियों की ऊंचाई के बीच हज़ारों फीट नीचे घाटी में आज़ादी से बहती नदी साँप की तरह नज़र आ रही थी जो दोनों ओर बड़ी चट्टानों के बीच किसी कुँआरी की पतली कमर की तरह थी।"

"यह काली नदी है।" आज़र नवाब ने ऐमन की आँखों से दूरबीन लगाते हुए कहा। "यह क्योंकि काली मिट्टी की ज़मीन से बहती है, इसे काली नदी का नाम दिया गया है। सरकार यहाँ एक बड़ा डैम बनाने का प्लान बना रही हैं जिससे सैंकड़ों एकड़ भूमि की सिंचाई होगी और कई हज़ार किलोवॉट बिजली पैदा हो सकेगी।" उन्होंने दूसरे हाथ से दूरबीन को फ़ोकस किया।

डूबते सूरज का सोना बूँद-बूँद सामने के पहाड़ के पेड़ों से टपक रहा था। घाटी की चौड़ाई उसके रहस्य को बढ़ा रही थी। हल्की सरसराती हवा में जंगल की अनोखी ख़ुशबू घुल रही थी लेकिन ऐमन इन सब बातों से बेख़बर थी। उसे सिर्फ़ आज़र नवाब के उन हाथों का एहसास था जो उसकी दूरबीन थामे काँपती उँगलियों से नीचे फिसल आये थे और उसे अपनी बाँहों के घेरे में ले रखा था। उसका सिर आज़र नवाब के कन्धे से ज़ा टिका। उनकी गरम सांस उसके गालों को छू रही थी और वह उसे किसी क़ीमती चीज़ की तरह सम्भाले खड़े थे।

"ख़्वाब।" अपना गाल उसके बालों पर टिकाये आज़र नवाब ने बहुत धीमे से कहा और उनकी बाहों का घेरा कुछ और तंग हो गया। इस एक शब्द का प्रभाव बहुत नरम और मुलायम था लेकिन उसने ऐमन को एकदम चौंका दिया। अपने-आप को भूले रहने के बाद वह अचानक होश में आ गई और उछलकर रेलिंग से जा लगी। वह काँप रही थी। उसे यह क्या हो गया था? उसने कैसे अपने आपको इस प्रकार आज़र नवाब के हवाले कर दिया था। रेलिंग को थामे हुए उसकी उंगलियाँ सफ़ेद पड़ गई थीं। उसमें आज़र नवाब से आँखें मिलाने का साहस नहीं था जो उसे एकटक देखे जा रहे थे। उस समय न तो उनके चेहरे पर व्यंग्य की झलक थी न माथे पर शिकन। केवल एक अथाह गहराई थी जो उनकी आँखों में उतर आई थी।

"ओह, मैं चकरा गई थी। इस ऊंचाई से नीचे देखते हुए।" उसने अपनी शक्ति एक जगह करके बात बनानी चाही। वह पसीने-पसीने हो रही थी।

"जागो ख़्वाब—वरना बहुत गहराई में जा गिरोगी।" उन्होंने अपनी जेब से रूमाल निकाल कर उसके हाथ में रख दिया और पलट कर सीढ़ियां उतरने लगे।

ऐमन का दिल डूब रहा था। इस ऊंचाई पर ठंड होने पर भी वह पसीने में नहा गई थी। आज़र नवाब की भविष्यवाणी पूरी हो गई थी। वह अपने-आपको इस गहराई में गिरने से नहीं बचा सकती थी परन्तु इसके ज़िम्मेदार आज़र नवाब ही थे। उसने दु:ख से

सोचा। वह हर बार उसे डगमगा देते थे। उन्होंने एक प्रकार के अत्याचार से ऐमन को भी उन लड़कियों की लाइन में ला खड़ा किया था जिन पर उन्होंने विजय पा ली थी। जो उनके दिल बहलाने का सामान थीं। यह जानते बूझते हुए भी वह अपने-आपको उनसे बचा नहीं सकी थी। उसने उनके घमण्डी जादू का तोड़ अपना क्रोध दिखा कर करना चाहा। अपने आपको कई बार समझाया परन्तु उसका हर हथियार बेकार हो गया। वह बहुत बोदी निकली लेकिन आज़र नवाब भी इतने बेरहम क्यूँ थे? उनके अनुभव में तो कई लड़कियाँ आई और गई होंगी। परन्तु उसकी मासूम और अल्हड़ दुनिया में वही एक तो आये थे। उन्होंने उसे अपने आगे सिर झुकाने पर क्यों मजबूर कर दिया—क्यों? क्यों उसका सजदा माँगा था जिसकी उन्हें ज़रूरत नहीं थी? क्यों उसका भ्रम तोड़ा।

आज़र नवाब ऐमन के इस मानसिक तनाव से बेपरवाह सन्तुष्ट होकर सीटी पर कोई अंग्रेज़ी धुन बजाते नीचे उतर रहे थे। वह भी धीरे-धीरे उनके पीछे उतर आई। उनकी चाल का सजीलापन, दो बाज़ुओं को झुलाते मज़बूत हाथ, उनके सिर का चौड़े कंधों पर तनाव, ये सब बताते थे कि उनका ताल्लुक़ एक ऊंचे दर्जे के शरीफ़ ख़ानदान से था।

अभी अँधेरा नहीं हुआ था। उन्हें कहीं रुकना नहीं था। रात से पहले वह वापस पहुँच सकते थे। जीप मैदानों को पार करती हुई जंगल के फिर उसी गुंजान भाग में पहुँची जहां जंगल के शानदार जानवरों को देखने की उनकी कोशिश अकारथ गई थी।

अकस्मात ही आज़र नवाब ने ब्रेक लगाये और ऐमन को चुप रहने का संकेत दिया। वह थी ही चुप। उसका दिल उखड़ चुका था। वह अब कुछ देखना नहीं चाह रही थी परन्तु जो कुछ सामने था, वह बहुत साफ़ था। सड़क से कुछ दूर छितरी झाड़ियों की ओट में दो आँखें अगारों की तरह चमकी और आज़र नवाब ने जीप की रोशनियां बन्द कर दीं।

"काला चीता।" उन्होंने ऐमन के कान में कहा। अँधेरा अभी इतना बढ़ा नहीं था। चीते और उनके बीच दूरी भी अधिक नहीं थी इसीलिए वह ऐमन को स्पष्ट दिखाई दे गया परन्तु जो कुछ उसने देखा, उसने उसके होश और भी उड़ा दिये।

एक बड़ा काला चीता एक मासूम बेबस हिरन को दबोचे हुआ था। भय से उस हिरन की आँखें पथरा गई थीं और उसके पैरों में कँपकपी थी। चीते ने उसे झिंझोड़ा और ख़ून का एक फ़व्वारा-सा हिरन के शरीर से छूटा। ऐमन ने अपना मुंह फेर लिया और उसके मुंह से एक हल्की चीख-सी निकल आई। आज़र नवाब ने हाथ बढ़ाकर उसका सिर अपने कंधे से लगा लिया। यह उनका अकस्मात ही हमदर्दी का व्यवहार था। वह धीरे-धीरे अपने हाथ से ऐमन का सिर थपथपाते रहे। इन्सानों के वहाँ होने को भाँपकर चीता ख़ून टपकाता अपना शिकार लेकर जा चुका था। आज़र नवाब ने जीप

चला दी। यह ख़तरनाक दृश्य ऐमन के दिल पर जम गया था। वह बहुत-देर तक चुपके-चुपके रोती रही। आज़र नवाब और वह जीप में आगे बढ़ते रहे—चीता और हिरन साथ-साथ!

थकी हुई होने पर भी ऐमन रात को बिल्कुल न सो सकी। जिस प्रकार हारी हुई सेना का सेनापति अपने जवानों को दोबारा रण में लाता है, उसी प्रकार ऐमन ने अपने एहसास के टूटे तारों को जोड़ा। वह अब भी अपने आप से समझौता नहीं कर पा रही थी।

"लो भई ऐमन बीबी।" बड़ी सरकार ने उसकी लाल़ सूजी हुई आँखों को देखकर कहा, "हमने तुम्हारे लिये एक तोहफ़ा रखा है।" उन्होंने एक मख़मली डिबिया ऐमन की ओर बढ़ाई। ऐमन ने रुचि दिखाते हुए डिबिया खोली, उसके अन्दर एक बहुत सुन्दर और नाज़ुक सोने की चेन थी जिसमें अग्रेज़ी के पहले अक्षर 'ए' (A) की शक्ल का लॉकिट पड़ा था। ऐमन हक्का-बक्का रह गई। उसे किसी तोहफ़े की आशा नहीं थी।

"यह तुम्हारे पार्टी वाले दिन की मेहनत के सिलसिले में छोटा-सा तोहफ़ा है।"

"आप इसे छोटा-सा तोहफ़ा कह रही हैं सरकार?" ऐमन ने उठकर बन्दगी करते हुए कहा, "मुझे तो इसे लेते हुए शर्म आ रही है। मैंने कुछ भी तो नहीं किया था। फिर भी, इसको लेने से इन्कार करना गुस्ताख़ी होगी।"

ऐमन अभी वह लॉकिट पहन ही रही थी कि आज़र नवाब अन्दर आये और उनकी नज़रें झूलते हुए लॉकिट को देखने लगीं।

"यह हमने ऐमन बीबी के लिए बनवाया है आज़र नवाब—तुम भी कहते थे कि ख़ानसामा इनाम का हक़दार है—कैसा लगा तुम्हें यह?"

"एक ही दिन में तैयार करवा लिया सरकार आपने?" आज़र नवाब ने आश्चर्य से कहा।

"नहीं, दो दिन में।" बड़ी सरकार मुस्कराकर बोलीं।

"सरकार, एक बुरी ख़बर है। बशारत नवाब फिर फ़ेल हो गये।" आज़र नवाब ने बात बदली।

बड़ी सरकार उन्हें चुपचाप देखती रहीं जैसे उन्हें पहले ही से इस बात की आशा थी।

"मैंने फ़ैसला किया है कि उनकी तालीम का सिलसिला ख़त्म कर दिया जाय और उन्हें यहाँ डांडेली में फ़ैक्टरी की ज़िम्मेदारी सौंप दी जाये।"

"लेकिन तसनीम पाशा क्या इसके लिये तैयार होंगी?" बड़ी सरकार बोलीं।

ऐमन वहाँ से चुपके से उठ गई। जब परिवार की निजी बातें चल रही थीं तो

उसने सोचा कि उसका वहाँ से टल जाना ही ठीक होगा।

"ख़ाला अम्मी कुछ नहीं कहेंगी। यहाँ उनके कुछ कहने-सुनने का सवाल ही नहीं है।" आज़र नवाब ने कहा। बड़ी सरकार कुछ सोच में पड़ गईं।

"बशारत नवाब कोई बच्चा नहीं हैं सरकार। मुझसे छः साल छोटे ज़रूर हैं और फिर सारी ज़िन्दगी तो वह बी. ए. पास करने की कोशिश में नहीं बिता सकते। उन्हें अब अपने पैरों पर खड़ा हो जाना चाहिए, क्या ख़्याल है आपका?

बड़ी सरकार ने सिर हिला दिया। वह आज़र नवाब के फ़ैसलों को स्वीकार कर लिया करती थीं। जब आज़र नवाब अपना हर फ़ैसला कुछ इस तरह सुनाते थे जैसे वह बड़ी सरकार ही का फ़ैसला हो—वैसे जब से आज़र नवाब ने जायदाद और परिवार की ज़िम्मेदारियाँ उठा ली थीं, बड़ी सरकार इन मामलों में कम ही बोलती थीं।

"हम तुमसे इस सिलसिले में और भी बात करना चाहते थे।" बड़ी सरकार ने कुछ हिचकिचा कर कहा।

"हुकुम सरकार, लेकिन शायद मैं जानता हूँ कि कौन-सी बातें आपको परेशान कर रही हैं? यह सच है कि इस बीच मैं बाहर रहा लेकिन हवेली के कारोबार का ध्यान मुझे था।"

बड़ी सरकार ने कुछ सोचते हुए तकिये का सहारा लिया।

"ख़ाला अम्मी अपने किये की आप ज़िम्मेदार हैं। लेकिन बशारत नवाब और शाहाना साहेबज़ादी के बारे में उन्हें सोचना पड़ेगा।" आज़र नवाब बोले।

"तसनीम पाशा।" बड़ी सरकार कुछ कहते-कहते रुक गई। "तसनीम पाशा का ख़्याल है कि शाहाना साहेबज़ादी की शादी तुम से हो जाये।"

आज़र नवाब ने सिर को पीछे की तरफ़ झटका और हंस पड़े। बोले, "और सरकार आपका क्या ख़्याल है?"

"और अगर हम पूछें कि तुम्हारा क्या ख़्याल है?" बड़ी सरकार ने जवाब देने की बजाय कहा।

"जो फिर मैं पूछूँगा कि ख़ुद शाहाना साहेबज़ादी का क्या ख़्याल है?"

बड़ी सरकार बेटे पर अपनी पसन्द या नापसम्द लादना नहीं चाहती थीं। वैसे इस रिश्ते में कोई बुराई भी नहीं थी। दोनों का सम्बन्ध एक ही परिवार तथा एक ही वातावरण से था। शाहाना साहेबज़ादी बहुत हसीन थी। शायद यह ख़्याल बहुत दिनों से तसनीम पाशा के दिल में पनप रहा था कि एक दिन आज़र नवाब शाहाना साहेबज़ादी से अवश्य ब्याह कर लेंगे। इसके लिये वह समय की प्रतीक्षा कर रही थीं। आज़र नवाब कभी अवकाश के मूड में होते ही न थे। उन्होंने इस्टेट के मामलों में अपने-आपको इतना उलझा लिया था कि वह शादी के बंधनों में बंधना ही नहीं चाहते थे।

बड़ी सरकार ने दो तीन-बार इधर संकेत भी किया था लेकिन वह हर बार हँसकर

टाल जाते थे। हैदराबाद का कौन-सा ऐसा घराना नहीं था जिसकी आज़र नवाब पर नज़र न हो। कुछ लोग जो अपनी कोशिशों में असफल रहे थे, आज़र नवाब से नाराज़ भी हो गये थे। उन्होंने भिन्न-भिन्न प्रकार की बातें उड़ा रखी थीं, जैसे—आज़र नवाब ने जर्मनी में किसी लड़की से शादी कर ली थी इसीलिये तो बार-बार जर्मनी जाया करते थे। इतना ही नहीं, उनकी इश्क-आशिकी के क़िस्से भी मशहूर थे जिनमें कुछ विवाहित महिलाओं का भी नाम लिया जाता था। आज़र नवाब यह अच्छी तरह जानते थे कि पीठ पीछे उनके बारे में क्या कहा जाता था लेकिन वह ऐसे लोगों की परवाह नहीं करते थे।

ऐमन बरामदे के दूसरे किनारे कठघर से लगी खड़ी थी जहाँ पोथैस के बड़े-बड़े पत्तों वाली बेल छज्जे पर चढ़ आई थी। वह प्रतीक्षा कर रही थी कि आज़र नवाब जायें तो वह बड़ी सरकार के पास पहुँचे। अब आज़र नवाब को अपनी ही ओर आता देखकर उसके पाँव पत्थर के बन गये।

नपे-तुले पाँव उठाते, वह ऐमन ही की ओर जा रहे थे। अच्छे स्वास्थ्य का एक प्रभा-मण्डल उनके आस-पास था। घने बाल कंघी करने पर भी उनके चौड़े माथे पर एक ओर झुक आये थे। वह फ़लेनिल की सफ़ेद पतलून और खुले गले की टेनिस शर्ट पहने हुए थे। उनके हाथ में हन्टर था जिसे उन्होंने बल देकर पकड़ लिया था। शायद वह अपनी घुड़सवारी से लौटे थे और लिबास बदले बिना, बड़ी सरकार के पास चले आये थे। वह आकर ऐमन के सामने रुक गये।

"अच्छा है।" उन्होंने लॉकिट हाथ में लेकर उसके नगों पर अगूँठा मसलते हुए कहा।

" 'ए' (A) से मेरा नाम भी आता है—आज़र।" वह बहुत धीरे बोल रहे थे। "इस पर मेरा भी हक़ हो सकता है। यह मेरा भी हो सकता है।" लेकिन उस समय वह लॉकिट को नहीं ऐमन को एकटक देख रहे थे। ऐमन ने लॉकिट छीनकर दुपट्टे के अन्दर डाल लिया। शायद उन्हें ऐमन को परेशान करने के गुर आते थे। उसने एक लम्बा साँस लिया और केवल किसी सहारे की खोज में वहीं कठघर पर बैठ गई जैसे उसे आज़र नवाब से कोई मतलब ही न हो। वास्तव में उसे डर था कि कहीं वह कोई ऐसी हरकत न कर बैठे जो आज़र नवाब के मनोरंजन की सामग्री बन जाये। वह इतनी जल्दी परेशान होने वाली तो कभी न थी। यह उसे क्या होता जा रहा था?

आज़र नवाब और उनसे सम्बन्धित हर बात उसे परेशान क्यों कर देती थी? अब जब कि अपने दिल की वारदात से वह भली-भाँति परिचित हो चुकी थी, तो उसके लिये केवल दो ही रास्ते खुले थे। या तो वह हवेली को छोड़कर अपने आपको दोबारा उस लम्बी-चौड़ी दुनिया में गुम कर दे, जहाँ से वह आई थी; या फिर रोमांटिक दुनिया में बसने वाली बच्ची छोकरियों की तरह व्यवहार करना छोड़ दे जो सस्ते रोमांस की खोज में अपने व्यक्तित्व को भी दाँव पर लगा देती हैं।

उसने सोच लिया कि वह अब उस हर बात से बचेगी जो आज़र नवाब के होंठों पर व्यंग्य तथा विजय की मुस्कराहट ले आये। लेकिन उसने कभी जानबूझ कर ऐसा किया तो नहीं था। वह तो स्वयं ही उस भंवर की ओर खिंच आई थी जो उसे गहराई—और अधिक गहराई में खींचे लिये जा रहा था। अब वह उस बात के लिये तो तैयार थी कि स्वयं अपने बेरहम हाथों में एक खिलौना बन जाये परन्तु अपनी भावनाओं से दब कर आज़र नवाब के हाथों उसे खिलौना बनना स्वीकार नहीं था।

वह उठी और अपने कमरे की ओर चली परन्तु उसका दुपट्टा काँटों में उलझ गया और वह पलटी।

"इस दुनिया में हर काँटे के लिए एक दामन और हर दामन के लिए एक काँटा मौजूद होता है।" आज़र नवाब ने उसका दुपट्टा काँटे से छुड़ाने की कोशिश न करते हुए कहा। ऐमन ने देखा कि उन होंठों पर वही पागल बना देने वाली मुस्कराहट खेल रही थी। उसने झुँझलाकर दुपट्टे को झटका ओर दुपट्टा चर्र से फट गया। उसने एक टेढ़ी नज़र आज़र नवाब पर डाली और बग़ैर कुछ बोले अपने कमरे में चली गई। आज़र नवाब उसकी झुँझलाहट पर मज़े लेकर हँस रहे थे और उनकी सफ़ेद बत्तीसी दिखाई दे रही थी। वह उठी तो बड़ी गम्भीरता से थी लेकिन उस कम्बख़्त काँटे ने सारा काम बिगाड़ दिया। काँटे का काम ही चुभना है भले ही वह दामन हो, या कि दिल!

उसने जल्दी-जल्दी अपने कमरे में पहुंच कर चेन से लॉकिट निकाला और उसे उसी मख़मली डिबिया में रख कर अलमारी में रख दिया। लेकिन, उस चेन को क्या करे, जिसे आज़र नवाब ने छुआ था। वह कभी कलाइयों पर महसूस होती तो कभी उसके पाँव बाँध देती। कभी उसकी गिरह दिल पर बड़ी मज़बूत हो जाती। फिर भी, उसकी छुअन बहुत हल्की थी, जैसे किसी नन्हे बच्चे की पाक हथेली हो!

वह मज़बूत इरादे और नई हिम्मत के साथ आफ़िस पहुँची। जैसे ही अन्दर पाँव रखा, आज़र नवाब ने उसे एक गहरी नज़र से देखा और बुरा-सा मुँह बनाया।

"मुझे यह फ़ाख़ताई रंग बिल्कुल पसन्द नहीं है।" उन्होंने सिर से पाँव तक ऐमन के फ़ाख़ताई रंग के कपड़ों को देखकर कहा।

"न हुआ करे मुझे क्या।' ऐमन ने कुर्सी खींच कर बैठते हुए सोचा। वैसे यह हक़ीक़त थी कि वह रंग उसकी आँखों के सुनहरेपन को धुंधला कर देता था।

आज़र नवाब उस समय आधी आस्तीनों वाली हल्की नीली जरसी और नीली पतलून पहने हुए थे। वह रंग उन पर बहुत फबता था। मज़बूत फ़ौलादी बाज़ू कोहनियों से नीचे काले बालों से भरे थे और सुन्दर लम्बी उंगलियों वाले हाथों को फैलाकर उन्होंने टेबिल की किताबों को पकड़ा हुआ था। दायें हाथ की दूसरी उंगली में प्लेटिनम की अंगूठी पर उनका पारिवारिक चिह्न ख़ुदा हुआ था।

"कल से इस रंग के कपड़े न पहना करो।" उन्होंने कुछ घमण्ड से कहा।

"मुझे अपनी पसन्द के कपड़े पहनने की आज़ादी होनी चाहिए।" ऐमन ने जहाँ तक हो सका अपनी शान्ति को भंग न करते हुए कहा।

"ठीक है।" आज़र नवाब अपने कंधे चढ़ाकर बोले—"तुम्हें आज़ादी दी गई, लेकिन साथ ही हमने भी यह आज़ादी हासिल कर ली कि अब जब कभी हम तुम्हें इस लिबास में देखें तो इसे तार-तार कर दें।"

यह खुली ज़बरदस्ती थी—ऐमन के कानों तक गुलाबी लहर दौड़ गई लेकिन उसने हथियार नहीं डाले। "यह मेरी पसन्द का लिबास है और मैं इसे ज़रूर पहनूँगी।" उसने गरदन उठाकर कहा।

"शायद इसी उम्मीद पर कि हम इसकी धज्जियाँ उड़ा दें।"

ऐमन ने चौंक कर उन्हें देखा। उनकी आँखों में क्रोध झलक रहा था। 'इस रईसज़ादे के आदेश मानने से शायद किसी ने इन्कार नहीं किया था।' ऐमन ने सोचा। लेकिन वह उन्हें भड़काकर ख़ुश थी। उनका क्रोध उनकी मुस्कराहट से अच्छा था क्योंकि उस मुस्कराहट से वह हमेशा परेशान हो जाया करती थी।

आज के पत्रों में सबसे पहला पत्र बशारत नवाब के नाम था कि वह तुरन्त डांडेली पहुंच जायें। आज़र नवाब ने उन्हें कोई कारण बताना उचित न समझा था। एक-दो पत्र और थे। एक में उन्होंने हॉलैण्ड की किसी फ़र्म को टिम्बर फ़ैक्टरी के लिये नई विनीयर मशीन भिजवाने के लिये कहा था। फ़ोन की घन्टी बजी। ऐमन ने रिसीवर उठाया।

"मिस रियाज़।" ऐमन ने रिसीवर पर हाथ रखकर बताया।

आज़र नवाब ने हाथ बढ़ाकर रिसीवर ले लिया। "हल्लो रेहाना।" उन्होंने बड़ी गर्मजोशी से कहा, "मैं इतना बिज़ी नहीं कि तुम से बात भी न करूं।" उन्होंने कहा।

दूसरी ओर से रेहाना ने पता नहीं क्या कहा, आज़र नवाब हंस पड़े और बोले "ख़ूबसूरत लड़कियों से किये हुए वादे मैं नहीं भूलता। हाँ-हाँ, मुझे अच्छी तरह याद है कि आज तुम्हारे साथ चाँदनी रात में नदी की सैर होगी।"

ऐमन ऐसे उठी जैसे कोई ज़रूरी काग़ज़ लाना हो। आज़र नवाब की प्राइवेट बातों से उसे क्या लेना-देना था!

"हाँ-हाँ, क्यों नहीं—मैं तुम्हें आकर ले जाऊँगा—हाँ-हाँ, खाना बोट पर ही होगा—क्या कहा?—अच्छा, अच्छा। नो आई थिंक शी वुड बी टू ग्लैड टू डू इट।" और उन्होंने रिसीवर रख दिया। "मिस ऐमन साहिबा" आज़र नवाब ने औपचारिक होकर कहा, "मिस रियाज़ की फ़रमाइश है कि आज चीज़ सूफले ज़रूर बनें—वही जो पार्टी वाले दिन तुमने तैयार किये थे।—वह रेहाना को पसन्द आये थे। आज शाम हम बोटिंग पर जा रहे हैं। खाना बोट पर ही होगा।"

"मिस रियाज़ को मैं तरकीब लिखवा दूँगी, वह अपने ख़ानसामा से बनवा लेंगी।" ऐमन ने बड़ी कठिनाई से अपनी शान्ति बनाए रखते हुए कहा। वह कोई दो टके की बावरचन नहीं थी कि मिस रियाज़ की फरमाइश पूरी करती फिरती।

आज़र नवाब उसके तनाव को देखते रहे। फिर बोले—"यह मेरी भी रिक्वेस्ट है।" ऐमन ने एक नज़र उनको देखा और काग़ज़ समेट कर उन्हें टाइप करने चली गई। उसे आज़र नवाब पर सचसुच तावं आ रहा था। वह कैसे इतने पत्थर दिल हो सकते थे। शमशाद से उसे सुनगुन मिली थी कि शाहाना साहेबज़ादी से उनके रिश्ते की बात चल रही थी और इधर वह मिस रियाज़ को मरुस्थल की ओर ले जा रहे थे। यहाँ तक रेहाना के लिए उन्होंने ख़ुद अपनी तरफ से उससे रिक्वेस्ट की थी कि वह रेहाना की पसन्द की हुई डिश तैयार कर दे। पता नहीं और कितने मासूम दिलों को उन्होंने अपनी मुट्ठी में मसला और फेंका होगा।

अपना काम पूरा करने के बाद ऐमन सर्वेन्ट्स क्वार्टर की ओर चली गई। ख़ानसामा की बीवी अस्पताल से आ चुकी थी। सवेरे बड़ी सरकार उसे देख आई थीं। अधिक ख़ून के बह जाने के कारण वह बहुत कमज़ोर हो गई थी। ऐमन ने ख़ानसामा को आज़र नवाब का हुक्म सुनाया। उसकी बीवी को आराम करने के लिये कहकर उसके चार वर्ष के बच्चे कलीम को साथ ले आई। वह चुपचाप उसके साथ चल पड़ा।

"उई ऐमन बीबी—माठी मिला चिकड़ में लथपथ है। लाओ में निहलाकौ छोडतीयों।" ऐमन की उंगली थामे बच्चे को सीढ़ियों पर चढ़ले देखकर शमशाद ने कहा।

"नहीं शमशाद मैं ही उसे नहला दूँगी। मुझे फुसरत है।" ऐमन ने कहा। वह जानती थी कलीम शमशाद से बहुत डरता था। वह तो उसे देखते ही सीढ़ियों पर ठिठक गया था और उसकी पकड़ ऐमन की उंगली पर और भी मज़बूत हो गई थी। ऐमन उसे अपने कमरे में ले आई और नहलाकर उसे तैयार कर दिया। वह सारे समय उसे अपनी बड़ी-बड़ी आँखों से देखता रहा। काले लेकिन भरे-भरे गालों पर उसकी चमकीली आँखें समझ नहीं पा रही थीं कि यह सब क्या हो रहा था। सर्वेन्ट्स क्वार्टर के खुले चौबचे वाले नल पर जहाँ उसकी माँ रोज उसे नहलाती थी और गुलाबी टाइल्स के बाथ रूम में आकाश और धरती का अन्तर था। ख़ुशबूदार साबुन ने उसे और भी चुप कर दिया था। ऐमन ने साथ लाये कपड़े पहनाकर उसे एक नज़र देखा। गोल-मटोल काला कलीम टखने से ऊंचा पाजामा और कन्धे पर पैबन्द लगा कुर्ता पहने बिल्कुल दम साधे उसके सामने खड़ा था। वह अपनी आँखें ऊपर उठा ही नहीं रहा था। ऐमन उसकी झिझक दूर करने के लिये ड्रेसिंग टेबिल से चॉकलेट लाने के लिए मुड़ी ही थी कि वह सरपट भाग खड़ा हुआ। ऐमन को उसकी यह अदा बहुत प्यारी लगी। वह हाथ में चॉकलेट लिये उसके पीछे दौड़ी। उसका दिमाग़ घुल-सा गया था। उसे ऐसा लगा जैसे

वह ज़माने बाद खुल कर हँस रही हो। ऐसी हँसी किसी के होंठों को एक बच्चा और उसकी शरारत ही दे सकती है।

ऐमन ने उसे झूले के पास जाकर पकड़ लिया। वह घुटनों और हथेलियों के बल झूले के नीचे छिपा बैठा था। ऐमन झूले पर बैठी झुकी हुई उसे देखने लगी। उसके नंगे पैरों से लॉन की ताज़ा कटी हुई घास चिपक गई थी जिसके तिनके उसकी झूलती हुई लम्बी चोटी से भी लिपट गये थे। कलीम चॉकलेट के लालच में बाहर निकल आया और ऐमन ने उसे झपट कर पकड़ लिया। वह चिल्लाया। जवाब में ऐमन भी खिलखिलाकर हँस पड़ी लेकिन उसकी हँसी बीच ही में रह गई।

पामों के झुण्ड के पास पतलून की जेब में दोनों हाथ डाले आज़र नवाब खड़े थे। पता नहीं, कब से वह ऐमन का, अपने-आप को भूले हुए होने का, दृश्य देख रहे थे। ऐमन झेंप कर अपने बालों से तिनके झटकती हुई वहीं झूले के पास खड़ी हो गई और कलीम चॉकलेट उठाकर जो भागा तो एक बार भी उसने पलट कर नहीं देखा। वह आज़र नवाब को देखकर डर-सा गया था। ऐमन का चेहरा इस भाग-दौड़ से तमतमा गया था। आज़र नवाब की नज़रें कुछ देर उसके काले बालों की लटों से झांकते आधे चेहरे पर जमी रहीं। ऐमन दम साधे खड़ी रही। उसे आशा थी कि आज़र नवाब ज़रूर उसके बचकाने व्यवहार पर कोई बात कहेंगे लेकिन सिवाय एक हल्की-सी मुस्कराहट के उन्होंने कहा कुछ नहीं। वह चुपचाप सीढ़ियों की ओर बढ़ गये और ऐमन एक लम्बी-सी साँस लेकर अन्दर चली गई।

मिसेज आइज़ैक को उसने बहुत देर से पत्र नहीं लिखा था। वह जब भी उन्हें लिखती तो ऐसा लगता था जैसे हवेली के बाहर की दुनिया से उसका नाता पूरी तरह नहीं टूटा था। वह हवेली के कामों की दिनचर्या लिखती। उसे विश्वास था कि मिसेज आइज़ैक ये सारी बातें पूरी रूचि के साथ पढ़ती होंगी। वह जिस साधारण अपितु एक बड़े समाज की सदस्य थी, वहाँ हवेली दुकानों के आगे बने हुए शीशे के शो केस के समान थी जो हर रास्ता चलते की जिज्ञासा को बन्दी बना लेती है। उसने जानबूझ कर आज़र नवाब के बारे में कुछ नहीं लिखा था परन्तु बशारत नवाब का विस्तार से परिचय करवा दिया था। इसलिये जब भी मिसेज आइज़ैक उसे पत्र लिखतीं तो उसमें बशारत नवाब को अलग से पूछतीं। ऐमन उनके पत्र पढ़ कर अपने-आप मुस्करा देती। मिसेज आइज़ैक की ममता बशारत नवाब और ऐमन के बीच भविष्य के ऐसे रिश्ते-नाते को देखने में लगी थी, जब उन दोनों की शादी हो जायेगी। क्योंकि वह ऐमन के अंदेशों को भी जानती थी, इसलिए उसे सलाह दी थी कि सब रईस लड़के बुरे नहीं होते। उसे बशारत नवाब को ज़रा और पास से देखना चाहिए, 'ओ डार्लिंग, मिसेज आइज़ैक!' ऐमन ने उनके प्यार से प्रभावित होकर सोचा। उसने पत्र बन्द किया और बड़ी सरकार की सेवा में जा पहुँची।

बड़ी सरकार ने उससे कहा था कि वह हैदराबाद के कल्चर पर एक पुस्तक लिखना चाहती थीं। उनसे अधिक अच्छा इस काम के लिये और कौन हो सकता था। उन्होंने उस दक्खनी वातावरण में आँख खोली थी और पली-बड़ी थीं जो सभ्यता की दृष्टि से अपना जवाब नहीं रखता था। उन्होंने वहाँ के समाज का वह दौर भी देखा था जब हैदराबाद विभिन्न सभ्यताओं का केन्द्र बनता जा रहा था। आज़र नवाब के आने के बाद उन्हें अवकाश मिलने लगा था। वास्तव में यह आज़र नवाब ही का सुझाव था जिसे बड़ी सरकार ने भी पसन्द किया कि वह यह पुस्तक लिखें। उन्होंने अपनी यह लगन ऐमन को भी सौंप दी थी। उसको ही बड़ी सरकार से उर्दू में डिक्टेशन लेना होता और वह बेचैनी से इसकी प्रतीक्षा करती रहती थी।

ऐमन को याद आया कि उसने चीज़ सूफ़ले ओवन में रखे ही नहीं। वह बड़ी सरकार से माफ़ी मांग कर उठी और किचिन में सूफ़ले की तैयारी में लग गई। अब वह आज़र नवाब के चरित्र की और बारीकियों में उतरना नहीं चाहती थी। यह ठीक भी नहीं था क्योंकि हकीक़त में वह हवेली की एक नौकर ही तो थी चाहे उसे कितने ही आदर से क्यों न देखा जाता हो। फिर भी, सन्ध्या के समय वह अपने दिल में उठती पीड़ा की उस लहर को दबा न सकी तब वह पिछले बरामदे में निकल आई जहाँ से नदी का चौड़ा पाट बिल्कुल साफ़ नज़र आता था और जहाँ से नदी एक मोड़ लेती थी। नदी को घेरने वाली हरी-भरी पहाड़ियों के पीछे से चाँद कभी का निकल आया था। ख़ामोश लहरों पर हौले-हौले डोलती बोट और उसमें बैठे दो व्यक्तियों की शक्लें साफ़ दिखाई दे रही थीं। उनमें से एक कोमल, थोड़े झुके हुए कन्धे और हवा में उड़ते कटे हुए बाल, दूसरा उसके सामने एक चुस्त, स्वस्थ और मज़बूत व्यक्ति जिसके फ़ौलादी बाजुओं में थमे हुए चप्पू धीरे-धीरे ऐसे चल रहे थे जैसे किसी कसे हुए सॉज के तारों पर कलाकार की उंगलियाँ चलती हों। बहुत दूर पहुँचने पर भी वह नाव ऐमन की नज़रों में थी।

सुबह नाश्ते के बाद लाउन्ज में जब ऐमन ने बशारत नवाब को देखा तो उसे अधिक आश्चर्य नहीं हुआ। एक दिन पहले ऐमन ने पोर्टिको में जीप के रुकने की आवाज़ सुनी थी ओर समझ गई थी कि हेड क्वाटर के आदेश पर बशारत नवाब गिरते-पड़ते चले ही आये हैं। नींद की हालत में भी उसे बशारत नवाब की इस हालत पर हंसी आ गई। हैदराबाद और वहाँ की दिलचस्पियों से मुंह मोड़ना बशारत नवाब को अति दुखदायी रहा होगा—उसने सोचा और करवट बदलकर सो गई लेकिन वह उनके वहाँ आ जाने से प्रसन्न थी।

"आखिर चले आये न डांडेली।" बड़ी सरकार उठ कर गईं तो ऐमन ने बशारत को अंगूठा दिखाया।

"तुम्हारी याद ने खींच बुलाया है।" बशारत नवाब पैंतरा बदलकर बोले।

"नहीं जी, आप आज़र नवाब से डरते हैं।" ऐमन ने उन्हें और छेड़ा।

"बला से कौन नहीं डरता?" बशारत नवाब ने आवाज़ दबाकर कहा—"लेकिन कहे दे रहा हूँ; यह फ़ैक्ट्री-वैक्ट्री मुझसे चलने वाली नहीं है।"

"तो फिर क्या कीजिएगा यहाँ रहकर?" ऐमन ने आश्चर्य से पूछा।

"सेंचुरी में जाकर शिकार करेंगे। काली नदी में तैरेंगे और तुमसे इश्क करेंगे।"

"माई डियर बशारत अली खाँ. यहाँ ये तीनों काम मना हैं। सेंचुरी में शिकार करना जुर्म है, काली नदी में आदमख़ोर बेलें हैं और यहाँ इश्क करने वाले की खाल खिंचवा दी जाती है।" ऐमन ने बड़ी-बड़ी आँखें निकाल कर कहा।

"कोई बात नहीं, इस खाल से तुम्हारी नाज़ुक-नाज़ुक जूतियाँ बनवा देंगे।" बशारत नवाब सिर झुका कर बोले।

"ख़्याल बुरा नहीं बशारत नवाब।" आज़र नवाब पर्दा उठा कर अन्दर आते हुए बोले, "लेकिन आपकी खाल के बेहतर इस्तेमाल हो सकते हैं।"

बशारत नवाब खिसियानी हँसी हँसते हुए उठ खड़े हुए और आदाब अर्ज़ करके उन्होंने आज़र नवाब की तरफ हाथ बढ़ा दिया।

"ठीक नौ बजे आफ़िस में मिलियेगा।" आज़र नवाब घड़ी देखकर बोले, "मैंने नौकर से कह दिया है कि आपका सामान मेरे बराबर वाले कमरे में पहुँचा दे।" और वह बड़ी सरकार के कमरे की तरफ बढ़ गये।

बशारत नवाब ने रोनी सूरत बनाकर ऐमन को देखा तो वह हंस पड़ी। आज़र नवाब ने जाते-जाते पलटकर देखा। उनके माथे पर बल पड़ गये थे लेकिन उन्होंने कुछ कहा नहीं और आज्ञा लेकर बड़ी सरकार के कमरे के अन्दर चले गये।

"जो कूए यार से निकले तो सूए दार चले," बशारत नवाब ने ठंडी साँस भर कर कहा और खड़े हो गये।

जब ऐमन बड़ी सरकार के पास पहुँची तो आज़र नवाब जा चुके थे।

ऐमन का ख़्याल था कि बड़ी सरकार का अनुभव उनके सुनहरे वातावरण तक सीमित होगा परन्तु जैसे-जैसे उनकी किताब आगे बढ़ रही थी तो वह बड़ी सरकार की गहरी और सुलझी हुई नज़र की गवाही दे रही थी।

बड़ी सरकार यह मानकर चलती थीं कि इन्सानी प्रकृति चाहे वह महलों में हो, चाहे झोंपडों में, एक-सी रहती है। दूसरे वह किसी के व्यक्तित्व के पूरा होने के लिये कुछ कमज़ोरियों को भी आवश्यक समझती थीं जिनका मुक़ाबला किया जा सकता था और जिन पर नियन्त्रण किया जा सकता था। वह इस बात से सहमत थीं कि कोई इन्सान पूरी तरह अच्छा या बुरा नहीं होता। इस सिलसिले में उन्होंने अपने दादाजान के बारे में जिक्र किया था जिनके क्रोध से लोग कांपते थे।

नवाब तदबीरुल मुल्क को न केवल संगीत से गहरा लगाव था बल्कि वह

कलाकारों को बहुत प्रोत्साहन भी देते थे। उस्ताद बदीउद्दीन और उनका संगीत नवाब साहब ही की हवेली में पनपा था। कई हवेलियों के मालिक होते हुए भी वह ज़िन्दगी भर कोटला आलीजाह वाली हवेली ही में रहे। हर शाम उस्ताद बदीउद्दीन सामने वाले दालान में बैठते, अपनी कला का जादू जगाते और ऊपर झरोखे में बैठे-बैठे नवाब साहब और उनके दरबारी संगीत का रस लेते। गंगा-जमनी हुक्के का लम्बा सुनहरा पेचवान नीचे से पहली मंजिल के झरोके तक पहुँचा दिया जाता। हुक्के में जलते तम्बाखू से हवेली का सारा वातावरण खुशबू से भर जाता।

नवाब साहब उस्ताद बदीउद्दीन का बहुत आदर करते थे। उन्हें मुजरों का कोई शौक़ नहीं था और यही कारण था कि उस्ताद को प्रोत्साहन देने में वर्षों बाद भी कोई अन्तर नहीं आया था। और वह भी नवाब साहब के मनोरंजन के लिये एक-एक राग पर अपनी जान लड़ा दिया करते थे। दुर्भाग्यवश कुछ दिनों से उनके गले में ख़राबी आ रही थी। उनके गले का रस बूँद-बूँद सूखता जा रहा था। नवाब साहब के कान इस हक़ीक़त को जानते थे। उन्हें पता था कि बुढ़ापे की आँधी को कौन रोक सकता है? धीरे-धीरे उस्ताद बदीउद्दीन का गाना सुनने की सहन-शक्ति नवाब साहब में नहीं रही। परन्तु नवाब साहब ने उस्ताद को यह हक़ीक़त जानने का मौका कभी नहीं दिया। यह सिलसिला चलता रहा और नवाब साहब एक लगन से हर रोज उस्ताद का गाना सुनते रहे और उनकी प्रशंसा करते रहे। उस्ताद ने वर्षो तक नवाब साहब का नमक खाया था। नवाब साहब को प्रसन्न करना, उनका मनोरंजन करना उस्ताद का धर्म बन गया था, परन्तु अपनी असफल कोशिश उनसे भी छुपी नहीं थी। वह नवाब साहब की प्रशंसा सुनकर अब कभी उनको आँख मिलाकर सलाम नहीं कर पाते थे। शायद वह यह परम्परा यूँ ही निभा रहे थे। एक रोज उस्ताद यह सब नाटक सहन नहीं कर सके। जैसे ही उनका गाना सुनकर नवाब साहब ने उनकी प्रशंसा की वह दौड़कर ऊपर गये और अपना सिर नवाब साहब के पैरों में रखकर इतना रोये कि उनकी हिचकी बंध गई। इसके बाद पता नहीं वह इस बेसुरी दुनियां में कहाँ खो गये।

बड़ी सरकार को बचपन से लेकर आज तक बहुत सारी बातें याद थीं। उन्हें दुनिया के विभिन्न इतिहासकारों के वर्णन भी याद थे और वह उनकी लिखी हुई बातों को समय-समय पर उपयोग में भी लाती थीं—ठीक उसी स्थान पर जहाँ उनका उपयोग करने की आवश्यकता होती। परन्तु उनकी जिस बात से ऐमन बहुत प्रभावित हुई वह था उनका ज्ञान और किसी भी मामले में उनकी नपी-तुली राय। कभी वह जोश से भरे शब्दों में तेजी से कुछ कह जाती परन्तु अगले ही वाक्यों में उनका औरतपन फिर झलकने लगता।

"जानती हो ऐमन बीबी—हमें ज़िन्दगी में एक बात का बड़ा अफसोस है।" उन्होंने एक बार ऐमन से कहा, "हमें अफ़सोस है कि हमारी कोई साहेबज़ादी नहीं है।"

"अब इतने दिनों बाद सरकार?" ऐमन बोली, "लोग तो लड़कियाँ चाहते भी नहीं और—आपके पास तो आज़र नवाब हैं।" ऐमन ने बड़ी समझ-बूझ से बात पूरी की।

"लेकिन आज़र नवाब लड़की नहीं है।" उन्होंने कुछ खोये-खोये अन्दाज से कहा।

ऐमन का दिल चाहा कि उनके पैरों से लिपटकर उनकी गोद में अपना सिर रख दे। वह भी तो एहसास की उस गरमी से वंचित हो गई थी। उसने बड़ी सरकार को पहले भी कभी-कभी अपने ख़्यालों में गुम होते देखा था लेकिन उसका कारण आज उसे मालूम हो पाया था। वह कुछ देर और उनके कुछ और कहने की प्रतीक्षा करती रही। परन्तु जब उन्होंने आगे कुछ नहीं कहा तो वह भी चुपचाप चली आई। उनकी ख़ामोशी को वह भंग नहीं करना चाहती थी और शायद बड़ी सरकार भी यही चाहती थीं।

टिम्बर फ़ैक्ट्री की दुनिया उस रंगारंग दुनिया से बिल्कुल अलग थी, बशारत नवाब को जिसकी आदत पड़ चुकी थी। अभी तक उनके माथे पर पसीना टेनिस खेल कर या पोलो खेल कर या बॉल रूम में देर तक नाच करके ही आया करता था। जिन क़ानों को बॉल रूम के जादू भरे संगीत की आदत पड़ गई थी, वे अब टिम्बर फ़ैक्ट्री की सख़्त और मशीनी आवाज़ों से फटे जा रहे थे। आज़र नवाब उन्हें अपने साथ फ़ैक्ट्री के हर विभाग में ले जा रहे थे।

सबसे पहले वह उन्हें एक लम्बे-चौड़े मैदान में ले गये जहाँ टीन के बड़े-बड़े शैड बने हुए थे। उनमें लकड़ी छटाई के लिये रखी जाती थी। उन्होंने उस टिम्बर को देखा जो कई ढेरों में अच्छी और बुरी होने के अनुसार रखी गयी थी। बुरे सागवान में गाँठें और कटाव थे। जो ऊंचे दर्जे का टिम्बर था वह बिल्कुल साफ़ और हमवार था। कई मज़दूर अपने काम में लगे थे। वे अपनी तेज़ दराँतियों से लम्बी लकड़ियों पर से अनावश्यक काँटियाँ साफ़ कर रहे थे। वहीं फ़ैक्ट्री मैनेजर भुसनूरमठ छाँटी हुई लकड़ियों पर पीले चाक से निशान लगवाते जा रहे थे। ऊँचे दर्जे के फरनीचर में काम आने वाली लकड़ी भी थी। इमारती लकड़ी, जहाजों में प्रयोग में आने वाला टिम्बर। कुछ विशेष ढंग की लकड़ी प्लाईवुड विनीयर बनाने के लिये रखवाई जा रही थी जिससे बनने वाले फ़्लेशडोर्स की माँग हर दिन बढ़ती जा रही थी। उनसे देश को फ़ोरिन एक्सचैन्ज बचाने का लाभ होता था।

"बम्बई की फ़र्म ने जो टेन्डर माँगा था वह आपने भर दिया?" आज़र नवाब ने भुसनूरमठ से पूछा।

"येस सर।" भुसनूरमठ ने जवाब दिया।

"अगर हमारा टेन्डर पास होता है तो इस बात पर ख़ासतौर पर ध्यान दें कि टिम्बर में नमी अट्ठारह प्रतिशत से ज़्यादा न हो। आज़र नवाब ने कहा। उनकी

अपनी लैबोरेट्री भी थी जहाँ कई प्रकार की लकड़ी जाँची जाती थी।

फ़ैक्ट्री एक बड़े एरिया में फैली हुई थी परन्तु आज़र नवाब ने इस बात पर विशेष ध्यान दे रखा था कि वहाँ काम करने वालों को जहाँ तक सम्भव हो, सारी सुविधाएँ दी जायें। और यही कारण था कि उनके और फ़ैक्ट्री में काम करने वालों के सम्बन्ध बहुत अच्छे थे। जहाँ-जहाँ वह रूक कर बातचीत करते, वह बिलकुल एक दोस्ताना वातावरण में होती थी। ऐसा लगता था कि फ़ैक्ट्री के चप्पे-चप्पे को, वहाँ चलने वाली मशीनों की हर कील को और हर मज़दूर को वह व्यक्तिगत रूप से जानते हों। बशारत नवाब अधिकतर बोरियत और कभी आश्चर्य से आज़र नवाब की लोकप्रियता को देखते जा रहे थे।

जहाँ तख़्तों की चिराई हो रही थी, वहाँ लकड़ी का बुरादा मशीनों से उड़कर वातावरण को धुंधला कर रहा था। बशारत नवाब के साथ आज़र नवाब ने स्वयं भी कपड़े का मास्क नाक और मुँह पर चढ़ा लिया था।

"सतवलेकर, तुम फिर बग़ैर मास्क लगाये काम कर रहे हो?" उन्होंने एक मज़दूर का कंधा पकड़कर हिलाया तो वह कुछ घबराया-सा—कुछ खिसियाया-सा—उनकी ओर देखने लगा और फिर दौड़ कर मास्क लेने चला गया।

"इस बुरादे से साँस की बीमारियाँ हो सकती हैं।" आज़र नवाब बशारत नवाब से बोले—"तुम्हें इन सब मज़दूरों की सेहत का भी ख़्याल रखना होगा। हफ्ते में दो बार डॉक्टर आते है लेकिन सिर्फ डॉक्टरों को बुला लेने से हमारी ज़िम्मेदारी खत्म नहीं हो जाती।"

छोटी ट्रालियों में भर-भर कर मज़दूर बुरादा गोदाम में ले जा रहे थे जिसे हार्डबोर्ड बनाने तथा उद्योगों की विभिन्न आवश्यकताओं के लिये उपयोग में लाया जाता था। हर काम एक बन्धे-टके ढंग से हो रहा था। परन्तु क्या करते, उनका दिल था कि मुँहज़ोर घोड़े की तरह किसी और तरफ दौड़ा जा रहा था। उन्हें बन्धनों में रहने की आदत ही नहीं थी।

"और यह आपका आफ़िस होगा।" एक सफ़ेद वर्दी पहने हुए चपरासी ने उन्हें आता देखकर सलाम करके दरवाज़ा खोला। यह एक रोशनी वाला ठीक-ठाक फर्नीचर से सजा कमरा था। पीछे की बड़ी खिड़की से काली नदी और उसका दूसरा किनारा बिल्कुल सामने दिखाई देते थे,जहाँ गेस्ट हाउस और उसके साथ का चट्टानी भाग अपने हरे-भरे वातावरण में किसी सुन्दर पेंटिंग के समान लग रहा था। वहाँ नाव शायद इस उद्देश्य से भी रखी गई थी कि नदी पार करके टिम्बर को कम समय में पहुँचाया जा सके। किनारे पर पहुँचकर लम्बे-ऊंचे पेड़ों की छाँव में कुछ ही ऊपर चढ़ने पर फ़ैक्ट्री का सारा कम्पलैक्स था। खिड़की से बाहर का दृश्य बहुत आकर्षक था।

"इन किताबों से आपको टिम्बर और उसके इस्तेमाल की टैकनीक के बारे में

मदद मिलेगी।" आज़र नवाब ने अलमारी में जमी पुस्तकों की ओर संकेत करके कहा और बशारत नवाब के गले में जैसे कोई चीज़ अटकी। 'यहाँ भी किताबें?' उन्होंने सोचा लेकिन मुँह से कुछ नहीं कहा।

"आपकी मदद के लिये सारा ही स्टाफ है। मैं चाहता हूँ कि आप आज ही से काम शुरू कर दें।" आज़र नवाब बोले और कुर्सी से उठ खड़े हुए।

बशारत नवाब उन्हें छोड़ने के लिये दरवाज़े तक आये और आज़र नवाब के जाने के बाद टेबिल के पीछे रखी घूमने वाली कुर्सी पर जिसे आज़र नवाब ने अभी-अभी छोड़ा था, बैठ कर तेजी से घूम गये और अपना सिर दोनों हाथों में थाम लिया। आधे कटे हुए दरवाज़े के नीचे से उन्हें अब भी आज़र नवाब के नपे-तुले कदम नज़र आ रहे थे। चमकदार जूते और पतलून की क्रीज़ की तेज धार जिसे वह जहाँ तक नज़र जाती थी, देखते रहे।

आज़र नवाब ने कई बार पढ़ाई के लिये बशारत नवाब से पूछताछ की थी। कभी-कभी उनका जेब-ख़र्च बन्द करने की भी उन्हें धमकी दी थी; परन्तु अपनी नाराज़गी का इस हद तक प्रमाण कभी नहीं दिया था। तसनीम पाशा को आज़र नवाब का बशारत नवाब को बुलाकर फ़ैक्ट्री के कामों में उलझा देना पसन्द नहीं आया था। बशारत नवाब के समान हैन्डसम और समाज में लोकप्रिय उनका बेटा दूर कहीं एक टिम्बर फ़ैक्ट्री में गुम होकर न रह जाय, यह ख़्याल ही उन्हें उदास करने के लिये बहुत था। परन्तु आज़र नवाब से टक्कर लेने का साहस उनमें नहीं था।

तसनीम पाशा की खोखली हरकतों और सौतेली मौसी होने पर भी आज़र नवाब उनका आदर करते थे। उन्होंने तसनीम पाशा से कभी दुर्व्यवहार नहीं किया। फिर भी, तसनीम पाशा उनसे डरती थीं और कभी उनसे बहस में नहीं उलझती थीं। वह बड़ी सरकार से ही बहुत कुछ मनवा लिया करती थीं। अब आज़र नवाब को अपने बस में लाने की तरकीब उन्होंने यह सोची कि शाहाना साहेबज़ादी की उनसे शादी हो जाए। इस प्रकार उनके कई उद्देश्य एक साथ पूरे हो जाते। उनकी हैसियत हवेली में मज़बूत हो जाती। शाहाना साहेबज़ादी भी, जो स्वयं उन्हीं की भूल के कारण हाथ से निकली जा रही थीं, उनके बस में आ जातीं। उन्हें आरम्भ ही से इस बात का विश्वास था कि आज़र नवाब शाहाना साहेबज़ादी से ही शादी करेंगे क्योंकि सौंदर्य में उनकी बेटी बेमिसाल थी और सोसायटी की जान थी। अब प्रतीक्षा के ये लम्बे क्षण उन्हें बैचैन करने लगे थे।

जहाँ तक बशारत नवाब का प्रश्न था, उनके दिमाग़ ने इतनी गहराई में जाकर कभी नहीं सोचा था। उनके लिये तो बस जीवन वही था जो बीत रहा था। अब तक जो भी बीता सो बुरा भी नहीं था। परन्तु तीसरी बार बी. ए. में फेल हो जाने के बाद अचानक आज़र नवाब ने जो उनका रास्ता काटा था, उससे वह हक्का-बक्का रह गये थे। आज़र नवाब कहने-सुनने में या डाँटने-डपटने में विश्वास तो रखते ही नहीं थे। वह

तो अमल के धनी थे।

वैसे बशारत नवाब को आज़र नवाब पर एक अनजाना-सा भरोसा था कि वह जो भी करेंगे उनके भले के लिये ही करेंगे। फिर भी, कोई बात आज़र नवाब में अवश्य ऐसी थी जो बशारत को उनसे कभी बेतकल्लुफ़ नहीं होने देती थी। उन्हें आज़र नवाब के व्यवहार से शिकायत थी। साथ ही वह उन्हें इसका पूरा हकदार भी समझते थे। उन्हें याद आया कि बड़े नवाब साहब की अचानक मौत के बाद परिवार के कई स्वार्थी व्यक्तियों ने बुरी तरह आज़र नवाब के पाँव उखाड़ने चाहे थे। लेकिन उनकी मज़बूती के आगे किसी की एक न चली थी।

आमतौर पर लोग समझते थे कि वह पश्चिम और पश्चिमी वातावरण में पले-बढ़े थे इसलिये वह स्वदेश वापिस नहीं लौटेंगे बल्कि अपनी जायदाद बेच-बाच कर, वहीं के हो रहेंगे। इस ग्राम में निसारुद्दौला के कई नामलेवा उठ खड़े हुए और जूतियों में दाल बँटने ही को थी कि एक दिन आज़र नवाब आ गये, एक पक्के इरादे और मज़बूत निश्चय के साथ। उन्होंने सभी की चालों पर पानी फेर दिया तथा समय की बागडोर अपने हाथों में सम्भाल ली।

बशारत नवाब अपनी नई जीवन-धारा के बारे में सोचते हुए खिड़की के पास जा खड़े हुए। पेड़ों की हरी-भरी चोटियों के दामन में धीमे-धीमे बहती काली नदी में लगातार पेड़ों के लम्बे-लम्बे तने बहे जा रहे थे। नदी के दूसरे किनारे दूर पेड़ों की छाँव में ऐमन कैन्वस ईज़ल पर चढ़ाये ब्रुश से रंग लगाती जा रही थी। वह सोचते-सोचते मुस्कराने लगे। डाँडेली के अजनबी वातावरण में ऐमन का होना बहुत बड़ी बात थी। जब से उसने हवेली छोड़ी थी, उन्हें कई बार उसकी कमी महसूस हुई थी। उन्होंने लड़कियों की कम्पनी को कभी महत्त्व नहीं दिया था। उनकी रुचि स्पोर्ट्स में थी। क्लब में भी वह अधिकतर टेनिस और बिलियर्ड खेलने के लिये जाते थे। लड़कियाँ टेबिल टेनिस खेलते हुए 'हु हा' मचाती थीं। बशारत नवाब को इस पर बहुत क्रोध आता था। उनके बनावट और नज़ाकत के ढोंग देखकर बशारत नवाब का दिल चाहता था कि अपना टेनिस रैकेट उनके सिरों पर दे मारें इस ज़ोर से कि उनके खोखले सिर झनझना जायें, लेकिन ऐमन के साथ होते वक़्त उनके दिमाग़ में ऐसे ख़्यालात नहीं आते थे। उसका सीधा-सादा व्यवहार, उसके हँसने का सुन्दर सलीक़ा और अपने वातावरण की हर छोटी-बड़ी चीज़ में उसकी कभी न समाप्त होने वाली रुचि, उसे इन सारी लड़कियों से अलग खड़ा कर देती थी जो उनके बुर्ज़ुआ वातावरण से सम्बन्ध रखती थीं।

उन्होंने देखा कि ऐमन ने घड़ी देखकर जल्दी-जल्दी अपना सामान समेटना शुरू कर दिया और ईज़ल कन्धे पर जमाये गेस्ट हाउस की ओर वापस होने लगी। बशारत नवाब ने सोचा, 'वह मारा '—और वह स्वयं भी गेस्ट हाउस जाने के लिये मुड़े।

"अहम अहम।" भुसनूरमठ अपने हाथ में कुछ फ़ाइलें और लकड़ी के कुछ

सैम्पल लिये खड़े थे। बशारत नवाब जल्दी में भूल ही गये थे कि उनके बेपरवाही के दिन बीत गये थे और वह अब टिम्बर फैक्ट्री में थे।

'आ गया मेहनत का फरिश्ता' बशारत नवाब ने धम्म से कुर्सी पर बैठते हुए सोचा।

भुसनूरमठ स्थानीय व्यक्ति थे। आज़र नवाब को उन पर पूरा भरोसा था। भुसनूरमठ के नेक और दोस्ताना चेहरे पर चमकती दाँतों की बत्तीसी भी मानो कह रही थी: 'बशारत नवाब अब तो आप बुरे फँसे। वह बशारत नवाब के खिलन्दड़ेपन को भली-भाँति जानते थे और अब जब आज़र नवाब ने बशारत नवाब की लगाम उन्हें सौंपी थी तो वह सोच रहे थे कि आरम्भ कहाँ से हो।

"कल सवेरे 10 बजे हमें मैगनीज़ फ़ील्ड चलना है।" आज़र नवाब ने फाइल पर हस्ताक्षर करके उसे बन्द करते हुए कहा।

"कोई ज़रूरी काग़ज़ या ख़त?" ऐमन ने पूछा।

"नहीं, यह हमारी सोशल विज़िट होगी। रियाज़ साहब कल बम्बई जा रहे हैं। ज़रूरी इत्तला और एक चिटठी देनी है। अमेरिका के हड्डियों के एक मशहूर माहिर डाक्टर वहां आ रहे है जिन्हें मैं जानता हूँ। हो सकता है वह मिस रियाज़ का इलाज कर सके।"

जब यह विज़िट निजी थी तो ऐमन का उनके साथ जाना क्यों आवश्यक था? यह बात ऐमन की समझ में नहीं आई, परन्तु वह चुप रही।

दूसरे दिन ठीक समय पर तैयार होकर वह आफ़िस पहुँच गई। उसने आज ध्यान-पूर्वक बाल बनाये थे। शिफौन की हल्की हरी साड़ी में उसका शरीर और भी उजागर हो गया था। उसने तैयार होकर शीशे में अपने आपको देखा। उसकी आँखों में साड़ी का हरा रंग झलकने लगा था जिसमें अपने-आप पर भरोसे का रंग भी मिला हुआ था जो उसे शक्ति दे रहा था। उसने आज विशेष तैयारी मिस रियाज़ की वजह से की थी। क्यों की थी, यह स्वयं नहीं जानती थी। वैसे उसका अनुभव था कि जब वह मन माफिक सही लिबास पहने होती तो अपने आप पर उसका भरोसा और भी बढ़ जाता था।

जब वह पहुँची तो आज़र नवाब नीचे उतर रहे थे। उसे देखकर ठिठक गये। उनकी चुम्बकीय आँखों ने सिर से पाँव तक ऐमन को देखा˙˙ फिर धीरे-धीरे चलकर वह उस तक पहुँचे। वह उसे इस प्रकार चुँधियाई आँखों से क्यों देख रहे थे? वह तैयारी, आँखों की वह नशीली धार, लिबास का वह आकर्षण उनके लिये तो था नहीं। फिर क्यों उनके इस तरह देखने से ऐमन अपने-आपको चोर महसूस कर रही थी।

आज़र नवाब ने जैसे कोई चीज़ सूंघ कर ज़ोर से साँस खींची।

उन्होंने भौं चढ़ा कर कहा, "ख़ुशी की बात है कि ख़ुशबुओं में आपकी पसन्द

घटिया नहीं है।"

उसने जो पर्फ्यूम लगाया था, वह बशारत नवाब ने उसे तोहफे में दिया था। नाम तो उसने उस खूबसूरत शीशी पर पढ़ लिया था परन्तु उसे इस बात का अनुमान नहीं था कि वह कितना क़ीमती होगा। उसने चौंक कर उन्हें देखा। उनकी आँखों में आश्चर्य की लहर-सी देखकर वह समझ गई कि आज़र नवाब उस समय क्या सोच रहे थे। उन्हें ज़रूर कुछ आश्चर्य हुआ होगा कि बड़ी सरकार की जनरल असिस्टेन्ट की हैसियत ऐसे किस तरह हो गई कि इतना क़ीमती पर्फ्यूम इस्तेमाल कर सके।

"यह···यह किसी का तोहफा है।" उसने उसी एहसास के बोझ तले दब कर कहा। और यहीं वह फिसल पड़ी क्योंकि उसे यह सब कुछ कहने की आवश्यकता ही नहीं थी।

"किसी का?" आज़र नवाब की एक भौं कमान बन गई थी। "कौन है वह ख़ुश-क़िस्मत जिसके तोहफों को इस तरह हाथों-हाथ लिया जाता है?" उनके शब्दों में व्यंग्य के शोले थे। "बहरहाल, सरकार की जनरल असिस्टेन्ट इतनी मासूम नहीं है जितनी हम समझ बैठे थे।" ये शब्द उन्होंने मानो अपने आप से कहे थे परन्तु वह ऐमन के दिल पर तीर बन कर लगे।

उन्होंने अपना क्रोध गेयर पर निकाला। "अब चलिये मैडम, इन्तजार किस बात का है?" और वह जल्दी से जीप में बैठ गईं। गेट से निकल कर जीप सीधी सड़क पर उधर चल पड़ी जिधर रास्ते में चिड़ियाघर बनाया जा रहा था। अभी वहाँ अधिक जानवर नहीं थे। हिरनों का एक जोड़ा जाली में से अपनी थूथनियाँ निकाले मूंगफली के दाने खा रहा था जो बाहर खड़े कुछ बच्चे छील-छील कर उन्हें देते जा रहे थे।

ऐमन बिल्कुल चुपचाप बैठी रही। आज़र नवाब के अचानक सख़्त रवैये ने उसके ईगो को धक्का पहुँचाया था लेकिन उसे सम्भलने में देर नहीं लगी। वह आज़र नवाब को यह भी दिखाना नहीं चाहती थी कि वह दुखी हो गई है।

"दुनिया के बड़े फ़िलॉस्फ़रों में एक नाम और बढ़ा चाहता है।" आज़र नवाब सड़क पर नज़रें जमाए हुए बोले "ऐमन शहाब।"

ऐमन अपने ख़्यालों से चौंकी। "यह तो मेरे लिये नाज की बात होगी कि मर्द फ़िलॉस्फ़रों की लम्बी-चौड़ी लाइन में एक औरत भी खड़ी मिलेगी," वह बोली।

"लेकिन यह बात मान लीजिए कि औरत कभी एक अच्छी फ़िलॉस्फ़र या ऊंचे दर्जे की शायर नहीं बन सकती। " आज़र नवाब बोले।

"मेरी राय में तो मर्दों के मुकाबले में औरतें ज़्यादा सुलझी हुई फ़िलॉस्फ़र होती हैं। अब यह और बात है कि मर्द इसको मानते नहीं।"

"यह दावा तो हर औरत करती है···लेकिन तुम क्यों इस बात पर यक़ीन रखती

हो?"

ऐमन ने एक लम्बा साँस खींचा। बात जब बहस की सीमा-में आ जाये तो इन्सान को मानसिक तौर पर तैयार होना पड़ता है। वह शायद अपने विचारों में परिवर्तन भी कर सकती थी परन्तु आज़र नवाब ने जिस ढंग से बात कही थी उसने उसे जिद-सी दिला दी।

"मेरे यक़ीन रखने या न रखने से कोई फ़रक़ नहीं पड़ता। यह तो जानी-मानी बात है कि मर्द के मुकाबले में औरत ज़्यादा सहन-शक्ति रखती है और ज़्यादा आगे देख सकती है। इसके अलावा क्योंकि वह नर्म दिल होती है इसलिये अंधी और बेजान लॉजिक की गुलाम नहीं होती। एक अच्छा दार्शनिक और शायर होने के लिये ये सब बातें बहुत ज़रूरी हैं। काश्मीर की लल्ला आरेफ़ा को देखिये या हमारे कर्नाटक की अक्का महादेवी को, जिनकी किताब आपकी लाइब्रेरी में है।"

"औफ़्फ़ो बड़ा लम्बा-चौड़ा भाषण हो गया यह तो।" आज़र नवाब ने मुस्कुराकर कहा। ऐमन को आशा थी कि वह कोई कटी हुई बात कह कर उसकी खिल्ली उड़ायेंगे। लेकिन जल्दी ही उन्होंने कहा, "फिर क्या वजह है कि सारी तारीख में कहीं किसी औरत का नाम अरस्तू, कार्ल मार्क्स, रूसो या फिर शायरों में टेनिसन, शैली, गालिब या इकबाल की टक्कर का नहीं मिलता?"

"इसकी वजह आप ख़ुद हैं।" ऐमन बोली।

"मैं?" आज़र नवाब आश्चर्य से बोले।

"मेरा मतलब है मर्द। मर्द कभी औरत को अपने से बढ़कर देखना पसन्द नहीं करता।" ऐमन ने जोश से कहा।

"क्या मैं आप से एक सवाल पूछ सकता हूँ?" आज़र नवाब ने पूछा।

"जी···फरमाइए।" ऐमन ने पैंतरा बदला।

"क्या आप पसन्द करेंगी कि जो ख़ुशकिस्मत आप से शादी करे, वह इंटलेक्चुअली कम हो?"

"कभी नहीं।" ऐमन के मुँह से बेसाख्ता निकल गया। सच तो यह है कि वह इस जाती सवाल के लिये तैयार नहीं थी।

"देयर द मैटर इण्ड्स, मिस शहाब," आज़र नवाब बोले। "मैं समझता हूँ कि औरत की सबसें बड़ी ताकत तो उसकी कमज़ोरी में छिपी है।"

"तो आपकी राय में औरत को इंटलेक्चुअल नहीं होना चाहिए?" ऐमन ने पूछा।

"मैंने यह तो नहीं कहा।" आज़र नवाब ने तुरन्त ही उसकी बात काटी, "एक अच्छे दिमाग़ वाली और सुलझी हुई औरत तो मर्द के लिये सबसे बड़ा तोहफ़ा होती है। वह मर्द से हर मैदान में टक्कर ले सकती है लेकिन उसकी सबसे बड़ी ख़ूबी उसका औरतपन ही है।"

"हाँ, उसकी कमज़ोरी जिससे मर्द फ़ायदा उठाता रहे।" ऐमन ने व्यंग्य से कहा।

आज़र नवाब ने गेयर बदलते हुए उसे देखा। "अब यह औरत पर है कि वह अपनी कमज़ोरी को एक शक्ति की तरह कैसे इस्तेमाल करती है।"

"बड़ी सरकार भी यही कहती हैं।" ऐमन ने दो-एक अवसर पर बड़ी सरकार की कही हुई बातों को याद करके कहा।

"ऐसा लगता है कि सरकार अपनी जनरल असिस्टेन्ट से ख़ुश हैं।" आज़र नवाब बात को मोड़ते हुए बोले।

ऐमन चुप हो गई। इन दोनों के बीच इस समय मित्रता का वातावरण बन गया था। ऐमन के लिये यह बहुत उचित था। वरना आज़र नवाब जानबूझ कर कोई दाँव चलते और ऐमन, जो स्वयं ही अपने अन्दर के संघर्ष में पड़ी हुई थी, उनका शिकार हो जाती। अच्छा यही था कि वह उनके दाँव से अपना दामन बचाती रहे।

हवा में बांस के पत्तों की सरसराहट थी। कच्ची, मगर साफ-सीधी सड़क पर जीप बिना किसी धचके के चली जा रही थी। ऐमन की नज़र आज़र नवाब के चेहरे पर से होती हुई स्टेयरिंग सम्भाले हुए उनके हाथों पर पड़ी। वह और उनसे सम्बन्धित हर चीज़ बताती थी कि उनका बैकग्राउन्ड बहुत ऊंचे दर्जे का था। चौड़े माथे पर घने बालों का उगाव जिसके एक-एक तार से ऐमन भली-भाँति परिचित हो गई थी। चुम्बकीय काली आंखें, सीधी नाक के नीचे थोड़ा-सा बड़ा दहाना जिसकी हर हरकत ऐमन को लड़खड़ा देती थी, ठोडी का घमंडी झुकाव और मज़बूत गरदन का तनाव जो मज़बूत इरादे और उनकी आज़ादी को स्पष्ट करता था।

उनके चौड़े कंधों पर हर लिबास सजता था। इस समय भी वह नीली कमीज़ पर सफ़ेद काश्मीरी जैकेट पहने हुए थे। सफ़ेद ही फलालेन की पतलून थी जिसे बैठते हुए उन्होंने कुछ ऊपर खिसका लिया था। जहाँ पतलून की क्रीज़ समाप्त होती थी वहाँ उनके पाँव ब्राउन सैन्डल में बहुत साफ-सुथरे दिखाई दे रहे थे। कमीज़ के कफ़ों में मदर आफ पर्ल के कफ़ लिंक उनके हाथों की हरकत पर अपनी मध्यम चमक दे जाते थे। उनके हाथ बहुत ही सुन्दर थे जो उन मेहनतकश हाथों से बिल्कुल अलग थे जिन्हें पेट की आग बुझाने की खातिर धरती का कलेजा नोचना पड़ता है; वह कँपकपाहट नहीं थी जो जीवन के भार के लिये सहन-शक्ति नहीं देती। उन लम्बी उंगलियों वाले हाथों की पकड़, ऐसा लगता था कि जीवन के चक्र को वैसे ही सम्भालती होगी जैसे इस समय जीप के स्टेयरिंग व्हील को सम्भाले हुए थी। वह स्टेयरिंग की हर हरकत को जानते थे। 'क्या ये हाथ कभी कुदाल भी उठा सकेंगे? कभी पत्थर भी तोड़ सकेंगे?' ऐमन ने सोचा, लेकिन हर हाथ कुदाल थामने और पत्थर तोड़ने के लिये ही नहीं होता। दुनिया में और भी तो बहुत कुछ किया जा सकता है। देखना यह है कि जो कुछ किया जा रहा है, वह चुस्त-दुरुस्त ढंग से हो रहा है या नहीं?

जीप में उनके बराबर बैठे हुए, उनके बारे में लगातार सोचते हुए भी, ऐमन यह बात अच्छी तरह जानती थी कि आज़र नवाब के शीश-महल से उसकी बस्ती बहुत दूर थी। फिर भी वह उनके बारे में इतना क्यों सोचती थी। इस हवेली के भले-बुरे को अपना भला-बुरा क्यों समझने लगी। इसका कारण शायद यह था कि हवेली में पहुँचकर ही उसे इसका एहसास हुआ था कि वह एक सुरक्षित स्थान पर आ गई है। उसकी भलाई इसी में थी कि वह ऐसा ही समझती रहे लेकिन कभी-कभी धोखे की यह दीवार धड़ाधड़ उसकी आँखों के आगे ही ढेर हो जाती।

उसे हवेली और हवेली वालों से प्यार अवश्य था लेकिन सच्चाई यह थी कि उसे आज़र नवाब और उनसे सम्बन्ध रखने वाली हर चीज़ बहुत क़ीमती और बहुत ही प्यारी हो गई थी। वह दिल में पीड़ा की एक लहर लिये अपने-आप से कहती कि उसे सचमुच आज़र नवाब से प्यार हो गया था। सख़्त व्यवहार होने, उनकी अनगिनत प्रेम कहानियों के होने पर भी जिन्हें झुठलाने की उन्होंने कभी कोशिश नहीं की। उसकी कल्पना में उसके दिमाग़ ही में बनी हुई उन सब लड़कियों की तस्वीरें उभरतीं जो नाजुक बदन और पश्चिमी सभ्यता की पली हुई थीं जो आज़र नवाब के आगे बिछ जाती होंगी। आज़र नवाब जिसे चाहते अपनी दुल्हन बनाने को छाँट सकते थे लेकिन उनका दिल आज तक हलके- फुलके रोमांस से सन्तुष्ट नहीं हुआ था जो वह अपने-आप को शादी के बन्धन में जकड़वा देने के लिये राजी हो जाते।

लेकिन यह सब समझते हुए भी उसने ख़ुद को इस दलदल में क्यों झोंक दिया? उसने इन बातों के बारे में बहुत ध्यान से सोचा। जिसे वह मोहब्बत समझ रही थी, कहीं वह खोखला दीवानापन तो नहीं था। जीवन के किसी न किसी दौर में, विशेषकर जवानी में, हर इन्सान किसी न किसी से मोहब्बत करने की बात करता है। लेकिन क्या मोहब्बत वास्तव में ऐसी कोई अनमिट भावना है, जिस पर इन्सान अन्धा होकर सब कुछ बलिदान कर दे? उसने एक नज़र फिर नवाब पर डाली। अकस्मात उसे लैला मजनूं, शीरी-फरहाद, सोहनी-महिवाल वगैरह-जोड़े बेमतलब मालूम पड़े। वास्तव में यह आज़र नवाब का आकर्षक व्यक्तित्व और उनके अन्दाज का जादू ही था जिसने उसके पाँव उखाड़ दिये थे। वह भी हाड़ मांस से बनी हुई एक इन्सान थी। इनसे प्रभावित हो गई। उसने अपने मन ही मन में सोच लिया कि लोगों ने केवल वासना ही को मोहब्बत का नाम दे दिया है। और यदि मोहब्बत वासना ही का नाम है तो यह शत-प्रतिशत एक हैवानी भावना है। वह अपने आपको जानवर के स्तर से ऊपर रखना चाहती थी। वह अपनी ज़िम्मेदार स्वतंत्रता बनाये रखना चाहती थी। वह ऐसा चाहती अवश्य थी लेकिन क्या ऐसा हो सकता था? कोशिश करने पर भी वह अपने-आपको भूल बैठती थी। हर बार वह अपनी मजबूरी का इलाज सोचती। उसने यह निश्चय कर लिया कि वह अपने-आपको अधिक से अधिक व्यस्त रखेगी ताकि उसका दिमाग़ कहीं भटकने ही न पाये।

रियाज़ साहब का बंगला बहुत ऊंचाई पर था। चक्करदार चढ़ाई और ऊंचा-नीचा रास्ता।

"सम्भल कर बैठो," आज़र नवाब बोले। "वरना कहीं खाई में गिर गई तो जनरल असिस्टेंट के बगैर सरकार का काम नहीं चलेगा···और शायद मेरा भी।" कुछ रुक कर उन्होंने बात पूरी की। वह शायद अपने स्टाइल में उसकी सेवाओं को मान्यता दे रहे थे।

ऊपर चढ़कर मैदान में आज़र नवाब ने जीप रोकी। बहुत ख़ूबसूरत जगह थी। ऊँचाई पर हवा अधिक ताज़ा थी। दूर से देखने पर मैगनीज़ फ़ील्ड में लोग काम करते हुए व्यस्त दिखाई दे रहे थे। कच्ची धातु से लदी ट्रालियाँ इस ऊँचाई और दूरी से छोटी-छोटी-सी खिलौनों जैसी लग रही थीं। शक्तिशाली क्रेनें वातावरण का सीना चीरते हुए दूर तक चली जा रही थीं।

रियाज़ साहब का बंगला भी बहुत सुन्दर था। बड़े-बड़े पेडों से घिरा हुआ। गुलमोहर में आग सी लग रही थी। आज़र नवाब ने जीप कुछ इधर ही रोक ली थी क्योंकि लॉन पर बड़ी छतरी के नीचे रेहाना हाथ में बन्द किताब लिये, उत्सुकता से उनकी राह देख रही थी। सामने तिपाई पर चाय रखी थी।

मिस रियाज़ को प्रभावित करने की ऐमन की कोशिश बेकार नहीं गई। कई बार रेहाना की नज़र ने ऐमन को सिर से पाँव तक देखा और फिर आज़र नवाब से वार्तालाप करने लगी। चाय पीने के बाद आज़र नवाब उठ खड़े हुए।

"मिस रियाज़ आज आपके लिये एक बड़ी अच्छी चीज़ आई है।" उन्होंने कहा और आगे बढ़कर ब्रीफकेस में से एक बड़ा लिफ़ाफ़ा निकाला। मिस रियाज़ बहुत रुचि और बेताबी से उन्हें देखने लगी, जैसे कोई जादूगर अपनी टोपी से कबूतर निकालने को हो। आज़र नवाब ने लिफ़ाफ़े में से कुछ कार्ड निकाल कर तिपाही पर फैला दिये। ऐमन इन्हें देखकर चौंक पड़ी। ये बहुत ही ख़ूबसूरत टीक प्लाई विनीयर पर पेन्ट किये हुए ग्रीटिंग कार्ड थे जिनमें काग़ज़ की तरह पतली कटी लकड़ी के कुदरती नक्शों को जैसे का तैसा रखते हुए कई डिज़ाइनों में पेन्टिंग की गई थी। मिस रियाज़ उन्हें देखकर ख़ुशी से झूम उठीं।

"हाय, कितने हसीन हैं ये कार्ड। ये सब मेरे लिये लाये हैं आप?"

लेकिन ऐमन के चौंकने का कारण कुछ और ही था। ये वे ही कार्ड थे जो दो दिन पहले उसने बनाकर बड़ी सरकार को तोहफे में दिये थे। आज़र नवाब के आफ़िस से जाने के बाद जब वह बहुत सारे काग़ज़ संभालकर रख रही थी तो रद्दी की टोकरी में पड़े हुए ये विनीयर निकल आये थे। शायद ये आज़र नवाब के देखने के लिये आये थे और जिन्हें देखकर उन्होंने रद्दी की टोकरी में फेंक दिया था। वह उन्हें चुनकर अपने साथ ले आई थी और अवकाश के समय पेन्ट करके उसने मुबारकबादी के कार्ड बना

लिये थे। जब वे बनकर तैयार हो गये तो उसने केवल दो अपने लिये रख छोड़े और बाकी समेट कर बड़ी सरकार को दे आई। 'कितने कम लोग थे दुनिया में जिन्हें उसकी नेक तमनन्नाओं की आवश्यकता थी', उसने सोचा, एक कार्ड वह मिसेज़ आईज़ैक को भिजवा देगी और दूसरा विक़ार जंग को।

अब उन्हीं कार्डों को अपने सामने तिपाई पर बिखरे देखकर ऐमन को दुख-सा हुआ। इसलिये कि जब उसने वे कार्ड बड़ी सरकार को दिये थे तो वे बहुत ख़ुश हुई थीं और बड़ी गरमजोशी से उसका शुक्रिया अदा किया था। फिर कहा था कि वह उन्हें अपने खास दोस्तों को ही नेक तमन्नाओं के साथ भिजवायेंगी। वह शायद ऐमन का दिल तोड़ना नहीं चाहती थीं। अब वे सारे ही कार्ड मिस रेहाना रियाज़ के हुजूर में पहुँच गये थे क्योकि स्पष्ट है कि बड़ी सरकार को उनकी आवश्यकता नहीं थी या फिर उन्होंने उन्हें इस योग्य नहीं समझा था कि अपने उपयोग में लायें।

आज़र नवाब ने दोनों हाथ फैलाकर उन कार्डों पर रख दिये और मुस्कुराकर बोले, "नहीं, नहीं, इतनी जल्दी न कीजिए। अगर मैने ये कार्ड आपको दे दिये तो बड़ी सरकार मुझे सूली चढ़ा देंगी।"

ऐमन के दिल पर से एक बोझ-सा उतर गया था। उसकी सुनहरी आंखें चमक उठी और उसने आज़र नवाब को देखा। कितनी नरमी थी उनकी मुस्कुराहट में। वह कोमलता शायद केवल मिस रियाज़ के लिये ही थी। वरना कभी ऐमन को इस योग्य नहीं समझा था। "मैं इससे भी ज़्यादा क़ीमती चीज़ आपके लिये लाया हूँ" आज़र नवाब ने कहा और ऐमन की तरफ देखने लगे। "इन कार्डों के बनाने वाले को ही मैं आपके पास ले आया हूँ। मिस साहिबा ख़ुद ही आपको ये कार्ड बनाना सिखायेंगी।" उनकी नज़रों में ऐसा भरोसा और अपील थी कि ऐमन के 'ना' करने के लिये होंठ खुले के खुले रह गये और फिर उसने केवल सर हिलाकर 'हाँ' कर दी।

आज़र नवाब की आंखों में विजय की एक चमक पैदा हुई और ऐमन को पछतावा हुआ कि क्यों उसने 'हाँ' कर दी। आज़र नवाब को कोई अधिकार नहीं था कि उसकी आज्ञा के बिना उसकी सेवाएं दूसरों को बाँटते फिरें। परन्तु अब कुछ नहीं हो सकता था।

"आपने शिकायत की थी कि किताबों में आपका जी नहीं लगता। आप पढ़ते-पढ़ते उकता जाती हैं। कार्ड बनाने की यह हॉबी आपको दिलचस्प लगेगी।" आज़र नवाब रेहाना से कह रहे थे।

"इसके लिये तो विनीयर की ज़रूरत होगी।" रेहाना ने कोई खास जोश नहीं दिखाया।

"वह सब कुछ हम ले आये है।" आज़र नवाब बोले और जीप की तरफ लौटे। "असल में यह तोहफा आप ही के लिये है।" वापिस आकर उन्होंने एक ख़ूबसूरत

पैकेट खोलते हुए कहा जिसमें बढ़िया ब्रुश और रंग थे। "और ये रहे हाथ के बने क़ाग़ज़ और विनीयर।" उन्होंने दूसरे बण्डल की ओर संकेत किया। "मिस साहिबां आपको अपनी फुरसत के कुछ लम्हे ज़रूर दे सकेंगी।" आज़र नवाब ने ऐसे कहा जैसे ऐमन ने अपनी तरफ से पूरा हक़ उन्हें दे दिया हो।

"अच्छा अब चलते हैं। फ़ील्ड पर रियाज़ साहब से कुछ जरुरी बातें करनी हैं।" आज़र नवाब ने अपनी घड़ी देखते हुए कहा, "आध घन्टे में लौट आऊँगा।" दोनों लड़कियाँ उन्हें पलटकर जाते हुए और जीप में बैठते हुए उस समय तक देखती रहीं, जब तक ढलान पर जीप उनकी नज़रों से ओझल न हो गई।

ऐमन को अचानक ज़बरदस्त अकेलेपन ने आ घेरा। रेहाना के यहां उसे कोई दोस्तानापन नहीं लगा। वे दोनों कुछ देर यूँ ही चुप बैठी रहीं। आज़र नवाब की जीप पेचदार ढलवाँ रास्तों से होती हुई अब फिर फ़ील्ड्स की ओर जाती दिखाई दी। धूल के उड़ते हुए बगूले उसके पीछे दौड़े जा रहे थे। रास्ते के ऐसे बगूले कभी किसी को छू नहीं पाते। थक कर रास्ते ही में बैठ जाते हैं। मुसाफिर अपनी मंजिल पा लेता है। ऐमन आज़र नवाब के पीछे दौड़ता ऐसी बगूला नहीं बनना चाहती थी। लेकिन वह क्या करे?

ऐमन को लगा कि रेहाना का उखड़ा होना केवल इस कारण नहीं था कि उसकी हैसियत आज़र नवाब की तनख्वाह पाने वाले नौकर की थी, बल्कि शायद वह उसके व्यक्तित्व में किसी और प्रकार का ख़तरा भी देख रही थी। ऐमन अपने सौन्दर्य के आकषर्ण से परिचित थी परन्तु वह मिस रियाज़ के दिल से यह डर निकाल देना चाहती थी। फिर भी, यह एक गम्भीर समस्या थी। सीधे-सादे शब्दों में वह अपनी सफ़ाई भी पेश नहीं कर सकती थी। इस पर भी वह डर रही थी कि रेहाना अपने आपको आज़र नवाब के जाल में फँसा न बैठे। उसे रेहाना से लगाव-सा हो गया था। इसीलिये उसके उखडेपन और थोड़े घमण्डी व्यवहार पर भी ऐमन ने निश्चय किया था कि जहाँ तक हो सकेगा वह उसकी सहायता करेगी। साधारण तौर पर उसके लिये किसी को जीतना कठिन नहीं होता। उसमें आत्मसम्मान अवश्य था परन्तु हठ नहीं थी। न कोई ऐसी हार थी जो उसके संघर्ष करने की उमंग को दबा सकती हो। वह हर बुरी याद को भूल जाना चाहती थी। और अपनी कोशिश में कामयाब भी हो जाती थी। उसके गालों के नन्हे से गढ़ों में, जो हलकी सी मुस्कुराहट से भी दिखाई दे जाते थे, पता नहीं बचपन की कितनी कमियाँ और लड़कपन की असफल कोशिशें डूबीं पड़ी थीं। इस छोटी सी उम्र में ही उसने हंसते-हंसाते ज़िन्दगी के संघर्ष का मजा उठा लिया था जो साधारणतया एक सुरक्षित वातावरण की लड़की को प्राप्त नहीं होता। लेकिन उसने अपने कदम कभी डगमगाने नहीं दिये थे।

उसने अपने ख़्यालों से चौंक कर रेहाना को देखा, जो बेजार सी व्हीलचेयर में बैठी अपने लम्बे-लम्बे नाखून देख रही थी। कटे हुए चमकदार काले बाल, लाल और सफ़ेद

रंग जिस पर फ़ीरोजी शिफ़ोन की साड़ी बहुत जच रही थी। काली बनावटी पलके रंगे हुए गालों पर फड़फड़ा रही थीं। उंगली में बहुत क़ीमती हीरे की अंगूठी और कलाई में नाज़ुक-नाज़ुक बहुत सारी सोने की चूड़ियाँ। क्या ये सब कुछ आज़र नवाब के लिये था? ऐमन को रेहाना पर दया आ गई। या फिर इस प्रकार से बने-ठने रहना उनकी शारीरिक कमज़ोरी की प्रतिक्रिया थी? ऐन जवानी में यह धक्का बहुत जानलेवा होता है। उससे पहले कि वह किसी परिणाम पर पहुँचती आज़र नवाब वापस आ गये। रेहाना ने रूकने को कहा तो उन्होंने फिर कभी आने का वायदा करके माफ़ी मांग ली और ऐमन को लेकर चल पढ़े।

"कहाँ तक बात बढ़ी?" आज़र नवाब ने सीधी सड़क पर आते हुए ऐमन से पूछा।

"कुछ खास नहीं।" ऐमन ने गोल-मोल-सा जवाब दिया।

"रियाज़ साहब बहुत मालदार हैं।"

ऐमन चुप रही। वह जानती थी कि टिम्बर फ़ैक्ट्री में रियाज़ साहब ने भी अपना पैसा लगाया हुआ था। उसे शक हुआ कि कहीं उनके रुपये पैसे का आकर्षण ही तो आज़र नवाब को रेहाना की ओर नहीं झुका रहा? आज़र स्वयं रईस थे, तो क्या हुआ, पैसे की चाह तो पैसे वालों ही को होती है। गरीब तो केवल ज़िन्दगी काटने की चिन्ता करता रहता है।

"रियाज़ साहब बहुत अमीर हैं।" ऐमन का जवाब न पाकर उन्होंने फिर कहा "लेकिन अफ़सोस कि वह अपनी इकलौती बेटी के लिए ख़ुशियां नहीं ख़रीद सकते।"

"क्या, मैं समझी नहीं?" ऐमन ने अब जिज्ञासा से पूछा।

"रेहाना की शादी हो चुकी है।" आज़र नवाब बोले और ऐमन को धचका लगा।

"फिर वह ख़ुद को मिस रियाज़ कहलवाना क्यों पंसद करती हैं? क्या उनके मियाँ ने उन्हें छोड़ दिया है?" ऐमन पूरी तरह जाग गई थी।

"नहीं! उन्होंने अपने शौहर को छोड़ दिया है।"

"इन्होंने अपने-आप छोड़ दिया है? ज़रूर कोई वजह होगी वरना कोई औरत अपने जीवन साथी को इस तरह नहीं छोड़ सकती।"

"यह आप कुछ अपनी तरह की लड़कियों की बात कर रही हैं।" आज़र नवाब अपनी खास व्यंग्यात्मक मुस्कुराहट के साथ बोले जो ऐमन को हमेशा गुस्सा दिला दिया करती थी।

"हाँ, अगर मैंने कभी किसी को ज़िन्दगी का साथी चुना तो यह फिर हमेशा के लिये होगा।"

"अपनी इस 'अगर' को कायम रखियेगा।" आज़र नवाब ने उसी तरह मुस्कुराते हुए कहा, "कम से कम में तो ऐसी औरत नहीं चाहता जिसे उंगली लगाओ तो गले का हार ही बन बैठे।"

ऐमन ने मुँह पलट कर अपना होंठ चबा डाला, "तो क्या वह सचमुच औरत को वक्त गुज़ारने का शौक़ समझते थे?"

"शायद मिस रियाज़ में आपकी दिलचस्पी इसी 'अगर' के ना होने की वजह से है या उनकी दौलत … ?"

जीप एक धचके से रोक दी गई। हर ओर हरे-हरे घनेरे ऊंचे पेडों के बीच सरसराती हुई पतली सड़क पर वह अकेली जीप थी। ऐमन आने वाले तूफान से डर कर सहम गई; लेकिन उसने अपने चेहरे की शान्ति वैसे ही बनाये रखी। वह बिल्कुल नाक की सीध में देखती रही। लम्बी उंगलियों वाला एक मज़बूत हाथ पीछे बालों के नीचे उसकी गरदन तक पहुँचा, हौले-हौले। उँगलियाँ उसकी गरदन को चूमती हुई बालों में सरसराती रहीं। फिर उनकी पकड़ गरदन तक सख़्त हो गई और आज़र नवाब ने उसे पलट कर देखने पर मजबूर कर दिया।

"कभी-कभी मेरा दिल चाहता है कि इस बिल्लौरी गरदन को मरोड़ कर फेंक दूँ।" आज़र नवाब ने दाँत पीस कर आहिस्ता से कहा। गरदन पर उनके हाथ की पकड़ ऐमन को उनके चेहरे के बहुत पास खींच लाई थी। ऐमन ने बड़ी हिम्मत से आँखें घुमाकर उनके चेहरे को देखा जिस पर मुस्कुराहट तो नहीं थी लेकिन उसकी जगह कोई और ही भावना उनकी काली गहरी आँखों में उतर आई थी, जिसे ऐमन कोशिश करने पर भी पढ़ न सकी। उसने जो कुछ कहा था उसका अफसोस नहीं था उसे।

"खौलता हुआ सोना है इस वक्त इन आँखों में," आज़र नवाब उसके अध-खुले होंठों के बहुत पास आते हुए बोले। "कोई बदनसीब इनमें गिर जाये तो जन्म-जन्म तक वापस न होना चाहेगा। लेकिन तुम कहती हो तो मैं मान लेता हूँ कि मैं बहुत तजुर्बेकार हूँ। मैं इस सुनहरी समुद्र में नहीं डूबुंगा, समझी। मैं पी जाऊँगा इस समुद्र को।" और उनके होंठों ने झुक कर उसकी दोनों आँखों को छू लिया।

ऐमन ने एक झटके से अपना सिर छुड़ा लिया और खिसक कर बिल्कुल कोने में धंस गई।

"आपको अपने बारे में बड़ा भ्रम है।" उसने सीने में टक्करें मारते दिल को नियन्त्रण में करते हुए कहा—"वह कौन बदनसीब लड़की होगी दुनिया में जो आपसे शादी करने का ख़तरा मोल लेगी।" कोशिश करने पर भी वह अपनी आवाज़ की कंपकपाहट को दबा न सकी थी।

आज़र नवाब जवाब में हँस पड़े। उन्होंने जीप स्टार्ट कर दी और कुछ दूर तक वातावरण में केवल उनकी सीटी की आवाज़ गूँजती रही :

Kay Sera Sera
Whatever will be, will be
The future is not ours to see

Kay Sera Sera !
(के सैरा सैरा
जो भी होगा, हो जाएगा
भविष्य हमारे देखने की चीज़ नहीं
के सैरा सैरा !)
भविष्य···ओह भविष्य !

अपने-आप में डूब कर बड़ी सरकार जब लिखवाती जाती थीं तो उनकी हालत विचित्र हो जाती थी। वे क्षण देखने वाले होते थे। करवटें लेता इतिहास एक अजगर के समान न केवल व्यक्तियों को खा जाता है बल्कि ऐसे उदाहरण भी सामने आते हैं, जहाँ नगर के नगर उसने चौपट कर दिये हों। इन्सानी इतिहास यों भी खूनी दास्तानों से भरा पड़ा है। बड़ी सरकार उर्दू में तारीख लिखवा रही थीं:

'शाहाने कुतुबशाह का सिलसिला तुर्किस्तान से मिलता है। महमूद शाह बहमनी के बाद सुलतान मोहम्मद कुली कुतुबशाह ने सन् 1518 में गोलकुण्डे को अपना मसकन बनाया तो उसका नाम मोहम्मद नगर रखा। 99वें साल का सिन एक बरगद को भी तक़दीस बख़्श देता हैं लेकिन तारीख़ गवाह है कि शाहों ने कभी अगर रिश्तों का लिहाज़ किया तो पद्मिनी और हुमायूं की मिसालें क़ायम कर दीं। वहीं बेशुमार ऐसी भी मिसालें मिलती हैं कि बेटों ने तख़्तो-ताज़ के लिये अपने बरगज़ीदा बाप को मौत के घाट उतार दिया। चुनाँचे, सुलतान मोहम्मद कुली कुतुबशाह जब 99 साल की उम्र में मस्जिद में नमाज़ पढ़ रहा था तो उसके बेटे यार कुली ने महमूद हमदानी नामी शख़्स से उसको कत्ल करवा दिया। और महमूद हमदानी जब अपना इनाम हासिल करने पहुँचा तो उसके लिये भी वहाँ जल्लाद मौजूद थे जिन्होंने उसका सर तन से जुदा कर दिया। इसका दौर हैदराबाद की हुकूमत की तारीख का बदतरीन दौर कहा जा सकता है।'

लिखते-लिखते ऐमन के हाथ सुन्न हो जाते, परन्तु उसकी रुचि वैसी की वैसी ही रहती। यहाँ तक कि बड़ी सरकार स्वयं अपनी रवानी से चौकतीं और ऐमन को काम बन्द करने की आज्ञा देतीं।

ऐमन जब अपने काग़ज़ सम्भाले बाहर निकली तो बरामदे में मंडराते हल्की हवा के झोंकों में नारंगियों की कलियों की हल्की-हल्की महक़ थी। उसके पाँव वहीं रुक गये। ख़ुशबू की भी चुटकी होती है जो दामन थाम लेती है।

सीढ़ियों पर खड़े-खड़े उसने देखा कि बशारत नवाब रैफट पर नदी पार कर रहे थे। शायद वह टिम्बर फ़ैक्टरी जा रहे थे। दूर से ऐमन को उन्होंने देख कर हाथ हिला दिया। ऐमन ने अपना रूमाल हिलाकर उन्हें उत्तर दिया। वह अपने कमरे में जाने को मुड़ ही रही थी कि ठिठक गई, क्योंकि रैफ़्ट बीच नदी से वापिस लौट रहा था। लम्बे

बांस का चप्पू नदी के सीने में गाड़ कर बशारत नवाब उसे हाथ से इशारे कर रहे थे। वह रुक गई।

ऐमन ने उन्हें कुछ दिनों से देखा नहीं था। आज़र नवाब और उनके बड़े-बड़े शिड्यूल ही ऐसे थे कि खाने की टेबिल पर भी वह रोज़ मिल नहीं पाते थे। बड़ी सरकार नाश्ता, लंच और डिनर के समय की बहुत पाबन्द थीं। आज़र नवाब उसी समय उनके साथ खाने पर तभी आ पाते जब समय की पाबन्दी सुविधा से कर पाते। बशारत नवाब नहीं जानते थे कि आज़र नवाब उन पर विशेष रूप से ध्यान दे रहे है। आज़र नवाब ने यह निश्चय कर लिया था कि उन्हें खिलन्दड़ेपन के दौर से निकाल कर भविष्य की ज़िम्मेदारियों का एहसास दिलाकर ही रहेंगे। उन्होंने भुसनूरमठ को यह ज़िम्मेदारी सौंप दी थी,जो बड़ी लगन से बशारत नवाब को टिम्बर और बिज़नेस के दाँव-पेंच सिखाने पर तुल गये थे। आज़र नवाब ने उनसे साफ़ कह दिया था कि इस विभाग में उनकी कार्यकुशलता देखकर ही उनके जेबख़र्च के बारे में निश्चय किया जायेगा। तब तक उन्होंने बशारत नवाब को ऐडहॉक एलाउन्स देना स्वीकार कर लिया। लेकिन उन पर अपनी पकड़ मज़बूत करते हुए भी आज़र नवाब ने उनके शौक़ और उनकी बेहतरी को ध्यान में रखा था।

उन्हें वैस्ट कोस्ट पेपर मिल्स के क्लब का मेम्बर बना दिया था जहाँ वह रोज़ अपना टेनिस का शौक़ पूरा करते थे। अब अस्तबल में आज़र नवाब के चहीते घोड़े 'कुलजुम' के बराबर एक और बाँका ऊँचा पूरा घोड़ा दिखाई देने लगा जो खासतौर पर बशारत नवाब के लिये ख़रीदा गया था। ऐमन के होंठों पर मुस्कुराहट फैल गई। वह जानती थी कि बशारत नवाब आज़र नवाब से डरते थे। अब जब कि वह बिल्कुल उनकी पकड़ में आ गये थे लो उसे अन्दाज़ा था कि वह कितने चौकस रहते होंगे।

वह उनके रैफ़्ट को किनारे लगती देखती रही। वह उसे बुला रहे थे। उसने हाथ के संकेत से उन्हें रूकने को कहा और कमरे में काग़ज़ रखकर जल्दी सीढ़ियां चढ़कर चट्टानों की ओर चल पड़ी जहाँ जैट्टी से रेफट लगाये। बशारत नवाब उसकी राह देख रहे थे। घाटी की ताज़ा हवा तथा वर्ज़िश ने उनकी चरबी को छाँटकर उनके स्वास्थ्य को चमका दिया था। उन्हें देखकर ऐमन के दिल में आरज़ू जागी कि काश उसका अपना कोई भाई होता। बशारत नवाब ही की तरह ख़ूबसूरत, हंसमुख। वह उन्हें देखती हुई किनारे पहुँच गई।

"हैलो ! पूसी केट ! !" बशारत नवाब ने कहा।

"अपना दिया हुआ नाम जल्दी से वापस ले लीजिए वरना मैं चली"—ऐमन ने मुँह बनाकर कहा।

"तुम्हारे तो मैंने सत्तर हज़ार नाम रखे हैं। अब कौन-कौन सा नाम वापस लूँ?" बशारत नवाब ने हाथ पकड़कर उसे रैफ़्ट पर चढाते हुए कहा।

"मेरे पास बस आधा घण्टा है। जल्दी-जल्दी बात कर लीजए।" ऐमन ने उनको जलाने के लिए कारोबारी अन्दाज़ में कहा।

"आधे घण्टे से तो काम नहीं बनेगा। मुझे तो तुम से जनम-जनम की बातें करनी हैं।" बशारत नवाब ने आँखें बन्द करके ठंडी सांस भरी।

"कल कौन-सी फ़िल्म देख आये थे?" ऐमन ने उन्हें कन्धे से पकड़कर हिला दिया "जागो साहिबज़ादे। यह फ़िल्मी दुनिया नहीं है। न तुम हीरो हो, न मैं हीरोइन।"

"अभी तो तुम सोहनी हो और मैं महीवाल और हम दोनों बीच भँवर में डूबने वाले हैं।" और सचमुच बशारत नवाब ने ज़ोरदार चक्कर देकर रैफ़्ट को घुमा दिया। ऐमन सन्नाटे में आ गई। उसके पैर उखड़े और वह सीधी पानी में जा गिरी। बशारत नवाब हक्का-बक्का चप्पू रैफ़्ट पर फेंक कर लपके। वह नहीं समझते थे कि ऐमन इस तरह पानी में गिर पड़ेगी। उनके चेहरे की रंगत उड़ गई। उन्होंने छलांग लगाई और पानी में कूद पड़े। शुक्र है, नदी का बहाव बिल्कुल हल्का था और ऐमन ने गिरते वक्त रैफ़्ट को पकड़ लिया था। वह तैरना नहीं जानती थी। इस पर गजब यह हुआ कि उसका दुपट्टा उसके चेहरे से बुरी तरह लिपट गया, जिसके कारण उसे और भी परेशानी हुई। वह यों भी पानी से बहुत घबराती थी। अपने वालिद की बेहद कोशिशों के बाद भी, उसने तैरना सीखने से इन्कार कर दिया था।

इससे पहले कि उसके हाथ से रैफ्ट छूटता, बशारत नवाब ने उसे कमर से दबोच लिया। उसे सम्भालते वह कुछ देर रैफ़्ट के साथ बहते रहे जो अब पानी के बहाव के साथ ही बहने लगा था। वह एक अच्छे तैराक थे और बहुत जल्दी ही अपने-आप और ऐमन पर नियन्त्रण पा गये। उन्होंने उसके भयभीत्त मुंह से दुपट्टा अलग किया, उसे दिलासा दिया और सहारा देकर रैफ़्ट पर चढ़ा दिया।

ऐमन के कपड़े पानी से शराबोर हो रहे थे और उसके शरीर से चिपक गये थे। यही स्थिति बशारत नवाब की भी थी। परन्तु इस छोटे से हादसे का उन पर वह प्रभाव नहीं पड़ा था जो ऐमन पर पड़ा। उसका चेहरा और होंठ अभी तक सफ़ेद थे। अपने-आपको सम्भालने की पूरी चेष्टा करने पर भी उसके होश अभी ठिकाने पर नहीं आये थे। बशारत नवाब ने उसे बांहों में भर लिया और उसका सिर अपने कंधे से लगा लिया। होश में आते ही ऐमन चौंक कर उनसे अलग हो गई। वह काँप रही थी। बशारत नवाब ने उसके दोनों हाथ अपने हाथों में ले लिये।

"तुम्हारे हाथ तो बर्फ हो रहे हैं।" वह पछतावे से बोले।

"नहीं, बस अभी ठीक हो जाऊंगी। लेकिन अब हम ऐसी हालत में टिम्बर फ़ैक्टरी कैसे जायेंगे?" उसने अपनी और बशारत नवाब की स्थिति देखते हुए कहा।

"हम टिम्बर फैक्ट्री कहाँ जा रहे हैं?" बशारत नवाब उसकी हथेलियों को

गरमाते हुए बोले।

"क्या मतलब?" ऐमन ने बाँह खींचते हुए पूछा।

"मतलब साफ़ है।" बशारत नवाब अपने गीले बालों पर हाथ फेरते हुए बोले—"में तुम्हें ज़बरदस्ती भगा कर कहीं और ले जा रहा हूँ।"

ऐमन हँस पड़ी। उन्हें इस स्थिति में भी दिल्लगी सूझ रही थी जब कि वह अन्दर ही अन्दर डूबी जा रही थी।

"माई डियर ऐमन, अगर आज़र नवाब को पता चल गया कि मैंने तुम्हें पानी में डुबकी दे दी है और फिर इस दुर्गत में हम दोनों फ़ैक्टरी पहुँचे तो मुझे तो वह भूखे शेरों के आगे फिंकवा देंगे।"

"उन्हें कैसे पता चलेगा? क्या वह रोज़ टिम्बर फ़ैक्टरी आते हैं?" ऐमन ने पूछा। उनके डर की कोई बुनियाद नहीं थी। "आज़र नवाब को पता भी नहीं चलेगा।" उसने अपना फैसला सुना दिया।

"आफ़िस की खिड़कियों से सब कुछ दिखाई देता है। दूसरे 'ख़बरैल अलौहित सलाम' उन्हें मेरे बारे में रोज़ एक न्यूज़ बुलेटिन देते रहते हैं।" बशारत नवाब ने दोनों कानों को अंगूठे लगाकर अगुलियां फड़फड़ाते हुए कहा, जैसे हाथी के कान बता रहे हों। भुसनूरमठ के कान बहुत बड़े थे। ऐमन खिलाखिलाकर हँस पड़ी।

"अब तो मान लीजिए कि आप आज़र नवाब से डरते हैं।"

"मैं पहले ही कह चुका हूँ कि बला से कौन नहीं डरता।"

"यूँ सुनकर ख़ुशी हुई कि आप भी किसी को बला समझते हैं।"

"यानी आपके ख़्याल में सिर्फ़ मैं ही अचानक आ जाने वाली कोई बला हूँ।" बशारत नवाब ने मुँह बनाकर कहा।

"और नहीं तो क्या?" ऐमन ने हाथ आगे फैलाकर अपनी दुर्गत की ओर संकेत करके कहा।

"जो कुछ में देख रहा हूँ, वह तो मुझे पसन्द आ रहा है।" बशारत नवाब आँखें झपका कर बोले।

"मैं अच्छी-भली बरामदे में खड़ी थी।" ऐमन ने सुनी-अनसुनी करके कहा—"मुझे बुलाया और मेरी यह दुर्गत बना दी।"

"यह तुम्हारी सजा थी।" बशारत नवाब बोले।

"सजा किस बात की?" ऐमन ने आश्चर्य से पूछा।

"सारे हफ्ते तुम मुझसे नहीं मिली हो।"

"आपको फ़ुरसत कहाँ होती है? इधर मुझे भी काम ज़्यादा रहा और सच पूछिये तो मैं अपने ही काम के लिये आपके साथ आने को तैयार हो गई।"

"पहले ही बता दिया होता। फिर मैं तुम्हें डूबने से बचाता क्यों? खैर अब अपना

काम बताओ।"

"मुझे फ़ैक्टरी देखने का शौक़ था और वहाँ से मुझे कुछ विनीयर भी लेने हैं।"

"विनीयर किस लिये?" बशारत नवाब ने पूछा।

"आप शायद जानते नहीं कि आज़र नवाब ने मुझे मिस रियाज़ को आर्ट सिखाने का काम सौंपा है।"

"गुलाम ड्राइवर," बशारत नवाब लम्बा बाँस नदी में गड़ाते हुए बोले, "उनके हाथ में भाला थमा दो तो बिल्कुल रोम के प्यादे सिपाही लगेंगे।" ऐमन ने कोई जवाब नहीं दिया। मगर उसे बशारत नवाब की दी गयी उपमा बहुत उचित लगी। उसने कई बार आज़र नवाब को अपनी कल्पना में कुछ वैसा ही पाया था। मरदाना सौन्दर्य का मॉडल, बहुत आला दिमाग़ और बुद्धिमान। लेकिन जहाँ तक उनका ऐमन से वास्ता था, वह व्यवहार में उदार भी थे, साथ ही पत्थर दिल भी।

बशारत नवाब ने रैफ़्ट को खेते हुए उसे किनारे पर लगा दिया। लेकिन नदी का वह किनारा टिम्बर फ़ैक्टरी से काफ़ी दूर था। उस ओर की पहाड़ियों के जंगल अधिक घने और गुंजान थे। लेकिन ढलान पर दूब बहुत नरम और ताज़ा थी क्योंकि वहाँ उसे रौंदने वाले पाँव बहुत कम पहुँच पाते थे। रैफ्ट नदी के बहाव पर काफी आगे निकल गया था, इसी लिये फ़ैक्टरी पहुँचने के लिये सबसे पास का किनारा बस यही था। अमलतास के पेड़ पीले फूलों के झुण्डों से लदे हुए थे। नीचे कुछ पथरीली सूखी ज़मीन थी।

"हम यहीं चट्टान पर बैठ जाते हैं।" बशारत नवाब बोले—"कुछ देर में कपड़े सूख जायेंगे। फिर हम फ़ैक्टरी चले चलेंगे जो यहाँ से बहुत दूर भी नहीं है।" उन्होंने हाथ बढ़ाकर रैफ़्ट से उतरने के लिये ऐमन को सहारा दिया।

दोनों पास-पास चट्टान पर बैठ गये। ऐमन के हाथों में अब गरमी आ गई थी। उसने अपने बाल खोल कर फैला लिये ताकि जल्दी सूख जायें तो उन्हें गूंथ ले। वहाँ बिल्कुल सन्नाटा था। सन्नाटे को चीरती हुई कभी-कभार टिकारे की आवाज़ वातावरण को रहस्यमय बना रही थी।

"तुम्हारी आँखों का रंग क्या है?" बशारत नवाब ने अनोखा सवाल किया। शायद वह बड़ी देर से यही सोच रहे थे।

ऐमन चौंक पड़ी। बशारत नवाब के साथ होते हुए अपने ख़्यालों की धारा किसी और तरफ़ मोड़ देना उसके लिये कठिन नहीं होता था। वह खिलखिलाकर हँस पडी।

"जो भी रंग आप समझना चाहें।" वह बोली।

"मुझे तो इस वक़्त ये हरी-हरी-सी नज़र आ रही हैं।" वह उसकी आँखों के बिल्कुल पास डोलते हुए बोले—"और कहीं-कहीं अमलतास के पेड़ों का सुनहरीपन उनमें झलक रहा है।"

"और आपको इनमें चट्टानों का सुरमई, नदी का नीला और बनफ्शे का कासनी रंग दिखाई नहीं देता?" ऐमन ने उनका मज़ाक उड़ाते हुए कहा।

"वे सब रंग भी होंगे।" बशारत नवाब बोले—"लेकिन उनमें वह रंग नहीं है जो मैं देखना चाहता हूँ।

"कौन-सा रंग?" ऐमन ने अपने चेहरे पर हवा से आई हुई बालों की चिलमन को हटा कर पूछा।

"उस रंग का कोई नाम नहीं, नाम होता तो वह भी एक साधारण सी चीज़ हो जाती।"

"साहेबज़ादा नवाब मीर बशारत अली खाँ।" ऐमन ने मज़ाक से कहा—"आपको मालूम होना चाहिए कि चार फीसदी मर्द डाल्टनिज़्म का शिकार होते हैं या वे रंग गूँधने या कलर ब्लाइंड होते हैं। आप ख़ुद नहीं जानते कि आप कौन-सा रंग चाहते हैं।"

"नहीं ऐमन।" बशारत नवाब गम्भीर होते हुए बोले—"मैं अच्छी तरह जानता हूँ कि मैं तुम्हारी आँखों में कौन-सा रंग देखना चाहता हूँ।" उन्होंने दोनों हाथ सिर के पीछे बाँध लिये और आँखें बन्द कर लीं।

ऐमन ज़ोर से हँस पड़ी। बशारत नवाब जब कभी गम्भीर होने की कोशिश करते तो वह उनकी एक्टिंग होती और ऐमन को इसी तरह की हंसी आ जाती। उसके ख़्याल में बशारत नवाब का गम्भीरता से दूर-दूर का भी रिश्ता नहीं था।

"हम तो बस मज़ाक उड़वाने के लिये रह गये हैं।" बशारत नवाब बुरा मानकर उठ बैठे।

"अच्छा-अच्छा चलिये, अब मैं नहीं हँसूँगी।" ऐमन ने हँसी रोककर उन्हें बनाते हुए कहा।

बशारत नवाब पास ही उगे हुए पौधे को उखाड़कर उसकी पत्तियां नोंचने लगे।

"यह क्या कर रहे हैं आप?" ऐमन पौधे से निकलते हुए लाल अर्क़ को देखते हुए बोली—"कुछ पौधे ज़हरीले होते हैं।"

"यह मंजस्थ का पौधा है।" बशारत नवाब बोले—"इस अर्क़ से व्यापारी अपने बही खाते लिखते हैं। मैं भी तुम्हारे बही खाते में अपना नाम लिखना चाहता हूँ।" उन्होंने ऐमन का हाथ थाम कर उसकी हथेली खोलते हुए कहा।

बशारत नवाब मंजस्थ के अर्क से ऐमन की हथेली पर अपना नाम लिखते रहे। ऐमन ने भी कोई रुकावट नहीं डाली बल्कि वह मुस्कुराकर उन्हें लिखते हुए देखती रही। परन्तु उसकी मुस्कुराहट अकस्मात ही होंठों पर जम गई क्योंकि उनके पीछे कुछ ही दूर, चढ़ाई पर आज़र नवाब पता नहीं कब से अपने घोड़े कुलज़ुम के रकाबों में पैर जमाये, उन्हें देख रहे थे। इस हरी दूब पर उनका घोड़ा कब पहुँचा उन दोनों को पता ही

नहीं चला। घोड़े ने बेचैन होकर जब ज़मीन पर ठोकरें मारी, तब उन्हें आज़र नवाब के वहाँ आने का पता चला—घोड़ा शायद खड़े-खड़े उकता गया था।

ऐमन की नज़र आज़र नवाब के चमकदार राईडिंग जूतों से ऊपर उनके जोधपुरी पैंट से होते चट्टानों जैसे कन्धों से टकराकर पाश-पाश होने को थी कि उसका आत्मविश्वास जागा। वह उनकी अचानक मौजूदगी से चौंक ज़रूर पड़ी थी परन्तु उसने सोचा, उसे घबराने या शर्मिन्दा होने की कोई आवश्यकता नहीं थी।

आज़र नवाब इसी तरह घोड़े की लगाम थामे उन्हें देखे जा रहे थे। उनकी आंखों की बेपनाह गहराई, जिसमें आश्चर्य भी घुला-मिला था, बशारत नवाब और ऐमन के इस बुरी स्थिति में होने की जवाब-तलबी कर रही थी।

'मुझे पूरी तरह यक़ीन है कि यह सोच रहे हैं कि हम दोनों यहाँ जानबूझ कर भाग आये।' ऐमन ने थोड़ी-सी तनावपूर्ण स्थिति में सोचा। उसके खुले बाल, गीले कपड़े और बेतकल्लुफ़ अन्दाज़ आज़र नवाब के शक को बढ़ावाँ बल्कि शक्ति दे रहे थे। बशारत नवाब अपने कपड़े झाड़ कर उठ खड़े हुए। ख़मोशी कई बार इतनी बोझिल हो जाती है कि उठाये नहीं उठती। व्यक्ति ख़ुद उसके बोझ तले दबता जाता है।

कुछ देर बाद आज़र नवाब घोड़े से उतर आये।

"टिम्बर से लदी गाड़ियां सवेरे से यार्ड में रुकी पड़ी हैं"—उन्होंने ऐमन का बिल्कुल नोटिस न लेते हुए बशारत नवाब से कहा।

"वो…मैं…" बशारत नवाब कोई बहाना-सा बनाना चाहते थे।

"बशारत नवाब!" आज़र नवाब बात काट कर बोले—"आप माशाअल्लाह बच्चे नहीं हैं।" उन्होंने बशारत नवाब की कुछ कहने की कोशिश को हाथ के संकेत से रोकते हुए अपनी बात जारी रक्खी, "और जो बच्चा नहीं है वह अपना जवाब-देह आप ही है।"

केवल बशारत नवाब का ही नहीं, ऐमन का चेहरा भी लाल हो गया क्योंकि आज़र नवाब ने अपनी बात ऐमन की ओर देखते हुए पूरी की थी।

"बस, थोड़ी ही तो देर हुई है।" बशारत नवाब ने आज़र नवाब के चुभते हुए शब्दों से प्रभावित होकर कहा—"पैसे का तो कोई नुकसान नहीं हुआ?"

"वक्त पैसे से ज़्यादा क़ीमती होता है। बशारत नवाब जब तक आपके दस्तखत नहीं होंगे, गाड़ियाँ यार्ड से बाहर नहीं निकलेंगी। नतीजा यह होगा कि दूसरे सब काम रुके रहेंगे। मैं नहीं चाहता कि फ़ैक्टरी वाले आपस में इसकी चर्चा करें। मेरा कोट पहन लीजिए और घोड़े पर बैठ कर आप फ़ैक्टरी चले जायें। इन्हें मैं वापस पहुँचा दूँगा।" उन्होंने बग़ैर देखे ही ऐमन की ओर भौं से संकेत करते हुए कहा जैसे वह टिम्बर फ़ैक्टरी से निकला हुआ बुरादे का कोई बोरा हो।

बशारत नवाब की शर्मिन्दगी कम नहीं हुई थी। उन्होंने कुछ कहने की कोशिश की।

मगर फिर अपने कंधे झटक कर चुप हो रहे। उन्होंने आज़र नवाब के हाथ से उनका कोट लेकर पहन लिया जो उनके शरीर पर थोड़ा तंग था। वह आज़र नवाब से क़द में कुछ कम थे मगर उनका शरीर कुछ भारी सा था। कोट पहनकर उन्होंने अपने गीले बालों में उंगलियों से कंघी की और देखते ही देखते छलांग लगाकर घोड़े पर बैठ गये। लगाम थामते ही घोड़े ने संकेत पा लिया और बड़ी तेज़ी से बढ़ गया। कुछ ही देर में बशारत नवाब ऊंचाई पर चढ़ते हुए पेड़ों के पीछे ओझल हो गये।

बशारत नवाब के जाते ही ऐमन को एक प्रकार की चिन्ता ने आ घेरा जैसे वह कोई अपराध करती हुई पकड़ी गई हो। उसने कोई अपराध नहीं किया था। यदि किया भी था तो उसकी प्राइवेट ज़िन्दगी की पूछताछ वह नहीं कर सकते थे। फिर भी, उसका धड़कता हुआ दिल कह रहा था कि काश आज़र नवाब उसे ग़लत न समझते, लेकिन वह उन्हें समझाती कैसे? और समझाने की आवश्यकता ही क्या थी उसे? क्योंकि उन्होंने उससे कुछ पूछा भी तो नहीं था। फिर यह तनाव, यह बेचैनी क्यों थी उसे?

"आप अगर यहीं बैठना चाहें तो शौक़ से बैठें।" कुछ देर तक उसके उठने की प्रतीक्षा करके आज़र नवाब ने कहा—"लेकिन मेरे लिये मेरे अपने काम हैं। मुझे वापस जाना है।"

उनकी इस सख़्ती ने जैसे कोड़े का काम किया और ऐमन उछल कर खड़ी हो गई। उसने अपने गीले बालों को लपेटा। अपने शरीर के गीलेपन का एहसास जो बशारत नवाब के साथ होते हुए उसे बिल्कुल नहीं हुआ था, अब आज़र नवाब के वहाँ होते पूरी तरह जाग पड़ा। उसने दुपट्टे से अच्छी तरह अपने-आप को लपेट लिया और ऐसे में उसकी नज़र आज़र नवाब से टकराई। उनके होंठों पर एक कसैली व्यंग्यात्मक मुस्कुराहट थी जो उससे नज़र मिलने पर और भी गहरी हो गई। जैसे कह रहे हों : 'बस, रहने दो अपनी पाक-बाज़ी।' फिर उन्होंने उसकी ओर देख कर आकाश के बादलों की तरफ़ नज़रें फेर लीं।

आज़र नवाब के रैफ़्ट की रस्सी खोलने पर वह जल्दी चढ़कर रैफ़्ट के एक किनारे बैठ गई। वह अपना चेहरा, जहाँ तक हो सके, उनकी तरफ़ से फेरे हुए थी। फिर भी वह जानती थी कि आज़र नवाब की नज़रें उसके हुलिया पर जमी थीं जो उसके दिमाग़ में तनाव पैदा कर रही थीं।

"आपने एक बार कहा था हादसे बार-बार नहीं होते। लेकिन मैं कहता हूँ कि ख़ुशगवार हादसे बार-बार नहीं होते मिस साहिबा।" आज़र नवाब चुभते हुए ढंग से बोले—"मैं कोई बशारत नवाब नहीं हूँ कि आपके पीछे पानी में कूद पडूँ इसलिये यही ठीक होगा कि आप इतने किनारे न बैठें।"

लाख रोकने पर भी ऐमन की आँखें आँसुओं से धुँधला गई। सब कुछ देखते हुए भी वह यही समझ रहे थे कि मैं जानबूझ कर पानी में कूदी थी ताकि बशारत नवाब उसके

पीछे चले आयें। वह समझ रहे थे कि मैं कोई सस्ते रोमांस की खोज में थी। उसके दिल में पीड़ा ने करवट ली। वह किसी क़ीमत पर तैयार नहीं थी कि आज़र नवाब उसकी आँख से टपकता आँसू देखें और उन्हें एक बार फिर इस बात का एहसास हो कि उन्होंने फिर से उस पर विजय पाई है। उसने अपनी आँखों के जलते हुए कटोरों में ही वे आँसू बुझा दिये और टस से मस न हुई।

आज़र नवाब उसकी परवाह न करते हुए रैफ़्ट को आगे बढ़ाने में व्यस्त थे मानो न उन्होंने कुछ कहा, न ऐमन ने कुछ सुना। सिल्क का मफ़लर उन्होंने गरदन से खोल दिया था जो हवा से झूल रहा था। उन्होंने अपनी कमीज़ की आस्तीनें कोहनियों तक चढ़ा ली थीं। उनके मज़बूत हाथ रैफ़्ट को खे रहे थे। सफ़ेद जोधपुरी पैंट पर घुटनों तक पहुँचते बूट क़ीमती और चमकदार थे। उनका मरदाना सौन्दर्य दिलों को जीतने वाला था। परन्तु ऐमन इस बात से भली-भांति परिचित हो गई थी कि उनकी गरदन का घमण्डी तनाव, कन्धों की मज़बूती और चेहरे का सौन्दर्य उन्हें एक ख़ूबसूरत मर्द ही की तरह पेश करता था। उसमें उनके नेचर का अत्याचार और ईगो की हद तक आत्मविश्वास का ज़बरदस्त टकराव भी था।

इस समय उनके क्रोध का कारण शायद यही था कि बशारत नवाब—एक नवाबज़ादे—कहीं एक साधारण मेहनत-कश छोकरी के जाल में न फँस जाएं। यह और बात है कि तसनीम पाशा उनके आकर्षण का लाभ उठाना चाहती थीं। उन्होंने बड़ी सरकार के आगे आज़र नवाब तथा शाहाना साहेबज़ादी की शादी की योजना रखी थी और उन्हें पूरा विश्वास था कि आज़र नवाब अपनी वाल्दा की बात कभी नहीं टालेंगे। बड़ी सरकार ने आज़र नवाब से उस रिश्ते का ज़िक्र कर दिया था और बेटे के निश्चय की प्रतीक्षा कर रही थीं। यह बात भी असम्भव थी कि आज़र नवाब शाहाना साहेबज़ादी के हुस्न और उनकी तबीयत को न जानते होंगे। यह सब सोचते हुए ऐमन के दिल को पीड़ा की एक लहर ने छू लिया। यह बात वह बार-बार दिल को समझाती थी कि शहद के जिस प्याले पर उसका कोई अधिकार नहीं था उसे दुनिया में कोई भी पी ले, उसकी बला से। परन्तु वह दिल की पीड़ा ही क्या, जो दबाने से दब जाये!

पता नहीं, कब रैफ़्ट किनारे लग चुका था। बड़ी देर बाद अपने ख़्यालों से चौंक कर उसने इधर-उधर देखा तो वह वहाँ बिल्कुल अकेली थी। आज़र नवाब जा चुके थे। वह भी बोझिल पाँवों से किनारे पर उतर कर आई और चुपचाप बंगले की ओर चल दी।

इसी तरह दिन बीतते रहे। ऐमन जब कमरे में पहुँची तो रेहाना कैनवस पर एक पेन्टिंग पूरी करने में लगी हुई थी। आज वह काफ़ी दिनों के बाद रेहाना के पास आई थी। ऐमन चुपचाप उनके पीछे जा खड़ी हुई लेकिन कुछ बोली नहीं। वह स्वयं एक पेन्टर थी और जानती थी कि यह वह क्षण होते हैं, जब कोई आर्टिस्ट अपने आप में गुम हो जाता है। और जिस क्षण पर एहसास की सारी शक्तियां केन्द्रित होती हैं वह क्षण बहुत

आदरणीय होता है।

नदी में गिरने के बाद उसे फ़्लू ने आ घेरा था। पानी में भीग जाने के कारण बुख़ार पर उसने पहले कोई ध्यान नहीं दिया। एक दिन जब वह बड़ी सरकार से डिक्टेशन ले रही थी तो उन्होंने उसे एकटक देखकर उसका माथा छुआ जो जल रहा था। उन्होंने उसी समय काम रुकवा दिया और उसे अपने कमरे में जाकर आराम करने को कहा। फिर बुख़ार ने तेज़ी पकड़ी तो उसे दुर्बल करके ही उतरा। बड़ी सरकार दिन में दो-तीन बार उसके कमरे में आती रहीं। उसे धुँधला-सा याद था कि आज़र नवाब ख़ुद अपने साथ डाक्टर को ले आये थे और उनके पीछे बशरत नवाब का पछतावे भरा चेहरा भी उसे याद था।

उसकी कमज़ोरी अभी बाक़ी थी। शमशाद उसकी देखभाल करती रही। अब वह स्वस्थ हो गई थीं परन्तु बंगले के बाहर आज ही निकली थी।

उसके साथ रेहाना के व्यवहार का ठंडापन अब ख़त्म हो चुका था लेकिन अब भी वह अपने और ऐमन के बीच सामाजिक दृष्टि से मौज़ूद फ़ासलों को ज्यों का त्यों बनाये रखना चाहती थी। वैसे अब यह फ़ासला काफ़ी कम हो गया था। ऐमन ने भी इस बात से समझौता कर लिया था कि रेहाना दिल की बुरी नहीं थी। वह रेहाना की इस कमज़ोरी का बुरा नहीं मानती थी जिसका ज़िम्मेदार उनकी तबियत का खोखलापन था। मालदार बाप की बेटी होने के भ्रम ने उन्हें बड़प्पन का थोथा अहंकार दे रखा था। उसे विश्वास था कि एक बार रेहाना इस कम्पलैक्स से निकल आये तो बीमार होने पर भी वह एक नॉर्मल और शांतिमय जीवन बिता सकती थी। ऐमन के सोचने के इस ढंग ने रेहाना पर अपना प्रभाव डालना आरम्भ कर दिया था। उनकी बेतकल्लुफी अभी इतनी नहीं बढ़ी थी कि वह ऐमन को अपने पति से अलग होने का कारण बता देती। ऐमन भी वह सब कुछ जानने को बेचैन नहीं थी। उसमें साधारण नारियों की जिज्ञासाएं थीं ही नहीं। वह इसे पूरी तरह रेहाना का निजी मामला समझती थी। जहाँ तक हो सके वह उनकी सहायता करना चाहती थी क्योंकि आज़र नवाब भी यही चाहते थे। शुरुआत तो उसने इसीलिये की थी लेकिन बाद में जब उसने रेहाना में एक व्यक्ति की तरह रुचि लेनी शुरू किया तो यह भूल ही गई कि उसने आज़र नवाब के कहने पर ही यह बीड़ा उठाया था।

रेहाना का पेन्टिंग का शौक़ कई तरह के कार्डों से गुज़र कर अब बड़ी तस्वीरों की पेन्टिंग तक पहुँच गया था। बड़े ख़ूबसूरत बंगले के एक कमरे में उसने अपना स्टूडियो बना लिया था जहाँ वह अपने शौक़ को पूरा किया करती थी।

"बस।" ऐमन से न रहा गया और उसने धीरे से रेहाना को चौंकाये बग़ैर उनके हाथ पर हाथ रख दिया। "तुम यह स्ट्रोक ग़लत लगाने जा रही हो।" माँ और बच्चे की इस पेन्टिंग पर नज़र जमाये ऐमन ने कहा—"एक माँ के माथे पर अपने बच्चे के लिये यह बल कभी नहीं आ सकता।" सच तो यह है कि ब्रश के एक गलत स्ट्रोक ने वैसे

अच्छी-भली तस्वीर का सत्यानाश कर दिया होता।

पेन्टिंग में माँ और बच्चे के थीम को इतना पुराना होने पर भी घिसा-पिटा नहीं कहा जा सकता। इसी एक भावना पर अनगिनत तस्वीरें और मूर्तियाँ बनी हैं। यह भावना अपने आप में इतनी पवित्र और आदर देने योग्य है कि इसकी ऊँचाइयों को छूना साधारण कस-बल के आर्टिस्ट के बस की बात नहीं। लेकिन ख़ुदा तक पहुँचने की कोशिश करना, और ख़ुदा तक पहुँच जाना, दो अलग-अलग बाते हैं।

उसे पाने के लिये स्वयं को खोने की आवश्यकता होती है। यहाँ तक कि ख़ुदा और बन्दे का अन्तर मिट जाये और एक मिट्टी का बना हुआ इन्सान अन्नलहक़ (मैं ख़ुदा हूँ) का दावा कर सके। लेकिन ख़ुदा की शान में गुस्ताख़ी करने वाला हर फ़क़ीर मन्सूर नहीं हो सकता और हर मन्सूर सूली चढ़ने के योग्य नहीं होता। सूली ही, सही इश्क़ की अन्तिम सीमा है जहाँ इन्सान अपनी भावनाओं, वासनाओं, ख़्वाहिशों और आरज़ुओं, जीवन और मृत्यु, सभी कुछ ख़ुदा को सौंप देता है। अच्छा हुआ कि पेन्टिंग की परीक्षा इतनी कड़ी नहीं वरना यह मैदान ख़ाली पड़ा रहता। कितने पेन्टर और कलाकार ऐसे हैं जिन्होंने इस जंगल में अपने आप को गुम कर दिया हो, जिन्होंने दौलत के लालच में अपनी कला को आगे न बढ़ाया हो। जिन्होंने कला को कला की महानता देने के लिये ही आगे बढ़ाया; उन्होंने, इसमें शक नहीं कि, हमेशा बाकी रहने वाला जीवन पा लिया। लेकिन दुनिया में ऐसे कितने माइकल ऐंजलो हैं, कितने वॉन-गौग हैं? कितने रिफ़ाइल हैं? आर्ट में यही स्थिति माँ और बच्चे के थीम की है। जिन्होंने इस भावना की महत्ता को, उसकी पवित्रता को महसूस किया, केवल उन्हीं की कला ऊँचे शिखर को छू सकी। जहाँ ऐसा नहीं हुआ, वहाँ भी कलाकृतियाँ कला का साधारण नमूना होने पर भी केवल अपनी ममता की बड़ाई के बल पर लोगों से प्रशंसा लेती रहीं।

आज रेहाना ने भी अपनी पेन्टिंग में इसी थीम की अपनाया था। ऐमन को इस पर आश्चर्य हुआ। और यह आश्चर्य उस समय और भी बढ़ा जब रेहाना ने इसी विषय पर बनाये हुए दो चित्र ऐमन को दिखाये। ऐमन को आश्चर्य इसलिये हुआ कि जब भी चित्रकला पर वे दोनों बहस करतीं तो रेहाना हमेशा इस विषय का मज़ाक उड़ाया करती—इतना अधिक मज़ाक कि ऐमन बात की धारा ही मोड़ दिया करती थी। अब रेहाना ने स्वयं ये चित्र बनाये थे और चाहती थी कि ऐमन उन की समीक्षा करे।

"चलो क्यों न हम बाग की खुली हवा में बैठकर इन चित्रों पर बहस करें," ऐमन ने कहा और रेहाना के 'हाँ' करने पर उसकी व्हील चेयर ढकेल कर ले चली।

बाहर साये ढल चुके थे। परन्तु वातावरण में चमकीला-पन शेष था। खरेजा ओर अमलतास के पेड़ों से मीठी धूप छन रही थी। सूरज की आँखें मूँदती किरणों में गरमी नहीं थी। बंगले की कम ऊँचाई की तरफ सीढ़ियों के बराबर ढलवाँ रास्ता बना दिया गया था ताकि रेहाना की व्हील चेयर सुविधा के साथ लाई और ले जाई जा सके। एक

स्थानीय नारी को उनकी सेवा के लिये रख दिया गया था जो काफ़ी दिनों से उनका साथ दे रही थी। जो भी ट्रेन्ड नर्स इस काम के लिये बुलाई गई, वह या तो इस गुमनाम सी जगह से उकता कर चली गई या रेहाना की तबीयत की गर्मी ने उसे नौकरी छोड़ देने पर मज़बूर कर दिया।

ऐमन ने गुलाब के एक तख़्ते के पास रुक कर एक कली तोड़ी ओर रेहाना के बालों में लगा दी।

"तुम भी लगाओ, " रेहाना ने कहां। और ऐमन ने अपने लिये भी एक कली तोड़ ली।

"तुम्हारा रंग अभी पूरा वापस नहीं आया।" रेहाना उसे एकटक देखकर बोली—"मुझे हमेशा तुम्हारा रंग-रूप देखकर रश्क होता है।"

"तुम ख़ुद कुछ कम हो?" ऐमन हँस कर बोली। रेहाना का व्यवहार आजकल मित्रता का हो गया था। वह आज बिना किसी बोझिल मेकअप के काफ़ी सुन्दर दिख रही थीं। उनकी पलके घनेरी थीं। फिर पता नहीं क्यों बनावटी पलकें लगाना आवश्यक समझती थीं। आज उन्होंने अपने कटे हुए बाल समेट कर गरदन पर बांध रखे थे और हल्का-सा लिपस्टिक लगाया हुआ था। उनके चेहरे पर निखार और आँखों में कोमलता सी थी। कुछ देर व्हील चेयर पर घूमने के बाद रेहाना ने कहा, "पापा ने हौज़ में आज नई मछलियाँ छुड़वाई हैं। चलो देखें। "

ऐमन ने आगे बढ़कर उस तरफ चेयर मोड़ ली जिधर एक चोड़ा-सा हौज़ था। उसके साफ़ पानी में ख़ुशरंग लाल और सुनहरी मछलियाँ बिजली की तरह चमक रही थीं।

"रंगों के बग़ैर यह दुनिया अँधेरी हो जाये। बुलबुल फ़क़त आवाज़ और ताऊत फ़क़त रंग नहीं है। ये दो हक़ीक़तें हैं। रंग और आवाज़ के बग़ैर इन्सान की ज़िन्दगी कितनी अधूरी है।"

"हाँ, अब बताओ," रेहाना बेचैन होकर बोली।

"क्या?" ऐमन भूल ही गई थी।

"मेरी तस्वीरों के बारे में।" रेहाना ने याद दिलाया।

"मेरी राय में अच्छी-भली तस्वीरें है।" ऐमन ने इस तरह कहा कि रेहाना का दिल न दुखे।

"ऐसे काम नहीं चलेगा, साफ़-साफ़ बताओ।" रेहाना ने ऐमन के दिल की बात को समझकर कहा।

ऐमन झिझकी लेकिन जब रेहाना को सच्ची बात सुनने में कोई डर नहीं था तो उसने भी अपना कर्त्तव्य पूरा करना आवश्यक समझा।

"तस्वीरें सचमुच अच्छी हैं लेकिन उनमें ममता के दिवानेपन की कमी है।" ऐमन

ने कह ही डाला।

"तुमने यह बात कह कर तो मेरी सारी मेहनत पर पानी फेर दिया"—रेहाना निराशा से हंस कर बोली।

"मैंने यह तो नहीं कहा कि तस्वीरें बुरी हैं।" ऐमन ने समझाया—"लेकिन रेहाना किसी भावना के सही एहसास ही से कोई कलाकृति प्रभाव डाल सकती है।"

रेहाना कुछ खो-सी गई। "ऐमन तुम समझती हो कि मुझमें एहसास की कमी है?" उसने कुछ देर बाद कहा। "शायद तुम ठीक कह रही हो।"

"बिल्कुल नहीं।" ऐमन ने जल्दी से कहा—"ऐसी आँखें किसी बे हिस की नहीं होतीं। बल्कि मैं कहूँगी कि तुम तो हर बात को हद से ज़्यादा ही महसूस करती हो और यही तुम्हारे विचारों के बिखरे हुए होने का सबंब है, जो तुम्हारी तस्वीरों में झलकता है।"

"ऐमन क्या तुम कभी दिमाग़ी तनाव का शिकार नहीं होतीं?" उन्होंने ऐमन के आकर्षक चेहरे-मोहरे को देखते हुए कहा।

ऐमन वहीं हौज़ पर बैठ गई थी। उसने अपनी लम्बी लहराती चोटी को आगे छोड़ रखा था कि हौज़ के पानी में डूब कर गीली न हो। हल्के-फुल्के प्याज़ी रंग की सलवार क़मीज़ और दुपट्टे में सूरज की सुनहरी किरणें मछलियों ही की तरह तड़प रही थीं। उसने अपने सुन्दर हाथ घुटनों पर बांध रखे थे। सफ़ेद नाज़ुक-सी सैण्डल में रंगे हुए नाख़ूनों के कारण, उसकी पैरों की रंगत और भी गोरी नज़र आ रही थी। वह रेहाना के इस व्यक्तिगत प्रश्न के लिये तैयार नहीं थी। वह सोच में पड़ गई कि क्या उत्तर दे।

"तुम्हारी ख़ामोशी का मतलब है कि तुम भी कभी न कभी दिमाग़ी तनाव के दौर से गुज़रती हो?" रेहाना ने कहा।

"कौन नहीं गुज़रता? " ऐमन बोली, "लेकिन मेरे और तुम्हारे दिमाग़ी तनाव में फ़र्क़ है क्योंकि तुम्हारे और मेरे हालात बिल्कुल अलग-अलग हैं। तुमने कभी कुछ खोया नहीं, मैंने कभी कुछ पाया नहीं।"

"यह तुम कैसे कह सकती हो कि मैंने कभी कुछ खोया नहीं?" शायद वातावरण के कारण रेहाना कुछ भावुक हो रही थी।

ऐमन को तुरन्त ही अपनी भूल का एहसास हुआ। उसने रेहाना की पीड़ा को महसूस करते हुए उनके हाथ पर अपना हाथ रख दिया। ज़बान से कुछ न कहा। कहने की आवश्यकता भी क्या थी? जब एक हल्की सी आहट दिल के दरवाज़े खोल देती है, तो शब्दों की ताँक-झाँक की आवश्यकता नहीं रहती? वैसे भी ऐमन रेहाना के भेद जानना नहीं चाहती थी बल्कि उनका दुख बाँटना चाहती थी।

"आज मैं तुमको वह बात बताऊँगी जो मैंने किसी से नहीं कही। अब मेरा दम घुट रहा है ऐमन।"

ऐमन ने उनका हाथ अपने दोनों हाथों में ले लिया। उसके और रेहाना के बैक-ग्राउण्ड कितने ही अलग-अलग क्यों न हों; एक नारी ही नारी का दुख बाँट सकती है। उसके कलेजे की कसक को समझ सकती है। पुरुष से तो उसे अपने दुख की दवा ख़रीदनी पड़ती है।

"मैं भी माँ बनना चाहती हूँ ऐमन।" रेहाना ने अकस्मात ही अपना सिर ऐमन के कन्धे पर टिका दिया।

ऐमन सुन्न-सी होकर रह गई। वह कुछ देर इसी तरह रेहाना को लिये चुपचाप बैठी रही। फिर उसने धीरे से कहा, "तुमने अपने शौहर को क्यों छोड़ दिया रेहाना?···अच्छा नहीं किया।"

"तब मैं माँ नहीं बनना चाहती थी।" रेहाना ने अपना सर ऐमन के कन्धे से उठाते हुए कहा।

ऐमन चुप रही ताकि रेहाना स्वयं आगे बढ़े।

"डान्सफ्लोर पर मेरी टक्कर की बहुत कम लड़कियाँ थीं···इकबाल से मेरी मुलाक़ात क्लब में ही हुई थी। फिर हमारी शादी हो गई। वह मुझसे मोहब्बत करते थे। शायद अब भी करते हों।" रेहाना ने दूर क्षितिज में देखते हुए अपने-आपको विश्वास दिलाया—"मैं जब भी आज़र नवाब को देखती हूँ तो उनमें मुझे इक़बाल ही की झलक नज़र आती है।"

"फिर तो वह बहुत हैण्डसम होंगे।" ऐमन के मुंह से अकस्मात् निकला—"और वह तुम्हें प्यार भी करते थे। फिर तुम उनसे अलग क्यों हो गई?"

"हाँ, वह बहुत हैण्डसम हैं लेकिन बहुत ज़िद्दी भी। उन्हें बच्चों से बहुत प्यार है। वह चाहते थे कि हमारे बहुत से बच्चे हों और मैं इसके लिये तैयार नहीं थी।"

"तुम नहीं चाहती थीं कि तुम्हारे अपने बच्चे हों?" ऐमन ने आश्चर्य से पूछा—"क्यों?"

"मुझे डर था कि मेरे जिस्म की ख़ूबसूरती खत्म हो जायेगी। इसी बात पर मेरी और इक़बाल की अनबन होने लगी—एक दिन मैने उन्हें बहुत उल्टी-सीधी बातें सुनाई और पापा के पास आ गई।"

"और इक़बाल साहब ने तुमसे मिलने की कोशिश कभी नहीं की?"

"उनके ख़त आते रहे। वह मुझे वापस बुलाते रहे, लेकिन शर्त वही थी।" रेहाना ने ठंडी सांस भर कर कहा।

"तुम चली जातीं रेहाना। दुनिया में कौन-सी औरत होगी जो माँ बनना पसन्द न करती हो। —यह तुम्हारी खोखली जिद्द थी— " ऐमन ने कहा।

"कैसे जाती ऐमन? ख़ुदा को शायद मेरी बात बुरी लगी। मुझे पोलियो हो गया। मैं माँ बनने के काबिल ही न रही।" रेहाना की आँखों में आँसू झिलमिला गए— "और मैं

अपनी ऐसी हालत लिये उनके पास जाना नहीं चाहती थी।"

"इक़बाल साहब जानते हैं?" ऐमन ने पूछा।

"नहीं मैंने उन्हें नहीं लिखा—पापा को भी मना कर दिया था। उनका एक आख़िरी ख़त आया था जिसमें उन्होंने मज़बूर होकर लिखा था कि अगर मैं उनसे तलाक़ लेना चाहूँ तो वह दे देंगे।"

"तुमने इक़बाल साहब की ख़्वाहिश पूरी कर दी होती," ऐमन ने रेहाना की पीड़ा समझते हुए कहा।

"किसी एक प्यारी चीज़ के न मिलने का एहसास मुझे मारे डाल रहा है ऐमन।" रेहाना ने छलकती आँखों से कहा—"मैंने सोचा था कि पापा की दौलत से मैं सब कुछ ख़रीद सकती हूँ। इक़बाल को भी अपने आगे झुका सकती हूँ लेकिन सच्ची ख़ुशी ख़रीदी नहीं जा सकती। यह तो उन छोटी कुरबानियों का इनाम है जो हम दूसरों के लिये देते हैं। काश मैंने इक़बाल के लिये अपनी ज़िद्द का बलिदान दे दिया होता।"

"इक़बाल साहब अगर तुमसे प्यार करते होंगे, तो उन्होंने तुम्हें भुलाया नहीं होगा। रेहाना, वह अब भी तुम्हें बुला सकते हैं या तुम्हारे पास आ सकते हैं।"

"वह नहीं आयेंगे ऐमन। दो वजह से—एक तो यह कि मैं उन्हें यह कभी नहीं मालूम होने दूँगी कि मैं अपने पैरों पर चल नहीं सकती; दूसरे, अब वह क्यों आयेंगे, तुमसे किसी ने ज़रूर प्यार किया होगा जिसका बदला तुम···।"

"मेरी बात छोड़ो। मुझसे किसी ने प्यार नहीं किया।" ऐमन अपने-आपको इस मसले में उलझाना नहीं चाहती थी।

रेहाना की आँखों में उदास-सी शरारत जागी। "तुम मुझसे कहना चाहती हो कि आज तक तुमसे किसी ने नहीं कहा कि तुम्हारे बाल काली घटाओं जैसे हैं, तुम्हारी रंगत लाल और तुम्हारी आँखें सुनहरी हैं, और तुम एक हक़ीक़त से ज़्यादा ख़्वाब हो?"

"ऐमन चौंक पड़ी। 'रेहाना यह आज क्या कहने लगी थी? उसे कैसे पता चला?' उसकी नज़रों में एक मज़बूत व्यक्तित्व उभरा। चमकदार और गहरी आंखें जो उसे एकटक देखती थीं, ग़ज़ब का आत्म-विश्वास था उन आंखों में। सिगरेट के धुएं के हल्के दायरों के पीछे उन थोड़े से झुके हुए होंठों ने कहा था 'ख़्वाब'। वह उसकी याद को केवल अब ख़्वाब बना देना चाहती थी। लेकिन कोई हर बार उसकी कोशिश को नाकाम कर देता था। क्या चाहते थे आखिर, आज़र नवाब? उनकी और उसकी दुनिया में एक कभी न पार हो सकने वाली खाई थी। उसके दिये की मद्दिम रोशनी आज़र नवाब के जगमग करते झाड़-फ़ानूस के सामने जुगनू बन जाती थी। दुनिया का सिद्धान्त कौन तोड़ सकता है। छोटे दिये बड़े दियों से टकराते भी हैं तो छोटे, छोटे ही रहते हैं। और कभी-कभी तो वे इस टकराव को सहार भी नहीं सकते। बड़े दियों की गर्मी उन्हें झुलसाकर रख देती है। ऐमन को जलकर राख नहीं होना था। उसे तो अपने आपको इस हादसे से

बचाना था।

"नहीं, मुझसे कभी किसी ने कुछ नहीं कहा", ऐमन बोली।

"अगर तुम सच कह रही हो तो ज़रूर तुम्हारे दिल ने कभी चाहा होगा कि कोई तुम्हारी आँखों में आँखें डाले और वह सब कुछ कह जाय जो एक लड़की किसी मर्द से सुनने की ख़्वाहिश रखती है।"

ऐमन हंस पड़ी, "आज तुम बड़े रोमांस के मूड में हो।"

"और तुम जानबूझ कर मेरे सवालों से दामन बचा रही हो।"

"मैं दामन कहाँ बचा रही हूँ। दरअसल ये सब बातें हालात से ताल्लुक़ रखती हैं।"

"मैं समझी नहीं"—रेहाना ने कहा।

"मेरा मतलब है, मेरे हालात ने कभी मेरे जज़बात को बेलगाम नहीं होने दिया।"

"इसका मतलब है ज़रूर किसी ने तुमसे कहा है कि तुम हसीन हो"—रेहाना ने कुरेदा।

"मैंने कहा न, मेरे हालात ने मुझे कभी इन बातों के बारे में सोचने का मौक़ा ही नहीं दिया।" ऐमन कुछ बेचैन होते हुए बोली।

"या अभी तक यह तारीफ किसी ऐसे आदमी ने नहीं की जो तुम्हारी कसौटी पर पूरा उतरता हो?"

यह आज रेहाना को क्या हो गया था। ऐमन को डर लगा कि कहीं उसके मन का भेद जबान पर न आ जाए। वह इस बात को यही ख़त्म कर देना चाहती थी। उसने हँसकर कहा, "बस, यही समझ लो।"

रेहाना कुछ आगे कहने ही वाली थी कि बैरे ने आकर कहा—"साहब, चाय लग गई है।"

ऐमन ने एक लम्बी सांस ली। लेकिन जब वह रेहाना की व्हील चेयर ढकेलती हुई जाने के लिये तैयार हुई तो उसने देखा कि उसे कहीं जाना ही नहीं था। वह उस लम्बे-चौडे लॉन पर आई तो देखा बेंत की आराम-कुर्सी पर पहले से ही आज़र नवाब विराजमान थे। वह कुछ बौखला गई। वहां से तो रेहाना और उसके बीच हुई बातें बहुत आसानी से सुनाई दे गई होंगी। हमेशा ही वह अपने-आप को किसी बहस का विषय बनाने से कतराती थी। अभी रेहाना उसके व्यक्तित्व के एक बहुत ही नाज़ुक पहलू को कुरेद रही थी जिसका एक-एक शब्द यहाँ तक पहुँचा होगा। लेकिन आज़र नवाब तो डूबते हुए सूरज की लाली पर नज़र जमाए बैठे थे। उनके माथे का बल बताता था कि वह किसी गहरी सोच में पड़े हुए थे। वह उन लड़कियों को आते देख सिगरेट बुझाते हुए उठ खड़े हुए और ऐमन के हाथ से उन्होंने रेहाना की व्हील चेयर ले ली।

ऐमन ने चाय बनाने का काम सम्भाला।

"रेहाना, आज तुम्हारे चेहरे की लाली और सूरज की लाली में कोई फ़र्क़ नहीं है।" आज़र नवाब ने हमेशा की तरह आज भी रेहाना की तारीफ़ में उदारता से काम लिया। रेहाना की आँखें चमक उठीं और उन्होंने कनखियों से ऐमन की ओर देखा मानो कह रही हो, 'क्या इस आदमी की तारीफ भी तुम्हारे खून में गर्मी पैदा नहीं कर सकती?' लेकिन ऐमन की नज़रें उसी तरह, बेमतलब-सी, चायदानी पर झुकी रहीं।

रियाज़ साहब भी तेज-तेज चलते वहाँ पहुँचकर इन सबसे आ मिले थे। कुछ देर बाद जब आज़र नवाब और ऐमन जाने के लिए खड़े हुए तो रियाज़ साहब उन्हें छोड़ने जीप तक आये।

"तो हमारी आज की मीटिंग में हमने कोई फ़ैसला नहीं किया न?" रियाज़ साहब बोले।

"जी नहीं," आज़र नवाब ने दो ही शब्दों में उत्तर दिया।

"तो इसका मतलब यह है कि आप मेरी राय पर ध्यान दे रहे हैं।" रियाज़ साहब बोले—"आज़र नवाब इतना सोचिए कि मेरा बहुत पैसा फ़ैक्टरी में लगा हुआ है।" वह कुछ बेबस थे।

"आप बेफ़िक्र रहिये।" आज़र नवाब ने होंठ खींच कर कहा। उनकी आँखों से नागवारी झलक रही थी। "आपके पैसे पर कोई आँच नहीं आयेगी।" और उन्होंने जीप में बैठकर हाथ उठा दिया और जीप आगे बढ़ गई।

आज़र नवाब किसी गहरी सोच में डूबे हुए थे। उनकी माथे की रेखायें वैसी की वैसी ही थीं। जब वह ढलान से उतर कर सीधे रास्ते पर पहुँचे तो उन्होंने कहा—"हम जल्द ही हैदराबाद लौट रहे हैं।"

ऐमन चौंक पड़ी। इस ख़बर की उसे कोई आशा न थी।

"मैंने शायद ठीक नहीं सुना" उसने कहा।

"आपने ठीक ही सुना है। हम परसों हैदराबाद जा रहें हैं।"

"लेकिन क्यों?"

आज़र नवाब ने पलट कर उसे एक क्षण के लिए देखा। "इसमें हैरत की क्या बात है? या डांडेली से आपको इतना प्यार हो गया है कि आप यहां से जाना नहीं चाहती? या...।" उन्होंने कुछ रुक कर बात पूरी की—"या डांडेली छोड़ने के ख़्याल से किसी और वजह से तकलीफ़ हो रही है?"

"और क्या वजह हो सकती है?" ऐमन ने न समझते हुए पूछा। उसे सचमुच डांडेली से प्यार हो गया था।

"बहुत रोमान्टिक जगह है यह।"

आज़र नवाब सड़क की तरफ देख रहे थे परन्तु उनके माथे का बल कुछ और बढ़

गया था।

ऐमन अपने होंठ चबाकर रह गई और वह समझ गई कि उनका संकेत उसकी और बशारत की तरफ था।

" मेरी दुनिया में रोमान्स की कोई जगह नहीं है। " उसने गुस्सा पीते हुए कहा।

"सच?" आज़र नवाब ने बड़ी सादगी से कहा, "वातावरण अच्छा हो और बशारत नवाब आप से कहें कि आप के बाल काली घटाओं की तरह हैं, आपकी रंगत लाल और आँखें सुनहरी हैं, तब भी नहीं?" उनके शब्दों में मीठा ज़हर था।

"बशारत नवाब ने कभी मुझसे यह सब नहीं कहा।" ऐमन क्रोधित होकर बोली।

"क्या तुम्हें इसी बात का इन्तज़ार है? " आज़र नवाब की आवाज़ तेज़ कटार की धार थी। "तुम चाहती क्या हो, ऐमन?" उन्होंने जीप का इंजन बंद करके स्टेयरिंग पर हाथ रखे-रखे सख़्त नज़रों से उसे घूरते हुए पूछा।

ऐमन अचरज-भरी आँखों से उन्हें देखती रह गई। "मैं समझी नहीं"—वह हकलाई।

"तुम इतनी मासूम नहीं हो जितनी नज़र आती हो"—आज़र नवाब की आवाज़ क्रोध के दबाव से मद्धिम हो गई थी। "मैंने इन आईना झीलों जैसी आँखों में कभी-कभी वह गहराई देखी है जिनमें इन्सान डूब कर रह जाता है और बशारत नवाब भी इन्सान हैं।" वह कुछ रुक कर आगे बढ़े। "मुझे तुम्हारे पिछले तजुर्बों से कुछ लेना-देना नहीं है लेकिन वल्लाह में तुमसे कहे देता हूँ कि तुम बशारत नवाब को अपनी अदाओं का निशाना नहीं बनाओगी।" उन्होंने चैलेन्ज दिया।

"आपको मुझसे ऐसी बातें करने का कोई हक़ नहीं है"—ऐमन ने मुश्किल से अपने आपको इकट्ठा करते हुए कहा। "क्या जानते हैं आप मेरे पिछले तजुर्बों के बारे में?" उसने अपनी आवाज़ पर नियन्त्रण करते हुए कहा—"और बशारत नवाब कोई बच्चा नहीं हैं।"

"और इसी लिये तुम उन्हें हौसले दे रही हो? "

"आप ख़ुद बशारत नवाब से क्यों नहीं पूछते कि मैंने उन्हें कौन से हौंसले दिये हैं?"

"मुझे उनसे पूछने की कोई ज़रूरत नहीं है। मैं जानता हूँ कि वह तुम्हारी तरफ़ खिंचे चले आ रहे हैं।"

"यह झूठ है।" ऐमन ने बिफर कर कहा—" हम दोस्त ज़रूर हैं···।"

आज़र नवाब व्यंगात्मक हँसी हँसे और बोले—"दोस्त? एक मर्द और औरत में या तो दुश्मनी हो सकती है या प्यार···दोस्ती कभी नहीं हो सकती।"

"यह आपकी बुर्जुवाई कसौटी है।"—ऐमन जल कर बोली।

"और आपकी प्रौलेतारी कसौटी क्या है?" आज़र नवाब ने अपनी आवाज़ में

सैक्रोन की मिठास घोलते हुए पूछा—"और कितने दोस्त हैं आपके अपनी दुनिया में?"

"मैं मानती हूँ नवाब साहब, कि जिस दुनिया से मैं आपके शीश महल में आई हूँ, वह दुनिया एक अकेली लड़की के लिये ख़तरों से भरी हुई है। लेकिन मेरे जिन बेनाम तजुर्बों की बात आपने अभी की, उन्होंने मुझे सम्भलना भी सिखाया है।"

"लेकिन बशारत नवाब यह नहीं जानते कि···" आज़र नवाब बोले।

"बशारत नवाब ने कभी कोई काम ऐसा नहीं किया जिससे मुझे शिकायत हो। वह खिलन्दड़े ज़रूर हैं लेकिन में जानती हूँ कि इसकी ज़िम्मेदार उनकी परवरिश है। जैसे-जैसे वह ज़िम्मेदारियाँ सम्भालेंगे, वैसे-वैसे उनका खिलन्दड़पन भी ख़त्म हो जायेगा।"

"हालांकि आप बशारत नवाब के बारे में बहुत कुछ जानती हैं, लेकिन मुझे भाषण नहीं सुनना है।"

आज़र नवाब की बातों में झल्लाहट थी परन्तु ऐमन चुप नहीं हुई। उसने गले में महसूस होते फंदे को निगल कर कहा, "आप समझते हैं कि आपके महलों की चारदीवारी के बाहर शराफ़त इतनी सस्ती है, उसूल इतने बेकार हैं, इन्सानियत इतनी बेमतलब हैं कि···?" और उसका गला रुँध गया। उसने अपनी आसुँओं से बोझिल आँखें फेर लीं। वह इन आँसुओं को पी जाना चाहती थी। बात-बात पर रोना उसको पसन्द नहीं था। वह दिल की भड़ास अकेले में निकाला करती थी। आँखों के भरे हुए पवित्र प्याले वह तनहाई में खाली करती थी। वह जानती थी कि इस दुनिया में आँसुओं की कोई क़ीमत नहीं है।

बहुत देर तक जीप में ख़ामोशी छाई रही। पेड़ों के साये लम्बे होते जा रहे थे। पक्षियों के झुण्ड पश्चिम की ओर बढ़ते रहे और वातावरण में हल्की सी ठंडक घुलती रही। ऐमन का दिल बुझ-सा गया था। आज उसे पता चल गया था कि आज़र नवाब उसके बारे में क्या राय रखते थे। वह उसे एक ऐसी लड़की समझे बैठे थे जो हवेली में रास्ता बनाकर, बड़ी सरकार का दिल जीतने के बाद, इस घात में थी कि बशारत नवाब को चंगुल में फंसा ले। लगता है उनकी राय उन सभी लड़कियों के बारे में बहुत गिरी हुई थी जिन्हें उनके भाग्य ने अकेले संघर्ष करने पर मजबूर कर दिया हो। वह शायद यह समझ नहीं पा रहे थे कि एक आज़ाद और असुरक्षित वातावरण में एक लड़की का जीवन बिताना कितना कठिन है। इससे अधिक कठिन उसका उन शोलों से दामन बचाना होता है, जो हर तरफ़ से उसकी ओर लपकते रहते हैं। ऐमन का दिल ही जानता था कि उसने अपने जीवन का यह कठिन सफ़र किस तरह हंसते-खेलते पूरा किया था। हर वक़्त चौकन्ने रहने का एहसास इन्सान को थका देता है। और अब वह थकने लगी थी। ऐसे में हवेली और बड़ी सरकार का शान्तिमय दामन नसीब होने पर उसे ऐसा लगा

था, जैसे उसका सारा तनाव समाप्त हो गया हो। केवल आज़र नवाब ही ऐसे थे जो सन्तुष्ट लहरों पर बहती उसकी नाव को डगमगा दे रहे थे। अपनी नाव को भँवर से बचाने की कोशिश उसे निढ़ाल किये दे रही थी।

उसका दिल बैठा जाता था कि क्या फिर उसे मजबूर होकर उस दुनिया में वापस जाना पड़ेगा जहाँ की हवायें झुलसाने वाली और झक्कड़ डगमगा देने वाले थे। शायद वह इस सुरक्षित वातावरण में नहीं आती तो मज़बूती और हिम्मत से हालात का मुक़ाबला तब तक करती रहती जब तक उसकी पसन्द का कोई जीवन-साथी न मिल जाता। लेकिन अभी तक तो कोई ऐसा मिला नहीं था। क्योंकि उसके स्टैन्डर्ड बहुत ऊंचे थे। उसके अपने स्टैन्डर्ड क्या थे, यह वह भी नहीं जानती थी। केवल महसूस कर सकती थी। और अब आज़र नवाब से मिलने के बाद उसे पता चला कि उसकी खोज का रास्ता कहीं अन्धेरे में गुम हो गया था। क्योंकि न तो वह अपना आत्म-सम्मान खोकर उनके घमण्ड का शिकार होना चाहती थी और न किसी और के आज़र नवाब से टक्कर लेने की कल्पना कर सकती थी। ज़िन्दगी का यह दौर उसके लिये उसकी अपनी पहचान का दौर था। उसे अपनी राह ढूँढ़नी थी। ज़िन्दगी का यह दोराहा उसकी अपनी गरदन पर दुधारी तलवार बनता जा रहा था।

"पैक्स" (अच्छा, सलाह कर ले), आज़र नवाब ने उसके कंधे पर हाथ रखकर कहा। जब उसने पलट कर उनकी तरफ़ देखा तो वह दोस्ती का हाथ बढ़ा रहे थे। वह उनकी मुस्कुराहट के आगे कुछ और न देख सकी। शायद वह स्वयं भी उस पर अपने इस जादुई प्रभाव से परिचित थे। जब चाहते, उसे नाराज़ कर देते थे और जब चाहते मना लेते। एक बार उसने इस बढ़े हुए हाथ को देखा और कुछ सोच कर अपना हाथ उनके हाथ में रख दिया। आज़र नवाब हाथ थामे कुछ देर उसे देखते रहे। आज उनकी मुस्कुराहट थकी-थकी-सी थी।

कौन-सी चिन्ता थीं जो उनको खाये जा रही थी?

अगले दिन ऐमन बहुत व्यस्त थी। जब वे डांडेली आये थे तो उसे ऐसा लगा था जैसे बहुत ही थोड़ा सामान उनके साथ था। लेकिन वापस जाते हुए दो-तीन ट्रंक और बढ़ गये थे जो मुन्शी साहब को अपने साथ ले जाने थे।

बड़ी सरकार की किताब की फाईल अब काफ़ी मोटी हो गई थी। ऐमन ने साफ़-सुथरे वर्क के ख़ूबसूरत फ़ोल्डर में उनके काग़ज़ों को रखते हुए सोचा—ज़िन्दगी किस तरह वरक़-वरक़ बढ़ती जाती है। जब वह डांडेली आये थे तो यह क़ीमती फ़ोल्डर पतला-सा था और अब इस फोल्डर के बीच बड़ी सरकार का व्यक्तित्व झलकता था। दुनिया का हर व्यक्ति एक फ़ोल्डर होता है। कोई क़ीमती, तो कोई साधारण। हरेक की कोशिश यही होती है कि फ़ोल्डर सुन्दर हो। लेकिन अन्दर के मवाद पर किसी का नियन्त्रण नहीं होता। कभी-कभी यह मवाद रिसता है। लेकिन लोग तो केवल फ़ोल्डर

देखते हैं। किताब पढ़ने का समय किसके पास होता है? जिसने पढ़ ली, पढ़ ली।

ऐमन को अभी आज़र नवाब के दफ़्तर में जाकर काग़ज़ सँभालने थे। धीरे-धीरे सारी चिट्ठी-पत्री उसके जिम्मे आ गई थी। मुंशी साहब अपनी अंग्रेज़ी और उम्र की वजह से मजबूर थे। शमशाद को बड़ी सरकार के कपड़े तह करते छोड़कर वह आफ़िस चली आई। उसने सारे काग़ज़ व्यवस्थित ढंग से रख छोड़े थे जिससे उसे कोई परेशानी नहीं हुई। उसने जीवन में बहुत कुछ कठिन परिस्थितियों का सामना करते हुए सीखा था।

वह स्टील की अलमारी बन्द कर रही थी कि पीछे एक खटका हुआ। उसने पलट कर देखा, बशारत नवाब खड़े थे। शायद वह टेनिस खेलकर लौटे थे। उनके हाथ में रैकिट था और नीचे ब्लेज़र में उनका लाल सफ़ेद चेहरा तमतमाया हुआ था। डांडेली के व्यस्त जीवन ने उनके गठे हुए शरीर को और भी चुस्त कर दिया था। ऐसा लगता था कि यहाँ की दिन-रात को उन्होंने अपनी क़िस्मत समझकर स्वीकार कर लिया था। ज़िम्मेदारियाँ उनमें बड़ा अच्छा परिवर्तन ले आई थीं। उनके चेहरे के खिलन्दड़ेपन की जगह एक प्रकार की गम्भीरता ने ले ली थी जिससे उनका व्यक्तित्व और भी निखर गया था।

जीवन के तेईस साल अकेले बिताने के बाद, अब जब भी वह बशारत नवाब को देखती तो उसके दिल में आरज़ू जागती कि काश उसका भी कोई भाई होता जो बशारत नवाब ही की तरह होता। ख़ूबसूरत, ख़ुश तबीयत, जो उसे छेड़ता हुआ रुला-रुला देता और यदि वह सचमुच रो पड़ती तो उसका सिर अपने कंधे से लगाकर मना भी लेता। तब शायद उसकी नाव इतनी बेसहारा न होती। यही वजह थी कि वह बशारत नवाब के बे-मतलब हल्के-फुल्के फ्लरटेशन और नटखटपन को हंस कर टाल जाती। वह जानती थी कि उनमें गहराई कहीं नहीं थी।

बशारत नवाब टेबिल पर टिक गये। एक पाँव ज़मीन पर टिकाये दूसरा पाँव हवा में। वह ऐमन के वापस आने की राह देखते रहे। उन्हें देखकर हमेशा की तरह ऐमन के चेहरे पर चमकीली मुस्कुराहट और आँखों में गरमी उमड़ आई।

"आज कई दिन बाद शक्ल दिखाई है आपने।" उसने शिकायत की।

"तुमने भी तो देखने की कोशिश नहीं की"—बशारत नवाब ने भी शिकायत का जवाब शिकायत से दिया।

ऐमन को चुप होना पड़ा। इस बीच उसे बशारत नवाब का ख़्याल आया तो था, लेकिन हर बार किसी न किसी काम में व्यस्त होने के कारण उसका ध्यान बँटता जाता था।

"सुना है, दरबार लौट रहा है।" बशारत नवाब आज गम्भीर दिखाई दे रहे थे।

"हाँ।" ऐमन को उनके 'दरबार' कहने पर हँसी आ गई—"हम सब जा रहे

हैं।"

"और तुम ख़ुश हो?" बशरत नवाब पूरी तरह टेबिल पर बैठते हुए बोले।

"नहीं," ऐमन ने सच्चाई से कहा। डांडेली छोड़ते हुए उसका दिल भारी हो रहा था। उसका बस चलता तो वहीं रह पड़ती।

"कहीं इसकी वजह यह ख़ाकसार तो नहीं?" बशारत नवाब असलियत पर उत्तर आये।

"यह भ्रम किस लिये है जनाब को?" ऐमन ने आँखें नचाकर पूछा।

"कभी-कभी सीधे रास्ते फिसल जाने को दिल चाहता है।"

"सम्भलिये साहबज़ादे, रास्ता पथरीला है," ऐमन हँसकर बोली।

"सम्भल तो रहा हूँ ऐमन।" वह कुछ खोये हुए अन्दाज़ में बोले, "कम से कम कोशिश तो कर ही रहा हूँ और पता चल रहा है कि ज़िन्दगी गुज़ारने के लिये इन्सान को काम करना पड़ता है। तुम भी तो यही चाहती थीं न?"

"आपको काम करना अच्छा नहीं लगता?" ऐमन ने पूछा।

"मैंने यह तो नहीं कहा कि काम करना अच्छा नहीं लगता। काम मैंने कभी किया नहीं था। मगर अब कर रहा हूँ। इसके ज़िम्मेदार तुम्हारे अलावा आज़र नवाब भी हैं। उनका कोड़ा पीठ पर न होता तो शायद ज़िन्दगी के इस पहलू का मुझे कभी एहसास ही न होता।"

"ज़िन्दगी का कौन-सा पहलू? मैं समझी नहीं।" बशारत नवाब को इतना गम्भीर ऐमन ने कभी नहीं देखा था।

"यही कि ज़िन्दगी हमेशा किसी और की छत के नीचे नहीं गुज़ारी जा सकती। शायद अब तक मैंने अपने फ्यूचर को इस टेनिस रैकिट से आगे कभी देखा ही नहीं था।" वह रैकिट को दूरबीन की तरह तोलते हुए बोले—"रैकिट के इस सिरे पर दुनिया बहुत रंगीन नज़र आती थी।"

"ज़िन्दगी में आराम करना कौन पसन्द नहीं करता?" ऐमन ने जैसे उनको तसल्ली देने के लिए कहा—"अगर आपने पसन्द किया तो कौन-सा गुनाह किया?" उसे आज़र नवाब पर गुस्सा आने लगा। बशारत नवाब के इस नये मूड के वह ही ज़िम्मेदार थे। उन्होंने ही बशारत नवाब के स्वतन्त्र जीवन को बिना किसी चिन्ता के बन्दी बना दिया था। उसे तो वही हँसते-खेलते बशारत नवाब पसन्द थे।

"नहीं, यह बात नहीं है ऐमन। वही सब चीज़ें मुझे आज भी पसन्द हैं। लेकिन अब उन्हें अपने इन हाथों की शक्ति से जीतना चाहता हूँ; किसी की भीख में नहीं।" वह कुछ बेचैन होकर बोले, " सोचता हूँ, मैं कैसे इतने दिन आज़र नवाब से यूँ चिपटा रहा, जैसे चट्टान से काई।"

"आज़र नवाब देखने में कितने ही सख़्त क्यों न हों, लेकिन वह आपको अपने छोटे

भाई की तरह चाहते हैं। " सच्चाई तथा आज़र नवाब के उसूलों की रक्षा करना ऐमन को आवश्यक लगा।

बशारत नवाब कुछ देर तक उसे चुपचाप देखते रहे। फिर बोले, "आज़र नवाब को तुम कहाँ तक जानती हो?"

ऐमन के चेहरे पर एक रंग-सा आ गया। इस प्रश्न का उत्तर देना कठिन था क्योंकि कभी उसे ऐसा लगता कि वह आज़र नवाब से पूरी तरह परिचित है और कभी वह उसे एक पहेली लगते हैं।

"जितना एक नौकर अपने मालिक को जानता है।" उसने दामन बचाकर उत्तर दिया।

"लेकिन इस हवेली में तुम्हारी पोज़िशन किसी नौकर की तो नहीं है?"

"इससे क्या फ़र्क़ पड़ता है? हक़ीक़त तो बदल नहीं सकती। और मेरे लिये यही ठीक है कि मैं अपनी हैसियत को न भूलूँ।"

"जहाँ तक मेरा सवाल है, तुम्हें यह सब करने की ज़रूरत नहीं है, क्योंकि अब मेरी हैसियत भी मेहनतकश फ़ैक्टरी मैनेजर की है।" बशारत नवाब ने टेबिल से उतर कर ऐमन के दोनों हाथ अपने हाथ में लेकर कहा।

ऐमन आश्चर्य में पड़ गई। बशारत नवाब के हाथों की वह रेशमी नरमी कहाँ गुम हो गई थी। अब वे हाथ सख़्त, खुरदुरे और मेहनतकश हो गये थे और उनकी पकड़ भी अब फिसलती हुई नहीं थी।

"आपके हाथों की वह नरमी कहाँ गई?" उसने सादगी से हँसकर कहा।

"तुम्हीं ने तो कहा था कि अच्छी चीज़ों तक पहुँचने के लिये मेहनतकश हाथों की ज़रूरत होती है। बताओ ऐमन, क्या मेरे हाथ अब उस हद तक मेहनतकश हो गये हैं जैसे तुम चाहती थीं?"

ऐमन की हथेलियों में पसीना आ गया। उसने अपनी घबराहट को छुपाते हुए हंसकर अपना हाथ छुड़ा लिया और कहा—

"अच्छा मैनेजर साहब, मेरे हाथ तो छोड़िये। मुझे देर हो रही है। अभी और काम पड़ा है।"

"सब कुछ तो समेट लिया है। अब और क्या बचा है।" बशारत नवाब ने बहुत मंद सुरों में कहा और उसके हाथ छोड़ दिये।

ऐमन को उनके इस नये अन्दाज़ ने बेचैन कर दिया। वह चाहती थी कि बशारत नवाब हमेशा उसी तरह चंचल और शरीर बने रहें। और वह हमेशा उनके साथ बेधड़क हंसती ओर खिलखिलाती रहे। बशारत नवाब ने टेबिल पर से एक पैकेट उठा लिया जो अपने साथ लाये थे और उसे उसकी तरफ़ बढ़ाया।

"यह क्या है?" ऐमन ने पैकेट लेते हुए पूछा।

"मेरा तोहफा, तुम्हारे लिये।"

"बहुत बहुत शुक्रिया।" ऐमन ने उपहार पाकर प्रसन्नता से कहा, "लेकिन आप तो इस तरह कह रहे हैं जैसे अब मैं न कभी डांडेली आऊँगी, और न आप कभी हैदराबाद आयेंगे। अब मैं आपको क्या तोहफ़ा दूँ?"

"और तुम ऐसे कह रही हो, जैसे तुम्हें कोई बदला चुकाना है। मैं ऐसे तोहफ़े नहीं लिया करता।" वह बुरा मानकर पलटे। ऐमन को भी अपनी भूल का एहसास हुआ। लेकिन बशारत नवाब को मनाना कोई कठिन काम न था। उसने उनके और अपने बीच एक फाइल रख कर उन्हें रोक दिया।

"माफ़ कर दीजियेगा मैनेजर साहब, भूल हो गई।" उसने हंसकर कहा—"लेकिन मैं सचमुच आपको कोई तोहफ़ा देना चाहती हूँ।"

बशारत नवाब कुछ देर उसके रोशन चेहरे की तरफ देखते रहे। फिर उसके गाल थपथपाकर बोले—"फिर कभी सही।" उन्होंने टेबिल पर से अपना रैकिट उठाया और चले गये।

ऐमन पैकेट हाथ में लिये चुपचाप खड़ी रही। उसका दिल धड़क रहा था। बशारत नवाब के बढ़ते हुए भरोसे, अन्दाज़ का ठहराव और सोचने का, समझदारी का अन्दाज जहाँ ऐमन को प्रसन्नता दे रहे थे, वहीं वह अपने आप के लिये चिन्तित भी हो गई थी।

'या ख़ुदा, मुझे और उलझाव में न डाल, ' उसने दिल में दुआ की और बशारत नवाब के दिये हुए पैकेट को खोला।

कार्ड बोर्ड के चौकोर डिब्बे में लकड़ी का एक बन्दर था जो आँखें चमका-चमकाकर उसकी ओर देख रहा था। उसकी आँखों की मुस्कुराहट मानो ऐमन से कह रही थी, 'अरे जाओ, हम सब जानते हैं।' अन्दर बहुत ही अच्छी हस्तकला का नमूना था। उसके हाथ-पाँव हिलते थे, आँखें चमकदार थीं और सबको जीतने वाली मुस्कुराहट थी। ऐमन ने सन्तुष्ट होकर एक सांस ली और हँस पड़ी। यह क्या बेकार की बातें सोचने लगी थी वह बशारत नवाब के बारे में।' बशारत नवाब की तरफ से उसके डर बेबुनियाद थे। वह हमेशा वही रहेंगे। एक अच्छे हंस-मुख दोस्त!

यह बन्दर खिलौना, जानवरों के उन नमूनों में से एक था जो अब बशारत नवाब फ़ैक्टरी में बनाने लगे थे। यह बशारत नवाब ही के दिमाग़ की उपज थी। यही नहीं, चंदन की लकड़ी के सुन्दर डिब्बे और विनियर के उपयोग से वह अति आकर्षक फ़ोल्डर भी बनाने लगे थे। उनकी रुचि देखते हुए आज़र नवाब ने बम्बई में उनके लिये एक शो-रूम खोलने की राय दी थी।

एक दिन एक बड़ा पार्सल खोलने पर ऐमन ने देखा कि उसमें फ़र्नीचर बनाने के तरीक़ों के बारे में बड़े सुन्दर पैम्फ़लेट थे। इन पैम्फ़लेटों में नये-पुराने दोनों ढंगों के डिज़ाइन तथा उन्हें बनाने की पूरी विधियां दी हुई थीं। उन्हें देखकर पता चला कि

बेजान गूँगा फरनीचर भी अपनी दास्तान, अपना एक इतिहास रखता है। भले ही वह पंचम हैनरी का टेबिल हो या चिपिंडेल कुर्सी। ये सब फर्नीचर के विकास की विभिन्न कड़ियां थीं। इन पैम्फ़लेटों ने ही ऐमन को जानकारी दी कि हवेली का बहुत-सा फर्नीचर केवल फ़र्नीचर नहीं था बल्कि क़ीमती कला के नमूने थे। बशारत नवाब ही के अनुरोध पर ये पैम्फ़लेट आये थे। उनकी रुचि देखते हुए आज़र नवाब उन्हें हर-सम्भव बढ़ावा देने को तैयार थे। वह चाहते थे कि बशारत नवाब एक समझदार, आत्म-विश्वास रखने वाले, सुलझे व्यक्ति के समान सोसाइटी में अपना एक स्थान बनायें।

वह अपने उद्देश्य में सफल रहे थे। ऐमन भी उनकी इस कोशिश को आदर की दृष्टि से देखती थी। आज़र नवाब चाहते तो तसनीम पाशा तथा उनके बेटे और बेटी की ज़िम्मेदारी से अपने आप को अलग कर सकते थे। परन्तु उन्होंने ऐसा नहीं किया। यह उनके व्यक्तित्व का एक ऊँचा शिखर था। ऐमन प्रसन्न थी कि बशारत नवाब धीरे-धीरे अपने हवाई घोड़ों को यथार्थ की ऊँची-ऊँची डगर पर ला रहे थे। वह भी बशारत नवाब को एक जीवित समाज के सफल व्यक्ति की तरह देखना चाहती थी। 'हमारे पिता महाराजाधिराज थे' का दौर गुज़र चुका था। जीवन का संघर्ष बढ़ रहा था जिसमें अपने शरीर की शक्ति तथा एक ऊँचे प्रगतिशील दिमाग़ की आवश्यकता थी। बशारत साहब निकम्मे आदमी नहीं थे। उनकी सोई हुई शक्तियों को उजागर होने की आवश्यकता थी। आज़र नवाब उनको रास्ता दिखा रहे थे और उनकी सहायता कर रहे थे। इतना सब होने पर भी बशारत नवाब अभी उनसे खुल नहीं पाते थे। उन्हें आज़र नवाब के सब पर छा जाने वाले व्यक्तित्व के बारे में पता था। कभी-कभी वह आज़र नवाब से विद्रोह करने की चेष्टा करते। परन्तु जैसे ही उनका सामना होता, सब कुछ भूल जाते और आज़र नवाब से समझौता करते ही बन पड़ती क्योंकि जो कुछ आज़र नवाब कहते वही प्रैक्टिकल जान पड़ता। शायद आज़र नवाब का सख़्त व्यवहार ही बशारत नवाब को उनके साथ खुलने नहीं देता था। परन्तु सबके साथ तो आज़र नवाब इतने सख़्त नहीं थे। ऐमन ने रेहाना के साथ उनके नरम व्यवहार के बारे में सोचा। कुछ भी हो, वह उन्हें जितना समझने की कोशिश करती, और अधिक उलझती जाती। अब उसने यह कोशिश बन्द कर दी थी। शायद इसमें ही उसकी भलाई थी।

जिस दिन उन्हें हैदराबाद जाना था, ऐमन ने बड़ी सरकार से आज्ञा ली कि वह रेहाना को 'ख़ुदा हाफ़िज़' कहने के लिये जाना चाहती है जो उन्होंने ख़ुशी से दे दी। ऐमन में इतना साहस नहीं था कि वह आज़र नवाब से कहती कि वह उसे जीप में ले चलें। वह व्यस्त भी बहुत थे। सवेरे वह और बशारत नवाब घोड़ों पर निकल गये थे। जाने से पहले आज़र नवाब बाँस और सागवान के जंगलों को देखकर आवश्यक हिदायतें देना चाहते थे।

बशारत नवाब ने जब से काम में रुचि दिखानी आरम्भ की थी, जंगलों में चोरी की

वारदातों की रोकथाम हो गई थी। वरना चोर रातों-रात सागवान के बड़े-बड़े पेड़ काटकर चम्पत हो जाते थे और हज़ारों रूपये की हानि हो जाती थी। आज़र नवाब ने बशारत नवाब का अच्छा काम देखकर उनकी तनख़्वाह नियुक्त कर दी थी। वह आहिस्ता-आहिस्ता उन्हें फ़ैक्टरी का साझेदार बना देना चाहते थे लेकिन उसके लिये बशारत नवाब को अनुभव तथा प्रशिक्षण की आवश्यकता थी।

सौभाग्य से मुंशी साहब जीप में टेलर लगाये, सामान धारवाड़ स्टेशन ले जाने को तैयार थे। ट्रेन शाम को जाती थी। काफ़ी समय था। ऐमन ने उन्हें मना लिया कि जीप से ट्रैलर निकालकर पहले उसे रियाज़ साहब के बंगले पर पहुँचा दें ओर उसके लौटने पर मुंशी साहब जीप को सामान के साथ धारवाड़ स्टेशन ले जायें।

"तुम्हारे को क्या मालूम बीबी! कित्ती बड़ी ज़िम्मेदारी है मेरे ऊपर।" मुंशी साहब अपना असाधारण महत्त्व जताते हुए बोले।

"जानती हूँ मुंशी साहब। आप न हों तो हवेली का काम चौपट हो जाये।" उनके ईगो को हवा देकर ऐमन भी प्रसन्न होती थी।

उसने रेहाना के लिए एक उपहार तैयार किया जो फोटो एलबम था;जिसे बनाने के लिये वह पेपर मिल्स से अपनी ही पसन्द के गत्ते और काग़ज़ लाई थी। पहले ही पन्ने पर उसने रेहाना की छोटी-सी तस्वीर पेन्ट कर दी थी। उसने एलबम को ख़ुशरंग काग़ज़ में लपेटा और एक बहुत ही प्यारा कार्ड उसके साथ लगा दिया।

"भोत देर नको करौ बीबी।" मुंशी साहब ने कहा और ऐमन सिर हिलाकर जीप में जा बैठी।

ड्राइवर कर्नाटक का रहने वाला था। उसे न तो अंग्रेज़ी आती थी न उर्दू। मुंशी साहब ने ही उसे कन्नडी भाषा में समझा दिया कि कहाँ जाना होगा और उसने जीप स्टार्ट कर दी।

रास्ते भर ऐमन दुखी रही कि उसे यह सब कुछ छोड़कर जाना होगा। खुले वातावरण में घुली हुई टिम्बर की महक़ अब उसे व्याकुल नहीं करती थी। वह ऊंचे-ऊंचे सरसराते बॉस तथा सागवान के पेड़ अब उसे अपने से लगते थे। रास्ते में पड़ता छोटा-सा चिड़ियाघर जिसकी जाली से थूथनियाँ लगाये अब भी मृगनयनी हिरनों का जोड़ा आगे बढ़ती हुई जीप को देख रहा था। पता नहीं, वह फिर कभी उन्हें देख पायेगी कि नहीं?

जैसे ही ड्राइवर ने जीप रोकी, वह उतर कर भागी। वह जल्दी से जल्दी रेहाना को उपहार देकर वापस हो जाना चाहती थी। लॉन पर से होती हुई वह पोर्टिको से होकर बढ़े हॉल में चली गई। हॉल हमेशा की तरह आईना बना हुआ था। वहाँ एक नौकर दरवाज़ों के पीतल के हैन्डल चमका रहा था। बड़े-बड़े गुलदानों में शायद माली ने अभी-अभी ताज़ा गुलाब लगाये थे। पल भर रुककर उसने उनमें से एक लाल गुलाब निकाल

लिया। लाल गुलाब, जो प्रेम और आत्मीयता का चिहन है, कामयाबी की नेक तमन्नाओं से ओत-प्रोत है। रेहाना को इनकी बहुत ज़रूरत थी। नौकर ने मुस्कराकर उसे सलाम किया और वह अन्दर के बरामदे में चली गई। उसने चाहा कि परदा उठाकर अन्दर चली जाए परन्तु जैसे उसके पाँव दरवाज़े ही में जकड़ गये। उसने अन्दर जो कुछ देखा उसे देखकर उसके काँपते हाथों ने परदा छोड़ दिया।

अन्दर आज़र नवाब के गले में रेहाना की बाहों का हार था और वह झुक कर रेहाना को समेटे हुए थे। रेहाना की आंखें अपने आप को पूरी तरह सौंप देने की भावना लिये हुए बन्द थीं। आज़र नवाब रेहाना के माथे पर अपने होंठ रखे हुए थे। दरवाज़े की तरफ़ आज़र नवाब की पीठ थी। फिर भी ऐमन उनके सिर को अच्छी तरह पहचानती थी जिस पर घने चमकीले बाल थे जो गरदन पर से होते हुए उनकी कमीज़ के कॉलर को छू रहे थे। कई बार उन बालों में कंधी करने की आरजू जागी थी जिसे उसने थपकी दे देकर सुला दिया था। वही सिर अब रेहाना की आंखों पर झुका हुआ था और रेहाना की उंगलियाँ उन बालों में सरसरा रही थीं।

पता नहीं, आज़र नवाब से कोई सम्बन्ध न रखने के इरादे के बावजूद ऐमन की क्यों दुख हुआ। आज़र नवाब पहले भी उसके कब थे? लेकिन पहले वह किसी और के भी तो नहीं थे।

वह बोझल पैरों से हॉल में वापस आ गई। बीच में रखे संगमरमर के गोल टेबिल पर उसने अपना उपहार और लाल गुलाब रख दिया और बुझी-बुझी सी जीप में जा बैठी।

क्या आज़र नवाब सचमुच रेहाना से प्यार करते थे? जो दृश्य वह अभी-अभी देखकर आई थी, उससे तो इसी बात का प्रमाण मिलता था।

कितना अच्छा हुआ उसने अपनी भावनाओं को बेलगाम नहीं होने दिया। वह अब जीवन भर अपने इस भेद को दिल में छुपाये रख सकती थी। वह जीवन में बहुत सी चीजों से वंचित थी। एक यह भी सही। परन्तु यह कैसी नाकामी थी जिसने पिछली सारी छोटी-बड़ी नाकामियों तथा असफलताओं को धुंधला दिया था।

रास्ते भर की ख़ामोशी कभी इतने शोर से भरी हुई नहीं थी। वह जब जीप से उतरी तो मुंशी साहब ने उसे थोड़ी गहराई से देखा ओर बोले, "भौत जल्दी आ गये बीबी आप। मैं इतनी जल्दी में भी नहीं था।" वह कुछ देर अपनी शेरवानी की जेबों में हाथ डाले तसल्ली के शब्द ढूँढ़ते रहे। "सहेली को छोड़कर जाना भौत बुरा दिख रहा है आपको?"

परन्तु ऐमन ने कोई उत्तर नहीं दिया। चुपचाप उतर कर अन्दर चली गई।

मुंशी साहब ने सामान से लदा ट्रेलर जीप से जुड़वा दिया और उसे साथ लेकर स्टेशन चले गये।

जब ट्रेन हैदराबाद काचीगुडा स्टेशन पर पहुँची तो स्टेशन की इमारत की बुर्जियाँ अन्धेरे में घुल गई थीं। स्टेशन और उसके पीछे हैदराबाद रोशनियों उसे जगमगा उठा। दौड़ती ट्रेन में बड़ी सरकार की आँखें थकान से बोझिल होती देखकर ऐमन ने उनकी कनपटियों पर ओडीकोलोन लगाया और साफ़-सुथरे रूमाल को कोलोन में डुबोकर आँखों पर रखने को दिया। वह चाहती थी कि बड़ी सरकार जल्दी से जल्दी हवेली पहुँच कर आराम करें।

ट्रेन रुकी। आज़र नवाब ने पहले बड़ी सरकार को, फिर ऐमन को सहारा देकर उतारा। अटैन्डैन्ट कम्पार्टमेन्ट में से शमशाद और नौकर उतर आये। पता नहीं क्यों, आज़र नवाब ने मुंशी साहब को अपने हैदराबाद वापस आने की सूचना किसी को भी देने से मना किया था। वह शायद देखना चाहते थे कि उनके यहां न होने पर हवेली और हवेली के कारोबार कैसे चल रहे थे। वह कुछ देर को वेटिंग रूम में रुक गये। नौकर ने हवेली कार भिजवाने के लिये फ़ोन किया। दस मिनट के अन्दर वेटिंग रूम के दरवाज़े पर शोफ़र ने आकर बताया कि कार पहुँच गई है। बड़ी सरकार ने सन्तुष्ट होकर सांस लिया। आज़र नवाब की व्याकुलता भी समाप्त हुई। उनको प्रतीक्षा की आदत नहीं थी परन्तु प्रतीक्षा के अलावा वह कुछ और कर भी तो नहीं सकते थे। स्टेशन के बाहर लम्बी चौड़ी चमकदार ब्यूक (गाड़ी) उनके लिये खड़ी थी और उसके पीछे वैन भी। नौकर और मुंशी साहब को सामान के लिये उलझता छोड़कर बड़ी सरकार, ऐमन और शमशाद, आज़र नवाब के साथ कार में चल पड़े।

हवेली के बड़े गेट से अन्दर आने पर ऐमन को वह दिन याद आया जब वह अकेली पैदल हस शानदार फाटक से अन्दर आई थी। तब में और अब में कितना अन्तर हो गया था। अब वह काँटेदार झाड़ी से बचना सीख गई थी। अब उसे वह उजड़ा हुआ बाग़ इतना उजड़ा हुआ नहीं लगा; और न हवेली तक पहुंचने वाला रास्ता इतना पेंचदार और काँटेदार।

पोर्टिको में कार रुकी। संगमरमर की सीढ़ियों से ऊपर चोड़े बरामदे और फिर बड़े हॉल को रोशनियों से जगमगाता देखकर आज़र नवाब के माथे पर बल और बड़ी सरकार के होंठों पर मुस्कुराहट फैल गई।

"तसनीम पाशा को शायद हमारे आने की खबर मिल गई थी।" बड़ी सरकार ने ख़ुश होकर कहा।

"किसने ख़बर दी?" आज़र नवाब शक करके बोले—"हमने तो मना किया था मुंशी साहब को।···"

अभी उनकी बात पूरी नहीं हुई थी कि संगीत की एक लहर और ऊँची हंसी ने ठिठका दिया।

ड्राइवर दरवाज़ा खोले आदर के साथ खड़ा हुआ था। आज़र नवाब कार से उतरे

और बड़ी सरकार को सहारा दिया। दूसरी ओर से ऐमन उतरी। संगीत की लहरें ऊंची होती जा रही थीं। सीढ़ियां चढ़ बड़ी सरकार और ऐमन बरामदे से होते हुए हॉल के दरवाज़े पर जा खड़े हुए। हॉल जगमगा रहा था। वहाँ छत से लटके बड़े-बड़े झाड़-फ़ानूस, जो विशेष अवसर पर उपयोग में लाये जाते थे, आज पूरे खुले थे। ऐसा लगता था, जैसे उनसे लाखों जुगनू लिपट गये हों। आँखें चौंधिया गई थीं। वहाँ बड़ी भारी पार्टी हो रही थी।

आज़र नवाब और बड़ी सरकार के पीछे ऐमन दम साधे खड़ी हो गई। आज़र नवाब ने सख़्त नज़रों से वहाँ वर्षा होते हुए तूफान को देखा। कई चेहरों से होती हुई उनकी नज़र तसनीम पाशा पर रुक गई। तसनीम पाशा के चेहरे पर उन्हें देखकर एक रंग आया और चला गया। सब अतिथि एकदम ख़ामोश हो गये ओर उनकी आंखें उस बड़े दरवाज़े पर केन्द्रित हो गई जहाँ आज़र नवाब, बड़ी सरकार ओर ऐमन खड़े थे।

तसनीम पाशा का हाथ बड़े से केक को काटते-काटते वहीं रुक गया। गहरे नीले रंग की शिफ़ोन की साड़ी में उनका लाल-सफ़ेद रंग और भी निखर आया था। कंधों तक पहुँचते हुए कटे हुए बाल बड़ी सुन्दरता से जमे हुए थे। पल भर की बौखलाहट ने उनके मुँह पर लाली बिखेर दी थी। उन्होंने अपने-आपको सम्भाला और हाथ से छुरी एक तरफ रख कर जल्दी से बड़ी सरकार की ओर बढ़ीं। उनके साथ ही उनके घनिष्ठ मित्र मुख़्तार नवाब भी बढ़े, जिन्होंने आज कुछ अधिक ही भड़कीला सूट पहन रखा था।

"बन्दगी, आपा बेगम।" तसनीम पाशा ने बड़ी सरकार को आदर देकर उनके गालों पर बोसा दिया। "हमें तो पता ही नहीं चला कि आप आज वापस आ रही हैं।" उनकी घबराहट अधिकतर आज़र नवाब को देख कर थी।

"जाहिर है।" आज़र नवाब ने एक चुभती हुई नज़र वातावरण और अतिथियों पर डालते हुए कहा। वहाँ सारा ही ग्रुप ऐसा था जिससे मेल-मिलाप बढ़ाने की आज़र नवाब ने कभी परवाह नहीं की थी।

"यह बहुत ही ख़ुशी की बात है।" मुख़्तार नवाब ने बागडोर संभाली—"आप इनके बर्थ-डे के दिन अचानक आ गई।

बड़ी सरकार ने कुछ कहा नहीं। उनके चेहरे पर एक थकी हुई सी मुस्कुराहट थी। मुख़्तार नवाब ने आज़र नवाब की तरफ़ हाथ बढ़ाया। लेकिन उनकी नज़र ऐमन पर जमी हुई थी। वह हवेली में ऐमन के होने के बारे में तो जानते थे, लेकिन उन्हें पता नहीं था कि ऐमन जिस चीज़ का नाम था वह इतनी आकर्षक भी है।

"मुख़्तार नवाब ने आज हमारी सालगिरह मनाई है।" तसनीम पाशा ने कुछ खिसियाकर कहा।

"इससे तो इस हवेली की इज़्ज़त बड़ी है।" आज़र नवाब ने मुख़्तार नवाब के बढ़ें हुए हाथ को ज़रा-सा छुआ ओर बर्फ़ जैसी ठंडी आवाज़ में बोले, " चलिये सरकार, आप

बहुत थक गई हैं।"

बड़ी सरकार के कन्धे पर हाथ रखे वह सीढ़ियों की ओर बढ़े और उनके पीछे ऐमन भी। आज़र नवाब की डांडेली को अचानक छोड़ने की बात अब ऐमन की समझ में आई। कुछ दिनों से हवेली के ख़र्चों के लम्बे-चौड़े बिल डांडेली पहुँच रहे थे। आज़र नवाब ने इस पर कोई चिन्ता व्यक्त नहीं की। लेकिन यह उनका अपना ढंग था। उनके फ़ैसले अचानक और पक्के हुआ करते थे।

ऊपर घूमकर जाती हुई सीढ़ियों पर पल भर को रुक कर आज़र नवाब ने पलट कर एक नज़र वहाँ के अतिथियों को देखा। उनमें अमीरी की गिरती हुई ड्योढ़ियों के सभी शहतीर मौजूद थे जो अपने बाप-दादा की छोड़ी हुई दौलत लुटा चुके थे या नवाबी और जागीरदारी की कैंचुली से बाहर निकल कर आश्चर्य में डूबे हुए थे। अभी उनके सामने उनका कोई रास्ता नहीं था। नज़र धुंधलाई हुई थी। उनमें ऐसे पढ़े-लिखे जाहिल भी थे जो ज़िन्दगी को ओछी कदरों पर तोलते थे। उस वक़्त उन सब की नज़रें इन तीनों पर थीं।

शमशाद ने बाथरूम में गीज़र चला दिया था। कमरा ज्यों का त्यों था। ऐसा लगता था बड़ी सरकार के वहाँ न होने पर भी नौकरों ने कमरे की अच्छी तरह सफ़ाई और देखभाल की थी। फ़रनीचर पर कहीं भी धूल नहीं थी।

आज़र नवाब बड़ी सरकार को कमरे में छोड़कर अपने कमरे में चले गये। ऐमन ने उनका ज़रूरी सामान खोला और फिर अपने कमरे में चली आई।

कमरे में पहुँच कर उसे पता चला कि वह भी बहुत थक गई थी। थकान से अधिक उसने मानसिक तनाव-सा महसूस किया। वह हंगामा जो अभी-अभी नीचे हॉल में छोड़ आई थी, वह उसे व्यर्थ सा लगा।

नीचे हॉल में शोर धीमा पड़ गया था। शायद पार्टी समाप्त होने को थी। लोग जाने लगे थे। तसनीम पाशा पर उसे दया-सी आई। वह बीते हुए क्षण फिर से जीना चाहती थीं। वह नहीं जानती थीं कि समय की जेब फटी होती है और एक-एक पल उसमें से फिसल कर मिट जाता है। ऐसे लोग जो समय से समझौता नहीं कर पाते, काग़ज़ का घरौंदा बन जाते हैं। किसी दिन ज़माने की झुलसा देने वाली हवा उन्हें भक् से खाक कर देती है।

इन्हीं ख़्यालों में खोई हुई वह नहाने की तैयार कर रही थी कि दरवाज़ा पट से खुला और शाहाना साहेबज़ादी अन्दर आ गई। काफ़ी दिनों बाद ऐमन ने उन्हें देखा था। दुआ-सलाम के बग़ैर वह आराम कुर्सी पर बैठ गई। ऐसा लगा, जैसे वह बड़े क्रोध में थीं। ऐमन को आश्चर्य हुआ कि वह नीचे हो रहे हंगामे का एक अंग क्यों नहीं बनीं। यहाँ वह क्या कर रही थीं! लेकिन उसने कुछ नहीं कहा क्योंकि वह जानती थी कि शाहाना साहेबज़ादी अधिक देर तक चुप नहीं बैठ सकेंगी। वही हुआ।

"माई फुट"—उन्होंने पाँव पटक कर कहा। "मुझे क्या पड़ी है कि जाकर उन बूढ़ों में घुसूं। मैं तो मुख़्तार नवाब की वजह से जाना चाहती थी। उन्होंने बुलाया था मुझे।"

"मुख़्तार नवाब तो हवेली में हैं। मैंने अभी उन्हें देखा था।" ऐमन बोली।

"वही तो मैं भी कह रही हूँ। मम्मी ने ही उन्हें हिंट दिया होगा कि वह उनकी बर्थ डे मनायें और मम्मी ने मुझे पार्टी में रहने से मना कर दिया।"

"क्यों?" ऐमन पूछ बैठी।

"उनका ख़्याल है कि आज़र नवाब मुख़्तार नवाब को पसन्द नहीं करते, इसलिये मेरा पार्टी में आना ठीक नहीं है।"

"बात तो ठीक है।" ऐमन ने बात की पृष्ठभूमि समझते हुए कहा। हालांकि डांडेली छोड़ने से पहले वह आज़र नवाब की खुली रुचि रेहाना में देख चुकी थी परन्तु आज़र नवाब यदि सौ मूर्तियां बनायें तो यह क्या आवश्यक था कि उन्हें पूजें भी। पारिवारिक आन-बान ही कुछ ऐसी थी कि वह अपना ब्याह किसी नवाबी परिवार ही में करें।

"क्या ठीक है? भला आज़र नवाब को इसमें बुरा लगने की क्या बात है—" शाहाना साहेबज़ादी उलझ पड़ीं। "उन्होंने कभी मुझे डांट-डपट नहीं की। यह और बात है कि वह मुझे अभी बच्ची ही समझते हैं, जो मुझे बिल्कुल पसन्द नहीं। अब मैं उन्हें दिखा दूँगी कि मैं भी अपने काम आप देख सकती हूँ और कर सकती हूँ। अब मैं बच्ची नहीं हूँ।"

ऐमन ने सोचा कि केवल आज़र नवाब ही नहीं, वह भी तो शाहाना साहेबज़ादी को बच्ची ही समझती थी। वह उसी की उम्र की थी; परन्तु उसकी तबियत में ठहराव कहीं भी नहीं था। वह अब भी बच्चों की तरह मचल जाया करती थी।

ऐमन ने उन्हें आज़र नवाब का हाथ पकड़कर ठुनकते देखा था। शायद वे दिन अब समाप्त हो चुके थे। आज़र नवाब की पकड़ अब शाहाना साहेबज़ादी पर भी मज़बूत होने का समय आ गया था।

"आपने खाना खा लिया?" ऐमन ने अलमारी में अपनी आख़िरी साड़ी रखते हुए पूछा।

"नहीं। मैं नहीं खाऊँगी," —शाहाना ने क्रोध में आकर कहा।

"बचपना छोड़ दीजिए, शाहाना" —ऐमन बोली। "तसनीम पाशा जो कुछ कर रही हैं, वह आपकी भलाई के लिये ही है।"

"यह अचानक कैसे तुम्हारी समझ में आ गया कि वह मेरी भलाई के लिये ऐसा कर रही हें?" शाहाना ने ऐमन को घूरा।

"यह भी कोई पूछने वाली बात है? कौन माँ-बाप हैं जो अपने बच्चों की भलाई

नहीं चाहते?" ऐमन ने बोझिल दिल से कहा—"वह आज़र नवाब को आपसे अच्छा जानती हैं।"

"मैं फिर पूछती हूँ कि आज़र नवाब से उसका क्या ताल्लुक़ है?" शाहाना साहेबज़ादी बोलीं और क्रोध में भरभरा गई।

"क्या वह···आपके मंगेतर नहीं हैं?" ऐमन ने दिल पर पत्थर रख कर पूछा।

"ओफ़ो! तुम कैसी बेमतलब की बातें करती हो ऐमन," शाहाना साहेबज़ादी ने सिर थाम लिया। "कौन कर रहा है आज़र नवाब से शादी?" वह तुनक कर बोली।

"कौन नहीं कर रहा है आज़र नवाब से शादी?" तसनीम पाशा कमरे में आती हुई बोलीं—"शाहाना साहेबज़ादी तुम लगातार बेवकूफ़ी की बातें कर रही हो।

"मम्मी आप समझतीं क्यों नहीं। मैं कभी आज़र नवाब से शादी नहीं करूंगी।" शाहाना ज़ोर देकर बोली।

"मुझे समझाओ कि क्यों नहीं करना चाहतीं तुम आज़र नवाब से शादी? क्या कमी है उनमें? माशा अल्लाह लाखों में एक। पैसे वाले हैं। देखने में सुन्दर हैं। दुनिया की कौन-सी ऐसी लड़की होगी जो उनकी दुल्हन बनना पसन्द नहीं करेगी?"

"मम्मी सिर्फ़ दौलत और हुस्न ही तो सब कुछ नहीं है ना—" शाहाना ने जैसे असाधारण बुद्धिमान होने का प्रमाण दिया। "तबियतें भी तो मिलनी चाहिए। आज़र नवाब बेशक लाखों में एक हैं, लेकिन मैं दिमाग़ी तौर पर उनका साथ नहीं दे पाऊंगी।" शाहाना ने अपनी कमज़ोरी मान ली।

"क्या मुश्किल है?" तसनीम पाशा से पूछा।

"मुश्किल? आज़र नवाब सारे के सारे, दुनिया के सबसे ज़्यादा मुश्किल आदमी है। मुझे उनसे डर लगता है और मैं अपने शौहर से डरना नहीं चाहती।"

ऐमन शाहाना की इस खुलेदिल की बातचीत की दिल ही दिल में प्रशंसा करने लगी। उसके चरित्र के आगे उसे अपना चरित्र कमज़ोर लगा। क्या उसने सचमुच बिना सोचे-समझे आज़र नवाब के लिये अपना दिल हार दिया था? परन्तु उसे उनसे डर नहीं लगता था। वह उसे मुश्किल भी नहीं लगते थे, बल्कि उसे तो उनका आत्म-विश्वास, उनके इरादे की मज़बूती तथा हालात पर उनकी पकड़ बहुत पसन्द थी।

"तुम्हें उनसे डरने की ज़रूरत ही क्यूँ पड़ेगी?" तसनीम पाशा ने ऐमन के तकिये पर अपनी कोहनी टिकाते हुए कहा। उनके कपड़ों की ख़ुशबू से ऐमन का सारा कमरा महक़ उठा था।

"हज़ारों बार ऐसा हो सकता है। अगर मैंने क्लब में किसी और के साथ डांस कर लिया तो वह इसे सहन नहीं कर सकेंगे।"

"वह डांस तो करते ही नहीं। सुना, बिल्कुल छोड़ दिया है।" तसनीम पाशा बोली।

"और मुझे डांस का शौक़ है। वह अपनी किताबों में मग्न रहेंगे और मुझे किताबों

से चिढ़ है।"

"तो यूँ कहो कि तुम्हें आज़र नवाब की हर बात से चिढ़ है।"

"लेकिन मुझे आज़र नवाब से चिढ़ नहीं है। वह मुझे अच्छे लगते हैं और वह इस बात को मानते हैं। इसके अलावा उनसे शादी न करने की एक वजह और है।"

"और कौन सी वजह है?" तसनीम पाशा ने सोई सी आँखों को खोलते हुए पूछा। वह अपनी बेटी की हठधर्मी से बेज़ार हो रही थीं।

"मैं··· मैं···," शाहाना हिचकिचाई।

"हाँ हाँ, कहो। जब तुम ने इतना कह दिया तो अब अपनी ज़बान बन्द क्यों करती हो?" तसनीम पाशा बोलीं।

"मैं···मैं··· मुख़्तार नवाब से शादी करूंगी।" शाहाना के मुँह से निकला और तसनीम पाशा स्प्रिंग की तरह उछल कर बैठ गई।

"क्या बक रही हो।" उन्होंने बड़े क्रोध में कहा।

"जो कुछ कहना था, कह दिया मम्मी।" शाहाना साहेजज़ादी ने पाँव जमाए।

"जानती हो, वह तुम से उम्र में कितने बड़े हैं? वह मेरी उम्र के बराबर हैं।"

"आज़र नवाब कौन से बच्चे हैं? वैसे भी उम्र बड़ी हो या छोटी मुझे इसकी परवाह नहीं।"

परन्तु तसनीम पाशा उनकी बात नहीं सुन रही थीं।

"ऐसा कभी नहीं हो सकता।" तसनीम ने खोये हुए अन्दाज़ से कहा।

"क्यों नहीं हो सकता मम्मी?" शाहाना बोली। "क्या इस वजह से कि आप भी मुख़्तार नवाब के बारे में नेक ख़्याल रखती है?" शाहाना व्यंग से बोली।

ऐमन काँप गई और तसनीम पाशा अति व्याकुल होकर उठ खड़ी हुई।

"मुख़्तार नवाब मुझ से ही शादी करेंगे"—शाहाना साहेबज़ादी बहुत सन्तुष्ट थीं।

माँ और बेटी के बीच इस असाधारण वार्तालाप को सुनकर ऐमन सन्नाटे में आ गई।

उसे वहाँ ठहरना ही उचित नहीं लगता, वह दबे पांव कमरे से बाहर निकल आई। वह बहुत थक गई थी और नहाकर सोना चाहती थी। मगर इस महाभारत में उसका अपना व्यक्तित्व खो-सा गया था। उसकी नींद चौपट हो गई थी। वह आश्चर्य में थी कि हवेली के साधारण तौर पर 'भद्र लोग' वातावरण में यह किस प्रकार का वार्तालाप था। तसनीम पाशा तथा शाहाना साहेबज़ादी सभ्यता का वह वस्त्र जो वे पब्लिक में पहने रहती थीं, कहाँ चला गया था? तसनीम पाशा ने जो कुछ बोया था, अब उसे काटने का समय आ गया था।

वह गैलरी से होती हुई पिछले बरामदे में निकलकर संगमरमर की सीढ़ियों पर

बैठ गई। हवा में हल्की ठंडक थी।

दूर से विक़ार जंग के कौटेज की रोशनियां दिखाई दे रही थीं। उसने सोचा क्यों न वह जाकर उनसे मिल आये। हो सकता है, उस बीच शाहाना साहेबज़ादी और तसनीम पाशा अपने शब्दों की कटारें अपने म्यान में रख लें।

विक़ार जंग को लड़कपन से ही लोगों को आश्चर्य-चकित कर देने में मज़ा आता था। माशा-अल्लाह, शक्ल और सूरत ही ऐसी पाई थी। वह तो ठीक हुआ कि परियाँ नहीं उड़ा ले गईं। उन्हें खुले आकाश तले इसी डर से सोने नहीं दिया जाता था। और उन्हें चाँदनी में सोने की ज़िद थी। जब वह सोते तब उनके पलंग के चारों कोनों पर जागती हुई लौंडियों का पहरा रहता था। उनके तकिये के नीचे लोहे की छुरी रखी रहती थी ताकि जादू टोने से बचे रहें। परन्तु वह स्वयं इन नवाबी चोंचलों की परवाह नहीं करते थे।

एक दिन तो उन्होंने कमाल ही कर दिया। उनके गुरु उनकी प्रतीक्षा करते रहे और वह मोहर्रम के शेर का भेस बदले अपने शरीर को रँगे हवेली के आगे नाचते रहे।

'आया शेर···अब्बू शेर··· जंगल से आया शेर।'

कोई उन्हें पहचान ही नहीं सका। कभी जाकर स्टेज-नाटकों में छोकरियों का पार्ट कर रहे हैं। कभी लौन्डों-लपाड़ों के साथ "हर चमन गड गड़" करते हुए कबड्डी खेल रहे हैं। उस समय उनके पिता नवाब तज़ईनुल मुल्क का राज था। बच्चे-बच्चे के मुंह पर अपनी सन्तान की बात सुनकर उनके मुंह पर एक रंग आता और एक जाता था। आख़िर तंग आकर उन्होंने निश्चय लिया कि बेटे को इंग्लैण्ड भेज दिया जाए ताकि नवाबों और रईसों की शान के मुताब़िक गुण प्राप्त करके वापस आयें।

विक़ार जंग इंगलैण्ड चले तो गये परन्तु पढ़-लिख कर सोसाइटी के ऊंचे ढंग सीखने की जगह वहां से पेन्टिंग की डिग्री लेकर वापिस आये। साथ ही उन में एक बडा परिवर्तन भी आ गया। अब वह पहले की तरह बेघड़ खिलन्दड़े नहीं रहे थे, बल्कि एक सुलझे हुए हंसमुख युवक थे। उनकी चाल-ढ़ाल और बातचीत में गम्भीरता आ गई थी। फिर भी, उन्होंने अपनी परिवारिक आन-बान के आगे सिर नहीं झुकाया। वह बुनियादी तौर पर वही रहे। बल्कि अपने वातावरण से दूर रह कर उनके ख़्यालों में और भी अधिक गहराई आ गई थी। ज़ंजीरों में जकड़े रहना उन्होंने सीखा ही नहीं था। उन्हें इस बात की चिन्ता नहीं थी कि समाज उन्हें गले लगाता है या दुत्कारता है—इसलिये वही हुआ। वह उस अत्याचारी समाज का एक अंश कभी नहीं बन पाये। लेकिन ख़ुदा ने उन्हें मरदाना हुस्न से नवाज़ा था। वह जहाँ जाते चिलमनें रंगीन हो जातीं। सैकड़ों नवाबज़ादियां तो ऐसी थीं जो अपना हर आराम तज कर उनके साथ रहने को तैयार थीं। परा विक़ार जंग को न इन आंख-मिचौलियों से लगाव था, न उनके लिये उन्हें

अवकाश मिलता था। लेकिन बिजली तो उन पर गिरनी ही थी।··· जवानी ठोकर खाये बिना कैसे आगे बढ़ जाती?

एक दिन जब वह अपनी गौशा महल की हवेली की छत पर पेन्टिंग कर रहे थे, अचानक उनकी नज़र सुलेमान जाह की हवेली के लम्बे-चौड़े आंगन में गुम होकर रह गई।

उस ज़माने में शरीफ़ों का तरीक़ा था कि जब कभी छत पर जाना होता तो नौकरों से आवाज़ लगवाते "बंगले पर चढ़ते गौशा-गोशा हौत" और औरतें अपने गौशे-परदे का प्रबन्ध कर लेतीं। परन्तु विक़ार जंग को यह सब करने की आवश्यकता नहीं थी। छत पर चाँदनी की दीवारें ऊंची ही बनी हुई थीं और जहाँ गौशे परदे की बात आती, वहाँ उनमें कोई खिड़की भी नहीं रखी गई थी। परन्तु एक खिंसकी हुई ईट ने सारा काम तमाम करके रख दिया। वह हाथ में ब्रुश थामे, देर तक सुलेमान जाह के बाग़ में ताक़ा किये।

गरमियों के दिन थे। आँगन में मसहरियाँ और तख़्त लगे थे। चमेली के झुण्ड के पास क़ालीन बिछे तख़्त पर चांदी की एक आफ़ताबा सिल्पची रखी हुई थी और वहीं पर एक बन्दोड़ी (लौन्डी) सुलेमान जाह की साहेबज़ादी ज़मुर्रद महल बेगम के बाल सँवार रही थी। अनब्याही लड़कियों के बालों को दो भागों में बांटकर उन पर कपड़ा लपेट दिया जाता था। फिर उसे रस्सी की तरह बल दे दिया जाता, इस तरह कि सिर को छोड़ कर सारे ही बाल कपड़े में ढक जाते। इसे 'कोडला' कहते। इस तरह बाल जल्दी बढ़ते हैं।

ज़मुर्रद महल बेगम दुःखी थीं। उन्हें कोडला पसन्द नहीं था। लेकिन उनकी वाल्दा का हुकम था कि बांधो। इसी हालत में उनके सौन्दर्य के शोले ने विक़ार जंग के दामन को छू लिया। ज़मुर्रद महल बेगम को बाल सँवारती मुद्रा में विक़ार जंग ने रंगों में कैद कर लिया। फिर यह तस्वीर उनके दिल पर नक़्श होकर रह गई।

विक़ार जंग कोई मजनूँ नहीं थे कि अपने कपड़े फाड़ कर जंगल की राह लेते। हाँ यह ज़रूर हुआ कि गोशा महल की हवेली में पहले वह कभी-कभी आया करते थे, अब उनका ज़्यादा समय यहाँ बीतने लगा। यार की तलब उन्हें बार-बार वहाँ ले आती। वह चुलबुले और ज़िन्दादिल थे। लौन्डियों को इनाम देकर उन्होंने किसी न किसी तरह ज़मुर्रद महल से मिलने का रास्ता निकाल लिया। ज़मुर्रद महल ने भी विक़ार जंग को चिलमन की आड़ से कई महफ़िलों में देखा था—बार-बार देखा था, परन्तु हर बार अपने आप पर अंकुश लगा लिया था। वह अपने परिवार पर किसी तरह का कोई कलंक नहीं लगवाना चाहती थीं। वह आवारा नहीं थीं परन्तु दिल से मजबूर थीं। दोनों हवेलियों के बीच चोर रास्ता था वहाँ दोनों मिला करते थे और इस बात को या तो विक़ार जंग की लौण्डी जानती थी या फिर बेगम ज़मुर्रद महल की लौन्डी। लौन्डियों की वफ़ादारी का

यह हाल था कि ज़ुबानें कट जाया करती थीं, लेकिन मालिक का भेद—भेद ही रहता था।

क़िस्मत के खेल कुछ और ही होते हैं, जिन्हें न विक़ार जंग समझ सके ना ज़मुर्रद महल। नवाब सुलेमान जाह ने अपनी लड़कियों की शिक्षा के लिये गवरनेस रखी थी। उन्होंने आम रीति-रिवाज के अनुसार अपनी लड़कियों की शादी 13-14 साल की उम्र में नहीं की। वह बेगम ज़मुर्रद महल की शादी के लिये भी इस बात की प्रतीक्षा कर रहे थे कि उनकी शिक्षा पूरी हो जाये। जहाँ इतने ऊँचे विचार उन्होंने पाये थे, वहाँ चन्द बातों का वह बहुत ध्यान रखते थे। वह चाहते थे कि उनका दामाद उनके हमपल्ला हो। वह हैदराबाद के उन गिने-चुने चन्द नवाबों में से थे जिनकी पुश्तों को उधेड़ भी दिया जाता तो उनके ख़ानदान में कोई खोट नहीं निकल सकता था। उनकी अपनी तीन बेगमें थीं। इनके अतिरिक्त लौन्डियों, मुग्लानियों और खवासों की फ़ौज अलग थी जो उनकी छत्रछाया तले रहती थी। उसे वह रईसों की परम्परा समझते थे। उन्हें अपनी आन-बान का बहुत ही ख़्याल था। और जहाँ यह बात आती, वहाँ विक़ार जंग का कोई स्थान नहीं था। विक़ार जंग की शराफ़त पर कोई धब्बा नहीं था परन्तु उनकी शौहरत और उन के विद्रोही विचारों को सभी जानते थे।

विक़ार जंग अपने अवकाश के क्षण साधारणतया ग़रीब कलाकारों और दुखी लेखकों तथा कवियों के साथ बिताते थे। उन पर 'लचर' लोगों की मित्रता का आरोप था। वैसे दरबारों तथा हवेलियों की छत्रछाया तले कितने ही कलाकार और कवि पनपते थे, परन्तु विक़ार जंग तो उन सिरफिरों से मेलजोल रखते थे, जिन्हें दरबारों से भीख लेना स्वीकार न था—जो समझते थे कि इस तरह वे अपने आत्म-सम्मान को बेच देंगे।

बेगम ज़मुर्रद महल और विक़ार जंग का प्रेम पक्का और बेदाग़ था। लेकिन यह मोहब्बत उनके सीनों में ही घुटी रह गई। विक़ार जंग तो ज़माने को ठोकर पर रखते थे। वह धड़ल्ले से अपनी मोहब्बत जताकर बेगम ज़मुर्रद महल को अपनाना चाहते थे। लेकिन बेगम ज़मुर्रद महल किसी प्रकार उस पर तैयार नहीं हुई। वह अपने वालिद को भली-भांति जानती थीं। विक़ार जंग से ब्याह का अर्थ उनके वालिद की आत्म हत्या थी। उन्होंने इसलिये अपनी आर्ज़ुओं और अरमानों का ख़ून तो कर ही डाला, विक़ार जंग का हाथ भी अपने सिर पर रख कर सौगन्ध खिलाई कि वह अपने दिल की काल कोठरी में उनकी मोहब्बत का गला घोंट देंगी।

नवाब सुलेमान जाह की आशाओं के अनुसार जब बेगम ज़मुर्रद महल का ब्याह निश्चित हो गया तो वह अन्तिम बार विक़ार जंग के सीने से लगकर इतना रोई कि बेहोश हो गई। विक़ार जंग उन्हें सीने से लगाये बैठे रहे। बेगम ज़मुर्रद महल की लौन्डी ने सो जतन किये, तब कहीं उन्हें होश आया।

कुछ ही दिन बाद बेगम ज़मुर्रद महल विक़ार जंग के लिये पराई हो गई।

शीशा टूटता है तो सौ टुकड़े होकर बिखरता है। विक़ार जंग भी टूट गये। बिखर

गये। जब वह एकान्त में अकेले थे तो सौ में भी अकेले ही रहे। किसी को कानों-कान यह पता न चला कि उनके सिर से क्या क़यामत गुज़र गई।

उन्होंने ज़माने की आंखों में धूल झोंकने में अपनी जान की बाज़ी लगा दी और उसमें कामयाब भी हो गये। लेकिन महफ़िलों से उनका दिल उचाट हो गया था और वह एकान्त को पसन्द करने लगे थे। जायदाद-जागीर के कामों में उन्होंने यों भी कभी कोई रुचि नहीं दिखाई थी। वह अपने बड़े भाई निसारुद्दौला के हक़ में जायदाद जागीर इस शर्त पर छोड़ने पर राज़ी हो गये कि वह यानी विक़ार जंग जब तक जीते रहें, बड़े भाई ओर उनकी हवेली से उनके ख़र्च पूरे होते रहें। कोई कारण नहीं था कि निसारुद्दौला उनकी इच्छा पूरी न करते।

वैसे ही उनकी अपने छोटे सौतेले भाई से कुछ विशेष निभती नहीं थी। दोनों की तबियत में धरती-आकाश का अन्तर था। इसका कारण कुछ मनोवैज्ञानिक भी था। यह शायद उनका हीन-भाव ही था। जितने विक़ार जंग सुन्दर और आकर्षक थे, निसारुद्दौला उतने ही बदशक्ल थे। विक़ार जंग ने ख़ूबसूरती अपने वालिद से पायी थी। निसारुद्दौला अपनी वाल्दा के हमशक्ल थे जो बड़ी बेगम थीं। उनकी तबियत की सख़्ती भी मशहूर थी। उन्हें अपने छोटे भाई से कभी कोई लगाव नहीं था और यह आगे चलकर घृणा में परिवर्तित हो गई। विक़ार जंग उनसे भली-भांति परिचित थे। जायदाद पर हक़ जताने का मतलब झंझट था। और बेगम ज़मुर्रद महल को हासिल न कर सकने के पश्चात वह और भी उदार हो गये थे। यों भी कोई व्यक्ति जब अपनी सबसे प्यारी चीज़ खो बैठता है, तो उसके पास इस बात का महत्व ही समाप्त हो जाता है कि वह जीवन में क्या पा रहा है, और क्या खो रहा है।··· इसलिये नवाब निसारुद्दौला की ज़मुर्रद महल से शादी के बाद वह इस छोटे से बंगले में आ बसे थे जो उनकी सुरक्षा की कुटीर थी।

जब ऐमन विक़ार जंग के पास पहुँची तो वह खाना खा रहे थे।

ऐमन ने नौकर से कहा, "मैं बाद में, फिर कभी, आ जाऊँगी" और जाने लगी; लेकिन विक़ार जंग ने उसकी आवाज़ सुन ली थी। वह ख़ुद दरवाज़े पर चले आये ओर उसे साथ ही लेकर खाने के टेबिल पर जा बैठे और उसे भी साथ खाने पर मजबूर कर दिया।

विक़ार जंग के साथ बैठ कर वह हमेशा ख़ुश होती थी। वह एक अति सभ्य व्यक्ति थे। उनकी बातचीत की नरमी और होंठों पर खेलती मुस्कान, उनके अन्दर की शान्ति का पता देती थी।

"डाँडेली जाकर तुम और भी निखर गई हो।" विक़ार जंग खाने के बाद सिगरेट सुलगाकर सोफ़े पर बैठते हुए बोले। उनकी इस प्रशंसा से ऐमन के गालों में दो छोटे-छोटे गड्ढ़े पड़ गये। विक़ार जंग उससे पूछते रहे कि डाँडेली में उसने समय कैसे

गुज़ारा। ऐमन ने संक्षिप्त में उसके बारे में उन्हें बताया। आज़र नवाब के व्यस्त होने को भी भुलाया नहीं जा सकता था। परन्तु उसे लगा कि वह आज़र नवाब के बारे में बहुत सोच-समझकर बात कर रही थी जिसकी कोई विशेष आवश्यकता नहीं थी। वह अपने आप पर झल्ला उठी।

"यह लड़का आज़र नवाब," विक़ार जंग ने सिगरेट का कश लेकर कुछ सोचते हुए कहा—"कितना बदल गया है। वह जब इंगलैण्ड से लौटा था तो सुना है, लड़कियां उसे घेरे रहती थीं।···क्लब में, रेसों में, हर जगह। अब वह बदल गया है, बहुत बदल गया है।"

ऐमन समझ नहीं पा रही थी कि आज़र नवाब कहाँ से बदल गये थे क्योंकि वह तो उनका आज का रूप ही देख रही थी। बशारत नवाब ने भी उससे यही कहा था। कभी-कभी उनकी तबियत की सख़्ती बताती थी कि अगर किसी नाज़ुक हाथ ने उनका दामन थामना भी चाहा होगा तो नाकाम रहा होगा। ऐमन का अनुभव बताता था कि वह केवल हल्के-फुल्के फ्लरटेशन्स में विश्वास रखते थे। हो सकता है, उनके अपने अनुभव इससे भी गहरे हों। परन्तु वह अपने-आप को ब्याह के बन्धनों में जकड़वाना नहीं चाहते थे। अब हालात कुछ और थे। उधर रेहाना से उनके व्यवहार को केवल मित्रता नहीं कहा जा सकता था और इधर तसनीम पाशा अपनी बेटी शाहाना साहेबज़ादी के लिये उन पर डोरे डाल रही थीं। 'देखना होगा, कौन जीतता है' उसने एक उदास मुस्कुराहट से सोचा।

"इस अचानक मुस्कुराहट की वजह जान सकता हूँ? " विक़ार जंग ने आश्चर्य से पूछा।

"जी, कुछ नहीं। मैं सोच रही थी, आज़र नवाब का हाथ थामने में पता नहीं कौन कामयाब होता है।"

विक़ार जंग का आदर करते हुए भी वह उनसे बेतकल्लुफ़ थी।

"आज़र नवाब ने कुछ देर ज़रूर लगा दी है लेकिन फिर भी जो लड़की उन्हें जीत लेगी, घाटे में नहीं रहेगी।"

ऐमन चुप रही।

"क्यों तुम्हें मेरी राय से इत्तफ़ाक नहीं?" विक़ार जंग ने मुस्कुराकर पूछा।

"जी, मैं उन्हें कुछ ज़्यादा नहीं जानती।" ऐमन ने संभल कर कहा।

"तुम बहुत समझदार हो। मगर उन्हें समझने में ज़्यादा देर मत लगाओ वरना···"

"वरना?" ऐमन ने न चाहते हुए पूछा।

"वरना, बहुत देर हो जायेगी, डियर गर्ल।"

"मैं···मैं आपका मतलब नहीं समझी। क्या वह इतने ख़तरनाक हैं?" ऐमन ने

बातचीत को हल्का बनाकर भोलेपन से पूछा।

"ख़तरनाक तो नहीं" विक़ार जंग ने दोनों हाथों की उंगलियो को फँसाकर और घुटने पर कोहनियां टिकाते हुए कहा—"बदक़िस्मती से उनके बैकग्राउण्ड ने उन्हें पत्थरदिल बना दिया हैं।"

"लेकिन वह पत्थर दिल तो नहीं है।" ऐमन ने कुछ अधिक ही जल्दी से कहा और विक़ार जंग उसे चुपचाप देखने लगे। अकस्मात ही ऐमन के मुँह पर लाली दौड़ गई।

विक़ार जंग ने उसी प्रकार उसे देखते हुए कहा "औ˙˙˙औ"। और वह जाने के लिये खड़ी हो गई। "औ" उन्होंने अब इस शब्द को दूसरे ढंग से कहा। और ऐमन के कंधे पर हाथ रखे उसे गेट तक छोड़ने आये। वहाँ रुक कर उन्होंने एक बार फिर ऐमन की ओर देखकर पूछा "औ?" और अब की बार वह झेंप कर हँस पड़ी और विक़ार जंग ने हँसते हुए उसके सिर पर हाथ रख दिया।

किचिन में ऐमन एक नई पुडिंग बनाने में व्यस्त थी जिसके बनाने का ढंग उसने बड़ी सरकार के कमरे में पत्रिकाओं को उलट-पुलट करते देखा था।

"ऐमन बीबी तुम्हारी ज़िम्मेदारियों में किचिन की ज़िम्मेदारी तो है नहीं।" बड़ी सरकार ने कहा—"तुम बेकार अपना काम बढ़ाती हो।"

"सरकार आपका हुक्म हो तो न जाया करूँ। असल में मुझे नई-नई तरकीबें आज़माने का शौक़ है। इसीलिए कभी-कभी चली जाती हूँ।"

"मुझे कोई ऐतराज़ नहीं है। मुझे तो हर बात में तुम्हारा दिलचस्पी लेना अच्छा लगता है। तुमको मैं हवेली ही के ख़ानदान में समझती हूँ।" बड़ी सरकार ने मुस्कुराकर कहा—"मैंने तो सिर्फ़ इसलिये कहा था कि बेकार हल्कान होती हौ। आज़र नवाब ने तुम्हारा काम यूँ भी बढ़ा दिया है।"

"जो मैंने काम शुरू ही से किया है, वह मुझे अच्छा लगता है। मैं छोटी-सी थी, तभी से अब्बा के लिये कुछ न कुछ बनाया करती थी। मैं जो भी बना देती उसे वह बड़े शौक़ से खाते थे।"

"ख़ुशनसीब थे तुम्हार अब्बा।" बड़ी सरकार ने उसके उदास होते हुए चेहरे को देखकर कहा—"अब शायद तुम्हारे अब्बा की जगह मैंने ले ली है। मुझे भी तुम्हारी बनाई चीज़ें अच्छी लगती हैं।"

ऐमन उनसे क्या कहती कि उनके इसी मोहब्बत भरे व्यवहार के कारण उसके लिये हवेली छोड़ना अधिक कठिन हो रहा था। वह चुपचाप पत्रिका लिये वहां से उठ गई।

जब से उसने किचिन में दिलचस्पी लेनी शुरू की थी, वहाँ सफ़ाई-सुथराई बहुत हो गई थी। पुराने ढंग का लोहे का ओवन अब चमकता रहता था। किचिन झींगरों से

पाक था। वहाँ रखे टेबिलों पर भी धूल नहीं जमी थी। किचिन के एक रैक पर उसने पकवान की किताबों की लाइब्रेरी-सी बनाई हुई थी।

नौकर ने आकर कहा कि आज़र नवाब उसे लाइब्रेरी में बुला रहे हैं। उसने पुडिंग ओवन में रखी और एप्रन ही से हाथ पोंछती जब वह लाइब्रेरी में पहुँची तो एकदम ठिठक गई।

उसने समझा था कि लाइब्रेरी में आज़र नवाब अकेले होंगे। कई बार वह उसे इसी प्रकार सहायता के लिये बुला चुके थे। परन्तु इस समय उनके साथ कुछ और व्यक्ति भी थे।··· आज़र नवाब ने उसे खा जाने वाली नज़रों से देखा लेकिन देर हो चुकी थी। वहाँ के अतिथियों में दो विदेशी थे और दो देश के ही थे। उसे देखकर वे उठ खड़े हुए। उनके चेहरों पर जो मुस्कान थी उसका मतलब कुछ भी निकाला जा सकता था।

"माई मदर्स जनरल असिस्टेन्ट," आज़र नवाब ने परिचय कराते हुए अच्छी तरह यह बात बता दी कि उन्हें उससे कुछ लेना-देना नहीं है। उसका जो कुछ सम्बन्ध है, केवल बड़ी सरकार से है।

"ऐज़ चार्मिंग ऐज़ सिन्ड्रेला" एक विदेशी ने उसकी ओर हाथ बढ़ाते हुए कहा।

"होप, शी डज़ नॉट लूज़ हर ग्लास स्लिपर लाइक सिन्ड्रेला। वरना इस हवेली का कारोबार ही बन्द हो जायेगा।" आज़र नवाब ने देखने में तो बात हँसी में टाली थी लेकिन ऐमन जानती थी वह अन्दर ही अन्दर क्रोधित होंगे।

"लेकिन अभी तो ऐसा लगता है कि मिस साहिबा के बग़ैर आपका भी काम नहीं चलेगा।"

इस बीच ऐमन संभल चुकी थी। उसने अपना एप्रन उतारकर एक ओर रख दिया। हल्के कासनी सलवार क़मीज़ में उसका व्यक्तित्व उभर आया था। वह सब आर्किटेक्ट, इन्जीनियर तथा कान्ट्रैक्टर थे। आज़र नवाब ने अपने सामने बड़ी टेबिल पर कुछ नक़्शे बिखेरे हुए थे। उन्हें कुछ फ़ाइलों की आवश्यकता थी, जिनके लिये उन्होंने ऐमन को बुलाया था। वह फ़ाइलें दे कर चुपचाप एक ओर बैठ गई थी क्योंकि आज़र नवाब ने उसे अभी जाने की आज्ञा नहीं दी थी।

"इस शानदार हवेली को बड़े ही आकर्षक होटल में बदला जा सकता हैं," एक विदेशी आर्किटेक्ट बोला।

"आपका ख़त मिलने के बाद हमने हवेली को अच्छी तरह देखा।" मिस्टर बासु ने, जो एक कान्ट्रैक्टर थे, कहा। "हवेली के पश्चिमी विंग को आपके रहने-सहने के लिए बनाया जाये तो ठीक होगा।"

"मुझे और मेरी वालिदा को किसी भी तरह का ख़लल पसन्द नहीं है।······ क्या आप समझते हैं कि आपने जो स्कीम दी है, उसमें यह मुमकिन होगा?"

वही विदेशी जिसने ऐमन को सिन्ड्रेला कहा था, हाथ में पेंन्सिल लिये आज़र नवाब के पास जा खड़ा हुआ।

"कौरिडोर के इस सिरे पर इस दरवाज़े को चुनवा दिया जाय तो यह हिस्सा बिल्कुल अलग हो जायेगा।" उसने पेन्सिल से नक्शे पर बताया। "यह हिस्सा अपने-आप में एक बड़ी कोठी बनाई जा सकती है। मैं तो अक्सर सोचता हूँ कि आप लोग इण्डिया में इतने बड़े-बड़े मैन्शन किस तरह अपने कन्ट्रोल मे रखते हैं। कौन कहता है कि हिन्दुस्तान एक ग़रीब मुल्क है?" उसने मुस्कुराते हुए बात पूरी की।

'हिन्दुस्तान को ग़रीबी तो तुमने दी है वरना यहाँ क्या नहीं था, ' ऐमन ने दिल में सोचा। 'तुमने हमसे छीन-छीन कर अपने खज़ाने भर लिये।'

उसके सामने एक बड़ी हवेली का नक़्शा था जो किसी ज़माने में ज़िन्दगी से फड़कती होगी। उसके कौरिडोर में चहल-पहल होगी। यहाँ कितने लोग ऐसे होगे जिन्हें पेट पालने की फ़िक्र नहीं होगी। इसमें सन्देह नहीं कि तब का मानव वह नहीं था। लेकिन अब वह क्या नहीं है। क्या समाजवाद के नाम पर एक विशेष टोली लाखों-करोड़ों से लाभान्वित नहीं हो रही है। ये प्रश्न ऐसे थे, जिनका उत्तर कभी कोई इतिहास नहीं दे सकता था। कैसे-कैसे सुनहरे दौर इतिहास की चक्की में पिस गये। इस हवेली की आन-बान अब खस्ताहाल थी। यह तो आज़र नवाब के दिमाग़ की चतुरता थी कि वह अपने पुरखों की हवेली को घुट-घुट कर दम तोड़ते देखना नहीं चाहते थे, जिन्होंने उसे होटल में परिवर्तित करने का निश्चय लिया था।

यह कोई आसान काम नहीं था। सबसे पहले, दिमाग़ के दरवाज़ों को खोलने की आवश्यकता थी जिनकी चूलें पीढ़ियों से जमी हुई थीं। उन्हें नये युग की बदलती हुई माँगों के अनुसार बनाना था। मजबूरी से नहीं, बल्कि सुलझे हुए ढंग से। और यही आज़र नवाब कर रहे थे। अधिक प्रशंसा के योग्य तो बड़ी सरकार थीं जो हर उस परिवर्तन को, जिसकी सलाह उन्हें आज़र नवाब देते थे, एक मुस्कान के साथ स्वीकार करती जाती थीं। जैसे हवेली को होटल में परिवर्तित करने का निश्चय आज़र नवाब के लिये इतना कठिन नहीं रहा होगा, जितना बड़ी सरकार के लिये।

कुछ देर बाद आर्किटेक्ट और इंजीनियर वहाँ से चले गये। आज़र नवाब उन्हें छोड़ने गये तो ऐमन ने टेबिल पर रखे नक़्शों को उलट-पुलट कर देखा। उसकी रुचि आरम्भ ही से इस कला में थी। उसने बहुत कुछ अपने वालिद से सीखा था। वह अपने उन बीते हुए दिनों में पहुँच गई, जब उनके छोटे से घर में हर ओर नक़्शे बिखरे रहते थे जिन्हें वह ढंग से रखती जाती थी।

वह नक़्शों को देखने में इतनी खो गई कि उसे पता भी नहीं चला कि कब आज़र नवाब उसके पीछे आ खड़े हुए।

"हवेली के इस विंग के बारे में क्या आपकी भी कोई क़ीमती राय है?" आज़र

नवाब ने टेबिल से नीचे गिरे हुए नक़्शे को उठाते हुए पूछा जो ऐमन से अन्जाने में नीचे गिर गया था।

उसने पलट कर देखा आज़र नवाब बहुत ही पास एक हाथ पीछे कुर्सी पर रखे और दूसरे से टेबिल पर उसके आगे नक़्शा फैलाये खड़े थे। उनकी मुस्कुराहट फिर उसकी हंसी उड़ा रही थी। लेकिन अब उसे धीरे-धीरे इसकी आदत होती जा रही थी। उसने संतुष्ट होकर वह काग़ज़ उनके हाथ से लेकर अलग कर दिया और दूसरे नक़्शों में से एक को चुनकर अलग टेबिल पर फैला दिया।

"इस नक़्शे में तो कुछ नहीं है जिसके बारे में राय दी जा सके।" उसने पेन्सिल से एक जगह संकेत करते हुए कहा, "हाँ, यहाँ मेरी एक सलाह है।"

"आप जानती हैं, किन लोगों ने यह तबदीली की है?" आज़र नवाब ने व्यंग्य से पूछा।

"जानती हूँ। मैं कोई टेक्नीकल कमी नहीं निकाल रही हूँ क्योंकि मैं जानती हूँ कि वह मुझसे ज़्यादा जानते हैं।"

"फिर किस तरफ़ इशारा है जनाब का?" आज़र नवाब ने पूछा।

"यहाँ···इस जगह···खिड़की को बन्द कर दिया गया है।"

"यह तो मैं भी देख रहा हूँ। कौरिडोर को कहीं तो ब्रेक देकर नीचे सीढ़ियां निकालनी थी।"

"इस खिड़की से मैने कई बार उधर झील के पार सूरज को डूबते देखा हैं।"

"तो क्या सूरज को डूबना नहीं चाहिए?" उन्होंने बड़ी सादगी से पूछा।

ऐमन उनकी ओर देखे बिना ही समझ गई कि वह उसकी सलाह को गम्भीरता से नहीं सुनेंगे। उसने नक़्शों को इकट्ठा करके लपेटना आरम्भ कर दिया। आज़र नवाब ने अपना दूसरा हाथ भी उसके पीछे से टेबिल पर रख दिया और ऐमन धम्म से कुर्सी पर टिक गई। वह उनके इस तरह पास होने से दूर ही रहना बेहतर समझती थी। इससे उसमें एक अनोखी, अनजानी-सी दुर्बलता आ जाती थी।

आज़र नवाब ने उसी प्रकार हाथ से नक़्शे को फैलाये हुए कहा—"कहो क्या कह रही थी?"

पहले तो ऐमन ने सोचा कि बस यों ही कह दे कि उसे कुछ नहीं कहना है परन्तु जहाँ नक़्शे का प्रश्न था, वह मज़बूत धरती पर खड़ी थी। वह जानती थी कि उसके वालिद इस प्वाइन्ट पर उससे पूरी तरह सहमत होते।

"यहाँ इस खिड़की को बन्द करने के बजाय उसे पूरा दरवाज़ा बना दिया जाय जिसके आगे चौड़ी बालकनी हो ताकि सूरज डूबने का दिलकश नज़ारा यों ही बरबाद न हो।"

आज़र नवाब ने अपने हाथ हटा लिये और उसके सामने कुर्सी पर बैठते हुए बोले,

"तुम जानती हो, यह डिज़ाइन मिस्टर निकल्सन ने बनाया है, इंग्लैण्ड के मशहूर आर्किटेक्ट।"

"इससे क्या होता है?" ऐमन ने पेपर वेट से खेलते हुए कहा—"क्या विदेशी आर्किटेक्ट लड़खड़ा नहीं सकते? वैसे भी हमारे मुल्क के मौसम और माहौल के बारे में वे इतना ज़्यादा कहाँ जानते हैं?"

"तो तुम समझती हो कि मिस्टर निकल्सन इस खिड़की से लड़खड़ाकर गिर गये?" आज़र नवाब ने उसे घूरते हुए कहा।

"मैने यह तो नहीं कहा। बल्कि यहाँ बालकनी, मेरी राय में, तबदीली की एक अच्छी सूरत हो सकती है। अब्बा भी यही कहते।"

"तो यहाँ अब्बा बनाम मिस्टर निकल्सन हैं"—आज़र नवाब मुस्कुराकर बोले।

ऐमन खड़ी हो गई। "मेरे अब्बा बेशक इंटरनेशनल शोहरत न रखते हों, लेकिन अपनी आर्ट में वह इन सबसे किसी तरह कम नहीं थे।" और वह कुर्सी धकेल कर दरवाज़े की ओर बढ़ी। उसने पलट कर भी नहीं देखा। परन्तु वह अच्छी तरह समझ रही थी कि उसकी दी हुई सलाह को आज़र नवाब बचकाना समझकर मुस्करा रहे होंगे।

"सुनो।" उसने दरवाज़े के हैन्डल पर हाथ रखा ही था कि आज़र नवाब बोले, "तुम्हारे अब्बा की बेइज्जती करना मेरा मतलब नहीं था।"

वह उसी तरह खड़ी रही।

"एक बात और।" आज़र नवाब बोले—"आगे जब भी किचिन में काम करो, तो एग्ज़ॉस्ट फैन ज़रूर चला लिया करना।"

वह दरवाज़ा खोलकर बाहर निकल आई। उसने अपना दुपट्टा सूँघकर देखा। उसमें मिर्च-मसाले की बू बस गई थी। अब वह खाना तो नहीं बना रही थी। वहाँ दूसरा पकवान भी तो बन रहा था।

हैदराबाद वापस आकर ऐमन और भी व्यस्त हो गई थी। हवेली के माहौल में तसनीम पाशा और शाहाना साहेबज़ादी ने भी एक तहलका मचा रखा था। माँ-बेटियों में बिल्कुल ठन गई थी और मुख़्तार नवाब एक अनुभवी जुआरी के समान दोनों मोहरों से खेले जा रहे थे। शाहाना साहेबज़ादी किसी तरह आज़र नवाब से ब्याह करने को तैयार नहीं थीं जिसके ठोस कारण वह दे चुकी थीं। वह बार-बार तसनीम पाशा को विश्वास दिलातीं कि मुख़्तार नवाब ही उनके लिये हर तरह उचित पति होगे। उम्र के अन्तर की उन्हें कोई चिन्ता न थी। उन्हें विश्वास था कि मुख़्तार नवाब के साथ जीवन बहुत आकर्षक होगा। क्लब, पार्टियां, पौटलक, पिकनिक। जीवन यदि इस प्रकार बिना किसी चिन्ता के व्यतीत हो जाये तो कोई व्यक्ति और किस वस्तु की आरज़ू

कर सकता है। आज़र नवाब के साथ वह यह सब कुछ नहीं कर सकती थीं क्योंकि उनके कुछ सिद्धान्त थे, कुछ बन्धन थे जो शाहाना साहेबज़ादी को भी अपनाने पड़ते। आज़र नवाब उनकी दृष्टि में बहुत ऊंचे थे जिनके पास वह अपनी कठिनाइयाँ और समस्याएं लेकर तो जा सकती थीं। उनके साथ पब्लिक में नज़र आते हुए उन्हें गर्व भी हो सकता था परन्तु उनकी जीवन साथी बनने की शक्ति उनमें नहीं थी।

तसनीम पाशा किसी तरह यह मानने को तैयार नहीं थीं। उन्हें यह भी चिन्ता नहीं थी कि आज़र नवाब को भी यह सम्बन्ध पसन्द होगा या नहीं। उन्हें शाहाना साहेबज़ादी के सौन्दर्य पर पूरा भरोसा था। दूसरे उन्हें यह भी विश्वास था कि यदि बड़ी सरकार कह देंगी तो आज़र नवाब कभी ना नहीं करेंगे। उन्होंने बड़ी सरकार ही के द्वारा यह बात आज़र नवाब तक पहुँचाई थी।

आज़र नवाब इस पूरे तमाशे से दूर अपनी समस्याओं में उलझे हुए थे। हो सकता है, यह केवल ऐमन का भ्रम हो। आज़र नवाब की तेज़ नज़रों से हवेली की कोई बात छुपी नहीं रह सकती थी, परन्तु यदि वह यह सब कुछ जानते भी थे तो उन्होंने ज़ाहिर कुछ न होने दिया। हाँ, उनका ध्यान शाहाना साहेबज़ादी की ओर कुछ ऐसे ही घूम गया था। दूसरे अवसरों के अतिरिक्त अब जब वह पोलो खेलने के लिये जाते, तो शाहाना साहेबज़ादी भी उनके साथ होतीं। पहले-पहले तो वह तसनीम पाशा के सामने ठनकती रहीं कि वह आज़र नवाब के साथ नहीं जायेंगी, परन्तु आज़र नवाब से ना करने का साहस उनमें नहीं था। कुछ दिन बाद आज़र नवाब के जादू ने उन पर काम करना प्रारम्भ कर दिया। दूरियाँ कम होने लगीं। अब तो उनके साथ समय बिताने का बहाना ढूंढ़ने लगी। उन्हें बाहर घूमना-फिरना, शापिंग, डान्स पार्टियाँ वग़ैरह पसन्द थीं। और आज़र नवाब उन्हें ये सुविधायें दे रहे थे।

तसनीम पाशा इसे अपनी विजय मान रही थीं। शाहाना साहेबज़ादी के लिये भी आज़र नवाब का इतना ध्यान देना अनोखी बात थी। उनके डर और दूरी को स्वयं आज़र नवाब ने समाप्त कर दिया था। अब वह कभी-कभी आज़र नवाब के साथ हँसी-मज़ाक भी कर लेती थीं और वह उन्हें हंसकर झेल जाते थे।

ऐमन उनके इस व्यवहार को बिल्कुल समझ नहीं पा रही थी। अगर वह सचमुच शाहाना साहेबज़ादी से ब्याह करने को तैयार थे तो रेहाना से उनके लगाव का क्या मतलब था? परन्तु जिस समाज से उनका सम्बन्ध था, वहाँ शायद इन बातों पर कोई आपत्ति नहीं उठाता था। आज़र नवाब ने शाहाना साहेबज़ादी को उनके मित्रों के सीमित ग्रुप से निकाल कर नये-नये परिचय करा दिये थे। वे लोग अधिक सभ्य और ठोस थे।

एक दिन वह बड़ी सरकार को सुना रही थीं कि पोलो खेलते हुए किस तरह एक नौजवान मेजर घोड़े से गिरकर बेहोश हो गया और किस तरह आज़र नवाब अपनी जीती हुई बाज़ी छोड़कर अपने घोड़े से उछल पड़े और उस मेजर को अपनी कार से मिलिट्री

अस्पताल ले गये। उसके पांव की हड्डी टूट गई थी। अब वह समय निकाल कर हर रोज शाहाना साहेबज़ादी के साथ उस मेजर का हाल-चाल पूछने अस्पताल जाने लगे थे। इसलिये शाहाना साहेबज़ादी अब मुख़्तार नवाब के लिये बिल्कुल समय नहीं निकाल पा रही थीं। उनकी कमी तसनीम पाशा पूरी कर दिया करतीं।

एक दिन हॉल की सीढ़ियों से उतरते हुए ऐमन ठिठक गई।

"शाम को तो मैं आज़र नवाब के साथ जा रही हूँ।" शाहाना साहेबज़ादी फ़ोन पर क्षमा-याचना कर रही थीं। अकस्मात् ही तसनीम पाशा ने उनके हाथ से फोन ले लिया।

"भई, आज़र नवाब शाहाना को पल भर के लिये तो नज़रों से ओझल नहीं होने देते।" तसनीम पाशा झूठ से काम ले रही थी—"कोई बात नहीं मुख़्तार नवाब, हम तो आ ही रहे हैं। आप हमें लेते चलिये।"

पता नहीं दूसरी ओर से मुख़्तार नवाब ने क्या कहा कि तसनीम पाशा हँस पड़ी। "हम जानते थे कि कॉल हमारे लिये ही होगी। तो फिर शाम में मिलेंगे।" और उन्होंने फ़ोन बन्द कर दिया। इस बार शाहाना साहेबज़ादी मचली नहीं। उन्होंने माँ को केवल घूर कर देखा और एक झटके से अपने कटे हुए बालों को कंधों के पीछे धकेल कर अपने कमरे में चली गई।

ऐमन को हवेली के नक़्शों पर आज़र नवाब के साथ सिर खपाते हुए शाम हो गई। आज़र नवाब जल्दी से जल्दी बिल्डिंग का काम आरम्भ करना चाहते थे और इसके साथ ही कई और मुद्दे सामने थे।

शाहाना साहेबज़ादी ख़ूशबू के झोंके की तरह लाइब्रेरी में आई।

"चलियेगा नहीं?" उन्होंने आज़र नवाब के कंधे पर हाथ रख कर कहा।

"कहाँ?" आज़र नवाब चौंक कर बोले।

"आप तो भूल ही गये। मेजर तनवीर ने अपनी सेहत पाने की ख़ुशी में आज पार्टी दी है।"

"ओह! शाहाना, मैं भूला नहीं। मैंने मुंशी साहब को उनके लिये फूल भिजवाने को कह दिया है। पार्टी में आज तुम्हें अकेले ही जाना होगा। मैं बहुत बिज़ी हूँ। मेरी तरफ़ से उन्हें मुबारकबाद दे देना।"

"बहुत बिज़ी हैं आप?" शाहाना साहेबज़ादी ने ऐमन को देखते हुए कहा, "कल इतवार है और मेजर ने उस्मान सागर में पिकनीक रखी है।" साहेबज़ादी आज़र नवाब से कह रही थीं।

"नहीं शाहाना, मैं कल भी नहीं जा सकूँगा। इन दिनों मुझे टाइम बिल्कुल नहीं मिल रहा है। तुम जानती हो, बड़े-बड़े ग्रुप पिकनीक का मुझे शौक़ नहीं है।"

"तो फिर मैं चली जाऊँ?" शाहाना ने पूछा।

"कमाल करती हो। तुम कोई बच्चा तो हो नहीं कि मुझसे पूछो। शौक़ से जाओ।

वैसे मेजर तनवीर ने तो मुझे इस बारे में कुछ नहीं बताया।"

"वह आपसे कहने ही वाले थे।" शाहाना ने कहा।

"अच्छा ही हुआ कि नहीं कहा।" आज़र नवाब मुस्कुराकर बोले, "उनकी दावत ठुकराकर मुझे अफ़सोस होता।"

शाहाना साहेबज़ादी ने झुक कर आज़र नवाब का माथा चूम लिया और लाइब्रेरी से बाहर चली गई। "नॉटी गर्ल," आज़र नवाब ने कहा और ऐमन दूसरी ओर देखने लगी। शाहाना साहेबज़ादी के व्यवहार से आज़र नवाब के कुछ बाल बिखर कर माथे पर आ गये थे, जिन्हें उन्होंने सँवारने की कोशिश भी नहीं की बल्कि अपनी टाई को ढ़ीली करके दोबारा काम में लग गये।

"आप चले जाते··· यह काम तो कल भी हो सकता था।" ऐमन ने कहा।

आज़र नवाब ने उसे घूर कर देखा और बोले—"क्या मुझे अब तुम्हारी मर्ज़ी के मुताबिक़ अपने प्रोग्राम बनाने होंगे?"

"नहीं, बिल्कुल नहीं" ऐमन जल्दी से बोली—"मैंने इसलिए कहा था कि शाहाना साहेबज़ादी को मायूसी हुई होगी।"

"तुम्हें बहुत ख़्याल है शाहाना का?" उन्होंने रुखाई से कहा।

ऐमन ने दिल में सोचा: 'क्यों न हो। कल को शायद वही तो मेरी नई मालकिन बनने वाली हैं।' यह सोच कर उसका दिल बुझ गया। वह लगातार काम से थक गई थी। आज़र नवाब की रूखाई ने उसे और भी दुखी कर दिया। उसे ऐसा लगा जैसे वह निराशा के उमड़ते आँसुओं को रोक न पायेगी। वह उठ खड़ी हुई! आज़र नवाब ने उसे कुछ नहीं कहा। टेबल पर दोनों कोहनियाँ टिकाये पेन्सिल से खेलते हुए उसे एकटक देखते रहे। ऐमन ने अपना सिर फेर लिया। आत्मा में उतर जाने वालीं उन नज़रों का वह सामना नहीं कर सकती थी। अकस्मात् उसे शान्ति और ताज़ा हवा की ज़रूरत महसूस हुई और वह बिना कुछ कहे लाइब्रेरी से निकल आई।

कमरे में पहुँचकर उसने हाथ-मुँह धोये। चाय पीने के बाद उसे तबियत कुछ ठीक लगी। कई दिन से वह विक़ार जंग के पास नहीं गई थी। सोचा वहीं हो आये।

जब वह उनके पास पहुँची तो उन्होंने कहा—"लड़की, तुम बहुत दिन बाद आई हो। तुम्हें इसकी सज़ा मिलनी चाहिए।"

"जो भी सज़ा आप चाहें"— ऐमन ने हँसकर कहा।

"आज तुम्हें मेरे लिये और अपने लिये चाय बनानी होगी", उन्होंने कहा।

"चाय वैसे तो मैं अभी पीकर आई हूँ लेकिन आपके साथ भी एक प्याली पीऊँगी।"

विक़ार जंग भी उसके साथ किचिन में चले गये। उनका नौकर दो दिन से छुट्टी लेकर गाँव गया हुआ था।

"फिर आपका काम कौन करता है?" ऐमन ने आश्चर्य से पूछा।

"मैं अपने आप ही करता हूँ। इसमें तुम्हारे चौंकने की क्या बात है?" वह मुस्कुराकर बोले।

"आपने मुझे क्यों नहीं कहलवाया? मैं आपकी मदद कर जाती।"

"तुम्हें फुरसत होती तब ना। अगर तुम्हारे पास वक़्त होता तो क्या तुम मुझसे मिलने के लिये नहीं आती? विक़ार जंग ने उसके हाथ से प्याली लेते हुए कहा।

"औरत के हाथों की बनाई हुई चाय का मज़ा ऐसा होता है, यह आज जाना।"

"दूसरे सभी पेन्टर्स की तरह आप भी औरत को अपने ख़्यालों का मरकज़ बनाये रखते हैं?" ऐमन ने पूछा।

"हमेशा ऐसा नहीं होता। लेकिन औरत की मैं बहुत इज़्ज़त करता हूँ।"

"क्या कभी आपका वास्ता किसी औरत से नहीं पड़ा है?"

विक़ार जंग कुछ देर उसे मुस्कुराकर चुपचाप देखते रहे। फिर बोले, "किस मर्द का वास्ता औरत से नहीं पड़ता। हर मर्द की कल्पना में कोई साथी औरत होती है।"

"लेकिन हर मर्द तो उसे इज़्ज़त की नज़र से नहीं देखता।"

"मैं तो, बस, एक ही औरत को जानता हूँ।" ऐमन ने चौंक कर उन्हें देखा।

"चौंको, नहीं ऐमन—सच, मैं सिर्फ़ एक औरत को जानता हूँ, जो एक ही वक़्त माँ भी है, बेटी भी, बहन भी, बीवी भी है और महबूबा भी। उसका हर रूप पवित्र है। औरत अपने हर रूप से मर्द को कुछ अता ही करती है। बदले में कुछ लेती नहीं।"

"आप भूल रहे हैं। वह मर्द से कुछ मांगती भी है। अपनी इज़्ज़त की हिफ़ाज़त।"

"जो उसे हमेशा नहीं मिलती।"

"सच यह है कि यही चीज़ औरत को तोड़ कर रख देती है। यही उसे कोठी से कोठे तक पहुँचा देती है।"

ऐमन कुछ देर अपने नाख़ून का पेन्ट उखाड़ती रही। पुरानी पीढ़ी के एक पुरुष की ज़ुबान से नारी के बारे में हमदर्दी के ये विचार उसे कुछ अनोखे लग रहे थे।

"लेकिन आज के ज़माने में ज़िन्दगी मर्द के लिये भी उतनी ही महंगी है, जितनी औरत के लिये।" उसने बात का पहलू बदला।

"महंगी है, नामुमकिन नहीं।" विक़ार जंग बोले—"तुम अपने आप को लो, इस हवेली और इसकी ज़िम्मेदारियों ने तुम्हें कैसे बांध रखा है? इसलिये क्योंकि मर्दों की इस दुनिया में तुम्हें हिफाज़त चाहिए। तुम्हारे हुस्न के परवाने सैकड़ों होंगे। कितने मर्दों ने तुम पर लालच की नज़र डाली होगी। लेकिन तुम सबसे दूर इस हवेली में भाग आई, क्योंकि तुम्हें डर था कि कहीं कोई तुम्हें धोखा न दे बैठे। तुम्हें मर्द के ज़ुल्म से, उसकी धोखेबाज़ी से, डर लगता था।"

"क्या सब मर्द ऐसे ही होते हैं?" ऐमन ने जैसे अपने आप से कहा।

"नहीं। सभी ऐसे नहीं होते। औरत और मर्द में यही तो फ़र्क़ है। औरत कुर्बानी पर उतर आती है तो यह नहीं देखती कि वह किसके लिये क्या कर रही है, जबकि मर्द हर बार अपनी ग़रज़ से मतलब रखता है।"

"आप···आप ज़िन्दगी में क्या ऐसी कुर्बानी किसी के लिये करेंगे?" ऐमन ने उन्हें टटोला।

"ज़िन्दगी दोहराई नहीं जाती, माई डियर।" विक़ार जंग उसका हाथ पकड़कर बोले, "चलो, मैं तुम्हें अपनी पेन्टिंग दिखाऊँ।"

"ओह! आपका हाथ तो जल रहा है।" ऐमन ने पहली बार उनकी बुख़ार से चढ़ी हुई आँखों को देखकर कहा, "चलिये आप लेट जाइए, मैंने बेक़ार ही आपको बातों में उलझा दिया।"

"नहीं, मुझे तुम्हारा आना अच्छा लगा। हमेशा अच्छा लगता है।" विक़ार जंग बोले।

"मैं अभी डाक्टर को फ़ोन करती हूँ।" ऐमन ने कहा।

"नहीं, हसकी ज़रूरत नहीं, मैं होम्योपैथिक दवा खाता हूँ।"

"तो फिर चलिये, लेट जाइये। दवा मैं देकर जाऊंगी। आपको आराम की ज़रूरत है।"

विकार जंग के बताये हुए बक्से से उसने उन्हें दवा निकाल कर खिलाई और कंबल उढा दिया।

"मैं फिर आऊँगी।" उसने कहा।

"तुम फ़िकर ना करो, मेरा मुलाज़िम आ ही रहा होगा। शब्ब बख़ैर मासूम ऐमन।"

ऐमन धीरे से दरवाज़ा बन्द करके चली आई।

हवेली में होटल का काम आरम्भ हो चुका था। जहाँ काम चल रहा था, वहाँ से सामान हटाना था। भारी क़ीमती फ़रनीचर और चीनी मिट्टी का नाज़ुक सामान, रेशमी पर्दे और मख़मली क़ालीन। ऐमन को अब पता चला कि वह हवेली कितनी बड़ी थी जहाँ यह सब सामान समा गया था। बड़ी सरकार ने इस काम की पूरी ज़िम्मेदारी ऐमन पर छोड़ दी थी। आज़र नवाब बहुत व्यस्त थे। उनका नेचर ही कुछ ऐसा था कि महीनों का काम दिनों में और दिनों का काम मिनटों में पूरा करना चाहते थे। बिल्डिंग में अधिक परिवर्तन की आवश्यकता नहीं थी। बाहर से दीवारों पर सफ़ेदी के साथ अन्दर की सजावट का काम जारी रह सकता था। वह घंटों धूप में खड़े काम की देख-भाल करते और शाम को ऐमन के तैयार किये हुए नक़्शों पर बहस करते। उन्हें ऐमन के काम पर इतना भरोसा हो गया था कि कमरों की सजावट का काम ऐमन को ही सौंप दिया था।

ऐमन का अपने वालिद के साथ का अनुभव और होम सांइस की पढ़ाई उसकी सहायक हो रही थी। दूसरे, अन्दरूनी सजावट में उसकी अपनी रुचि भी थी। प्रोफ़ेशनल सजावट करने वाले बहुत पैसे मांगते थे। उसके बनाये हुए चन्द नक़्शों को देखकर ही आज़र नवाब ने निश्चय कर लिया था कि वह बाहर से इस काम के लिये लोग नहीं बुलायेंगे।

"मुझे अन्दाज़ा नहीं था कि जो काम आसान लगता था, शुरू होने पर इतना पेचीदा हो जायेगा।" उन्होंने ऐमन को नक़्शे खोलते हुए देखकर कहा।

"पेचीदा नहीं, दिलचस्प कहिये।" ऐमन हंसकर बोली। उसने हर कमरे की सजावट के अलग-अलग नक़्शे तैयार किये थे जिसमें वहां के रंग से लेकर फ़र्नीचर, अपहोल्स्ट्री, पर्दों और क़ालीनों के डिज़ाइन और उनके ख़र्च लिखे हुए थे। इस सम्बन्ध में उसने कई दुकानों से विस्तार से पता लगाया था।

उसने बाग़ में कुछ आवश्यक परिवर्तन के सुझाव दिये थे। परन्तु उसकी सबसे अधिक रुचि झील में थी। "झील बहुत बड़ी और सुन्दर है। इसे बहुत अच्छी तरह इस्तेमाल किया जा सकता है।" उसने अपना बनाया हुआ प्लान आज़र नवाब को बताते हुए कहा। यह नक़्शा पूरे ले-आउट के साथ उसने रंगों ही में तैयार किया था।

बेद के झुण्डों को उसने बिल्कुल नहीं छुआ था। यह एक बहुत सुन्दर प्राकृतिक दृश्य था और इसमें किसी परिवर्तन की आवश्यकता नहीं थी। हाँ पूर्वी और दक्षिणी किनारों को कठघर से घेर कर पानी में एक चौड़ी जैट्टी निकाली गई थी। यहां एक साथ कई टेबिल लगाये जा सकते थे और थोड़ी-बड़ी पार्टी का प्रबन्ध भी किया जा सकता था। साथ ही कुछ दूर, एक छोटी-सी जैट्टी से लगी हुई, पानी में छोटी-छोटी नावें थीं जिनमें अधिक से अधिक चार आदमी बैठ सकते थे।

हवेली के कम्पाउण्ड का सबसे अच्छा स्थान ऐमन के लिये यही था। तभी तो उसमें ऐमन की कल्पना ने ऊँची उड़ान भरी थी।

"आज़र नवाब गहरी सोच में डूबे कई तरफ़ से इस नक़्शे को देखते रहे और फिर उन्होंने ऐमन को देखा। ऐमन ने सोचा कि आई शामत। उसे पहले ही से डर था कि उसकी कोशिशें इस बात की दावत देंगी कि आज़र नवाब उसकी हँसी उड़ायें। वह उसे अवश्य रोमांटिक होने का उलाहना देंगे; परन्तु उसकी आशा के विपरीत उन्होंने कहा, "शायद झील का इससे अच्छा इस्तेमाल और किसी तरह नहीं हो सकता था।"

ऐमन खिल उठी। "लेकिन इसमें कुछ इमारती काम भी है। अच्छा होगा कि हम किसी एक्सपर्ट से राय ले लें।"

आज़र नवाब ने कहा, "ये काम मिस्टर बासू को सौंप दिया जायेगा।"

आज़र नवाब की अचानक प्रशंसा ने ऐमन को ख़ुशी से बौखला दिया। उसकी समझ में नहीं आया कि वह कया करे। वह नक़्शे लपेटने लगी और आज़र नवाब उसे एकटक देखते रहे। जब ऐमन ने नक़्शे देने को हाथ बढ़ा कर उनकी ओर देखा तो वह

मुस्कुरा रहे थे।

"क्या बचपन ही से तुम्हारे बालों की यह लट ऐसी ही गुस्ताख़ थी?" उन्होंने उसके गाल पर झूल आई लट को हलके से छूकर कहा और ऐमन ने जल्दी से उसे अपने कान के पीछे कर लिया। "और क्या मुस्कराते वक़्त यूँ ही तुम्हारे गालों में मुन्ने-मुन्ने गड़ढे पड़ जाते थे?"

ऐमन हँस पड़ी और उसके गालों में गड़ढ़े और गहरा गये।

"मैं जब छोटी-सी थी, तो अब्बा हमेशा मुझे गुदगुदाकर हंसाया करते थे और हंसते ही मेरे गालों के गड़ढों को प्यार कर लिया करते थे।" आज़र नवाब को हल्के-फुल्के मूढ़ में देखकर उसने कहा।

"यह काम तो कोई और भी कर सकता है।" आज़र नवाब ने धीरे से कहा, "लेकिन शर्त यह है कि इन आँखों में इतने सवाल और इतने जवाब न हों।"

ऐमन सन्नाटे में आ गई। उन्होंने सचमुच कुछ कहा था, या वह केवल उसके कानों का धोखा था; वह समझ न सकी।

"असल में मुझे तुमसे कुछ बातें करनी हैं" आज़र नवाब बोले!

"जी, कौन-सी बातें?"

"पहले ये टैपेस्ट्री के नमूने देख लें।" आज़र नवाब ने एक मोटा-सा कैटलॉग उठाया जिसमें नमूनों के चौकोर टुकड़े लेबिल सहित लगे हुए थे।

"हमने सोचा है कि होटल के कमरों को नम्बर देने के बजाय उनको फूलों के नाम दिये जायें", आज़र नवाब बोले।

"जी" ऐमन ध्यानपूर्वक सुनने लगी।

"मैं चाहता हूँ कि यहाँ आम ऊँचे दर्जे के होटलों जैसा माहौल न हो बल्कि यहाँ आकर ठहरने वाले मेहमान, चाहे वह कहीं के हों, अपनापन महसूस करें। उनके आराम का पूरा ख़्याल रखा जाय। यह हवेली अपनी तरह का अनोखा गेस्ट हाउस होगी जहाँ नौ-दौलतियों की भीड़-भाड़ नहीं होगी। बल्कि जहाँ चुने हुए लोग आयेंगे जो यहाँ एक बार ठहरने के बाद बार-बार आना चाहेंगे।"

"आपका मतलब है, इस गेस्ट हाउस में सिर्फ़ बूढ़े लोग ही आयेंगे?" ऐमन ने मुँह लटका कर कहा।

"मैंने यह तो नहीं कहा।" आज़र नवाब ने सफ़ाई पेश की, "नई पीढ़ी में भी बहुत से लोग ऐसे हैं जो तफ़रीह और दिलचस्पी के ऊँचे स्टैण्डर्ड रखते हैं इसलिये कमरों के साज-सजावट में भी मैं चाहता हूँ कि ऊँचे टेस्ट का ख़्याल रखा जाये। हैदराबाद और हैदराबादी कल्चर का रंग इसमें ज़रूर होना चाहिए।" उन्होंने कपड़ों के नमूनों की किताब ऐमन के आगे बढ़ा दी।

ऐमन ने एक नज़र उन पर डाली और उसे बन्द करके एक तरफ़ रखते हुए बोली,

"इसे मैं बाद में देख लूँगी।"

" शायद तुम कुछ कहना चाहती हो" आज़र नवाब ने कहा।

"जी हाँ, वॉल पेपर का कैटलॉग अभी तक नहीं आया। उसके बाद ही परदों को चुना जा सकता है। अभी कुछ और बातें हो सकती हैं, जैसे नर्सरी।"

"नर्सरी? इसकी क्या ज़रूरत है?" आज़र नवाब बोले।

"ज़रूरत तो है। न सिर्फ यह बल्कि स्टाफ़ में एक ट्रेण्ड नर्स का होना भी ज़रूरी है।"

"तुम्हारा मतलब है, डाक्टर? उसका इन्तज़ाम तो है, एमरजेन्सी की सूरत में किसी भी डाक्टर को बुलाया जा सकता है।"

"वह तो ठीक है। लेकिन हो सकता है, कुछ मेहमान छोटे बच्चों को साथ लायें।" ऐमन ने कहा।

"ओफ्फो! यह सब तुमने कैसे सोच लिया। मेरा भी ध्यान उधर नहीं गया।"

"आपने होटल मैनेजमेंट पर जो किताबें मंगवाई थीं, उनका पार्सल आ गया था। आप उधर कामों में लगे थे। मुझे ज्यों ही वक़्त मिला उसमें मैंने थोड़ा-बहुत पढ़ लिया।"

"होशियार लड़की।" आज़र नवाब मुस्कुराकर बोले, "तुम्हारी मुस्तैदी का यही हाल रहा तो एक दिन तुम यह सारे का सारा होटल मुझसे हथिया लोगी।"

आज़र नवाब की साधारण सी प्रशंसा भी उसे क्यों बौखला देती थी, उसकी समझ में नहीं आया।

"हवेली की नर्सरी वही हो, जहाँ आपने अपना बचपन गुज़ारा।"

"कभी नहीं। आज़र नवाब एकदम से व्याकुल होकर बोले। उनके अचानक बदलते हुए मूड ऐमन को चकित कर देते थे।

"वहाँ किसी और बच्चे को पांव धरने नहीं दिया जा सकता।" ऐमन उनका यह मूड देखकर सन्नाटे में आ गई। वह नहीं जानती थी कि आज़र नवाब का ईगो इतना तूफ़ानी होगा। उसे आज़र नवाब के व्यक्तित्व का यह पहलू बहुत दुर्बल लगा।

आज़र नवाब ने बात-चीत की धारा स्टॉफ़ क्वार्टर्स की ओर मोड़ दी जो हवेली के कम्पाउण्ड में ही बने थे। उसके लिये मिस्टर निकल्सन ने बहुत सुन्दर और अच्छे नक़्शे दिये थे।

हवेली में परिवर्तन का काम पूरा हो चुका था। फ़र्नीचर बन कर तैयार था, जो शहर के उस सबसे पुराने फ़र्नीचर मार्ट में बनवाया गया था, जो पीरीअड फ़र्नीचर सप्लाई करते थे। साथ ही बाग़ की भी नये ढंग से बंदिश की जा रही थी। हवेली में सवेरे से शाम तक हंगामा रहने लगा था। लेकिन आज़र नवाब इस बात का विशेष ध्यान रखते थे कि उसके कारण बड़ी सरकार के आराम में किसी प्रकार की बाधा न पड़े। यों भी यह हिस्सा इतना अलग था कि गेस्ट हाउस के कामों का उस पर कोई प्रभाव नहीं पड़ता था।

अधिक कठिनाई ऐमन को समय की कमी के कारण हो रही थी। अपनी नई ज़िम्मेदारियों को सम्भालते रहने पर भी वह हर सम्भव प्रयत्न करती कि बड़ी सरकार के सौंपे हुए कामों में कोई बाधा न पड़े।

"हुज़ूर, खाना चुन दिया जाय?" नये ख़ानसामा ने इजाज़त लेकर लाइब्रेरी में आकर पूछा।

"ओफ़ओह! दस बज गये।" आज़र नवाब ने घड़ी देखकर कहा, "तुमने भी खाना नहीं खाया होगा?" उन्होंने ऐमन से पूछा।

"कुछ ज़रूरी चीज़ों के बारे में बात करनी थी। मैंने सोचा ठहर कर खा लूँगी। दिन भर तो आप बहुत बिजी रहते हैं।"

"सुनो", आज़र नवाब ने खानसामा से कहा, "खाना ट्रॉली पर लगाकर यहीं ले आओ। बीबी भी यहीं खाएगी।"

"मैं?—मुझे इतनी भूख नहीं है। अपने कमरे ही में जाकर खा लूँगी।" ऐमन जल्दी से बोली। वैसे ख़ाने के नाम ही से उसके पेट में चूहे उछलने लगे थे।

"भूख न होना और अपने कमरे में खाना, दो अलग-अलग बातें हैं।" आज़र नवाब बोले, "क्या मैं इसे तुम्हारा बहाना समझूँ कि तुम मेरे साथ खाना पसन्द नहीं करतीं?" तब तक खानसामा हुक्म पाकर जा चुका था।

"जब तक ख़ानसामाँ आता है, क्यों न एक दो और मामले निपटा लिये जायें?" आज़र नवाब बोले।

"जी, मेरी एक राय और थी।" आज़र नवाब की शह पाकर ऐमन बोली।

"क्या?"

"वह जो फ़िटन सर्वेन्ट क्वार्टर्स के पास रखी है" ऐमन ने हिचकिचाकर कहना शुरू किया और आज़र नवाब दिमाग़ पर ज़ोर देकर सोचने लगे।

"अच्छा" 'अच्छा, वह जिस पर हमारा ख़ानदानी मोनोग्राम लगा है। उसे हमारे बुजुर्ग इस्तेमाल किया करते थे। दो तो बहुत पुरानी हो चुकी हैं।"

"जी नहीं, मैंने उसे कल ही देखा है। वह बिल्कुल अच्छी हालत में है। थोड़ा-सा ठीक करने के बाद, उसे बहुत अच्छी तरह चमकाया जा सकता है।"

"क्या मतलब है तुम्हारा?"

"कल मैंने वैसे ही उसके एक हिस्से पर पालिश लगाई, तो उसके पीतल के बेलबूटे एक दम निखर आये। यक़ीन मानिये, यह एक बड़ी ख़ास चीज़ रहेगी।"

ऐमन का जोश देखकर आज़र नवाब के होंठों पर मुस्कान खेल गई। "मैं समझ रहा हूँ तुम्हारी बात, तुम उस लैन्डो को फिर से ज़िन्दा करना चाह रही हो।"

"बेशक, खासतौर से विदेशी मेहमान इसे बहुत पसन्द करेंगे। उन्हें इसमें पुराने हैदराबाद की सैर करना बहुत अच्छा लगेगा।"

"जैसा भी तुम चाहो।" आज़र नवाब ने सिर झुकाया और हंसकर बोले। ऐमन ने सोचा कि जब भी वह ऐसे खुलकर हंसते थे तो बड़े आदम ज़ाद नज़र आते थे।

"कल मुंशी साहब को यह काम सौंप दो", आज़र नवाब बोले।

"मुंशी साहब तो आज बीमार हो गये हैं"। ऐमन बोली।

"कल नहीं होंगे।" आज़र नवाब ने पूरे विश्वास से कहा, "मैं उनकी बीमारी को अच्छी तरह जानता हूँ। जब भी उन्हें अंग्रेज़ी में कुछ काम करना पड़ता है, तो वह बीमार हो जाते हैं।"

ऐमन हँस पड़ी। "हां, कुछ दिनों से मेरा अपना काम बढ़ा तो मैं उनकी मदद नहीं कर पा रही हूँ।"

"इसीलिए मैंने कल से एक अंग्रेज़ी टाइपिस्ट लगा दिया है।" आज़र नवाब मुंशी साहब की कमी को जानते थे। लेकिन उनकी वफ़ादारी और उम्र को देखते हुए उनके महत्त्व में कोई कमी भी आने नहीं दी। अब मुंशी साहब अधिकतर घरेलू धंधों और नौकरों से निपटा करते थे, परन्तु परिवार के पुराने रिकार्ड और जायदाद-जागीर के सम्बन्ध में उन्हें विस्तार से पता था। अब भी वह बड़ी सरकार और आज़र नवाब को झुक कर तीन सलाम किया करते थे। परन्तु तसनीम पाशा से उनकी बिल्कुल नहीं बनती थी। बशारत नवाब से भी वह दुखी रहते थे क्योंकि वह शब्दों से घुमा-फिराकर ऐसे चक्कर में डाल देते थे कि मुंशी साहब भौंचक्का रह जाते थे।

ख़ानसामा ट्राली पर खाना लगाकर ले आया। उसकी ख़ुशबू से ही ऐमन को इसका अनुमान हुआ कि वह कितनी भूखी है।

तीतर का सालन आज़र नवाब की मनपसन्द डिश थी, जो नया ख़ानसामा बहुत अच्छी तरह बनाता था। नये रखे हुए ख़ानसामे सभी अनुभव रखते थे। वह मुग़लई और कांटीनेन्टल खाना पकाने में बहुत माहिर थे। आज़र नवाब दुनिया घूम चुके थे और हर तरह के पकवान से भली-भाँति परिचित थे। कई ख़ानसामाओं में से केवल पांच को उन्होंने चुना था और यह ख़ानसामा उन्हीं में से एक था। उन्हें क्वार्टर दिये जा रहे थे और वे होटल के शुरू होने का इन्तज़ार कर रहे थे।

खाने के बाद कॉफ़ी पीते हुए आज़र नवाब ने कहा, "मिस साहिब मुझे बहुत अफ़सोस के साथ कहना पड़ रहा है कि आपको बरख़ास्त किया जाता है।"

ऐमन को अपने कानों पर विश्वास नहीं हुआ। क्या आज़र नवाब का मतलब सचमुच वही था जो वह कह रहे थे? क्या उसकी नौकरी अब समाप्त हुई? उनके सैडिज्म को वह जानती थी परन्तु यह रंग तो बिल्कुल अनोखा था।

"बात यह है ऐमन कि सरकार को अब तुम्हारी ज़रूरत नहीं रही। शाहाना उनकी मदद किया करेंगी।" आज़र नवाब ने बात आगे बढ़ाई और ऐमन के पांव तले से धरती खिसक गई। होटल का काम पूरा हो चुका था। अब शायद आज़र नवाब चाहते थे कि

होटल के आगे का काम किसी अनुभवी मैनेजर को सौंप दें। उसने अपने बारे में सोचना छोड़ दिया था कि हवेली से उसे कभी जाना भी पड़ेगा। वह हवेली उसकी सुरक्षा का एक गढ़ थी।

अकस्मात् ही उसने निश्चय कर लिया कि वह इस घमण्डी और पत्थर-दिल नवाबज़ादे के आगे कभी नहीं झुकेगी। वह छोड़ देगी हवेली। चली जायेगी कहीं। लेकिन जाने से पहले अपने इस तरह निकाले जाने का कारण अवश्य पूछेगी।

आज़र नवाब कॉफी लेकर अपना सिगरेट जलाये उसे एकटक देखे जा रहे थे।

"आलमपनाह, क्या मैं अपने बर्ख़ास्त किये जाने की वजह पूछ सकती हूँ या मुझे इसकी भी इजाज़त नहीं है?" ऐमन ने बड़ी सहनशक्ति के साथ पूछा।

"क्यों नहीं"—आज़र नवाब बड़े अख़लाक़ से बोले, "वजह यह है कि तुम हवेली की एक जनरल असिस्टेन्ट होने से कहीं ज़्यादा क़ाबिल हो। कल से तुम्हें इस होटल का सारा इन्तज़ाम सौंपा जा रहा है और तनख़्वाह भी बढ़ाई जा रही है। अगर तुम्हें यह मंजूर हो।"

ऐमन हक्का-बक्का उनकी सूरत देखती रही। उसकी समझ में नहीं आया कि वह रोये या हंसे। तनख़्वाह के बढ़ने से उसे कोई मतलब नहीं था। जो कुछ उसे मिलता था, वही उसके लिये बहुत था। आज़र नवाब ने उसकी क़ाबलियत मान ली थी। उससे अधिक यह विश्वास कि उसे हवेली नहीं छोड़नी थी जो उसकी आंखों में आंसू ले आये। उसने दोनों हाथों से अपना मुँह ढाँप लिया। वह नहीं चाहती थी कि उसके आये हुए आँसुओं को आज़र नवाब देखें।

दो हाथों ने उसके सिसकते हुए कंधों को थाम लिया। वह इसके लिये बिल्कुल तैयार नहीं थी। पहले तो उन्होंने घाव दिया, और अब घाव टटोल रहे थे। उसने चेहरे पर से हाथ हटाये और खड़ी हो गई। आज़र नवाब उसकी आसूँ भरी आँखों में झाँककर मुस्करा रहे थे।

"एक सुनहरी आँखों वाली लड़की थी⋯" आज़र नवाब ने मानों कोई कहानी शुरू की। ऐमन को उनकी यही बात क्रोधित कर गई। फिर उनकी मुस्कुराहट ने जलते पर तेल का काम किया।

वह इन चन्द क्षणों में किस तूफान से गुज़री थी, उन्हें क्या पता। उसने दोनों हाथों की मुट्ठियों से आज़र नवाब के सीने को पीट डाला और बहते आँसुओं के साथ दौड़ती हुई लाइब्रेरी से निकल गई।

आज़र नवाब ख़ाली दरवाज़े को देख कर हंसते रहे।

बड़ी सरकार ने गोलकुण्डे के बारे में लिखते हुए कुछ सवाल उठाये थे कि अबुल हसन तानाशाह से शहनशाह औरंगज़ेब ने क्या इसलिए हैदराबाद

छीना था कि बादशाह और उसके क़िले को बरबाद और तबाह-हाल छोड़ दिया जाय? औरंगज़ेब ने फ़तेह के बाद हैदराबाद का नाम "दारुल जहाद" रख दिया था। क्या औरंगज़ेब की फ़तेह को सचमुच फ़तेह कहा जा सकता था? दकन की मिट्टी ने जहाँ वफ़ादार जाँनिसारों को जन्म दिया, वहीं ग़द्दारों के कांटे भी इसी धूल से उगे थे।

हब्शी पहरेदार क़िले की हिफ़ाज़त में चट्टान की तरह डटे रहे। यहाँ तक कि उनके सिर धड़ से अलग कर दिये गये। सिपहसालार अब्दुर्रज़ाक़ लारी ने, जिसके जिस्म पर दो इंच जगह भी ज़ख़्मों से ख़ाली नहीं रही थी, दकन और अपने बादशाह पर जान कुर्बान कर दी। इन जैसे जाँबाजों और वफ़ादारों के बीच शेख़ मौनहाज़ और अब्दुल्ला खाँ जैसे 'नंगे आदम, नंगेदीन, नंगेवतन' ग़द्दार भी पैदा हुए थे, जिन्होंने क़िले के दरवाज़े खोलकर मुगलों को अन्दर आने की दावत दी थी। जिस दरवाज़े से मुग़ल क़िले में अन्दर आये, उसका नाम "खिड़की" था। अबुल हसन तानाशाह जब इन्हीं सीढ़ियों से जंजीरों से जकड़ा हुआ, एक हारे हुए जुआरी की तरह उतर रहा था तो, उसके होंठों पर हाफ़िज़ का एक शेर था जिसका मतलब था :

'हमने अपना सर अल्लाह ताला के आसतान पर झुका दिया है और अब जो भी हमारे सिर पर से गुज़रेगा वह अल्लाह के हुकुम से ही गुज़रेगा।'

मुग़लों ने गोलकुण्डे में वह तबाही मचाई कि आसिफ़ जाही बादशाह तक उसे फिर न संवार सके। गोलकुण्डे के वतन का सबसे बुरा प्रभाव यह हुआ कि कोरोमंडल साहिल पर यूरोपियन क़ौमों ने सिर उठाना शुरू कर दिया।

बड़ी सरकार ने यहाँ तक लिखवाया ही था कि शमशाद घबराई हुई दौड़ी आई और उनकी कुर्सी के पास घुटने टेक कर उसने कानाफूंसी की, पता नहीं कौन-सी बुरी ख़बर सुनाई कि बड़ी सरकार के हाथ से कलम गिर पड़ा और वह तुरन्त उठ खड़ी हुई।

"क्या बक रही है?" उन्होंने गुस्से में शमशाद से कहा।

"आपके सदके।...मेरे आँखाँ फुट्टों...सच्ची सरकार।"

बड़ी सरकार अपनी नरम आपाशाही जूती पहने दुपट्टा सम्भालती शमशाद के साथ जल्दी-जल्दी चल पड़ीं। तसनीम पाशा के बैड रूम का दरवाज़ा भिड़ा हुआ था। जैसे ही बड़ी सरकार अन्दर आई, उन्होंने कलेजा थाम लिया। तसनीम पाशा गहरी नींद सो रही थीं और पास ही नींद की गोलियों की शीशी पड़ी थी। बड़ी सरकार ने उनकी नाड़ी देखी जो बहुत हल्की चल रही थी। उन्होंने अपने जीवन में कभी इतनी फुर्ती नहीं दिखाई होगी। वह तीर की तरह उठीं और जाकर फ़ोन पर फ़ेमिली डॉक्टर फरग्यूसन को तुरन्त आने के लिये कहा।

"ख़बरदार,जो हम तीनों के सिवाय किसी और को इस बात का पता चला।" उन्होंने शमशाद से कहा, "आज़र नवाब कहाँ है?"

"ऊनों ऐमन बीबी के साथ होटल के परदे ख़रीदने को गयें, सरकार।" शमशाद

बोली।

"और शाहाना साहेबज़ादी ?" उन्होंने पूछा।

"ऊनों मेजर साहब के साथ बाहर गये थे, टेनिस खेलने को।"

बड़ी सरकार बेचैनी से डाक्टर की राह देखने लगीं। उन्हें विश्वास था कि तसनीम पाशा ने नींद की गोलियां खाकर आत्महत्या की कोशिश की थी। तसनीम पाशा का लाल सफ़ेद हाथ जिसमें हीरे की अंगूठी जगमगा रही थी, मसहरी पर से लटक कर क़ालीन पर आ टिका था। उनका मुँह हल्का-सा खुला हुआ था जिसमें मोती जैसे दांत चमक रहे थे। कटे हुए बालों की लटें माथे और चेहरे पर बिखरी हुई थीं। वह इस उम्र में भी बहुत ख़ूबसूरत थीं। केवल पसीने भरे हाथ और आँखों की झुरियां उनकी ज़िन्दगी की कुछ मंजिलों का पता देती थीं।

बड़ी सरकार कोलोन में डूबे रूमाल से उनका पसीना पोंछ रही थीं कि डॉक्टर फ़रग्यूसन बहुत जल्दी से अन्दर आये। उन्होंने पल भर ही में देख लिया कि क्या हुआ। शमशाद को कहा कि गरम पानी तुरन्त ही तैयार करो। उन्होंने तसनीम पाशा की सीधी नाक से ट्यूब अन्दर डाला। वातावरण बहुत बोझिल था। लेकिन डॉक्टर फ़रग्यूसन के मँझे हुए हाथों ने रोगी को जल्दी सम्भाल लिया। पेट में जो ख़राब मवाद आ गया था; उसे निकालना आवश्यक था। डाक्टर ने यही किया। बीमार को कॉफ़ी पिला दी गई। डॉक्टर फ़ारग्यूसन ने भी कॉफ़ी पी और सरकार को यह कह कर सन्तुष्ट कर दिया कि "अब कोई डर की बात नहीं। नींद का इंजेक्शन लगा दिया है। ये गोलियां छोड़े जा रहा हूँ। तीन-तीन घन्टे बाद देनी होंगी। बीमार की हालत फ़ोन पर बता दीजिएगा।"

बड़ी सरकार ने डॉक्टर का शुक्रिया अदा किया और शमशाद उनके पीछे उनका बैग लिये उन्हें छोड़ने गई।

तसनीम पाशा को होश आ गया था। लेकिन अब भी वह चुपचाप आंखें बन्द किये पड़ी थीं। बड़ी सरकार कुर्सी पर तसनीम पाशा की मसहरी के बराबर बैठी थीं। तसनीम पाशा की बन्द आंखों से दो आँसू गिर कर तकिये में घुल गये। बड़ी सरकार ने उनके माथे पर अपना ख़ुशबू भरा हाथ रख दिया। वह कुछ दिनों से तसनीम पाशा का मानसिक तनाव देख रही थीं परन्तु उन्हें इस बात का अनुमान नहीं था कि वह टूट जायेंगी। तसनीम पाशा जिस रास्ते पर चल रही थीं, उस पर रोक लगाना बड़ी सरकार के बस में नहीं था।

"आपा बेगम मुझे मर जाने दिया होता", तसनीम पाशा की दुर्बल-सी आवाज़ आई और फिर वह फूट-फूट कर रोने लगीं।

"क्यों बच्चों जैसी बातें करती हो तसनीम", बड़ी सरकार ने उनका सिर सहलाते हुए कहा, "अब तुम चुपचाप लेटी रहो।"

"नहीं आपा बेगम, मुझे कहने दीजिए। वरना मेरा कलेजा फट जायेगा।" वह

बोलीं।

"तुम्हें मुझ पर भरोसा होता तो तुम यह नादानी करने से पहले ही मुझ से कहतीं।" बड़ी सरकार बोलीं, "क्या मैं दुल्हन अम्मा से किया हुआ वायदा भूल गई थी?"

तसनीम पाशा उनका हाथ थाम कर बोलीं, "नहीं, आपने हमेशा मुझे माँ की तरह चाहा है, लेकिन मैं बहुत बहक़ गई थी।"

"मैं समझी नहीं", सरकार बोलीं।

"मुझे पता नहीं था कि मुख़्तार नवाब इतने कमीने निकलेंगे। वह मुझे शाहाना तक पहुँचने की सीढ़ी बना रहे थे।"

"होश में आओ तसनीम पाशा। शाहाना उनकी लड़की के बराबर है।"

"और मैं समझती रही कि वह मुझ से निकाह करना चाहते हैं।"

बड़ी सरकार पहले ही तसनीम पाशा के भ्रम को समझ चुकी थीं और अवसर का ध्यान करके चुप रहीं।

"कल पार्टी में शाहाना ने मुख़्तार नवाब को थप्पड़ मारकर उनकी रही-सही उम्मीदों पर पानी फेर दिया। उन्होंने आज़र नवाब के बारे में ऐसी-वैसी बात की थी। और जब मैंने अकेले में ले जाकर उन्हें समझाने की कोशिश की तो वह और भी बिफर गये और मुझे बूढ़ी जादूगरनी कहा।" तसनीम पाशा एकदम रो पड़ी। "उन्होंने कहा कि मैं उनकी दौलत देखकर उन पर डोरे डाल रही हूँ।"

"तुमने मुख़्तार नवाब को शुरू से ही ग़लत समझा था। तसनीम पाशा, वह ऐसे नहीं थे कि तुम उन्हें मुँह लगातीं।" बड़ी सरकार ने कहा।

"मैं अकेली थी आपा बेगम और अपने ख़ामोश और अकेले बुढ़ापे से डरी हुई थी। जब वह मरे हैं तब शाहाना और बशारत छोटे थे और मैं अभी जवान थी।"

"हमने तो कोशिश की थी कि तुम्हारा दोबारा निकाह करा दें लेकिन तुमने ही हंगामा किया और किसी तरह राज़ी नहीं हुई। फारूख नवाब ने भी तो तुम्हें बहुत समझाया था। मोहतशिम बहुत अच्छे आदमी थे।"

"मोहतशिम नवाब नहीं थे, नौकर-पेशा थे। मुझे इसमें अपनी इन्सल्ट लगी। आपने मुझे मजबूर किया होता,आपा बेगम। आप ऐसा कर सकती थीं", तसनीम पाशा ने बड़ी सरकार से शिकायत करते हुए कहा।

"मैं तुम्हारा दिल नहीं तोड़ना चाहती थी। तुम समझदार थीं। मैंने और फारूख़ नवाब ने फिर भी तुम्हें समझाने की बहुत कोशिश की थी।" बड़ी सरकार ने कहा।

तसनीम पाशा ने ठंडी साँस भरी, "बेचारे भाईजान भी क्या करते। भूल मेरी ही थी।"

"तसनीम पाशा जिन्दगी में इन्सान जहाँ बहुत कुछ पाता है, वहाँ कुछ खोता भी

है।" बड़ी सरकार ने उन्हें बच्चों की तरह समझाया, "तुमने जो कुछ खोया, उसका हिसाब रखा कभी? यह भी सोचा कि जिन्दगी में पाया क्या कुछ?"

"नहीं आपा बेगम, मुझे तसल्ली देने की कोशिश मत कीजिए। काश! मुझमें आप जितनी हिम्मत होती।" बड़ी सरकार ने उनके मुँह पर हाथ रख दिया।

"अब फ़िकर न करो। आराम करने की कोशिश करो"—उन्होंने कहा।

"शाहाना कहाँ हैं?" तसनीम पाशा ने पूछा।

"मेजर तनवीर के साथ टेनिस खेलने गई है।"

"अभी तक नहीं लौटी? अब उसकी शादी जल्दी हो जानी चाहिए आपा बेगम।"

"तुम इसके बारे में मत सोचो। आज़र नवाब कोई बच्चा नहीं है। आजकल वह बहुत सारे कामों में लगे हुए हैं।" बड़ी सरकार ने कहा और फिर शमशाद को वहाँ बैठे रहने के बारे में समझा कर वह अपने कमरे में चली गई।

जिस कमरे में बड़ी सरकार रहती थीं, वहाँ रहने की उनको बरसों से आदत थी। उसे बदलते हुए वह थोड़ी-सी व्याकुल अवश्य हुई। फिर भी, आज़र नवाब ने जहाँ तक संभव हो सका, इस बात की चेष्टा की कि बड़ी सरकार के फ़रनीचर और कमरे की सजावट में कोई फ़र्क़ न आये। अब वह वहाँ सन्तुष्ट थीं। बरामदे में जहाँ उनकी नमाज़ की चौकी रखी रहती थी, सनकेसर की ख़ुशबूदार धीमी-धीमी हवा उन्हें पसन्द आई थी।

अपनी नई ज़िम्मेदारी होने पर भी, ऐमन ने बड़ी सरकार से पहले जैसा ही तालमेल रखने की कोशिश की थी। वह भी ऐमन की प्रतीक्षा किया करती थीं। वह जब भी आती, तो बड़ी सरकार उसे अपने हाथ के लिखे हुए काग़ज़ दिखातीं। शाहाना साहेबज़ादी तो ऐमन का बदल नहीं थीं क्योंकि वह उर्दू इमला की बहुत ग़लतियाँ करती थीं। और थोड़ा-बहुत लिखने के बाद ही बड़ी सरकार को इस बात का पता चल जाता था कि वह जमहाइयां रोकने की बहुत कोशिश कर रही हैं। सरकार उनका मूड भाँप कर ख़ुद ही उन्हें जाने के लिए कह देतीं। वह ऐमन को भी बहुत कम ही बुलाती थीं, क्योंकि उन्हें पता था कि वह आज़र नवाब का दाहिना हाथ बनी हुई थी।

स्टाफ़ क्वार्टर्स तैयार हो गये। उनमें से एक में ऐमन ने रहना शुरू कर दिया। होटल के निगराँ होने के कारण किसी समय भी उसकी आवश्यकता हो सकती थी। होटल के लिए दो मैनेजरों की नियुक्ति की गई थी, जो ऊंची श्रेणी के होटलों में काम करने का कई-कई वर्षों का अनुभव रखते थे। परन्तु अन्तिम ज़िम्मेदारी ऐमन ही की थी।

काफ़ी वार्तालाप के बाद होटल का नाम 'आलमपनाह' रखा गया तथा टूरिस्ट विभाग को इसका नाम एक निजी गेस्ट हाउस को तरह भेज दिया गया। यहाँ अतिथियों के आने के अधिकार सुरक्षित थे। ब्रुशों की रंगीन तस्वीरों में सजा हर कमरा अछूते और ऊंचे टेस्ट को प्रतिबिंबित करता था। हैदराबाद में होटलों का रिवाज आम नहीं था।

ऊंची श्रेणी के होटलों की बहुत कमी थी। हवेली और कोठियों में लोग अपने-अपने अतिथियों को बहुत अच्छा खिलाते-पिलाते थे। होटलबाजी एक प्रकार से बुरी बात समझी जाती थी, परन्तु ज़माने की बदलती हवा हर बुराई को एक कला बना रही थी। ऐसे में 'आलमपनाह' ने बहुत जल्दी अपना ऊंचा स्थान बना लिया था।

होटल के बनने से मुंशी साहब अधिक प्रसन्न नहीं थे क्योंकि उनकी राय में यह हवेली का अनादर था। परन्तु आज़र नवाब ने यह काम सोच-समझ कर किया था। उनका विश्वास था एक ज़िन्दा समाज में। हवेली ने वे दिन देखे थे, जब उसकी रौनक शानदार थी लेकिन न अब वे लोग रहे थे जो उसे उस प्रकार से आबाद रखते; न वह वातावरण था और न ही वे महफ़िलें थीं। साज़ के सुरीले स्वर अब कहाँ थे। अब, बस, एक झन्कार रह गई थी जो आज के जीवन का चिह्न थी। उसी पर नृत्य करना था। जिन्होंने समय के साज़ के बदलते हुए स्वर नहीं पहचाने, वे थक कर बैठ रहे।

आज़र नवाब ने अपने कोर्ट ऑफ़ वार्ड्स के सारे साथियों की एक मीटिंग बुलाई थी जिसमें बदलती हुई हालत पर टीका-टिप्पणी हुई थी। उन्होंने साफ़-साफ़ बताया था कि वह दिन दूर नहीं, जब जायदाद और जागीरों पर सरकार का पूर्ण नियन्त्रण हो जायेगा। जहाँ फूल बिकते थे, वहाँ धूल बेचने का समय आ जायेगा। इसलिये ठीक यही होगा कि सब नवाब, जागीरदार और राज़े अपना पैसा फूँकने की बजाय, उसे अच्छे धंधों में लगायें। इससे देश तथा राष्ट्र का भी भला होगा और वे स्वयं भी रुपये-पैसे से वंचित न हो पायेंगे। परन्तु शताब्दियों से नशे में पड़े हुए दिमागों में यह बात कहाँ से समाती। सुन तो सब ने लिया, पर बहुत कम लोग ऐसे थे जो आज़र नवाब की बातों पर चौंके। उनमें से कुछ ऐसे भी थे, जिन्होंने केवल इस बात को महत्त्व दिया था कि डिनर में मुर्गी ठीक से नहीं बनी थी। ये वे लोग थे जिनके यहाँ आज भी मुजरे हुआ करते थे। बीस-बीस पच्चीस-पच्चीस हज़ार की अँगूठियां कौड़ियों के मोल साहुकारों के पास गिरवी रख दी जाती थीं। छुट्टी के अवसर पर मुशायरे और क़व्वाली की महफ़िलें होती थीं।

क़व्वाली की एक महफ़िल में ऐमन को भी जाने का अवसर मिला।

बड़ी सरकार के रिश्ते के एक भाई नवाब जुलफ़िकार अली खाँ थे। आज़र नवाब ही की तरह उन्होंने समझ-बूझ से काम लिया था। उनके यहाँ नाच-रंग की कोई महफ़िल नहीं होती थी। लेकिन बड़े और अच्छे मुशायरे ज़रूर होते थे। नवाब साहब फ़ारसी में शायरी किया करते थे। जब भी उनके मुरशद उनके पास आते, तो कव्वाली की महफ़िल ज़रूर होती थी। उस ज़माने में 'इकरामुद्दीन क़व्वाल' का बहुत चर्चा था जो अमजद हैदराबादी का कलाम पेश करने में अपना जवाब आप ही थे।

होटल के कामों में ऐमन अधिक व्यस्त नहीं रही, क्योंकि दोनों मैनेजर बड़ी मुस्तैदी से काम करते थे। ऐमन अब बड़ी सरकार को कुछ अधिक समय दे पा रही थी। उस रोज़ जब बड़ी सरकार ने उसे भी क़व्वाली में चलने के लिये कहा तो वह ख़ुशी से

तैयार हो गई। आज़र नवाब चार दिन से डांडेली गये थे। तसनीम पाशा को भी दावत आई थी, लेकिन उन्होंने माफ़ी मांग ली। इसलिये बड़ी सरकार ऐमन और शमशाद को लेकर नवाब ज़ुलफ़िक़ार अली खाँ के यहाँ पहुँचीं।

बड़ी सरकार को जहाँ भी जाना होता शमशाद उनका दो सेर चांदी का बना हुआ पायदान, ख़ासदान और तौलिया लिये उनके साथ ही जाती थी। सरकार अपने ही पानदान का पान खाया करती थीं। वहाँ रिवाज ही ऐसा था। जब लड़के-लड़की का रिश्ता किया जाता तो ख़ानदान और पानदान की बात ज़रूर परखी जाती। किसी की हैसियत का अन्दाजा पानदान से भी लगाया जाता था। वैसे अतिथि नारियों को बहुत ही बढ़िया पानदान पान खाने के लिये पेश किये जाते परन्तु कुछ बीबियाँ अपने ही पानदान से गिलौरी खाया करतीं।

हॉल रौशनी से जगमगा रहा था। पूरा चांदनियों का फ़र्श था; जिस पर जगह-जगह मसनदें और क़ीमती क़ालीन और गाव तकिये लगे थे। कमानदार चौड़े दरवाज़ों पर, जो ज़नाने में खुलते थे, चिलमनें डालकर औरतों के बैठने का प्रबन्ध किया गया था। एक बहुत ही क़ीमती कारचौबी ज़रकार मसनद बीच में बिछाई गई थी। यह पीरो-मुरशद के लिये थी।

ऐमन ने ज़मुर्रदी रंग की सादी शिफ़ान की साड़ी पहनी थी और कानों में हरे ही बुन्दे। बुन्दे क़ीमती थे और उसकी माँ की निशानी थी। एक बुन्दा ढीला हो गया था वह कान से फिसल जाता था। ऐमन ने उसे कई बार ठीक करवाना चाहा था लेकिन फिर उसे इस कारण अन्दर रख छोड़ा था कि उसे पहनना ही कितना होता था। आज उसने उसे पहन लिया। हरी साड़ी के साथ वे बुन्दे और उनका चमकता मुन्ना-सा हीरा बहुत सुन्दर लगता था। इस सादगी में ही उसका सौंदर्य निखर आया था। उसकी बड़ी-बड़ी आंखें हरे लिबास के कारण हरी-सी लग रही थीं तथा घने बालों की ढीली गुँथी हुई, कमर से नीचे तक झूलती चोटी ओर गले में बड़ी सरकार का दिया हुआ लॉकिट उसे और भी आकर्षक बना रहे थे। कई नज़रें उसकी तरफ़ उठ रही थीं।

लेडीज़ के उतरने का प्रबन्ध अलग था। ऐमन भी बड़ी सरकार के साथ चिलमन से लग कर बैठ गई। हैदराबाद की इस तरह की महफ़िल में वह पहली बार आई थी। उसने देखा कि हर महफ़िल के तरीके अलग थे। क़व्वाली की महफ़िल में 'हुज़ूरे अकरम सलल्ललाहो अलेहे वसल्लम' का ज़िक्रे ख़ैर होता है। ख़ुदा से लौ लगती है, इसलिए औरतें बावज़ू और अदब से सिरों को ढाँपे हुए थीं। मरदाने में सभी ने शेरवानियां और टोपियां पहन रखी थीं। जिन इक्का-दुक्का लोगों ने सूट पहन रखा था, ये रूमालों से अपने सिर ढाँपे हुए थे। कुछ लोगों ने अपना तौर-तरीक़ा ना छोड़ते हुए फुन्नेदार रूमी टोपियां पहनी हुई थीं।

क़व्वाल अदब से अपनी मसनद पर तैयार बैठे थे। मुरशद की राह देखी जा रही

थी। बिल्कुल मद्धिम स्वरों में बातचीत हो रही थी।

जैसे ही नवाब साहब के साथ सफ़ेद दाढ़ी वाले बुजुर्ग मुरशद हॉल के अन्दर आये, वहाँ ख़ामोशी छा गई और सब लोग अदब से उठ खड़े हुए।

मुरशद ने एक नज़र अपने लिये बिछाई गई मसनद पर डाली। धीरे से नवाब साहब से कुछ कहा। नवाब साहब ने बढ़कर वह सुनहरी मसनद वहाँ से उठा दी, तब मुरशद वहाँ बैठे। नवाब साहब ने उनके पीछे तक आराम तकिया लगा दिया।

क़व्वालों ने मुरशद को झुक कर आदाब किया और उनसे इजाज़त लेकर प्रोग्राम शुरू किया :

बे ख़ुद मैं रहूँ तो वो करीं आता है।
परदे ही में वो परदा नशीं आता है।।

वो जब भी आता है तो मैं नहीं रहता हूँ।
मैं जब रहता हूँ तो वो नहीं आता है।।

हज़रत अमजद हैदराबादी की इस रुबाई के साथ समां बँध गया। लोग उठ-उठ कर क़व्वाल को रुपये देने लगे। रीति के अनुसार ये रूपये बड़े आदर के साथ दोनों हाथों से मुरशद की ख़िदमत में पेश किये जाते थे। वे बरकत के लिये उन्हें छू लेते थे और फिर ये रुपये क़व्वाल को मिल जाते थे।

अकस्मात् ही ऐमन की नज़र दरवाज़े की ओर उठ गई और वह उधर देखती ही रह गई।

आज़र नवाब हॉल के अन्दर आये थे। ऐमन ने उन्हें उस ठेठ हैदराबादी रूप में पहली बार देखा था। काली शेरवानी, चौड़ी मोरी वाला पायजामा और सिर पर मख़मली टोपी। ये कपड़े उन पर बहुत जँच रहे थे। महफ़िल में जितने भी लोग थे, उनमें वह सबसे अधिक हैण्डसम थे। नवाब जुल्फ़िकार अली खाँ के साहेबज़ादे उन्हें आगे बैठने का निवेदन कर रहे थे परन्तु आज़र नवाब देर से पहुँचे थे, इसलिए उन्होंने पीछे ही बैठ जाना उचित समझा। वह शायद शाम की गाड़ी से डांडेली से लौट आये थे।

'ऐमन बीबी···" शायद बड़ी सरकार कुछ कह रही थीं, लेकिन ऐमन ने सुना ही नहीं।

"ऐमन बीबी" इस बार बड़ी सरकार ने थोड़ी ऊँची आवाज़ में कहा और ऐमन चौंक पड़ी।

"जी" उसने कहा। बड़ी सरकार अपनी बड़ी-बड़ी आँखों से उसे देख रही थीं। ऐमन का चेहरा गुलाबी हो गया, 'कहीं सरकार ने उसे ताड़ तो नहीं लिया?' वह सटपटाई और उसके माथे पर पसीने की बून्दें छलक आई। सरकार के होंठों पर एक अनजानी-सी मुस्कान थी। उन्होंने भी आज़र नवाब को अन्दर आते देख लिया था।

"ये रूपये चिलमन से हाथ बढ़ा कर, सामने बैठे उस बच्चे को दो और कहो कि

क़व्वाल को दे दें।" कुछ बच्चे चिलमन के पास इसी उद्देश्य से बैठाये गये थे। वे क़व्वाल तक बख़्शीश का पैसा पहुँचाने में एक-दूसरे को मात देने की चिन्ता में थे।

महफ़िले समाँ काफ़ी देर तक गरम रही। वहाँ बैठे लोग एक-एक शेर पर सिर धुनते रहे। जब तक उनकी यह हालत रही, क़व्वाल वही मिसरा दोहराते जाते जिसे सुनकर उनको 'हाल' आया था। यह भी सुना गया कि ऐसे में यदि क़व्वाली अचानक रोक दी जाय या मिसरा बदल दिया जाय तो जिसको 'हाल' आता है, उसकी मौत हो जाती है।

'हाल' की हालत में इन्सान ख़ुदा के बहुत पास हो जाता है। ऊँचे दर्जे का कलाम इन्सान की आत्मा को छू लेता है।

"हुज़ूर, छोटे सरकार बोले, आप जब गये तो ऊनों बी साथ चलते कते।"

यह वास्तव में, आज़र नवाब का बड़ी सरकार को संकेत था कि उन्हें बहुत देर तक जागना नहीं चाहिए।

"उनसे कहो, हम चलने को तैयार हैं", सरकार ने कहा।

सन्देश आज़र नवाब तक पहुँचा दिया गया और जैसे ही उन्हें महफ़िल से खिसकते देखा सरकार और उनके साथ ऐमन भी चली आई। ज़नाने गेट से निकल कर जब कार मरदाने के हिस्से में पहुँची तो वहाँ आज़र नवाब खड़े प्रतीक्षा कर रहे थे। ड्राइवर ने तुरन्त उतर कर दरवाज़ा खोला और वह बैठ गये।

"सरकार, आप शायद और बैठना चाह रही थीं, लेकिन आपका इतना जागना ठीक नहीं है", आज़र नवाब बोले।

"नहीं, हम तो तुम्हारे उठने के इन्तज़ार में थे। हमने तुम्हें आते हुए देख लिया था। यह महफ़िल तो सुबह तक चलेगी" , सरकार ने कहा। "डांडेली में सब कुछ ठीक है ना?"

"जी हाँ। मुझे इस बात की ख़ुशी है कि बशारत नवाब बहुत समझ कर काम कर रहे हैं। वह फैक्ट्री के कामों में बहुत दिलचस्पी ले रहे हैं।"

इस ख़बर ने ऐमन को ख़ुश कर दिया।

"तुमने डांडेली में काफ़ी दिन लगा दिये", बड़ी सरकार ने कहा।

"नहीं तो सरकार, मैं वहाँ सिर्फ़ दो दिन रहा। फिर बंगलौर चला गया था।"

"तो तुम बंगलौर से वापस आ रहे हो?" सरकार ने पूछा।

"जी हाँ। अभी शाम के प्लेन से आया हूँ" आज़र नवाब बोले।

बंगलौर के नाम पर ऐमन चौंकी। पुरानी यादों का एक दरिया उमड़ा और उसका दामन भीग गया। हवेली पहुंचकर जब बड़ी सरकार सोने के लिये तैयार हुई तो ऐमन भी वहाँ से उठी।

"चलो, मैं तुम्हें छोड़ दूँ" आज़र नवाब भी उठते हुए बोले।

"मैं अपने आप चली जाऊँगी, आप क्यों तकलीफ़ करते हैं", ऐमन ने कहा।

लेकिन आज़र नवाब ने जैसे कुछ सुना ही नहीं और सीढ़ियों से उतर कर उसके साथ-साथ चलने लगे।

"क्वार्टर में कोई तकलीफ़ तो नहीं?" उन्होंने वैसे ही बात छेड़ी।

"जी नहीं", ऐमन ने संक्षिप्त उत्तर दिया। होटल का काम सौंपे जाने के बाद आज़र नवाब से उसका मिलना बहुत कम होता जा रहा था। वे क्षण जो दोस्ताना वातावरण में बीते थे, अब एक सपना हो गये थे।

क्वार्टर के सामने पहुँचकर वे रुके। छिटकी हुई चांदनी में वह साफ़-सुथरा ख़ूबसूरत क्वार्टर जिसके दामन में ढेर सारे रंग-बिरंगे फूल खिले हुए थे, निथरी हुई ओस की बूँदों के समान लग रहा था। ऐमन गेट के पास ही रुक गई। वह आज़र नवाब के जाने की प्रतीक्षा करने लगी। उस समय उसकी सारी भावनाएं बस एक ही बिन्दु पर केन्द्रित थी—आज़र नवाब।

ऐसा उसके साथ कई बार हुआ था। ऐसे में वह उसे ख़तरनाक—बहुत ही ख़तरनाक इन्सान लगते थे। उनका पुरुष होने का आकर्षण उन्हें और भी ख़तरनाक बनाता था। अपने कई बार के पक्के निश्चय के बाद भी वह उनकी ओर खिंची चली जाती थी। वह जानती थी कि आगे ख़तरा ही ख़तरा है। परन्तु उसकी कोई दवा-दारू उसके पास नहीं थी। हवेली ने उसे अपना लिया था। यहाँ तक कि वह स्वयं उसके बाहर अपने जीवन की कल्पना ही नहीं करती थी। वह नहीं चाहती थी कि आज़र नवाब उसे इस प्रकार से देखें कि उसका कण-कण उनके पास—और पास जाने के लिये चिल्ला उठे। शायद आज़र नवाब उसके इस रहस्य को जानते थे। वह उसके अन्दर उठते हुए तूफान का, अपने होंठों पर एक अनजान सी मुस्कान लिये, मज़ा उठाया करते थे।

"आज की सिविलाइज्ड दुनिया में मेहमान को कम से कम कॉफ़ी के लिए तो पूछा जाता है", आज़र नवाब ने हाथ से सिगरेट फेंकते हुए कहा।

"दूध" "दूध नहीं है," लेकिन ऐमन शायद यह बहुत जल्द बोल गई क्योंकि आज़र नवाब ने अपनी मुस्कुराहट रोकने को होंठ भींच लिये थे।

"चलिये, यह और भी अच्छा हुआ। वरना बेकार ही वक़्त बरबाद होता।"

"जी हाँ", ऐमन बोली। बड़ी आसानी से जान छूटी थी, "आप थके हुए होंगे। जाकर सो रहिए। बहुत-बहुत शुक्रिया साथ आने का।"

"जी नहीं।" आज़र नवाब ढिठाई से बोले, "मैं बिल्कुल थका हुआ नहीं हूँ। न मुझे नींद आ रही है। वक़्त की बरबादी का ख़्याल इसलिए था कि मैं झील और वहाँ का इन्तज़ाम देखना चाहता हूँ। मेहरबानी करके साथ चलिये।"

"अब? इस वक़्त?" ऐमन ने आश्चर्य से पूछा।

“क्यों नहीं? मैं वह जगह ख़ास तौर पर चांदनी में ही देखना चाहता हूँ। भूलिये नहीं कि उस जगह को सँवारने में कॉफ़ी पैसा लगा है।”

उन्हें कारोबारी होता देख ऐमन भी चौकस हो गई। चांदनी रात में झील पर नाव की सैर का आइडिया उसी का था। उसने सोचा कि क्यों न वह उन्हें सचमुच दिखा दे कि उनके पैसे का गलत इस्तेमाल नहीं हुआ है। वह स्थान अब इतना लोकप्रिय हो गया था कि लोगों को अपनी पार्टियों के लिये उसे कई दिन पहले बुक करवाना पड़ता था। उसे विश्वास था कि आज़र नवाब इस हक़ीक़त को जानते होंगे क्योंकि वह बराबर होटल के एकाउन्ट की चैकिंग करते थे, जो एकाउन्टेन्ट उनके आगे पेश करता रहता था।

ख़ामोश पेड़ों के बीच चलते हुए वे घूमकर झील की ओर चले। वातावरण में रात-रानी की ख़ूशबू घुली हुई थी। ऐमन बचपन से ही इस महक़ की दीवानी थी। उसके सिरहाने खिड़की के बाहर भी रात-रानी की झाड़ी थी। एक बार पता नहीं क्या हुआ कि वह झाड़ी सूखने लगी। तब उसके अब्बा ने क्या-क्या जतन किये कि वह सूखने न पाये और वह फिर से हरी हो गई थी।

“तुमने बताया नहीं कि तुम्हारे वालिद अपने काम में कितने माहिर थे।” आज़र नवाब बोले और ऐमन को ऐसा लगा जैसे वह बहुत देर से आज़र नवाब से अपने अब्बा की बात कर रही थी। यह हक़ीक़त थी कि आज़र नवाब के साथ काम करते हुए, उसने अपने अब्बा को ज़रूर याद किया था। लेकिन उनका कोई परिचय आज़र नवाब से नहीं हुआ था।

बंगलौर में चीफ़ आर्किटेक्ट ने मुझे उनके बारे में बताया। उनका नाम शहाब अहमद था न?” आज़र नवाब बोले।

“लेकिन आपको कैसे पता चला कि वह मेरे वालिद थे?” ऐमन ने चलते-चलते रूक कर पूछा। “शायद बड़ी सरकार ने कहा होगा।”

“नहीं। ज़माने की ज़्यादतियों की बात हो रही थी तो चीफ ने तुम्हारे अब्बा के बारे में बताया कि बहुत ऊंचे दर्जे के कलाकार होने पर भी वह ड्राफ़्ट्समैन ही रहे। फिर उन्होंने तुम्हारे बारे में बताया कि उनकी इकलौती बेटी थी जिस पर वह जान छिड़कते थे। चीफ़ को तुम्हारा नाम ऐमन बहुत पसन्द था।” आज़र नवाब रुक कर बोले, “उन्होंने कुछ और भी कहा था।”

“क्या?” ऐमन ने जैसे डर कर पूछा, “उन्होंने कहा कि वह बहुत भोली-भाली शक्ल की, प्यारी लड़की थी। मैंने उनसे कहा···” और आज़र नवाब रुक गये।

“क्या कहा आपने?” ऐमन ने पूछा।

“मैंने उनसे कहा कि शायद आपने उसे अब नहीं देखा।” आजर नवाब ने अनोखे अन्दाज में धीरे से कहा और ऐमन ठोकर खाती-खाती बची। आजर नवाब ने उसको

गिरते देख बाज़ू थाम लिया और थामे ही रहे। उनके इस कार्य ने उसके पैर और भी उखेड़ दिये। लेकिन वह और गहराइयों में गिरना नहीं चाहती थी। इससे पहले कि अन्जाम उसे बेबस कर दे, वह हालात को अपनी पकड़ में ले लेना चाहती थी। उसने धीरे से अपना बाज़ू छुड़ा लिया। लेकिन उसके विचारों का तार अतीत से जुड़ गया, जो उसकी पूंजी थी। उसे कभी अवसर ही नहीं मिलता था कि किसी को अपनी अतीत की यादों का साक्षेदार बना सके। वहाँ था ही कौन? बड़ी सरकार के साथ वह इतना खुल नहीं सकती थी। विक़ार जंग की बातों में वह इतनी गुम हो जाती थी कि उसकी अपनी व्यक्तिगत समस्याओं की गठरी बंधी की बंधी रह जाती थी। आज़र नवाब तो आज़र नवाब थे। आज उन्होने स्वयं उसके अब्बा की बात की तो वह अपने आप को रोक न सकी।

"अब्बा ने क़िस्मत का कभी गिला नहीं किया। असल में अम्मी की मौत ने उनसे आगे बढ़ने की सब ख्वाहिशें छीन ली थीं।" वह बीती हुई यादों तले दब कर बोली।···उन यादों का एक रेला-सा आया जो उसे बहा ले गया। कुछ देर चुप रह कर जैसे उसने अपने आपसे कहा, "अम्मी के लिये अब्बा ने आराम और दौलत ख़ुशी से छोड़ दी थी और जब अम्मी न रहीं तो मैं जानती हूँ वह मेरे लिए ही हंसते थे और मेरे लिये ही जीते थे।" उसकी आवाज़ भर्रा गई। इस बार उसने अपने कंधे पर से आज़र नवाब का हाथ हटाने की कोशिश नहीं की, बल्कि उनकी यह बात उसे तसल्ली दे गई।

"क़िस्मत ने उनके बड़े-बड़े इमतिहान लिये। लेकिन वह सब कुछ हँसते-हँसते झेल गये। वह अम्मी के बग़ैर नहीं रह सकते थे···नहीं रह सकते थे। मैं जानती हूँ।" उसके रूँधे गले से हल्की-सी सिसकी निकल गई।

आज़र नवाब उसके साथ, वहीं जैट्टी पर बैठ गये। उन्होंने अपना उजला सफ़ेद रूमाल उसे थमा दिया। वह ध्यान से उसकी बातें सुन रहे थे। वह खोई हुई सी अपने माँ-बाप के साथ बिताये हुए बचपन के दिनों की बातें कर रही थी।

पता नहीं, यह वातावरण का प्रभाव था या ऐमन के थके हुए दिमाग़ का करिश्मा कि उसकी आंखों से आँसू बहने लगे। खोये हुए माँ-बाप और उनके प्यार की याद में वह फूट पड़ी। वह आज़र नवाब के फ़ौलादी कंधे पर सिर रखे रोती रही। वह बस, ख़ामोश रहे। वह चाहते थे कि ऐमन अपने दिल की सारी भड़ास निकाल ले।

उन्होंने कभी उसे अपने-आप पर इस तरह नियन्त्रण खोते नहीं देखा था। आँसू बहाते नहीं देखा था। वह उसे हमेशा एक मज़बूत चट्टान समझते थे और किसी हद तक घमंडी भी। अब उसे इस तरह टूटते हुए देखा तो उन्हें महसूस हुआ कि उसे भी किसी कंधे की आवश्यकता हो सकती थी। उनके दिल में उसके लिये बेहद हमदर्दी जागी। उसका सिर कंधे से लगाये, उसके रेशमी बालों को सहलाते हुए, उन्हें एक अनोखी ख़ुशी हो रही थी। ऐमन को अपनी बाँहों के घेरे में लिये वह बहुत सन्तुष्ट लग रहे थे। औरत

के आँसू अगर दिखावटी न हों, तो मज़बूत से मज़बूत मर्द को भी पिघला देते हैं। आज़र नवाब जो अपने सख़्त व्यवहार से हमेशा ऐमन को तोड़ने की एक सैडिस्टिक कोशिश करते थे, अब उसके दुख को अपना दुख समझकर झेल रहे थे। यह उनकी दया-भावना नहीं थी क्योंकि उन्होंने एक बार ऐमन से कहा था कि वह केवल जानवरों को और पागलों को दया के योग्य समझते थे। फिर वह कौन-सी भावना थी जो ऐमन के पीड़ा के क्षणों में उन्हें उसका साझेदार बना रही थी।

उन्होंने ऐमन को और भी अपने पास कर लिया। उसके सिर पर गाल रख दिये। जब उसकी यादों में कुछ ठहराव आया तो उन्होंने अपने रूमाल से उसकी आंखें पोंछीं और दोनों हाथों में उसका सिर थामे देर तक उन धुली हुई आंखों में देखते रहे। उनकी आंखों में उस समय समुद्र की गहराई थी। उन्होंने धीरे-धीरे सिर झुकाकर उसकी दोनों आंखों को प्यार कर लिया। ऐमन ने कोई रुकावट नहीं डाली बल्कि उसका सिर झुकते-झुकते उनके सीने से जा लगा। उसकी आँखें बन्द थीं और वातावरण के सन्नाटे में वह केवल इतना ही सोच रही थी कि वह वहीं थी, जहाँ उसे होना चाहिए था। आज उसकी इस हरकत ने आज़र नवाब पर उसका दिल खोलकर रख दिया था। फिर भी उसे अपनी हार का कोई दुख नहीं था। वह अब अपनी मानसिक सीमा को तोड़ देना चाहती थी। उसे आज विश्वास हो गया था कि उसके जीवन में यदि कोई तसल्ली की सूरत थी तो केवल वह बाहें ही थीं जो उसे इस समय अपनी फ़ौलादी पकड़ में लिये हुए थीं। वही चौड़ा और मज़बूत सीना था, जिस पर सिर रखे वह उसके मालिक के दिल की थोड़ी-सी तेज़ धड़कनें सुन रही थी। वही दीवाना बनाने वाले मुस्कराते होंठ जो प्यार से उसकी आँखों पर सरसराये थे। वही लम्बी मज़बूत उंगलियों वाले हाथ थे जो यदि उसे छू देते थे तो वह घबरा जाती थी क्योंकि उनके आगे वह अपने-आपको बहुत दुर्बल महसूस करती थी।

पता नहीं कब तक वह आज़र नवाब की बांहों के घेरे में अपने-आपको भूले बैठी रही। अकस्मात् ही किसी परिन्दे की फड़फड़ाने की आवाज़ ने उसे चौंका दिया और वह घबराकर अलग हो बैठी। पहले तो आज़र नवाब की पकड़ और भी मज़बूत हो गई जैसे वह उसे अलग नहीं करना चाह रहे हों, परन्तु जब ऐमन ने थोड़ा संघर्ष किया तो उन्होंने उसे अलग हो जाने दिया।

और अब जब वह उनसे दूर हो बैठी थी तो चाहती थी कि कोई हादसा हो जाय और धरती उसे निगल जाये। जो कुछ हुआ था उसे वह कैसे समाप्त कर सकती थी। आज़र नवाब उसके दिल और दिमाग़ के इस संघर्ष को चुपचाप देखे जा रहे थे। उस समय उनकी आंखों में क्या था, वह कभी नहीं समझ सकती थी क्योंकि उसमें उनसे आंखें मिलाने का ताव नहीं था। उसने अपने-आप पर से भरोसा खो दिया था।

आज़र नवाब, जो यह समझते थे कि बशारत नवाब को जीत कर ऐमन हवेली में स्थायी जगह बनाना चाह रही थी, अब दिल ही दिल में उसके साहस को सराह रहे होंगे

कि वह अपना जाल और भी ऊँचाई पर डालने की कोशिश में थी।

एक बादल के टुकड़े ने चाँद को छुपा लिया था। ऐमन इस अस्थायी अंधेरे को धन्यवाद देती हुई तेज़-तेज़ कदम उठाती, वापिस होने लगी।

"ठहरो ऐमन।" आज़र नवाब ने धीरे से कहा। वह उसके पीछे-पीछे चले आ रहे थे। वह पल भर के लिये रुक गई।

"मिसेज़ आईज़ैक ने तुम्हारे लिये कुछ भेजा है।"

ऐमन की ज़बान फिर भी बन्द रही। सच तो यह है कि उनसे पूछना चाहती थी कि मिसेज़ आईज़ैक से उनका सम्बन्ध क्या था। वह उनसे कैसे मिले? क्यों मिले? लेकिन वह यह सब कुछ कैसे पूछे, जब जब़ान ही साथ न दे।

"लेकिन वह चीज़ इस वक़्त मेरे पास नहीं है।" आज़र नवाब उसके नजदीक आते हुए बोले, "कल सुबह तुम्हारे क्वार्टर पर पहुँच जायेगी।"

बाकी रास्ता बिल्कुल ख़ामोशी से कटा। सिर्फ़ पैरों तले दबते सूखे पत्ते शोर मचाते रहे। उसका परेशान दिमाग़ मिसेज़ आईज़ैक से बहुत दूर था। इस वक़्त उसकी केवल यह तमन्ना थी कि आज़र नवाब उसे अकेला छोड़ दें, चले जायें। अपने क्वार्टर का रास्ता वह अच्छी तरह जानती थी। वह कई बार चांदनी रातों में अकेली इस झील में अपने दुख डुबोने आ चुकी थी। दुख जो उसके अपने थे, जो उसके सारे व्यक्तित्व पर छाने की कोशिश करते थे, जिन्हें वह हमेशा हरा देती थी, उन्हें वह इसी झील में धक्का दे देती थी। जब वह ख़ुश होती, तब भी वहीं आया करती थी। तब वह झील उसे एक प्यारी सखी लगती। उसके सुख-दुख की साथी। वहाँ पहुँचकर आज उसे सब कुछ याद आ गया।

क्वार्टर आ गया और वह कुछ कहे-सुने बग़ैर लकड़ी का छोटा-सा गेट खोलकर अन्दर आ गई। लेकिन आज़र नवाब ने इसके पहले ही उसके कन्धे को पकड़ लिया। वह कांप-सी गई। फिर भी, उसकी नज़रें नहीं उठीं। आज़र नवाब का हाथ अपना सफ़र तय करता हुआ उसकी गरदन से होकर उसके गालों तक जा पहुँचा और उन्होंने धीरे से कहा "शुक्रिया" और अपना हाथ हटा लिया। ऐमन पलट कर भागी। उसने एक बार भी मुड़कर पीछे नहीं देखा। अन्दर आकर उसने दरवाज़ा बन्द कर लिया और निढाल-सी बिस्तर पर गिर गई। उसमें इतनी शक्ति भी नहीं रही थी कि उठ कर कपड़े बदल लेती, नाइट गाऊन पहन लेती। वह इसी तरह बिस्तर पर पड़ी रही। उसकी आंखों के आँसू बिलकुल सूख गये। उसकी जगह पछतावे का एक दर्द था जो उससे कह रहा था, 'अब क्या होगा?' उसकी कमज़ोरी ने उसे आज़र नवाब से और भी दूर कर दिया था। अब उसे शायद हवेली छोड़नी ही पड़ेगी क्योंकि वह उनकी अस्थायी हमदर्दी के भ्रम में नहीं आना चाहती थी।

वह रात-भर ठीक से सो भी नहीं सकी। सवेरे बोझिल आंखों से उसने जब

दरवाज़ा खोला तो सामने ही एक ख़ूबसूरत-से काग़ज़ में लिपटा बड़ा-सा पैकिट रखा था।

'डियर ओल्ड मिसेज़ आईज़ैक', ऐमन ने सोचा ओर झुक कर पैकेट उठा लिया। मिसेज़ आईज़ैक ने तोहफ़े की क़ीमती पैकिंग पर ही बहुत पैसा ख़र्च कर दिया था। उसने बेसब्री से पैकिंग खोली। वह एक बहुत ही ख़ूबसूरत मर्द की तस्वीर थी, जिसकी आंखों से समझदारी और माथे से शक्ति झलकती थी। होंठों की हल्की-सी मुस्कुराहट के पीछे छुपे हुए प्यार को वह अच्छी तरह पहचानती थी। वह उस तस्वीर को देखती ही रह गई जो उसकी आंखों में आंखें डाले मुस्करा रही थी। वह उसके वालिद की तस्वीर थी, लेकिन उसने उनकी यह तस्वीर कभी नहीं देखी थी। मिसेज़ आईज़ैक उसे इससे अच्छा उपहार क्या दे सकती थीं? यह तस्वीर उन्होंने ज़रूर कहीं घर ठीक करवाते हुए पाई होगी और सोचा होगा कि उसे इसके असली हक़दार के पास पहुँचना चाहिए। शुक्रिया और एहसान की मिली-जुली भावनाओं के साथ उस तस्वीर को लिये वह अन्दर आ गई।

'आलमपनाह' का काम बड़े संतोषजनक ढंग से चल रहा था। आशा से कुछ अधिक ही लोग वहाँ आ रहे थे। यह शायद हैदराबाद की संस्कृति थी जिसने हिन्दुस्तान के नक़्शे पर अपनी एक अलग ही पहचान बना ली थी। दक्षिणी हिन्द में होते हुए भी वहाँ का कल्चर और सामाजिक ढांचा दक्षिण के दूसरे स्थानों से बिल्कुल अलग था। 'आलमपनाह' पर अतिथियों की मेहरबानी के और भी कारण हो सकते थे। हैदराबाद अब महान भारत का एक अंग बन चुका था। वहाँ की राजनैतिक, सांस्कृतिक तथा शिक्षा के काम-काज बढ़ चुके थे। बड़ी-बड़ी कॉन्फ्रेन्सों और मीटिंगों का सिलसिला आरम्भ हो चुका था और उनमें भाग लेने जो प्रसिद्ध लोग आते, उनके ठहरने-ठहराने के लिये 'आलमपनाह' ही एक बहुत उचित गेस्ट हाउस माना जाने लगा। आज़र नवाब होटल में बहुत कम आते। कभी-कभार जब कोई विशेष अतिथि वहाँ ठहरने आता तो वहाँ उनका आना हो जाता लेकिन वहाँ उनका आना होटल के वातावरण में बिजली के करन्ट के समान होता। होटल के नौकर-चाकर उनके डिसिप्लिन से डरे रहते। साथ ही, उन्हें यह विश्वास भी रहता था कि परिश्रम तथा ज़िम्मेदारी से काम करने वालों को उनसे डरे रहने की कोई आवश्यकता नहीं थी बल्कि हर एक को तीज-त्यौहार पर एक सरप्राईज़ पैकेट आज़र नवाब से मिलने का पूरा विश्वास रहता।

होटल के मोनोग्राम के साथ नई कटलरी और क्राकरी के पार्सल आ गये थे। ऐमन उन्हें देखकर हॉल में पहुँच ही रही थी कि कौरिडोर में ठिठक गई। होटल में यों तो उसका नये-नये मेहमानों से वास्ता पड़ता ही रहता था लेकिन उसे चौंका देने वाला

अतिथि आज ही आया था। उसके सामने व्हील चेयर पर रेहाना बैठी थी। ऐमन को देखकर उनकी भी आंखों में गरम-जोशी और होठों पर तबस्सुम आ गया था। ऐमन आगे बढ़ी। काउन्टर पर आज़र नवाब रजिस्टर में कुछ, शायद रेहाना का नाम लिख रहे थे। रिसेप्शनिस्ट मुस्कराते हुए, उन्हें चाबी दे रहा था।

आज़र नवाब ने शायद रेहाना के आने पर अपना दौरा कैन्सिल कर दिया था। वरना वह तो समझ रही थी कि वह चार दिन के लिये दिल्ली गये हुए हैं। अपनी आंखों में पहचान की गरमी लिये वह रेहाना के पास पहुँची। उसी क्षण आज़र नवाब भी पलटे। उनका पलटना ऐमन को सन्नाटे में लाने के लिये काफ़ी था। इसलिये नहीं कि वह आज़र नवाब थे बल्कि इसलिये कि वे आज़र नवाब नहीं थे। ऐमन ने रेहाना की कुर्सी के दोनों हत्थों पर अपने हाथ रख लिये और उन्हें देखती रह गई। वह व्यक्ति जिसे उसने पीछे से देखकर आज़र नवाब समझा था, अब मुस्कराते हुए हवा में कमरे की चाबी हिलाते हुए उनकी ओर बढ़ रहा था। उसमें आज़र नवाब-पन अवश्य था। शायद उसके बाल आज़र नवाब के बालों के जैसे थे, लेकिन चेहरा अच्छा लगने पर भी आज़र नवाब के चेहरे से बिल्कुल अलग था और वे आंखें आज़र नवाब की आंखें नहीं थीं। वे बड़ी-बड़ी आंखें मासूम बच्चों की सी आंखें थीं, जब कि आज़र नवाब की आंखें दिल में कटार की तरह उतर जाती थीं। वे आंखें इन्सान की शान्ति को भंग कर देती थीं; आत्म-विश्वास को तबाह कर देती थीं।

"इक़बाल, यह ऐमन है।" रेहाना ने अपने शौहर का हाथ पकड़ कर कहा।

"ऐमन, इक़बाल से मिलो।" रेहाना ने खोई हुई ऐमन से कहा और वह चौंकी।

"ओ इक़बाल, इक़बाल साब, बहुत ख़ुशी हुई आपसे मिलकर।" उसने सम्भलते हुए कहा और रेहाना के ख़ुशियों-भरे चेहरे को देखा। वह बस रोशन ही रोशन था। उस पर कहीं किसी चीज़ के न मिलने का अन्धेरा नहीं था।

रेहाना ने उसकी तरफ़ झुक कर धीरे से कहा, "तुम कमरे में आना। तुम्हें बहुत कुछ बताना है।" ऐमन ने झुक कर रेहाना के गाल को प्यार किया। वह बहुत कुछ तो यों ही समझ गई थी। शेष जो कुछ उसे सुनना था, उसके लिये वह अवश्य समय निकाल सकती थी।

होटल का बेल-ब्वाय चुस्ती से रेहाना का सूट-केस लिये खड़ा था। ऐमन ने फिर मिलने का वायदा किया और गेस्ट हाउस में पूरे आराम का विश्वास दिलाते हुए उन्हें उनके कमरे तक पहुँचा आई। इक़बाल अहमद की फ़रमाइश पर उन्हें निचली मंज़िल पर ही कमरा दे दिया गया था, जिसकी पिछली बॉलकोनी बाग़ के एक सुन्दर भाग की ओर खुलती थी। यह कमरा गेस्ट-हाउस के वी. आई. पी. कमरों में से एक था।

ऐमन को रिसेप्शनिस्ट ने बताया कि आज़र नवाब ने दिल्ली जाने से पहले ही हिदायत दे दी थी कि मिस्टर और मिसेज़ इक़बाल अहमद को वह कमरा दिया जाय।

यह बात तो अब ऐमन पर स्पष्ट हो गई थी कि डांडेली छोड़ने से पहले उसने रेहाना के साथ जिस व्यक्ति को देखा था और जो रेहाना को प्यार कर रहा था, वह आज़र नवाब नहीं, बल्कि रेहाना के पति इक़बाल अहमद थे। परन्तु उसका दिमाग़ काम नहीं कर रहा था कि यह सब कैसे हुआ। इसमें कहीं न कहीं आज़र नवाब का हाथ अवश्य था। लेकिन कहाँ? यही उसकी समझ में नहीं आ रहा था। उसे अब याद आया कि रेहाना ने उससे एक बार कहा था कि उसके मियाँ और आज़र नवाब कुछ-कुछ एक दूसरे जैसे लगते हैं। फिर भी, जब उसने रेहाना को उसके अपने पति की बाँहों में देखा था तो तुरन्त ही यह मान लिया था कि वह आज़र नवाब ही थे। उसकी यह ग़लतफ़हमी बेजा भी नहीं थी क्योंकि वह यह सोच भी नहीं सकती थी कि इक़बाल अहमद वहाँ पहुँच सकते थे। वजह जो कुछ भी थी, अब उसे अपनी जल्दबाज़ी पर शर्म आई। आज़र नवाब उसकी नज़रों में कम से कम एक आरोप से तो छूट ही गये, परन्तु इसका उस पर तो कोई प्रभाव नहीं पड़ता था। वह वहीं खड़ी थी, जहाँ पहले थी।

ऐमन उस दिन बहुत व्यस्त रही। बड़ी सरकार ने भी उसे कुछ अधिक ही बैठा लिया था। शाम को रेहाना और इक़बाल लाउन्ज में दिखाई नहीं दिये तो ऐमन ने भी उनके कमरे पर जाकर उन्हें डिस्टर्ब करना उचित नहीं समझा। खाना भी इक़बाल ने कमरे में ही मंगवा लिया था।

अगले दिन सवेरे वह रेहाना के पास गई। रेहाना आईने के सामने बालों में ब्रुश कर रही थीं। ऐमन को देखकर उनकी आंखें चमक उठीं और उन्होंने ब्रुश हाथ से रख दिया।

"इक़बाल अभी गये हैं, मीटिंग में" रेहाना ने कहा, "में कल तुम्हारा इन्तज़ार करती रही और इक़बाल भी।" रेहाना की ज़ुबान इक़बाल का नाम लेते थक नहीं रही थी। उसे प्रसन्न देखकर ऐमन का दिल भी हर्षोल्लास से भर गया।

"रेहाना जानती हो, तुम्हें ख़ुश देखकर मैं भी कितनी ख़ुश हूँ?" ऐमन ने ब्रुश उठाकर रेहाना के अधूरे काम को पूरा करते हुए कहा।

"मैं जानती हूँ, तुमने हमेशा ही मुझे प्यार दिया है। वैसे, मैंने तुम्हारे साथ कभी-कभी बड़ी रुखाई बरती है," रेहाना ने ऐमन का एक हाथ पकड़कर आईने में उससे आंखें मिलाते हुए कहा, "लेकिन वह मेरी नाउम्मीदी का दौर था। ऐमन अब में वह नहीं रही। अब मैंने इक़बाल को पा लिया है…और …और…"।

"और?" ऐमन ने उसे बात पूरी करने पर उकसाया।

"और…और अब मैं माँ बनने वाली हूँ।" रेहाना की आँखों में विजय की एक चमक थी।

ऐमन ने रेहाना का चेहरा अपने दोनों हाथों में लेकर उसका माथा चूम लिया। "सच? मुबारक हो। लेकिन यह सब कैसे हुआ रेहाना?" ऐमन ने पूरी ख़ुशी से

कहा।

"मेरी तक़दीर...या फिर आज़र नवाब इसके ज़िम्मेदार हैं।" रेहाना ने कहा। "उन्होंने मुझसे उगलवा ही लिया कि इक़बाल के बग़ैर मेरी ज़िन्दगी वीरान है।"

"हाँ, उन्हें नाकें घिसवाने में मज़ा आता है", ऐमन बोली और दोनों हंस पड़ीं।

"वह बम्बई गये। हस सिलसिले में डैडी से उनकी कुछ अनबन भी हो गई। डैडी चाहते थे कि इक़बाल माफ़ी मांगते हुए अपने-आप मेरे पास आयें या फिर मैं उनसे तलाक़ ले लूँ। वह अपने पैसे से दूसरा दामाद ख़रीदना चाहते थे। लेकिन एक दिन आज़र नवाब ने इक़बाल को अपने मेहमान की तरह डांडेली बुला लिया और मैंने डैडी से साफ़ कह दिया कि अगर इक़बाल मुझे अपने पास बुलाने को तैयार हों तो मैं किसी क़ीमत पर भी उन्हें नहीं छोड़ूगी। लेकिन...", रेहाना ने एकदम प्यार-भरे गुस्से से कहा, "और हाँ, तुम मुझसे मिले बग़ैर डांडेली से क्यों हैदराबाद चली आई? वैसे मुझे तुम्हारा तोहफ़ा मिल गया था।"

अब ऐमन क्या कहती कि वह क्यों रेहाना से बग़ैर मिले वापिस आ गई थी।

लेकिन रेहाना उसके जवाब का इन्तज़ार किये बग़ैर बोली। और ऐमन से उसने जोश से कहा, "कुछ दिनों में मैं क्रचों के सहारे चल सकूँगी। इस नये डॉक्टर के इलाज़ से मुझे फ़ायदा हो रहा है।"

ऐमन कुछ देर उसके पास बैठी रही और फिर दोआरा मिलने का वायदा करके चली आई।

"बंदगी-तक़दीर", बशारत नवाब बरामदे में बेंत की आराम कुर्सी पर से उठते हुए बोले। वह देर से वहाँ आकर इस इन्तजार में बैठे थे कि बड़ी सरकार नमाज़ ख़त्म करें तो वह उन्हें आदाब बजा लायें, लेकिन सलाम उनके मुँह पर अधूरा ही रह गया क्योंकि सलाम फेर कर नमाज़ की चादर सिर से खुली तो उनके सामने बड़ी सरकार नहीं, बल्कि उनकी अपनी वाल्दा थीं।

तसनीम पाशा सफ़ेद बुर्राक़ साड़ी और पूरे आस्तीन के ब्लाउज़ में एकदम अलग नज़र आ रही थीं। उनके बाल हेयर डाईंग से आज़ाद सुरमई दिखाई दे रहे थे। लाल सफ़ेद चेहरे पर मेक अप नहीं था। बशारत नवाब आश्चर्य से आंखें फाड़े माँ को देखते रहे। तसनीम पाशा ने मुस्कुराते हुए उन्हें देखकर हाथ फैला दिये और बशारत नवाब उनके सीने से लग गये। पता नहीं क्यों उनकी आंखें बन्द हो गई और उन्हें ऐसा लगा जैसे जीवन में पहली बार वह अपनी माँ से मिल रहे थे।

बशारत नवाब कुछ देर पहले ही पहुँचे थे और जानते थे कि उनकी वालिदा उस वक़्त तक क्लब से वापिस नहीं होती थीं। वैसे भी, अपनी माँ से ख़ून के रिश्ते के अलावा उनका अधिकतर सभ्यता ही का रिश्ता या। बाप के मरने के बाद उनकी माँ उनसे और भी दूर होती गई।

उनके ख़र्च कहाँ से पूरे होते थे, कैसे पूरे होते थे; उन्हें इसकी कभी परवाह ही नहीं हुई। उन्हें एक आज़ाद जीवन की आदत होती गई। एक ऐसा जीवन जिसने जुए का भार अपनी गरदन पर सहा ही न हो, रास्ते की ऊँच-नीच का अनुमान कैसे लगा सकता है। वह दुनिया को एक सीधी-सपाट, बढ़िया सड़क समझते रहे, जिस पर जीवन के घोड़े को बे-लगाम छोड़ा जा सकता था। अचानक एक चौराहे पर आज़र नवाब ने उनकी धारा को मोड़ दिया। अब उन्हें ठोकर खानी ही थी। गिरना था, सम्भलना था।

वह आज़र नवाब से 6 साल छोटे थे और बचपन से ही उनका लोहा मानते थे। आज़र नवाब उन्हें बच्चा समझकर मुँह नहीं लगाते थे। यही कारण था कि उन दोनों में कभी बेतकल्लुफ़ी पैदा ही नहीं हो सकी। कभी-कभार जब आज़र नवाब, बशारत नवाब को अपने आगे घोड़े पर बिठाकर घोड़ा दौड़ाते तो बशारत नवाब का नन्हा सीना गर्व से फूल जाता। गरमी की चिलचिलाती दोपहरी में आज़र नवाब नज़र बचाकर हवेली से बाहर बाग़ में भाग आते, तो दबे पाँव बशारत नवाब भी उनके साथ हो लेते। आज़र नवाब गिरगिटों का शिकार करते तो बशारत नवाब उन्हें पत्थर चुन-चुन कर देते। इससे अधिक उन्हें आज़र नवाब ने अपने पास नहीं आने दिया; न कभी बशारत नवाब को इसका साहस हुआ। वह आज़र नवाब को बड़ा मानकर हमेशा उनसे डरे-डरे रहते। उसे उनकी कमतरी का एहसास भी नहीं कहा जा सकता था, क्योंकि उन्होंने कभी अपना मुक़ाबला आज़र नवाब से करने की आवश्यकता नहीं समझी। उनकी रुचि का मैदान अलग था। जब आज़र नवाब को कोर्ट-आफ-वार्ड्स भिजवा दिया गया, तो कुछ दिन तक बशारत नवाब खोये-खोये रहे। शाहाना साहेबज़ादी के साथ खेलना वह अपनी शान के लायक़ नहीं समझते थे। फिर धीरे-धीरे उन्हें आज़र नवाब का चला जाना अच्छा लगा। तब उन्हें महसूस हुआ कि आज़र नवाब डिक्टेटर थे और वह बिना किसी आपत्ति के उनका आदेश मानते थे। आज़र नवाब से विद्रोह करने का उन्हें कभी साहस नहीं हुआ।

किसी समाज या व्यक्ति से विद्रोह करने के लिए किसी चीज़ की कमी या मज़बूत ईगो की आवश्यकता होती है। जीवन में कोई न कोई उद्देश्य की भी आवश्यकता होती है। बशारत नवाब भी स्वतन्त्र तथा स्वावलम्बी थे। वह अपनी पसन्द का खाते थे और अपनी पसन्द का पहनते थे। उनकी अपनी रुचियां थीं। परन्तु इससे अधिक स्वावलम्बी यदि वह होते भी, तो किस के बूते पर होते। उनके व्यक्तित्व को उभरने का अवसर ही नहीं मिला था। उन्हें भी कभी यह नहीं लगा कि वह किसी अच्छी वस्तु से वंचित है। इसलिए जब आज़र नवाब विदेश से स्वदेश छुट्टी पर आते तो बशारत नवाब की फिर वही स्थिति हो जाती। अन्त में उन्होंने संघर्ष छोड़ दिया और हमेशा के लिये यह मान लिया कि आज़र नवाब के जैसे लोग दुनिया में आते हैं और आते ही इसलिए हैं कि गरदन झुकाकर उनका कहा मान लिया जाए और इसी में उनकी भलाई है।

"अब मैं भी तुम्हारे साथ डांडेली चलूंगी और वहीं रहूँगी," तसनीम पाशा ने कहा।

"वह दुनिया बहुत छोटी है, मम्मी। वहाँ आपका दिल नहीं लगेगा," बशारत नवाब अपनी माँ को जानते थे।

"यहाँ की इतनी बड़ी दुनिया अब मुझ से समेटी नहीं जाती," तसनीम पाशा बोलीं।

"फिर वही मायूसी की बातें," बड़ी सरकार अपना दुपट्टा सम्भालकर आती हुई बोलीं। उन्हें देखकर बशारत नवाब उठ खड़े हुए और झुक कर सलाम किया। बड़ी सरकार ने उन्हें गले लगा लिया।

"तसनीम पाशा तुम बशारत नवाब के साथ ज़रूर डांडेली जाओगी लेकिन दुनिया से भागने वाली बातें बेकार हैं। दुनिया हर जगह वही है," बड़ी सरकार बैठती हुई बोलीं।

फिर वह बड़ी देर तक बशारत नवाब से उनके बारे में और डांडेली के बारे में पूछती रहीं। बशारत नवाब अब वह बशारत नवाब नहीं थे जो प्रश्नों से कतराकर भाग खड़े हों। अब उन्होंने बहुत आत्म-विश्वास प्राप्त कर लिया था। जंगल की खुली और ताज़ी हवा में उनका स्वास्थ्य और निखर गया था। बड़ी सरकार को डर था कि वह शहर के पले हुए, अच्छी चीजों को पसन्द करने वाले, अल्हड़ और सादा इंसान इस प्रकार जंगल के होकर रहेंगे; परन्तु जंगल ने ही उन्हें इन्सान बनने के गुर सिखा दिये थे, बरना वह तो केवल एक नवाबज़ादे ही थे।

बशारत नवाब घूम फिर कर हवेली के बदले हुए रंग को रुचि लेकर देखते रहे। फिर सीधे ऐमन के क्वार्टर की ओर चले गये। उन्हें पता चल गया था कि ऐमन अब हवेली में नहीं रहती। ऐमन के क्वार्टर की रोशनी खुली थी। उसे पता भी नहीं चला कि कब बशारत नवाब खुले दरवाज़े से आकर उसके पीछे सोफ़े पर बैठ गये थे।

ऐमन मिसेज़ आईज़ैक का पत्र पढ़ने में व्यस्त थी। उन्होंने उसे ढेर सारी दुआएं भिजवाई थीं। उनका आधे से ज़्यादा पत्र तो आज़र नवाब की प्रशंसा से भरा हुआ था। मिसेज़ आईज़ैक एक बार के मिलने ही में आज़र नवाब को दिल से पसन्द करने लगी थीं। उनका व्यक्तित्व, शक्ल और सूरत तथा उनकी सभ्यता की प्रशंसा के पुल बांध दिये थे उन्होंने। आज़र नवाब ने पल भर के लिये भी मिसेज़ आईज़ैक को यह लगने नहीं दिया कि उनमें और मिसेज़ आईज़ैक की आर्थिक तथा सामाजिक स्थिति में आकाश और धरती का अन्तर था। मिसेज़ आईज़ैक के साथ उन्होंने उनके किचिन में ही बैठकर चाय पी थी।

"मेरा और आज़र नवाब का मिलना इतिफ़ाक ही से हुआ। पहले तो मैं झिझकी कि इतना बाँका, सजीला और अमीर युवक मेरे झोंपड़े में क्यों आया। लेकिन उन्होंने बताया कि वह यहीं-कहीं अपने किसी मित्र के पास आये थे। मेरे बाग़ के फूल इतने

अच्छे लगे कि वह अन्दर चले आये। और उन्होंने यह भी कहा कि इतनी चार्मिंग लेडी इस सुन्दर कॉटेज में रहती है।"

ऐमन रुकी, उसने दिल में सोचा कि क्या वह इस बात पर विश्वास कर ले कि आज़र नवाब की मिसेज़ आईज़ैक के साथ मुलाक़ात महज़ एक इत्तिफ़ाक़ ही थी।

"बातों-बातों में आज़र नवाब ने बताया कि तुम उनके साथ काम करती हो। तब मुझे आश्चर्य-जनक प्रसन्नता हुई कि यह भी एक विचित्र बात है कि मुझे तुम्हारे अफ़सर से मिलने का अवसर मिला। फिर वह बड़ी देर तक तुम्हारे और तुम्हारे माता-पिता के बारे में पूछते रहे। वह तुम्हारे अब्बा का फ़ोटो देखना चाहते थे। लेकिन तुम जानती हो कि उनकी कोई तस्वीर नहीं है। तुम्हारा सामान ढूंढ़ने पर उनका एक ग्रुप फ़ोटो मिला। मैंने दिखा दिया। वह उस फ़ोटो को अपने साथ ले गये। दूसरे दिन अपने ड्राइवर के हाथों, मेरे लिये बड़े-बड़े गुलाबों का एक गुलदस्ता भेजा और वह फ़ोटो लौटा दिया।"

ऐमन ने पत्र बन्द कर दिया और सामने दीवार पर लगे चित्र को देखा, जो उसकी आंखों में आंखें डाले मुस्करा रही थी। वह समझ गयी कि वह तस्वीर उस ग्रुप फ़ोटो से निकाल कर एनलार्ज की गई थी, आज़र नवाब ने तो कहा था कि वह तस्वीर मिसेज़ आईज़ैक ने उसके लिये भिजवाई थी। यह कौन-सा खेल था, जो आज़र नवाब उसके साथ खेल रहे थे। और क्यों खेल रहे थे? उसने एक ठंडी सांस भरी।

"कहीं यह जुदाई की ठंडी सांसे मेरे लिये तो नहीं हैं?" बशारत नवाब बोले। और वह अपनी जगह से उछल पड़ी।

"आप···आप कब आये?" उसने पलट कर पूछा।

"हम गये ही कहाँ थे? हमेशा यहीं मौजूद थे आपके दिल में", बशारत नवाब ने दिल पर हाथ रखकर नाटकीय अंदाज से कहा। और ऐमन हँस पड़ी।

"यानी···यूँ ही," फिर उसने उन्हें घूरते हुए संदेह बताया।

"आप शायद काम-काज छोड़कर भाग आये हैं, डांडेली से। मैं आपकी रिपोर्ट करूंगी, आज़र नवाब से।"

"जी, यह ख़ाकसार उन्हीं के हुक्म पर हाज़िर हुआ है।"

"किस लिए?" ऐमन ने कहा।

"वह मुझे यूरोप भिजवा रहे हैं, ट्रेनिंग के लिये", बशारत नवाब बोले।

"यह तो बहुत अच्छा हुआ। लेकिन आपके जाने के बाद फ़ैक्ट्री कौन सम्भालेगा?"

बशारत नवाब ने मुँह से कुछ कहे बिना ही दोनों हाथों के पंजे खोलकर अंगूठ कानों से लगा दिये। ऐमन बात को समझ कर ज़ोर से हँस पड़ी।

"भुसनूरमठ···। चलिये, आप भी हद करते हैं। बेचारे के कान इतने बड़े भी नहीं

हैं।”

“कभी इस मोहब्बत की नज़र से हमें भी देखा करो ना?” बशारत नवाब ने कहा।

“अच्छा, यह तो बाद में देखा जायेगा कि आपको किस नज़र से देखा जाए। पहले बताइये कि आप क्या पियेंगे?”

“आपके दीदार का शर्बत पीना था, सो पी लिया,” बशारत नवाब झूम कर बोले।

“आप बिल्कुल शरारत के मूड में हैं। अब आपको कुछ नहीं मिलेगा।”

“तो चलिये कॉफ़ी पी लेते हैं। खाना तो खाकर आया हूँ।”

ऐमन कॉफ़ी बनाने को अपने छोटे से ख़ूबसूरत किचिन में गई तो बशारत नवाब भी उसके पीछे चले आये और वहीं दरवाज़े से कंधा टिकाये खड़े-खड़े ऐमन को कॉफ़ी बनाते देखते रहे। हल्के-फुल्के ड्रेसिंग गाउन में उसका प्यारा-सा शरीर और कमर से नीचे झूलती ढीली गुँथी हुई चोटी में बशारत नवाज की नज़र उलझी रही। वह कुछ सोचते हुए उसको एक-टक देखते रहे।

“देखना, मर मिटेंगी सैंकड़ों गोरियाँ आप पर”, ऐमन ने खौलता हुआ पानी कॉफ़ी की प्यालियों में उंडेलते हुए कहा।

“लेकिन हम तो किसी और के ख़ूबसूरत जाल में गिरफ़्तार हैं”, बशारत नवाब बोले।

“मैं आपकी शरारत बहुत अच्छी तरह समझती हूँ। सच बतायें क्या सचमुच है कोई?” ऐमन ने पूछा।

“अरे जब समझती हो, तो पूछती क्यों हो?”

अकस्मात् ही बशारत नवाब गम्भीर हो गये। वह जब भी कभी गम्भीर हो जाते तो ऐमन को और भी हंसी आ जाती।

“सिफ़ारिश करूंगी आज़र नवाब से कि शहनाई बजवा दें उसके घर।”

“मुझे शादी करनी होगी तो इसमें आज़र नवाब के दख़ल की ज़रूरत नहीं है।”

“अच्छा हटिये, और रास्ता दीजिए। एक्टिंग छोड़कर अपना हाल-चाल बताइये।” ऐमन ने बात गम्भीर होते देख टालना चाहा, परन्तु बशारत नवाब दरवाज़े से हटे नहीं। उसके हाथ से कॉफ़ी की प्याली को लेकर उन्होंने दीवार से लगी साइड टेबिल पर रख दिया और ऐमन की ओर पलट कर बोले, “ऐमन क्या तुम्हें मुझमें एक शरीफ बच्चे या एक जोकर के सिवाय कभी कुछ दिखाई नहीं देता?”

ऐमन को उनका बदला हुआ रंग परेशान करने लगा।

बशारत नवाब ने उसे कंधों से पकड़ लिया और हल्के से झिंझोड़ते हुए बोले, “मैं कोई बुद्धू, कम-उम्र बच्चा नहीं हूँ। ऐमन, मैं एक ज़िम्मेदार मर्द हूँ और एक मर्द ही की तरह तुमसे मोहब्बत करता हूँ। ख़ुदा गवाह है, ऐमन, मैं तुम्हें अपनी ज़िन्दगी की तरह

चाहता हूँ।" उन्होंने ऐमन को खींचकर अपनी बाँहों में जकड़ लिया।

"बात घिंसी-पिटी है, ऐमन। लेकिन आज मैं तुमसे अपना हक़ मांगता हूँ। तुम्हें याद है, गोलकुण्डे में तुमने मुझसे शर्त हार कर मुझे कुछ मांगने का हक़ दिया था। आज वह कर्ज़ चुका दो। ऐमन मैं तुम ही को तुम से मांगता हूँ। मुझे ज़िन्दगी का सफर अपने साथ तय करने दो। मैं तुम्हें कभी नहीं हराऊंगा।"

ऐमन वहीं कुर्सी पर हक्का-बक्का धम्म से बैठ गई। बशारत नवाब ने भी वहीं ज़मीन पर घुटने टेके अपना सिर उसकी गोद में रख दिया।

"हाँ कह दो ऐमन, ख़ुदा के लिए हाँ कह दो" उनकी भावनाओं ने उन पर विजय पा ली थी।

ऐमन बशारत नवाब से 'हाँ' कैसे कहती। वह उन्हें पसन्द करती थी; बहुत पसन्द करती थी, परन्तु इतना भी नहीं कि अपने-आपको उनके हवाले कर देती। उसने अपनी उलझन से बाहर आने की कोशिश करते हुए अपना हाथ उनके सिर पर रख दिया।

"बशारत नवाब"

"डिस्टर्ब करने के लिये माफ़ी चाहता हूँ।" एक जानी-पहचानी आवाज़ ने और भी उसके होश उड़ा दिये और वह घबराकर उठ खड़ी हुई। साथ ही बशारत नवाब भी उठ खड़े हुए।

"चचा जान की तबियत बहुत खराब है। वह आपको याद कर रहे हैं।" आज़र नवाब की आवाज़ बर्फ़ थी और रही-सही कसर उनकी आँखों ने पूरी कर दी थी, जिनमें बर्फ़ होने के साथ-साथ एक घृणा भी थी, एक आरोप था, एक क्रोध था। वह कुर्सी का बाज़ू पकड़े, कुछ देर तक उसे तोहमत-भरी नज़रों से देखते रहे और फिर पलटकर चल दिये।

ऐमन वहीं टेबिल पर दोनों हाथ टेके, काँपती हुई खड़ी हो गई। उसका दिल धौकनी बना हुआ था। वह हमेशा बशारत नवाब की आशिक़ी की बातों को उनकी शरारत और हंसी-ठट्ठा समझकर टालती आई थी। परन्तु उसके अन्तर्मन ने उसे कई बार चेतावनी भी दी थी कि जिसे वह हँसी-ठट्ठा समझ रही थी, कहीं हक़ीक़त ही न हो। फिर भी, वह अपने-आपको धोखा दे रही थी। इंसान अपनी प्रकृति से ही धोखेबाज़ होता है। जब वह किसी और को धोखा नहीं दे पाता, तो अपने-आप ही को धोखा दे देता है। उसके साथ इसी धोखे ने आज उसे एक ऐसी हक़ीक़त के सामने लाकर खड़ा कर दिया था, जिस पर उसका कोई नियन्त्रण नहीं था।

वह बशारत नवाब को एक सच्चे मित्र की तरह प्यार करती थी। सच्चे दोस्त की तरह पसन्द करती थी। केवल पसन्द ही करती थी। जिस प्यार को वह मांगते थे, वह उसके बस में नहीं था।

वह वहीं कुर्सी पर दोनों हाथों से अपना मुँह ढाँपे बैठ गई। तेज़ी से घटने वाले

हालात ने उसे बौखला-सा दिया। वह जानती थी कि रोने-धोने से काम नहीं चलेगा। उसे अभी और इसी समय बशारत नवाब को बताना होगा कि वह सपनों के पीछे न दौड़ें। लेकिन ठीक उसी समय, आज़र नवाब के आगमन तथा विक़ार जंग के बहुत बीमार होने के समाचार ने उसे नरवस कर दिया था। वह भली-भाँति जानती थी कि आज़र नवाब उसके बारे में क्या सोच रहे होंगे।

वह अपने बहते हुए आँसुओं पर नियन्त्रण नहीं रख सकी।

"ऐमन", बशारत नवाब उसकी कुर्सी के पास एक घुटना टेक कर बैठ गये, "क्या मेरे दिल की बात तुम्हारे लिये इतनी कष्ट-दायक है? ख़ुदा की क़सम, मैं तुम्हारा दिल दुखाना नहीं चाहता था।"

अब वह उन्हें कैसे समझाती कि वह क्यों रो रही थी। वह उन पर किसी प्रकार का आरोप नहीं लगा रही थी। उन्होंने केवल मोहब्बत ही की तो बात की थी, कोई घृणा तो नहीं जताई थी। परन्तु वह उनकी मोहब्बत का जवाब मोहब्बत से नहीं दे सकती थी। अब यह बात वह उनसे कैसे कहे? वह इकतरफ़ा मोहब्बत की कसक को जानती थी। उसने अपनी मोहब्बत को दिल की काल कोठरी में हमेशा के लिये बन्द कर दिया था। लेकिन मर्द औरत की मोहब्बत में फर्क़ होता है। औरत की मोहब्बत हल्की-हल्की मंद चिनगारी होती है जो ढेरों राख के नीचे दबी सदा जलती रहती है। यह ऐसा अनमिट पवित्र दीया है, जिसे समय की आंधी कभी नहीं बुझा सकतीः क्योंकि वह नारी के पवित्र आँचल की ओट में पनपता रहता है। उसे जलते रहना है। उसे किसी अन्त की खोज नहीं है। मर्द की मोहब्बत एक बेसब्र शोला है, जो अन्त की खोज में अपनी ऊँचाइयों पर पहुँच कर कहीं खो जाता है। मर्द को यह शोला पनपाये रखने की आवश्यकता नहीं होती क्योंकि वह उससे वंचित है। वास्तव में यह उसके बस में है ही नहीं कि सदा इस शोले को शोला बनाये रखे। इसके लिये कुछ बलिदान देने पड़ते हैं, जो केवल एक नारी ही दे सकती है।

ऐमन और बशारत नवाब की उम्र एक जैसी ही थीं। वह जानती थी कि उनके जीवन में मील के और भी कई पत्थर आयेंगे। नारी का दिमाग़ पुरुष के दिमाग़ के मुक़ाबले में जल्दी जवान हो जाता है। वैसे भी उसने अपनी कम उम्र में ही ठोकरें खाई थीं, जबकि बशारत नवाब ने अभी-अभी अपना प्रेक्टिकल जीवन आरम्भ किया था। उन्हें अभी आगे बढ़ना था। दूसरों को समझने से पहले अपने-आपको समझना था। वह उनका दिल तोड़ना नहीं चाहती थी; लेकिन उन्हें हक़ीक़त भी बताना ज़रूरी था क्योंकि वह चन्द दिन बाद ही यूरोप जा रहे थे।

उसने अपने आँसू पोंछे और सिर झुकाये बैठी रही। उसकी समझ में नहीं आ रहा था कि बशारत नवाब से किन शब्दों में कहे कि उसे उनकी मोहब्बत मन्ज़ूर नहीं। जब वह कुछ नहीं बोले, तो बशारत नवाब ने उसके दोनों हाथ अपने हाथ में लेकर,

कहा, "ऐमन मुझे जिन्दगी का तर्जुबा बहुत कम है। लेकिन इतना तो समझ सकता हूँ कि मैंने तुम्हें असमंजस में डाल दिया है। मैंने तुमसे मोहब्बत की है, लेकिन तुम्हारा इमतिहान नहीं लूँगा। काश, वैसा हो सकता, जैसा मैं चाहता हूँ।" उन्होंने एक ठंडी सांस भर कर ऐमन के हाथ छोड़ दिये और उठ खड़े हुए और बोले, "हाँ, मैं यह भी जानता हूँ कि वह कौन है, जिसने मेरी मोहब्बत को तुम्हारे दिल में जागने ही नहीं दिया।"

ऐमन ने चौंक कर उन्हें देखा।

"लेकिन मुझे डर है ऐमन, कि तुम उसकी मोहब्बत कभी न पा सकोगी, जिसके लिये तुमने मुझे ठुकरा दिया। मैं तुम्हें पूजता ऐमन, जबकि सभी ने उसको पूजा है। आज़र नवाब ने बहुत दुःख झेले हैं और जो दुःख झेलता है, वह दूसरों का भी दिल दुखाकर ख़ुश होता है।"

ऐमन उठ खड़ी हुई, "क्या तुम आज़र नवाब से प्यार नहीं करतीं?" बशारत नवाब ने ऐमन से पूछा।

ऐमन ने अपने कानों पर हाथ रख लिये। वह अब कुछ और सुनना नहीं चाहती थी। उसे ऐसा लगा, जैसे उसे बाज़ार में कोड़े लगाये जा रहे हों। वह पलटी और तेज़ी से बाहर निकल गई। बशारत नवाब ने उसे रोकने की कोशिश भी नहीं की।

ऐमन अंधेरे में दौड़ती गईं। आधा रास्ता जाकर वह रुक गई। बाहर की ठंडी हवा में उखड़ी हुई सांस को संभालकर वह विक़ार जंग के कॉटेज की तरफ बढ़ी। उसने दोनों हाथों से जहाँ तक हो सके, अपने बालों को ठीक किया और अन्दर आ गई।

विक़ार जंग ड्राइंग रुम में ही दीवान पर लेटे थे। उनके ख़ूबसूरत चेहरे पर मुरदनी सी छाई थी। उनकी आँखें बन्द थीं। पास ही डाक्टर फ़रगुसन उनकी नाड़ी देखते बैठे थे। वहीं आज़र नवाब भी थे। उनके चेहरे से चिन्ता छलक रही थी। जैसे ही ऐमन आई, उन्होंने एक उड़ती-सी नज़र उस पर डाली। एक नागवारगी-सी उनके चेहरे पर आई और उन्होंने फिर से अपनी नज़रें विक़ार जंग के चेहरे पर केन्द्रित कर लीं।

कुछ देर बाद डाक्टर ने उठते हुए आज़र नवाब से कहा, "बुखार को इग्नोर नहीं करना चाहिए था। मुझे क्यों नहीं बुलवा लिया, नवाब साहब?"

"मुझे अभी कुछ देर पहले ही पता चला, जब कॉटेज में रोशनी दिखाई नहीं दी।" आज़र नवाब की चिन्ता और बढ़ गई थी।

"निमोनिया है," डॉक्टर ने कहा, "लेट्स होप फॉर दि बैस्ट" और असन्तुष्ट होकर अपने कंधे उचका दिये।

आज़र नवाब डाक्टर को छोड़ने के लिये कार तक गये। ऐमन वहीं दीवान के पास कुर्सी खींचकर बैठ गई। विक़ार जंग का ख़ूबसूरत चेहरा एकदम पीला हो रहा था। उनकी हँसती-मुस्कराती आँखें बन्द थीं। कम्बल के बाहर उनका एक हाथ निकला हुआ

था। लम्बी उंगलियों वाले इस हाथ ने कैसे-कैसे कैनवस सँवार दिये थे। क्या उन्होंने कभी अपने जीवन को सँवारने की कोशिश भी की? उसे विक़ार जंग के आकर्षक व्यक्तित्व के पीछे एक बेचैन, प्यासी आत्मा दिखाई दे रही थी। उसने अपना हाथ धीरे-से उनके हाथ पर रख दिया, ताकि उसे कम्बल से ढाँप दे। विक़ार जंग की बन्द आँखें धीरे-धीरे खुलीं। ऐमन को देख कर उनमें पहचान की गरमी पलट आई। होंठ हल्की-सी मुस्कराहट से कांपे। ऐमन ने अपने दोनों हाथों में उनकी दोनों हथेलियों को लेकर हल्के-से दबाया और उनका हाथ कम्बल के अन्दर कर दिया। विक़ार जंग की सांस धौंकनी की तरह चलने लगी थी। वह कुछ देर बहुत अपनेपन से ऐमन को देखते रहे। फिर आँखें बन्द कर लीं।

"इन्हें और तकियों की ज़रूरत है। बेड रूम में से ले आइये।" आज़र नवाब डाक्टर को छोड़कर वापिस आ गये थे।

"बेड रूम ही में ले चलें। वहाँ इन्हें ज़्यादा आराम मिलेगा।" ऐमन ने राय दी।

"मैं डॉक्टर की राय को ज़्यादा अहमियत देता हूँ", आज़र नवाब ने रुखाई से कहा।

ऐमन की भावनाओं पर ऐसी चोट लगी थी कि वह काम से जाती रही। उस पर आज़र नवाब की रुखाई का कोई प्रभाव नहीं पड़ा। वह चुपचाप उठी और विक़ार जंग के बेड रूम से तकिये लेने चली। दो तकिये विक़ार जंग के सिरहाने ड्राइंग रूम के दीवान पर, जहाँ विक़ार जंग लेटे थे, पहले से थे। उसे दो और तकियों की ज़रूरत थी। ये तकिये उसे कपबोर्ड में मिल गये। लेकिन उन पर कवर नहीं चढ़े थे। उसने खुली अलमारी में कवर ढूंढ़ने चाहे। अलमारी में पहनने वाले कपड़े, तौलिये, चादरें सब इतनी गड्डमड्ड थीं कि ऐमन ने सब घसीट कर पलंग पर डाल दिये। उसके पैर के अंगूठे पर चोट भी लग गई। पता नहीं बिखरे हुए कपड़ों के तूफान में क्या था जो खट से उसके अंगूठे पर लगा। पीड़ा के मारे उसने अपना अंगूठा मसल डालां। लेकिन जब उसकी नज़र शीशे पर पड़ी तो अपनी पीड़ा भूल गई। वह रेशमी चादर में लिपटी एक पेन्टिंग थी जो चादर के खुले कोने से झाँक रही थी। ऐमन ने उसे चादर से निकाला, उस पर एक उड़ती-सी नज़र डाली। उस तस्वीर में एक हसीन लड़की बैठी हुई दिखाई गई थी जिसके बाल उसकी कनीज़ बना रही थी। पता नहीं लड़की किस बात पर नाराज़ थी। लेकिन यह वक़्त पेंटिंग को ध्यान से देखने का नहीं था। उसने तस्वीर पलंग पर फेंक दी और जल्दी-जल्दी तकिये पर कवर चढ़ाने लगी। लेकिन तब भी उसकी नज़रें तस्वीर पर जमी हुई थीं। उसका दिमाग़ धुआँ-धुआँ-सा हो रहा था। अचानक उसने अपने हाथ से तकिया फेंक दिया और लपक कर वह तस्वीर फिर उठा ली। वह उसे देखती रही। उसके हाथ काँपे और मुंह से अकस्मात ही निकला 'या ख़ुदा'। उसके सामने, बरसों पहले की बड़ी सरकार बैठी थीं। नाराज़-सी···जिनके बाल बरसों पहले की शमशाद बना

रही थी।

काफ़ी देर बाद, ऐमन जब लड़खड़ाते पाँवों से विक़ार जंग के कॉटेज से अपने क्वार्टर की तरफ़ जाने लगी तो उसकी नज़र हवेली की ख़ामोश बालकोनी की तरफ़ उठ गई। वहाँ एक सफ़ेद बुर्राक़ छवि संगमरमर के स्तम्भ का सहारा लिये एकटक विक़ार जंग के बंगले की ओर मुँह किये खड़ी थी।

ख़ामोशियाँ सब कुछ निगल जाती हैं। शोर में केवल आवाज़ गुम होती है, इन्सान नहीं खोता। ऐमन को ऐसा लगा जैसे वह एक उदास और ख़ामोश घाटी में फेंक दी गई हो, जहाँ से निकलने का उसे रास्ता नहीं मिलता। वह चिल्लाना चाहती है तो आवाज़ नहीं निकलती। एक ज़ंजीर-सी उसके आस-पास तंग होती जा रही थीं। जैसे-तैसे वह अपने क्वार्टर में पहुँची। छींट के ख़ुशरंग परदे, फूलदानों में लगे फूल, उसका साफ़-सुथरा क्वार्टर, उसके अब्बा की तस्वीर, जैसे सब आज शोक मना रहे थे।

ऐशट्रे में जले हुए सिगरेटों का ढ़ेर देखकर उसे अचानक बशारत नवाब का ध्यान आया। वह जा चुके थे। इस एक रात ने ऐमन का क्या कुछ नहीं छीन लिया था। वह बिल्कुल थक कर बिस्तर पर गिर पड़ी।

रात की उदासियाँ रंग लाई। विक़ार जंग सुबह की रोशनी नहीं देख पाये। बड़ी ज़ालिम रात थी वह, जिसने उससे उसका एक दोस्त और एक मेहरबान छीन लिया था।

ऐमन का बड़ी सरकार के पास जाने का साहस नहीं हो रहा था। उन्हें अब किसी की आवश्यकता नहीं थी। उनकी पीढ़ी हमदर्दी की सीमाओं से कभी की आगे बढ़ चुकी थी। उस पर बरसों की धूल जम चुकी थी। पीड़ा ही अब उनकी दौलत बन चुकी थी।

फिर भी, ऐमन ने साहस से काम लिया और तैयार होकर बड़ी सरकार के पास पहुँची। हवेली पर मुरदनी छाई हुई थी। ख़ामोशी ख़ामोशी से वार्तालाप कर रही थी। बरामदें में शमशाद बैठी बार-बार पल्लू से आँसू पोंछ रही थी। ऐमन को देखकर उसने कहा, "अन्दर नको जाओ बीबी, सरकार की तबीयत ठीक नई है, उनौं आराम करैं।"

ऐमन ने उसके कंधे पर हाथ रख दिया लेकिन बोली कुछ नहीं। शमशाद के मना करने पर भी वह अन्दर चली गई।

बेंत की कुर्सी पर चुपचाप अकेली बड़ी सरकार बैठी थीं। उनका सिर झुका हुआ था। ऐमन कुछ देर उनके पीछे कुर्सी थामे खड़ी रही। शब्दों की कोई आवश्यकता नहीं थी। बड़ी सरकार बिल्कुल नहीं हिलीं। उन्हें शायद पता भी नहीं चला कि उनके पीछे कोई खड़ा था। ऐमन उन्हें डिस्टर्ब नहीं करना चाहती थी। परन्तु तूफ़ान में घिरी नाव को चप्पू की आवश्यकता थी। ऐमन घूमकर उनकी कुर्सी के बराबर फ़र्श पर बैठ गई और कुर्सी के बाज़ू पर रखे हुए उनके हाथ पर अपना गाल रख दिया। बड़ी सरकार कुछ देर इसी प्रकार चुप बैठी रहीं। उनकी आँखों में कोई आँसू नहीं था, आँसू तो बदनाम

करते हैं।

पासे नामूसे इश्क़ था वरना।
कितने आँसू पलक तक आए थे।।

'ये आँसू तो दिल की आग को और भड़काते हैं। फिर इन्हें क्यों मुँह लगाया जाय?'

बहुत देर बाद बड़ी सरकार ने धीरे से कहा…अगर वहाँ पूरी ख़ामोशी न छाई होती तो ऐमन सुन भी न पाती।

"किताब खत्म हो गई ऐमन बीबी, तुम क्यों आई हो? अब हमें कुछ नहीं लिखना है।"

ऐमन को आज़र नवाब का बहुत इन्तज़ार था। वह आज सारा दिन ही बाहर रहे थे। जब वह पोलो खेलकर वापस आये तो वह गेस्ट हाउस में थी। नये आये हुए फ्रेन्च जोड़े में, पति को मेडिकल मदद की ज़रूरत थी। डाक्टर से सम्पर्क स्थापित करके उस अतिथि की तबियत ठिकाने आने पर वह आज़र नवाब के पास पहुँची, तो पता चला कि वह कपड़े बदलकर किसी मीटिंग में चले गये हैं। आज वह कुछ ऊखड़-सी रही थी।

स्थिति ही कुछ ऐसी थी। एक के बाद एक होने वाली वारदातों ने उसे पत्थर-सा कर दिया था। फिर आज़र नवाब के व्यवहार ने उसे और भी हत्थे से उखाड़ दिया था। कुछ दिन से यही हाल हो गया था। जब भी वह किसी काम से उनके पास जाती थी, तो वह मिल नहीं पाते थे। कभी तो व्यस्त होते और कभी बाहर जा रहे होते या बाहर से आकर आराम कर रहे होते। वह शायद जान-बूझ कर उसे यह बताना चाहते थे कि उनके यहाँ उसकी हैसियत एक नौकर के सिवाय और कुछ नहीं, जिसे हर हाल में उनकी दया पर जीना था। उसने भी कसम खा ली थी कि वह उस दिन उन्हें ज़रूर मिलने पर मजबूर कर देगी। चाहे उसे रात-भर लाइब्रेरी का पहरा ही क्यों न देना पड़े। उसे अब परिणाम का डर नहीं था। 'बहुत होगा तो यही न कि हवेली मुझे सदा के लिये छोड़नी पड़े।' उसने सोचा। अब तो उसके लिये शायद यही ठीक होगा कि इस वातावरण से दूर चली जाय। यहाँ उसकी भावनाएं बोझिल—और बोझिल—होती जा रही थीं। उसमें अब और शक्ति नहीं थी। अगर ख़ुदा को यही मंजूर था कि उसकी नाव तूफान में फँसी रहे, तो यही सही।

लाइब्रेरी की रोशनी देखकर वह कुछ देर रुकी। फिर पक्का निश्चय करके आगे बढ़ी। जब वह लाइब्रेरी के अन्दर पहुँची, तो आज़र नवाब ने क्रोधित दृष्टि से उसे देखा और फिर काम में लग गये।

टेबिल लैम्प के प्रकाश में उनके चेहरे की रूप-रेखा बड़ी सफ़ाई से उजागर थी।

नीले सिल्क के ज़रवाले काम के गाउन की आस्तीन से निकला हुआ उनका हाथ लिखते-लिखते रुक-सा गया था। चौड़ा माथा, सीधी नाक और घनी भवों के नीचे सियाह आँखें कुछ और गहरी हो गई थीं। टेबिल लैम्प के रौशन हाले के ऊपर मद्धिम रोशनी उनके चेहरे को एक ज़ालिमाना ख़ूबसूरती बख़्श रही थी। वह ऐमन की ओर सवालिया नज़रों से देख रहे थे जैसे उसकी गुस्ताख़ी का जवाब मांग रहे हों।

ऐमन भी सिर से कफ़न बांध कर आई थी। उसने उनकी तेज़ नज़रों की परवाह न करते हुए उनके सामने एक काग़ज रख दिया।

"क्या है यह?" आज़र नवाब ने गुस्से से पूछा।

"यह बैरे जार्ज को नौकरी से हटाने का आर्डर है," ऐमन ने बिल्कुल कारोबारी ढंग में उत्तर दिया।

"वह तो मैं भी देख रहा हूँ।"

"इस पर आपके दस्तख़त हैं।"

"क्या यह बताना भी ज़रूरी है?"

"मैं आपसे पूछना चाहती हूँ कि जब आपने मुझे होटल का चार्ज दिया है तो यह फिर ऊपर-ऊपर कार्यवाहियाँ क्यों हो रही हैं?" ऐमन ने कहा।

"आप भूल रही हैं कि इत्तिफाक़ से होटल 'आलमपनाह' का मालिक मैं हूँ," आज़र नवाब बोले।

ऐमन उन नज़रों की ओर ज़्यादा न देखकर झिझकी; लेकिन तुरन्त संभल कर उसने कहा, "मैंने कभी इस बात का दावा नहीं किया कि 'आलमपनाह' मेरी प्रॉपर्टी है।"

"शुक्रिया।" आज़र नवाब ने व्यंग्य से कहा, "अब आप जा सकती हैं।"

"मैं जाने के लिए नहीं आई हूँ।'

"मेरे पास वक़्त नहीं है।"

"आपको सुनना होगा।"

"क्या कहना चाहती हैं आप?"

"ऐसी बातों से डिसीप्लिन ख़राब होता है। स्टाफ़ मनमानी करेगा। और यह जुल्म है और ज़्यादती है," ऐमन ने हाथ झटक कर कहा।

"मैं समझा नहीं; किस जुल्म की बात कर रही हैं आप? कैसी ज्यादती?"

"जार्ज को बेक़सूर निकाला जा रहा है।" ऐमन ने अपने-आप पर नियन्त्रण रखते हुए कहा।

"आपके ख़्याल में शराब पीकर ड्यूटी पर आना और झूमते हुए एक लेडी की गोद में पूरी पुडिंग उंडेल देना क़सूर नहीं, बल्कि बहुत ऊंचे दर्जे का मज़ाक़ है?" आज़र नवाब कुर्सी पर से उठते हुए बोले। यह बात सुनकर ऐमन सन्न-सी रह गई। फिर भी

उसने अपना क़िला नहीं छोड़ा।

"फिर भी मैनेजर को चाहिए था कि इस बात को पहले मेरी नोटिस में लाता।" उसने कुछ दहलती धरती पर पांव ज़माने की कोशिश की।

"मैनेजर का इसमें कोई क़सूर नहीं। मैं ऑन द स्पॉट मौजूद था। ऐसी बातों से होटल की बदनामी होगी।" जार्ज ने ऐमन को सब कुछ नहीं बताया था। सिर्फ़ अपने नौकरी से हटाये जाने का नोटिस दिखाकर ऐमन से सिफ़ारिश की दरख़ास्त की थी। ऐमन ने बजाय इसके कि असली मामले की जाँच-पड़ताल करती, तुरन्त ही निश्चय कर लिया कि वह जार्ज की ढ़ाल बनेगी। यह उसका कमज़ोर पहलू था। लेकिन इसका कारण शायद ऐमन की उलझन भी थी। कुछ दिनों से वह देख रही थी कि आज़र नवाब होटल के सीनियर स्टाफ़ को डायरेक्ट बुलाने लगे थे।

"जार्ज को एक चान्स और देना चाहिए", उसने कमज़ोर सी सिफ़ारिश की।

"मैं इसे ज़रूरी नहीं समझता। जब स्टाफ़ को रखा जाता है तो उन्हें कंडक्ट रूल्स की कापियाँ दी जाती हैं। और मैं ऐसे ग़ैर ज़िम्मेदार लोगों को अपने स्टाफ़ में रखना पसन्द नहीं करता, जिन्होंने क़ानून तोड़ा हो।"

यह आख़िरी झोंका था जो ऐमन के गुस्से की मशाल को और भी हवा दे गया। आज़र नवाब अपनी हद तक बात ख़त्म करके पलट गये थे। लैम्प की दूर तक पहुँचती मद्धिम रोशनी में वह एक मीनार की तरह दिखाई दे रहे थे। लाइब्रेरी के क़ीमती फ़रनीचर और उसके लाल मख़मल के बैक ग्राउण्ड में, उनका नीला ड्रेसिंग गाउन और उस पर कढ़ी हुई कारचोबी दहक़ उन्हें एक बुर्जआई रंग दे रही थी।

"आप जा सकती हैं," उन्होंने उसी तरह हाथ कमर के पीछे बांधे, पीछे खड़ी ऐमन से कहा। उन्होंने यह बात बड़ी मज़बूती से कही थी।

"चली जाऊँगी," ऐमन के गुस्से का बांध टूट गया था। "मैं हमेशा के लिये चली जाऊंगी। मुझे भी ऐसी क़तलगाह में नहीं रहना है, जहाँ इन्सानों के जज़्बात को कुचल दिया जाता है। अमीरी के नशे में दो मोहब्बत करने वालों को ज़िन्दा दफ़न कर दिया जाता है।" दरवाज़े के हेन्डल पर ऐमन का हाथ काँप रहा था और उसके. मुँह से वही घिसे-पिटे शब्द निकल रहे थे जो होश की हालत में उसकी हंसी उड़वाते। लेकिन आज वह आपे में नहीं थी। उसे आज गुस्से में आज़र नवाब से भी डर लग रहा था। वह आज सब कुछ कह देना चाहती थी।

"क्या बक रही हो तुम?" आज़र नवाब खौलते हुए उसकी तरफ़ बढ़े। "तुम समझ रही हो, बशारत नवाब को मैंने इसलिए यूरोप भिजवा दिया कि तुम्हारा और उनका प्यार परवान न चढ़ने पाये। मिस ऐमन साहिबा, मुझे इसकी रत्ती-भर परवाह नहीं।" उनकी आंखों से चिनगारियां निकलने लगीं।

"यहाँ बशारत नवाब का क्या जिक्र है?" उसने उन्हें घूरा।

"तो फिर किसका जिक्र है, जो तुम्हें यों आपे से बाहर कर रहा है? क्या उनके अलावा कोई और भी तुम्हारी अदाओं का शिकार है?" आज़र नवाब ने गहरे व्यंग्य से कहा।

ऐमन गुस्से से बावली हो रही थी। उसकी सोचने और समझने की शक्ति समाप्त हो चुकी थी। "हाँ कोई और भी है।" वह दरवाज़े का हैण्डल घुमाले हुए बोली, "मैं बेगम ज़मुर्रद महल और मरहूम विक़ार जंग की बात कर रही हूँ जिनकी मोहब्बत को क़फनपोश कर दिया गया।" उसने तेजी से दरवाज़ा खोला ताकि चीते के समान लपकते आज़र नवाब की पहुँच से दूर चली जाय। परन्तु इससे पहले कि वह ऐसा कर पाती हाथ की पीड़ा से बिलबिला उठी क्योंकि एक पल में उसके हेण्डल पर रखे हाथ पर आज़र नवाब की पकड़ फ़ौलादी थी।

"क्या कहा तुमने?" उन्होंने दांत काटते हुए कहा, "इसका मतलब है तुम जानती हो।"

ऐमन की आँखें, आग उगलती उन आँखों की ताब न लाकर बन्द हो गई। हैण्डल पर उसकी उंगलियाँ टूट रही थीं। आज़र नवाब के हाथ का शिकंजा उस समय तक कसता गया जब तक कि हेण्डल पर ऐमन की उंगलियों की पकड़ ढीली नहीं पड़ गई।

"क्या जानती हो तुम? कितना जानती हो?" आज़र नवाब ने उसकी कलाई पकड़ कर उसे लाइब्रेरी के अन्दर घसीटा और वह गिरते-गिरते बची।

"बताओ तुम कितना जानती हो? हवेली के राज़ को आम करने की तुम्हें हिम्मत कैसे हुई?" उन्होंने उसे सोफ़े पर धकेलते हुए पूछा। ऐमन इस अचानक हमले के लिये तैयार नहीं थी। वह अपने-आपको सम्भाल नहीं सकी। नरम गदीले सोफ़े में एक घायल चिड़िया की तरह ढ़ेर हो गई। उसने अपने चकराते हुए सिर को हाथों से थाम लिया। आज़र नवाब की घमण्डी, गुस्सीली चट्टान जैसे व्यक्तित्व के आगे उसे अपने कुछ भी न होने का भयंकर एहसास हुआ। और यह चीज़ उसकी आँखों में आँसू ले आई। उसने अपना गिरा हुआ दुपट्टा उठाकर कंधों पर डाला और काँपते हाथों से अपने चेहरे पर बिखरे हुए बालों को ठीक करने लगी।

आज़र नवाब दोनों हाथ कमर पर टिकाए, शोले बरसाती नज़रों से उसे घूरने लगे। वह उसके उत्तर की प्रतीक्षा कर रहे थे। बाल उनके भी परेशान थे, जिन्हें संवारने की उन्होंने कोई परवाह नहीं की। उनके ड्रैसिंग गाउन के पखवे खिसक गये थे। उन्होंने अन्दर कमीज़ भी नहीं पहनी थी और उनका चट्टान जैसा सियाह सीना बालों से ढका दिखाई दे रहा था। ऐमन ने उन्हें इस तरह बेपरवाही का लिबास पहने कभी नहीं देखा था। उसे निराशा के साथ उनसे डर भी लगा। वह डरपोक नहीं थी। डरपोक होती तो आज़र नवाब को खरी-खरी कभी न सुनाती। वह यह भी अच्छी तरह समझती थी कि एक बिफरे हुए मर्द की शक्ति के आगे, एक नारी हमेशा दुर्बल हो जाती है, कमज़ोर पड़

जाती है। वह उठ कर भाग नहीं सकती थी क्योंकि आज़र नवाब उसका रास्ता रोके खड़े थे। रो कर अपनी दुर्बलता का विज्ञापन भी नहीं बनना चाहती थी। कुछ-कुछ उसकी अर्न्तात्मा भी उसको कचोटे लगा रही थी कि बड़ी सरकार के पवित्र रहस्य को जिसका पता उसे चल गया था, वह क्यों ज़बान पर ले आई। और सो भी एक ऐसे व्यक्ति के आगे जिसका उस रहस्य से सीधा सम्बन्ध था। उसने साँप के बिल में हाथ डाला था और अब पछता रही थी, जब सांप फन खोले सामने खड़ा था।

"मुझे जाने दीजिए", उसने कठिनाई से अपने अन्दर के उबलते तूफान को छुपाते हुए कहा। और गम्भीरता से उठ खड़ी हुई।

"जाने दूँ!" आज़र नवाब की बत्तीसी चमकी। उन्होंने ऐमन के बालों के नीचे उसकी गरदन पर हाथ रखा, उसे अपनी तरफ़ घसीटा और दूसरा हाथ उसकी कमर में डाले उसे पूरी तरह अपने क़ब्ज़े में कर लिया।

"उन सब शुबहों पर भी तुम्हें जाने दूँ जो मेरे लिये तुम्हारे दिल में पलते आये हैं और अब तुम्हारी ज़ुबान पर आने लगे हैं? तुम मुझे ज़ालिम और हैवान समझती हो न? ख़ुदा की क़सम आज मैं तुम्हारे हर इलज़ाम को सच कर दिखाऊँगा।"

ऐमन के बालों के अन्दर उनकी उंगलियाँ धंसने लगीं। "इन सुनहरी आँखों का भोलापन आज मुझे नहीं टोकेगा। ये काँपते-लरज़ते होंठ, तुम जानती हो मेरे लिये नये नहीं हैं। इनके शहद को मैंने पहले भी चखा है। ख़ुदा की कसम आज तुम्हारे हर इलज़ाम को सच कर दिखाऊंगा। बख़ुदा।"

ऐमन ने अपने-आपको उनसे आज़ाद करने की आख़िरी कोशिश की। लेकिन उनके मज़बूत बाज़ुओं का उसके कमज़ोर हाथों से कोई मुक़ाबला नहीं था। आज़र नवाब का हाथ उसके बालों को खींचकर उसका सिर पीछे झुका रहा था। उसे ऐसा लगा जैसे अब उसकी गरदन टूट जायेगी।

"ख़ुदा के लिये", उसने बेबस होकर कहा, "मैंने आपको कभी बुरा नहीं समझा।" अकस्मात् उसके आँसू बह निकले। उस पर उन चन्द क्षणों में ही हक़ीक़त स्पष्ट हो गई थी। क्या आज़र नवाब पर उसका गुस्सा नहीं था कि वह उसकी पहुँच से बाहर थे? वह यह बात मानती थी कि उसने कई बार उनकी मोहब्बत को अपने दिल से निकालने की कोशिश की थी लेकिन वह ऐसा कर नहीं सकी।

वह उसकी झिलमिल-झिलमिल करती आँखों में एकटक देखते रहे।

"फिर क्या वजह थी कि तुमने मेरी मोहब्बत को ठुकराकर बशारत नवाब को अपनाना चाहा?" आज़र नवाब ने उसे पलकें उठाने पर विवश कर दिया। अब उनकी आँखों में क्रोध के साथ एक प्रश्न भी था। बहुत ही महत्त्वपूर्ण प्रश्न जो ऐमन के जीवन का सबसे महत्त्वपूर्ण प्रश्न था।

ऐमन की आँखों के सोते एकदम सूख गये। वह उन्हें आंखें फाड़े देखने लगी। 'यह

क्या कह रहे थे आज़र नवाब। वह कहीं बहक़ तो नहीं गये थे? 'वह और मोहब्बत···वह भी ऐमन से?' उसे अपने कानों पर भरोसा नहीं हुआ 'आज़र नवाब, जिन पर हर लड़की की लालची नज़रें पड़ती थीं, जो उनके एक संकेत पर अपना सब कुछ न्यौछावर करने को तैयार हो जाती थीं। हवेली की एक साधारण नौकर लड़की की मोहब्बत में कैसे गिरफ़्तार हो सकते थे? वह लड़की जिसे उन्होंने कभी अपना असली स्थान भूलने नहीं दिया था और जिसने क़दम-क़दम पर उनसे दामन बचाया; उन्हें कड़वी-कसैली बातें सुनाई।'

"क्या तुम्हारे बशारत नवाब ने कभी तुम्हें इस तरह प्यार किया?" वह उसकी हैरान आँखों में देखते हुए उसके होठों पर झुके। "इस तरह" फिर कहते हैं 'इस तरह'···· 'और इस तरह'।" ऐमन उनके सम्मोहन के आगे गूँगी हो गई थी।

जिस व्यक्ति की मोहब्बत को वह लगातार अपने दिल में घृणा से बदलने की नाकाम कोशिश करती थी, वही उससे कह रहा था कि वह उससे मोहब्बत करता है। उसकी आँखें बन्द हो गई। धीरे-धीरे आज़र नवाब की पकड़ हल्की हुई। फिर भी, उसने अपने-आप को उनसे अलग करने की कोशिश नहीं की। उसके हाथ-पाँव की शक्ति जैसे खत्म हो चुकी थी। बस, एक दिल था, जो धड़के जा रहा था। उसने इस समय जिस तरह अपने-आप को आज़र नवाब को सौंप दिया था, उसका असर आज़र नवाब पर कुछ और ही हुआ। उन्होंने ऐमन को फिर से अपनी बाँहों में ले लिया लेकिन अब उनकी पकड़ में गुस्से की आग नहीं थी। उनके होंठों की सख़्ती नरमी और कोमलता में बदल गई थी। उसकी बन्द आँखों, होंठों और माथे पर उनके होंठों का साया सरसराता रहा और ऐमन के व्यक्तित्व पर जादू बन कर छाता रहा।

"तुम मेरी हो ऐमन। तुम्हें मुझसे कोई नहीं छीन सकता।" आज़र नवाब ने उसका सिर कंधे से लगाये हुए बहुत धीरे से कहा।

ऐमन इसी क्षण को, इस बेपनाह क़ीमती क्षण को, अपना जीवन बना लेना चाहती थी। उसे ऐसा लग रहा था जैसे वह आज़र नवाब की आवाज़ नहीं, उसकी अपनी आरजू की गूँज थी, जो उसकी आत्मा के कोने-कोने से टकरा रही थी। वह कुछ देर के लिये अपने होश का हर दरवाज़ा बन्द कर लेना चाहती थी जो हक़ीक़त के झिंझोड़ने वाले हर उस झोंके को रोक दे जो उसे उसके सपने से जगा सकता था।

उसकी मानसिक स्थिति उस समय निराली थी। उसे आज़र नवाब के शब्दों पर विश्वास नहीं था। न वह अपने-आपको उनकी मोहब्बत के जाल में फँसाना चाहती थी। वह तो उस एक क्षण को अपना जीवन बना लेना चाहती थी जो बहुत जल्दी उसकी पकड़ से फिसल जाने वाला था, जो उसे ज़िन्दगी-भर कभी न मिल सकेगा। वह क्षण जो उसकी इकतरफ़ा मोहब्बत का अन्जाम था। वह, बस कुछ देर और, उन बाँहों के घेरे में चन्द यादगार साँसें लेना चाहती थी, जिन्हें कई बार उसने अपनी कल्पना में महसूस

किया था। आज़र नवाब से बदगुमानी की जो दीवार उसने बड़ी कोशिशों से खड़ी की थी, वह पल-भर में ढह गई, इस पर कैसे विश्वास कर लेती।

आज़र नवाब ने अपना गाल उसके सिर पर रख दिया और धीरे-धीरे उसके बालों को सहलाने लगे।

"मेरे ख़्वाब···मेरे ख़्वाब की ताबीर" वह जैसे अपने-आप से ही बोल रहे थे। लेंकिन उनके इन्हीं शब्दों ने ऐमन को ख़्वाब की दुनिया से हक़ीक़त की दुनिया में घसीट लिया। वह अचानक होश में आ गई। उसने अपनी पूरी शक्ति से आज़र नवाब को ढकेल दिया और लड़खड़ाकर टेबिल के सहारे खड़ी हो गई। उसने अपना मुँह फेर लिया ताकि उस पर उमड़ते हुए रंगों की होली वह न देख पायें।

उसके होश सम्भालते देर न लगी। उसका गुस्सा भी ख़त्म हो चुका था और उसकी जगह एक अनजानी पीड़ा ने ले ली थी, कि किस तरह उसने अपने आत्म-सम्मान का सौदा कर लिया था और आज़र नवाब के हाथों मोम की गुड़िया बन गई थी।

कैसे-कैसे मानसिक तनाव से गुज़र कर उसने अपने-आप पर नियन्त्रण किया था, जो आज़र नवाब के ज़रा छूते ही खो गया था। उसे आज़र नवाब से भी शिकायत थी किं उन्होंने उसे हराने के लिये उसकी दुखती रग को छुआ था।

वह अपनी ही भावनाओं के बोझ तले काँपती रही और आज़र नवाब उसे अपने-आप पर नियन्त्रण करने का समय देकर गम्भीरता से देखते रहे।

"अपने-आप से लड़ना छोड़ दो ऐमन", उन्होंने उसका कंधा पकड़कर अपनी तरफ घुमाते हुए कहा, "हर इन्सान को कभी-न-कभी हक़ीक़त का सामना करना ही पड़ता है। तुम जानती हो कि तुम मुझसे नफ़रत नहीं करतीं, हालाँकि तुमने हमेशा ही मेरी मोहब्बत का गला अपने दिल में घोंट देने की कोशिश की है। इसकी वजह शायद तुम्हारी वह बेबुनियाद बदगुमानी है जो तुमने जान-बूझ कर मेरे बारे में अपने दिल में पैदा कर रखी है। क्यों? यह मैं नहीं जानता। लेकिन इतना जानता हूँ कि तुम मुझ से नफरत नहीं करती। तुम्हें नफ़रत होती तो हमारे दिल इतनी देर तक एक साथ नहीं धड़कते।"

उन्होंने यह बात इतनी कोमलता से कहीं कि ऐमन की हिम्मत पलट गई। उसने धीरे-धीरे नज़रें उठाकर उनकी ओर देखा और उनके हाथ से अपने चेहरे को आजाद कराती हुई बोली:

"नवाब साहब, आपको अपनी एक और फतह मुबारक हो। पता नहीं आपने कितने माथे अपनी चौखट पर घिसवा दिये होंगे। जी हाँ, मैंने भी आप से मोहब्बत की है। आप यही चाहते थे न कि मैं यह आपसे कह दूँ। अब आपके ईगो को इतमीनान हो गया होगा।" वह आगे बढ़ती हुई बोली, "अब मुझे जाने दीजिए मेरा रास्ता छोड़ दीजिए।"

"क्या बक रही हो ऐमन?" आज़र नवाब ने अपने हाथ से उसे रोक दिया "किसकी हार और कैसा ईगो? यह तुम्हारी बदगुमानी और वहम है जिसे तुमने हमेशा अपने दिल में यक़ीन की तरह पाला है कि हर अमीर ख़ानदान के मर्द का आवारा होना ज़रूरी है। तुम्हारे ख़्याल में हर ग़रीब की हर छोटी-बड़ी बदक़िस्मती के ज़िम्मेदार अमीर ही हैं। पैसा अगर ख़ुदा ने मुझे दिया है, तो इसमें मेरा क्या क़सूर? मैंने किसी का गला काट कर तो पैसा नहीं छीना। मैंने इस पैसे से किसी की इज़्ज़त नहीं लूटी।"

"आप इस बात से तो इन्कार नहीं कर सकते कि आपने मुझे हमेशा खिलौना बनाकर खेलना चाहा।"

"तुमने मुझे चांन्स ही कब दिया कि मैं कह सकता कि मैं तुम से मोहब्बत करता हूं। ऐसी हालत में तो मैं तुमसे सिर्फ़ खेल ही सकता था। तुम्हारा बर्ताव मुझे उकसाता था।"

"अब मैं आपका खिलौना और नहीं बनूँगी। मुझे जाने दीजिए वरना मैं चिल्लाना शुरू कर दूंगी।"

"चिल्लाओ।" आज़र नवाब ने उसी तरह उसका रास्ता रोक कर कहा, "कोई तुम से ही पूछेगा कि इतनी रात गये, तुम मेरे पास क्यों आई थीं?"

ऐमन ठिठक गई, "मेरी नियत साफ़ थी।"

"यह ज़रूरी नहीं कि मेरी नियत भी साफ़ हो।" आज़र नवाब होंठ सिकोड़ कर बोले।

"यह ब्लैकमेल है," उसने घूर कर कहा।

"जंग और मोहब्बत में सब कुछ जायज़ है।" आज़र नवाब बोले।

"यहाँ ये दोनों ही बातें गलत हैं।"

"यह कैसे हो सकता है। अभी तो तुमने कहा है कि तुम मुझसे मोहब्बत करती हो।"

"मुझे इन्कार नहीं है।" ऐमन ने दूसरी तरफ़ देखते हुए कहा, "लेकिन मेरी मोहब्बत बेलगाम नहीं है कि बाज़ार में रुसवा होती फिरे।"

"यही तो मैं चाहता हूँ ऐमन कि तुम्हारी मोहब्बत भी मेरी ही तरह बेलगाम हो जाये। तुम्हारी रातों की नींद भी उसी तरह हराम हो जाये जैसी तुम्हारी वजह से मेरी हो गई है। मैंने बहुत दिन तक अपने-आप को धोखा दिया है कि मुझे तुमसे मोहब्बत नहीं हैं, सिर्फ तुम्हारी कशिश है जो मुझे बावला बना देती है।" आज़र नवाब गम्भीर होते हुए बोले, "जिस हार की तुम बात करती हो, वह असल में तुम्हारी फतह है। ऐमन इधर आओ" आज़र नवाब उसकी कलाई पकड़ कर खींचते हुए टेबिल की तरफ़ ले गये और दराज खींच कर उसमें से कुछ निकाला, "पहचानती हो इसे"? उन्होंने कहा।

ऐमन चौंक पड़ी। उनकी लम्बी उंगलियों के हाथ में एक बुन्दा चमक रहा था।

वह इस ईयर-रिंग को अच्छी तरह पहचानती थी जो उसके ढूँढने पर भी उसे नहीं मिला था। वह उसकी मरहूम माँ की निशानी थी जो उसे बहुत प्यारी थी। उसने उसे लेने के लिये एकदम से हाथ बढ़ाया परन्तु आज़र नवाब ने बुन्दा देने के बजाय उसके हाथ को थाम लिया और उसे अपने पास लाते हुए बोले, "यह उस रात की निशानी है, जब तुमने मुझे अपना समझ कर मेरे सामने अपना दिल खोलकर रख दिया था। उस रोज तुम्हारा यह ईयर-रिंग मेरी शेरवानी में अटक कर रह गया था, जिसे मैं कई बार, चाहते हुए भी तुम्हें न लौटा सका, क्योंकि यह झील के किनारे उस ख़ूबसूरत चांदनी रात की गवाही देता था जब तुम्हारी सुनहरी आंखें पहली बार बेनकाब हुई थीं और उन्होंने मुझसे कहा था "लो हम तुम्हारे हुए"।

ऐमन सिर झुकाये सुनती रही, हालाँकि वह सुनना नहीं चाहती थी; क्योंकि आज़र नवाब के शब्द फिर उसके दिल की धड़कन से खिलवाड़ करने लगे थे।

"तुम मुझ पर छा-सी गई। कई बार मैंने तुम्हारे सिर को अपने तकिये के बराबर महसूस किया है। कई बार तुम्हारे हाथों ने मेरी टाई को ठीक से बांधा है। कई बार जब इसी टेबिल पर मैंने थक कर सिर टिका दिया है, तो तुम्हारी उंगलियों को अपने बालों में महसूस किया है। लेकिन उस वक़्त जब मुझे इत्मीनान होने लगा था कि तुम्हारे दिल में भी मेरे लिये जगह बन रही है, मैंने तुम्हे बशारत नवाब के साथ तुम्हारे क्वार्टर में देखा। क्या तुम समझ सकती हो कि मेरे दिल की क्या हालत हुई होगी? और फिर चचा जान गुज़र गये। मैं उनकी इज़्ज़त करता था ऐमन।"

"मैं··· मुझे बहुत अफ़सोस है कि मैंने राज़ की वह बात कह दी जो मुझे नहीं कहनी चाहिए था।" ऐमन ने अवसर देख कर अपनी भूल मान ली और आज़र नवाब ने उसके मुँह पर अपना हाथ रख दिया।

"माफ़ी की ज़रूरत नहीं है, ऐमन। असल में इस राज़ से मेरी जिन्दगी का सबसे बड़ा—मैं इसे हादसा ही कहूँगा—जुडा हुआ है।" वह ऐमन को लिये वहीं दीवान पर बैठ गये। वह फिर उनकी बातों की धारा में बह गई। उसने अपना हाथ आज़र नवाब के हाथ से खींचने की कोशिश भी नहीं की। उसकी नज़रें आज़र नवाब के आकर्षक चेहरे पर चढ़ते उतरते रंगों को देख रही थीं। उसका व्यक्तित्व फिर उनकी बाँहों के लिये तरसने लगा।

"चचा जान से छीनकर सरकार को अब्बा हुज़ूर से ब्याह दिया गया। अब्बा हुज़ूर शक्की टाइप के आदमी थे।" अज़ार नवाब ने अपनी उंगलियाँ बालों में धंसाते हुए कहा। ऐसा हमेशा उनके अन्दरूनी तनाव के कारण होता था। ऐमन ने अचानक ही उनका हाथ अपने दोनों हाथों में लेकर हल्के से दबाया, जैसे मानसिक दृष्टि से उनका साथ दे रही हो।

आज़र नवाब कहते गये—"शादी के बाद बदकिस्मती से किसी तरह अब्बा हुज़ूर

को सरकार और चचा जान की मोहब्बत के बारे में पता चल गया। तब उनके गुस्से की कोई हद न रही। वह हमेशा ही चचा जान से जलते थे। अब इस जलन में नफरत भी घुल गई। वह सरकार को ज़िन्दगी भर माफ़ न कर सके, यहाँ तक कि उन्होंने मुझे अपनी औलाद मानने से इन्कार कर दिया।"

ऐमन ऐसी चौंकी जैसे किसी ने अकस्मात ही उसके पैरों तले से फ़र्श घसीट लिया हो। आज़र नवाब ने अपने दोनों हाथ सिर के पीछे बांध कर सिर को दीवान की पुश्त से टिका लिया। उनके आकर्षक चेहरे पर दिली तकलीफ के चिह्न झलकने लगे थे।

"उन्होंने कभी मुझे एक बाप की गर्म-जोश मोहब्बत नहीं दी।···वह दे ही नहीं सकते थे।···वह मुझे आस्तीन के सांप की तरह पालते रहे। मुझे गवरनेस को सौंप दिया गया। बड़ी सरकार को मनाही थी कि वह मेरी नर्सरी में कदम न रखें। मैं देखता रहा कि सरकार किस तरह मुझे—अपने बेटे को, कलेजे से लगाने को तरसती थीं। मैं उनकी नज़रों की प्यास को कैसे भूल सकता हूँ। मेहरबान गवरनेस ने उन्हें एक बार चोरी-छुपे मुझ से मिलने दिया। सरकार मुझे कलेजे से लगाकर इतना रोई कि मुझे हैरत है कि यह हवेली कैसे उनके आसुँओं में बहने से बच गई। अब्बा हुज़ूर को इस बात की खबर हो गई। उस गवरनेस को उसी दम निकाल दिया गया। लेकिन सरकार पर जो बीती, उसे वही जानती होंगी। मैंने अपनी नर्सरी की चारदीवारी में बहुत अकेला बचपन बिताया है, ऐमन।"

आज़र नवाब ने दुःख से आँखें बन्द करके कहा; जैसे अतीत की यादें उनके लिये बहुत कष्टदायक थीं। "वह शानदार नर्सरी मुझसे जैसे कोई बददुआ बन कर चिमटी हुई थी। वहाँ मैंने बच्चों के खेल कभी नहीं खेले। अब तुम्हारी समझ में आया होगा ऐमन कि मैं क्यों नहीं चाहता था कि 'आलमपनाह' में नर्सरी बने।"

ऐमन सब कुछ समझ रही थी। एक अकेला उदास प्यारा-सा बच्चा उसकी नज़रों में उभरा।

"असल में मैं नहीं चाहता था कि कोई और मासूम खिलखिलाते बच्चे उस मनहूस फिज़ा में साँस लें, जहाँ बहुत कम उम्र में ही मेरे दिल में एक तरह की सख़्ती और बग़ावत पैदा हो गई थी।"

"बड़े नवाब साहब आपको आसानी से जायदाद से अलग कर सकते थे। फिर भी, उन्होंने ऐसा नहीं किया, आखिर क्यों?" ऐमन की समझ में यह बात नहीं आ रही थी।

"यह उनका कॉम्पलैक्स था। ख़ुदा ने उन्हें और कोई औलाद नहीं दी थी। वह नहीं चाहते थे कि दुनिया को यह बात मालूम हो। वह इसे अपनी हतक समझते थे। उन्हें अपने ख़ानदान की इज़्ज़त का भरम भी रखना था। जिन महफ़िलों में

लोग अपने बच्चे अपने साथ लाते, वहाँ वह भी मुझे बड़ी शान से अपने इकलौते चहेते बेटे की तरह ले जाते। सभी देखते थे कि वह मुझ पर जान न्यौछावर करते थे। इस बात की चर्चा भी बहुत थी। सिर्फ़ मैं ही जानता था कि वह उनका बनावटी व्यवहार था। मैं सहमा-सहमा उनकी उंगली पकड़े महफ़िल में आता। सबको बंदगी करता और धड़कते दिल से उनके बराबर बैठता। लोग मेरी तारीफ़ करते, तो अब्बा हुज़ूर मुस्कुराकर मोहब्बत से मेरी तरफ़ देखते। लेकिन वापस हवेली पहुँचते ही मुझ पर उनका गुस्सा लौट आता। मेरे ईगो को बहुत धक्का पहुँचता। और मैं चाहता कि जल्दी से जल्दी उनकी नज़र से दूर हो जाऊँ। जैसे-जैसे में बड़ा होता गया, मेरे डर की जगह नफ़रत ने ले ली। मैंने अपने आस-पास एक बांध बांधना शुरू कर दिया, जहाँ कोई मुझे छू न पाये। मेरे दिल में सिर्फ़ बड़ी सरकार के लिये जगह थी। उन्होंने रो-रोकर अपनी जवानी काटी है ऐमन। लेकिन उनकी रगों में भी सुलेमान जाह का खून था। उन्होंने मेरी तालीम पर आँच न आने दी। न उन्होंने मेरे दिल में इन्सानियत को मरने दिया।" शायद यही वजह थी कि रेहाना से मुझे इतनी हमदर्दी हो गई थी।"

रेहाना के नाम पर ऐमन सीधी हो कर बैठी गयी। "रेहाना कुछ दिन तक हमारे होटल की मेहमान रह चुकी हैं।" उसने कहा, "उनके शौहर भी साथ आये थे।"

"जानता हूँ" आज़र नवाब ने उसके चेहरे पर आई बालों की लट को हल्के से झटका देते हुए मुस्कुराकर कहा—"और मुझे यह भी याद है कि रेहाना से मुझे जोड़कर तुमने मुझे इतना गुस्सा दिला दिया था कि जी चाहा था कि तुम्हें पीट दूँ। अब तुम्हें बताने में कोई हर्ज नहीं। तुमने देखा होगा रेहाना इक़बाल के साथ कितनी ख़ुश हैं। रेहाना के मामले में आधा कसूर रियाज़ साहब का भी था; जो मुझे भी ब्लैकमेल करना चाहते थे।"

"आपको?" ऐमन ने चौंक कर पूछा।

"हाँ, लेकिन मैंने उन्हें औलाद की मौहब्बत से मजबूर इन्सान समझ कर माफ़ कर दिया।"

"मैं समझी नहीं" ऐमन ने हैरान होकर कहा।

"बताता हूँ—तुम यह तो जानती हो कि टिम्बर फ़ैक्टरी में रियाज़ साहब का भी काफ़ी पैसा लगा हुआ है। वह वक़्त ऐसा था कि अगर रियाज़ साहब अपना पैसा निकाल लेते तो मुझे परेशानी हो सकती थी क्योंकि मैंने नई मशीनरी का आर्डर दे दिया था। मुझे पैसे की बहुत ज़रूरत थी। रियाज़ साहब ने मेरी मजबूरी से इस तरह फ़ायदा उठाना चाहा कि मैं रेहाना से शादी करने की लिये तैयार हो जाऊँ। इत्तिफ़ाक़ से मेरी शकल कुछ-कुछ इक़बाल से मिलती थी। वह अपने पैसे के भ्रम में इक़बाल को समझा नहीं सके थे और शायद अपनी बेटी को भी। वह समझ रहे थे कि मुझसे शादी करने पर रेहाना इक़बाल को भूल जायेगी। वह इक़बाल को भी सबक पढ़ाना चाहते थे कि

मालदार ससुर से टक्कर लेने का नतीजा क्या होता है। इक़बाल ने ढिठाई से उनका मुक़ाबला किया। मुझे रियाज़ साहब की हरकत ने बहुत गुस्सा दिला दिया। साथ ही, मुझे रेहाना से हमदर्दी भी थी क्योंकि इसमें रेहाना का दोष सिर्फ़ उसकी नादानी थी। इसी लिए एक तरफ़ तो मैं उस लड़की के दिमाग़ को जगह पर लाने की कोशिश करता रहा और दूसरी तरफ़ इक़बाल को समझाता रहा। फिर एक दिन मैंने चुपके से इक़बाल को डांडेली बुला लिया और नतीजा तुम देख रही हो।" आज़र नवाब ने एक विजयी की तरह ऐमन की ओर अपनी मुस्कान बखेरी। ऐमन की आँखें भी ख़ुशी से चमक रही थीं।

"लेकिन सरकार की जनरल असिस्टेन्ट की मदद के बग़ैर शायद मैं अपने मिशन में कामयाब न हो पाता।"

आज़र नवाब के उसे जनरल असिस्टेन्ट कहने से उसे गुस्सा नहीं आया बल्कि वह हँस पड़ी। आज़र नवाब शौक़ से उसके गालों के गड्ढ़ों को देखते रहे।" तुम्हारे गालों के गड्ढ़ों को देखकर दिल चाहता है कि˙˙˙"।

"मैं चली जाऊँगी"।

"तुम्हें जाना होता तो कभी की चली गई होतीं। अब तुम कहीं नहीं जाओगी ऐमन साहिबा।" आज़र नवाब ने कहा, "उस रात शादी में तुम मेरे थके हुए दिमाग़ के लिये महकी हुई हवा का ताज़ा झौंका थीं। मैं अपने-आपको रोक न पाया। फिर भी दिमाग़ी तौर पर मैं तुमसे कभी अलग न हो पाया।"

आज़र नवाब उसे दिलचस्पी से देखते हुए बोले, "हालाँकि मैंने तय कर लिया था कि कभी किसी औरत के इतना पास नहीं आऊँगा। मैंने तुम्हे भी बस यह ख़ुशबूदार झोंका समझा था—आया और गुज़र गया। ख़्वाब था, देखा और भुला दिया। शायद मैं अपनी कोशिश में कामयाब भी हो जाता; अगर दोबारा तुम मुझे डांडेली में न मिल जातीं।" आज़र नवाब ने उसे खींचकर सीने से लगा लिया। वह खोये हुए अन्दाज़ में अपने दिल के राज़ खोलते जा रहे थे।

"मैं तुम्हारी इन सुनहरी आँखों के जाल में फ़ँसता गया। तुम्हें पाने की, तुम्हें अपनाने की आरज़ू बढ़ती गई। तुम्हारे ऊँचे और सुलझे हुए दिमाग़ ने और भी मुझे जीत लिया। लेकिन तुम्हारे दिल में मेरी तरफ़ से सौ शक थे, डर थे, बदगुमानियाँ थीं। कभी-कभी मुझे लगता था कि तुम इन सब रुकावटों को फलाँग कर मेरे बहुत पास आ गई हो। लेकिन जल्दी ही तुम फिर सरहद के पार जा खड़ी होतीं, और मैं जहाँ था, वहीं लौट जाता। बताओ, ऐमन यह खेल कब तक चलता रहेगा।"

"क्या कह रहे थे आज़र नवाब यह? क्या जवाब दे सकती थी वह उनके सवाल का जबकि वह ख़ुद अपने लिये ही एक प्रश्न बन कर रह गई थी। उसने शुक्र किया कि कम से कम उसके सोचने-समझने की शक्ति अभी वैसी ही थी। उसने आज़र नवाब से मोहब्बत की थी लेकिन शायद यहीं उनका रास्ता कहीं अन्धेरे में गुम हो जाता था। वह कुछ देर सोचती रही। शायद वह जो कुछ कहने वाली थी, उसके लिये बड़े साहस की

आवश्यकता थी। वह आज़र नवाब से अलग होकर अपने आपसे बोली। 'बात इतनी खुल चुकी है कि कुछ छुपाने की कोशिश बेकार है।' वह साहस करके आगे बढ़ी और बोली, "हाँ मैंने आप से मोहब्बत की है और मुझे ज़िन्दा रखने के लिये यह एक एहसास बहुत है लेकिन मोहब्बत तो दिल की ठोकर है। इस एक ठोकर पर हक़ीक़त को तोला नहीं जा सकता। आप यह कैसे भूल रहे हैं कि शाहाना साहेबज़ादी से आपकी शादी हो रही है, बल्कि हवेली में इसकी तैयारियाँ भी शुरू हो चुकी हैं।" उसने आज़र नवाब की आंखों में आंखें डालकर कहा, "क्या मैं···मैं इतना गिर सकती हूँ कि शाहाना साहेबज़ादी से आपको छीन लूँ"··· इतनी ख़ुदगर्ज़ बन जाऊँ?"

"बीबी ऐमन साहिबा," आज़र नवाब ने बड़ी सादगी से कहा, "क्या शाहाना साहेबज़ादी से मेरी शादी आपने तय की है? आपसे अदब से कहना है कि अभी आपको इतना हक़ नहीं मिला है कि मेरे मामले आप तय करें।"

ऐमन कुछ नहीं समझी।

"इस हवेली में शादी हो रही है। ज़रूर हो रही है। और शाहाना ही की हो रही है। लेकिन मेरे साथ नहीं। शाहाना को मैंने हमेशा अपनी छोटी नटखट बहन ही समझा है। अपनी ज़िम्मेदारी समझा है। शाहाना की शादी मेजर तनवीर से हो रही है।"

ऐमन का दिल ख़ुशी से उछल कर गले से आ लगा। लेकिन उसने अपना सिर झुका लिया ताकि आज़र नवाब उसकी आंखों की भावनाओं को न देख पायें। वह अपनी काँपती हुई उंगलियों को दुपट्टे में छुपाते हुए बोली, "लेकिन···शायद···बड़ी सरकार··· उनकी इजाज़त के बग़ैर···।" वह आगे कुछ न कह सकी।

"तुम समझती हो, सरकार जानती नहीं हैं? उन्होंने ही मुझसे एक लड़की के बारे में बात की थी, जिसका चम्पई रंग है···लम्बे-लम्बे बाल हैं··· सुनहरी, दीवाना बनाने वाली आँखें हैं, जिसका दिमाग़ बहुत आला दर्जे का है और जो दुनिया-भर के काम कर लेती है और···" उन्होंने धीरे से कहा, "और जो हँसती है तो उसके गालों में···।" वह उस पर झुके।

ऐमन उनकी बात पूरी होने से पहले उठ खड़ी हुई और साथ ही आज़र नवाब भी। उसके दिल में अचानक वहाँ से भाग जाने की ख़्वाहिश जागी। लेकिन आज़र नवाब ने उसका हाथ पकड़ लिया।

"क्या अब मुझे इजाज़त है कि मुलज़िमों के कटघरे से निकल आऊँ?" उन्होंने दूसरे हाथ से उसका सिर ऊँचा करके कहा।

दोनों की नज़रें मिलीं। जवाब देना ज़रूरी नहीं था। ऐमन अपनी पनाहगाह ख़ूब पहचानती थी। वह आज़र नवाब के सीने से जा लगी।

पौ फट रही थी। खिड़की से बाहर बाग़ में रँग भरने लगा था। लम्बे चौड़े हरे ताज़ा लॉन पर जगह-जगह ख़ुश-रंग फूल सिर उठाने लगे थे। देखते ही देखते सारा वातावरण नई कलियों की महक़ से भर गया।